徐尚衡 編著

孫子兵法

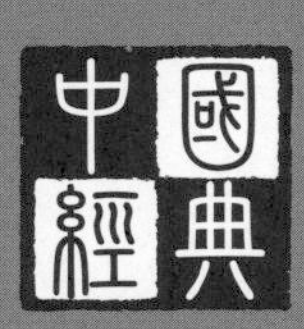

中華教育

寫在前面

孫子，名武，字長卿，春秋末期人。他的生卒年代不詳，大約與孔子屬同一時代而稍晚。孫子的父親孫憑也不是等閒之輩，官位至卿，成為齊國最高級別的官員。

那個時代，是社會動盪、戰爭頻仍的時代，同時也是各種學術思想興起、發展的時代。孫武的出身和經歷，都和戰爭有着緊密的聯繫。到了吳國以後，他隱居在吳都郊外，潛心研究軍事，撰寫兵書。經過多年努力，終於寫成了不朽的傳世之作《孫子兵法》。

在吳國，他結識了從楚國逃奔到吳國的伍子胥，兩人談得十分投機，成為志同道合的摯友。

當時，闔閭在伍子胥幫助下奪取了吳國王位。闔閭胸懷大志，不僅發展生產增強國力，還禮賢下士，廣泛搜羅人才，立志稱霸天下。在這種情況下，伍子胥向闔閭推薦了孫武。

孫武去見吳王闔閭時，呈上了自己撰寫的兵法十三篇，吳王看過以後，讚不絕口。為進一步考驗孫武統兵的能力，吳王挑選了一百名宮女讓孫武操練。孫武用嚴格的練兵之法操練這些自由散漫、弱不禁風的美女，居然把她們訓練成一支具有嚴格組織性、紀律性的隊伍。吳王意識到，孫武連嬌弱的宮女都能訓練好，何愁不能訓練出一支訓練有素、戰無不勝的大軍！

孫武被拜為將軍，與伍子胥共同輔佐吳王。孫武整頓軍備，嚴格訓練部隊，使吳軍的戰鬥力得到很大提高。孫武和伍子胥率領軍隊東征西伐，取得一系列勝利。經過幾年征戰，吳國的軍事力量不斷壯大。

公元前506年，楚國攻打歸服吳國的蔡國，給了吳國伐楚的口實。闔閭與孫武、伍子胥率領三萬精兵，乘坐戰船逆淮而上，救援岌岌可危的蔡國。楚軍見吳軍來勢兇猛，只好放棄對蔡國的進攻，在漢水一帶設防，打算在此與吳軍進行決戰。不料孫武突然帶領三千五百精銳棄舟登岸，輕裝疾進，直插楚國腹地。訓練有素的吳軍將士人人奮勇，個個當先，連戰連勝，攻佔楚國郢都，楚昭王於百般無奈中只得倉皇出逃。

孫武運籌帷幄，以三萬軍隊打敗二十萬楚軍，創造了以少勝多的光輝戰例。

這時候，越國趁吳軍伐楚，國內空虛，向吳國發起突然進攻，吳王闔閭不得不領兵返回。

公元前496年，越王允常去世，勾踐即位。吳王認為越國新君即位，局勢不穩，是攻打越國的大好時機。他不聽孫武等人的勸告，匆匆領兵出征，結果在戰鬥中身負重傷，不久身亡。

闔閭的兒子夫差即位以後，孫武、伍子胥等忠心耿耿輔佐夫差。公元前494年，越王勾踐向吳國發起進攻。孫武、伍子胥等人指揮吳軍進行反擊，把敵人打得潰不成軍，越王勾踐帶領五千殘兵退守會稽山。會稽山被吳軍層層包圍，越王勾踐戰則無力再戰，逃則無路可逃，只得請求投降。吳王夫差被奸佞蠱惑，不聽伍子胥的勸告，接受越王勾踐投降。

吳王夫差終於成為霸主，漸漸驕橫起來，對伍子胥的勸告置若罔聞，伍子胥最終被迫自殺。孫武對此十分寒心，歸隱深山，繼續修訂兵法，使其更趨完善。

《孫子兵法》是我國現存最早的一部兵書，也是世界上最早的兵書，被人們尊奉為「百世談兵之祖」。它是我國古代軍事文化的一顆璀璨的寶石，是我國古代文化遺產的重要瑰寶。

《孫子兵法》思想精邃，邏輯縝密，內容博大精深，對古代軍事學的發展產生了巨大的影響。如今，大家不僅把它作為一部兵書加以研究，還研究它的哲學思想；不僅中國人研究它，它還被翻譯成多國文字流傳世界各地，已經成為全世界人民共同的精神財富。

《孫子兵法》共有十三篇，基本上以謀算作為全書的經線，以戰爭的進程作為全書的緯線謀篇佈局。每篇講一個問題，全面、系統地論述了有關戰爭的各個方面的問題，這十三篇是一個完整的整體。

全書以《始計》開端，終以《用間》。《始計》主要談「廟算」，即領導層在朝堂上對戰事的各種可能性進行估算並制定作戰計劃。孫子指出，能明察時局者勝，不能明察者必敗無疑。這是全書的綱。《作戰》談的是戰前的動員，做好戰前的各種準備。《謀攻》主要說明最高明的用兵者不是攻城略地、消滅敵軍，而是使敵國、敵軍完整地投降。《軍形》談軍事力量對比，戰鬥力的強弱等問題。《兵勢》主要談「勢」、「節」等問題。兵法上的「勢」，主要就軍事力量、軍隊的士氣而言；兵法上的「節」，主要就進攻的速度、方法而言。《虛實》主要談如何調動軍隊，最後以多勝少的問題。《軍爭》談如何佔得作戰先機的問題。孫子指出，要取得作戰的先機，往往需要以利誘敵。《九變》談用兵打仗時不可窮盡的變化方式，指揮作戰的人要根據不同的情況採取不同的戰略戰術。《行軍》談在行軍途中如何宿營，如何觀察敵情，以做出正確的戰術安排。《地形》主要談六種不同的地形，如何利用不同的地形最大程度地發揮戰鬥力。《九地》依照深入敵方的程度，劃分九種不同的作戰環境，說明與之相應的戰術要求。《火攻》主要談實施火攻的功效和注意事項。《用間》說明「用間」威力巨大，絕不亞於千軍萬馬，至於如何運用，可謂「運用之妙，存乎一心」。

對於一般讀者來說，閱讀《孫子兵法》有一些難度。這部書產生於先秦，現在的人讀起來有一定的語言障礙；這部書全是從理論高度來闡述戰爭問題，沒有戰爭實例加以說明，比較難以理解。

基於以上考慮，編者將《孫子兵法》十三篇中每一篇的精華部分引出，然後用現代漢語串講，每段孫子語錄下引用一或兩則戰爭故事，讓讀者以感性的內容加深對孫子理性論述的理解，每則故事的後面都有簡明評點，以此說明要旨。

目錄

《始計》篇主要談「廟算」，即領導層於戰前在朝堂上對戰事的各種可能進行估算並制定作戰計劃。孫子首先指出，戰爭是國家的大事，它關係到軍民生死所在，是國家存亡的關鍵，不能不仔細研究。孫子認為，決定戰爭勝負的基本條件有五個方面：「道」、「天」、「地」、「將」、「法」。「道」主要指政令，發佈的政令要使軍民與居上位者的思想願望一致，這樣就可以使軍民不怕艱難危險。「天」指天時，即白天夜晚、天晴下雨、寒冬酷暑、四季更替。「地」指地利，即路途遠近、險峻平坦、廣闊狹窄、死地生地等。「將」指將帥，要求他們具有智慧、誠信、仁慈、勇敢、威嚴等品質。「法」指法規，即軍隊的編制、上下級之間的關係、軍備的管理和使用等。在戰爭進行的過程中，也應當根據實際情況對不斷變化的形勢做出研究和判斷，採取機動靈活的措施，出其不意地打擊敵人。孫子指出，能明察時局者勝，不能明察者必敗無疑。《始計》篇是全書之綱。

孫子曰：兵①者，國之大事，死生之地，存亡之道，不可不察②也。

|注釋|

① 兵：兵器，引申為兵事，戰爭。② 察：仔細看，引申為仔細觀察、認真研究之意。

|翻譯|

孫子說：戰爭，是國家的大事，它關係到軍民生死所在，是國家存亡的關鍵，不能不仔細研究。

白登之圍

西漢初年，匈奴的冒頓單于可不是等閒之輩，為了登上單于的寶座，他費了不少心機。

當初，他是頭曼單于的寶貝兒子，被立為太子，後來頭曼另外娶了閼氏（單于的皇后），又生了個兒子，冒頓漸漸變成了閼氏的眼中釘。頭曼禁不起年輕美貌閼氏的糾纏，想立小兒子為太子。廢立太子是件大事，弄不好會引起羣臣的反對，頭曼左思右想，想出個借刀殺人之計。

頭曼先把冒頓送到月氏國去做人質，不久又親自領兵攻打月氏。月氏王惱怒萬分，準備殺了冒頓來報仇。冒頓見戰事爆發，自知性命難保，盜取了一匹駿馬，悽悽惶惶連夜抄小路向東逃去。

頭曼見冒頓居然能夠逃回，又驚又喜。驚的是自己的如意算盤化為泡影，以後要除去他更是不易；喜的是冒頓有智有勇，是個可以造就的人才。頭曼畢竟割不斷父子親情，幾經考慮，決定讓他做將軍，率領一萬人馬為國效力。

冒頓總覺得事情蹊蹺，暗地裏四處打聽，不久他便知道了事情的真相，因此對父親、繼母恨之入骨。為了報仇雪恨，他製造了一種響箭，用來指揮官兵。他下了一道嚴令：「我的響箭射到甚麼地方，大家必須一齊射向那裏，誰違反了這項軍令，立即斬首示眾。」

有一天，冒頓扯滿弓，嗚！響箭飛向他的愛妾。頓時，官兵萬箭齊發，他的愛妾渾身中箭，一命嗚呼。少數士兵不敢把箭射出去，立即被拉出來斬首。過了幾天，冒頓把響箭射向父親的坐騎，官兵們一個也不敢怠慢，立即把箭射出去，那匹駿馬如同刺蝟一般，立即倒在血泊中。冒頓見練兵已成，便伺機殺死自己的父親。

有一天，頭曼要冒頓一道去打獵，冒頓便帶着一批官兵隨行。到了草原深處，冒頓將響箭向父親射去，官兵們立即射箭，頭曼頓時中箭身亡。冒頓立即領兵返回，殺了繼母和弟弟。有的將領企圖反抗，被冒頓一併殺死。

東胡首領聽說冒頓繼位做了單于，派使者前來試探，說：「聽說先王的坐騎是匹駿馬，請大王將這匹駿馬送給我們的首領。」冒頓把東胡使者的話告訴羣臣，讓大家一起來商量這件事，羣臣無不氣憤，沒有一個表示同意。

冒頓思量了一番，說：「東胡是我們的鄰國，不必為了一匹馬傷了兩國的和氣。」他命人將駿馬牽來，讓東胡使者帶回去。

過了不久，東胡又派使者前來，說是他們的首領看中了冒頓的美貌閼氏，打算娶冒頓的閼氏為妻。羣臣義憤填膺，都說答應了東胡的要求便是國恥。沒料想冒頓卻說：「既然是鄰國，何必捨不得一個女子。」他竟然讓東胡使者把自己的妻子帶回去，嫁給東胡首領。

東胡首領見冒頓如此畏懼自己，變得越來越驕橫。東胡與匈奴之間有一片無人居住的荒涼地帶，方圓有一千多里，雙方各據一邊，各自設立了哨所防衛。東胡使者再一次來到匈奴，向冒頓說道：「我們的首領想要這塊荒涼地，請大王答應這件事。」

冒頓又招來羣臣一道商議，有的臣子暗暗想：大王連自己的老婆都可給人家，這塊荒地又算得了甚麼！於是說：「這片荒地我們要了也沒有甚麼用，答應東胡的要求也行。」沒想到冒頓立即說：「土地是國家的根本，怎能拱手送給別人！」他高聲喚來衛士，把主張將土地送給東胡的臣子拖出去斬首。冒頓立即起兵，向東胡發起突襲。東胡人沒想到冒頓會突發虎狼之威，對他毫無防備，結果一下子被冒頓消滅。

從此以後，冒頓名聲大振。他東攻西伐，控制了我國東北、北部和西部廣大地區。他並不以此滿足，又屢次南侵，不斷騷擾漢朝的北部邊境。公元前201年，他派出大軍將馬邑（今山西朔縣）重重包圍。韓王信一方面向漢高祖劉邦求救，一方面派使者向匈奴求和。

劉邦發出救兵後，聽說韓王信派人向匈奴求和，起了疑心，派人去指責韓王信。韓王信見匈奴將馬邑重重包圍，劉邦又不信自己，思前想後，下定決心，開城門向匈奴投降。冒頓得到馬邑後，立即領兵南下，越過句注山，前鋒直抵晉陽（今山西太原）。劉邦親自領兵北上，攻打韓王信。兩軍在銅鞮（今山西沁縣）相遇，展開決戰。漢軍勇不可擋，斬殺韓王信大將王喜。韓王信見敗局已定，無法挽回，一溜煙往北逃竄，投靠匈奴。

白土人曼丘臣、王黃等人見有機可乘，趁亂擁立趙王的後裔趙利為王，收羅韓王信的殘兵敗將，組成一支武裝力量，和冒頓結為同盟，一同對付劉邦。冒頓派左右賢王各率領一萬多騎兵，與王黃的部隊會合，一起攻打晉陽。劉邦立即派兵迎戰，將敵軍擊潰，匈奴軍隨後又集結起來，向漢軍發起反撲，漢軍英勇奮戰，再次將敵人打敗。漢軍將領不給敵人喘息的機會，揮動大軍乘勝追擊，準備一舉擊敗匈奴的主力。當時正值隆冬，天寒地凍，大雪紛飛，漢軍許多官兵的手指都凍壞脫落。

官兵在冰天雪地裏作戰，身在晉陽漢王宮裏的劉邦卻無視官兵疾苦。他聞訊冒頓轉移到代谷，決定發動全面進攻。出兵之前，劉邦派遣使者前往代谷偵察。冒頓立即佈下誘餌，將精兵銳卒、肥壯牛羊全都藏匿起來，使者看到的全是老弱殘兵和瘦弱牲畜。劉邦聽了彙報，認為匈奴已經不堪一擊，但仍然有些不放心，再派婁敬前去偵察一番。

婁敬還沒有返回，劉邦就按捺不住，迫不及待地驅動三十餘萬大軍，浩浩蕩蕩向北推進。前鋒剛過句注山，遇上正在往回趕的婁敬。劉邦急忙把他召來問道：「以前使者的彙報是否屬實？」婁敬回答說「所言不虛」，但他認為其中有詐：匈奴屢屢被擊敗，要是害怕漢軍攻打，應當炫耀自己的武力才是，現在一個精壯的士兵也看不到，他們都到哪裏去了？冒頓一定是引誘漢軍進攻，等到大軍攻到，伏兵一定向漢軍發起攻擊。婁敬向劉邦建議：大軍立即撤回，等到摸清敵情後再發動進攻。劉邦聽了勃然大怒，認為婁敬膽小畏敵，擾亂軍心。他下令將婁敬捆起，押赴到廣武（今山西代縣）囚禁。

劉邦一心想早日擊敗匈奴，率領大軍快速前進。前鋒到達平城（今山西大同）時，主力遠遠地落在後面。忽然間，戰鼓震天，煙塵蔽日，四十萬匈奴騎兵從四面八方飛馳過來，將漢軍圍在垓心。劉邦見狀大驚，指揮漢軍邊戰邊退，搶佔了白登山憑險固守。匈奴大軍將白登山層層包圍，漢軍就是插翅也難飛。

日子一天天過去，心急如焚的劉邦怎麼也不見主力的蹤影。劉邦這才清醒過來，知道大軍已經被截為兩股，主力受阻不能前進，自己已經陷入困境，眼下凶多吉少。

帥帳外，北風呼號，大雪紛飛。大帳內的劉邦，心裏一片冰冷。眼下糧草已經斷絕，餓死、凍死的士卒已有十分之二三，要是長期被圍困下去，將士們都逃脫不了凍死、餓死的命運。他越想越怕，後悔沒有聽從婁敬的勸告，落到今日不可收拾的地步。

這時候，陳平來見劉邦。劉邦見到陳平，心中一喜。陳平足智多謀，屢次施奇計擊敗敵人，現在他來拜見，一定有化險為夷的妙計。陳平說：「陛下，如今我軍陷入重圍，兵力又過於懸殊，硬衝是衝不出去的，只有買通匈奴人，才能求得一條生路。匈奴閼氏十分貪財，我們派人給她送去大量珍寶，說不定她會想辦法讓我們逃出去。」現在已經沒有別的辦法，劉邦只得死馬當活馬醫，聽從了陳平之計，派人偷偷下山，給閼氏送去許多金銀財寶，閼氏果然見錢眼開，答應給劉邦想辦法。

閼氏去見單于，閒聊了幾句便扯上正題。閼氏故意問道：「大王，眼下戰事如何？」冒頓「哈哈」大笑，說：「劉邦已經在我的手掌之中，他不投降就把他圍在山上凍死！」閼氏略一沉思，說：「大王，這也未必。過去劉邦屢經大難，都能遇難呈祥，最終奪取中原，坐上了漢朝皇帝的寶座，由此可見，他一直受到神靈的護佑。再說，漢朝的力量不弱，若是一直把他圍困在山上，漢軍豈有不拼死相救之理？到了那時候，誰勝誰負難以料定。」冒頓聽了一愣，呆呆地看着閼氏。閼氏接着說：「現在漢軍已經吃足了苦頭，以後怎麼還會來攻打？假如逼死了劉邦，兩國結下了深仇，以後不會有安寧之日。不如放劉邦一條生路，以後可以免遭戰亂之苦。」

冒頓想了想問道：「那麼，已經到手的土地要不要？」閼氏說：「這裏的土地我們不慣久居，民心也不服，請大王三思。」閼氏的話觸着了冒頓的心病，使他感到渾身不安。王黃、趙利原來說好前來會師，直到今天也沒有見到他們的蹤影，莫非其中有詐不成？若是腹背受敵，那可大不妙。冒頓考慮再三，覺得閼氏說得有道理，於是下令將包圍圈放開一個缺口，讓劉邦從缺口處逃出去。

第二天清晨，大霧籠罩着大地，幾十步以外不見人影。閼氏派人悄悄上山，把這個消息告訴劉邦。漢軍被包圍了七天，已經陷入絕境，得到閼氏送來的消息，猶如在黑洞中見到了一絲光亮。漢軍立即行動，向閼氏指點的方向衝去。陳平命令每個弓弩手在弓上搭上兩支箭，一齊朝外隨時準備發射，防止發生意外的變故。劉邦在眾將的簇擁下，終於逃出了包圍圈。

劉邦撿回了一條性命，暗自慶幸。他留下樊噲平定代地，自己領兵回京。到了廣武，他親自為婁敬鬆了綁，對他說：「我沒有聽從你的意見，結果被圍在平城。先前派去的幾十個使者都是沒用的混蛋，已經被我全部殺死。」他立即封給婁敬關內侯的爵位，稱號為建信侯。路過曲逆（今河北完縣）時，劉邦感慨地說：「這個地方真壯觀！我走遍天下，覺得只有洛陽能跟這裏相比。」他封陳平為曲逆侯，享用全縣民戶的稅收。

從此以後，劉邦再也沒有力量北伐匈奴。直到漢武帝時，漢王朝才取得反擊匈奴的決定性勝利。

點評

冒頓，梟獍般人物，殘暴奸詐，無所不用其極。他弒父，毫不手軟；讓妻，全無人情。對付這樣的豺狼，豈可掉以輕心！

孫子說：「兵者，國之大事，死生之地，存亡之道，不可不察也。」劉邦正是犯了「失察」之大忌，導致「白登之圍」，軍隊遭到巨大損失，自己差一點送了性命。

漢朝初年，天下甫定，當務之急是休養生息，增強國家實力。徹底消除匈奴邊患，當時還不具備這樣的實力。劉邦被一時的小勝迷惑，貿然率軍向匈奴發起強攻，首先在戰略上犯下了錯誤。冰雪寒冬，本不宜開戰，劉邦卻領兵與敵人交戰；未察敵情，孤軍挺進，漢軍被匈奴軍攔腰截斷，在戰術上又犯下致命的錯誤。這次北伐慘遭失敗，正是「失察」的結果。

原文

道①者，令民與上同意也，故可以與②之死，可以與之生，而不畏危。

|注釋|

① 道：治理天下的方法，政令。② 與：通「予」，給予。

|翻譯|

政令，就是要使軍民與居上位者的思想願望一致，這樣就可以使他們為居上位者獻出自己的生命，可以為居上位者生存，而不怕艱難危險。

戰例

陳勝起義

秦始皇統一中國以後，實行嚴刑峻法：一人犯死罪，親族都要被處死，叫做「族誅」，一家犯法，鄰里都要受牽連，叫做「連坐」，貪暴官吏對百姓任意施刑，人們動輒得咎，再加賦稅、徭役繁重，弄得民不聊生。到了秦二世時，專制統治更加殘暴，人們生活在水深火熱之中。

公元前209年的一天，陰雨綿綿，涼風習習，滿天的烏雲，壓抑着陳勝、吳廣等九百名貧苦農夫的心。他們被朝廷徵發戍守漁陽（今北京密雲西南），需要按時前去報到，假如誤了規定的日期，按照法律就要被斬首。如今大雨下個不停，道路不通，戍卒們被阻在大澤鄉（今安徽宿縣西南），無論如何也無法按時趕到目的地。想到這裏，陳勝、吳廣等人不寒而慄。

陳勝和吳廣本不相識，因被徵發相聚在一起，陳勝表字為涉，是陽城（今河南登封東南）的佃農。他年輕的時候便胸懷大志，有一天在田埂休息的時候對同伴們說：「以後要是我們有了出息，彼此之間不要忘記啊。」同伴們「哈哈」大笑，說：「你是給人種地的，哪會有甚麼出息！」陳勝只得長歎一聲：「唉，小雀兒怎麼會知道天鵝的雄心壯志！」吳廣是陽夏（今河南太康）的貧民，這次也被徵發。兩人都是屯長（小隊長），志趣相投，如今共遇危難，便敞開胸懷，坦誠相見。

他們倆在一起商量起來。陳勝道：「事到如今，逃跑被抓回來免不了一死，舉兵起義也是死，同樣是死，為甚麼不去拼個魚死網破呢？」吳廣聽了，連忙點頭稱是。陳勝又道：「如今朝廷施行暴政，老百姓吃盡了苦頭。二世皇帝是始皇帝的小兒子，本不該由他繼位，繼位的應當是公子扶蘇。」吳廣睜大了眼睛聽着，不知道陳勝說這些話是甚麼意思。陳勝接着說：「扶蘇為人比較正直，屢次勸始皇帝不要過於壓迫百姓，始皇帝一怒之下把他趕出京城，要他到邊疆去領兵，聽說二世皇帝為了奪取帝位，已經將扶蘇殺死。」聽到這裏，吳廣似有所悟，說：「嗯，我也聽說過這回事。」陳勝看看四周，繼續說道：「老百姓知道扶蘇較為賢明，都很懷念他，多數人不知道公子扶蘇已死，我們何不用他的名義起兵！」聽到這裏，吳廣終於明白過來，堅定地點了點頭。陳勝略略想了想，又說：「這裏原先是楚國的故地，我們這些同伴也都是楚國人，當年楚將項燕曾經擊敗過秦軍，在楚國人心目中的地位很高。現在，有的人以為他戰死了，有的人以為他逃亡在外，假如我們假借公子扶蘇、楚將項燕的名義起兵，更有號召力，人們一定會紛紛響應。」吳廣認為這個辦法很好，連忙表示同意。

他們心裏還不踏實，又去找算卦的算上一卦，看看是凶是吉。算卦的見他們是戍卒打扮，心裏明白了幾分，向他們暗示道：「你們問的事當然能成。不過，你們求過神沒有？」兩人聽後明白了他的言外之意，這是教他們裝鬼弄神，好在戍卒中取得威信。

陳勝找來一方絲帕，用朱砂在上面寫了「陳勝王」三個字，悄悄地塞在漁翁剛剛捕獲的魚的肚子裏。戍卒們買魚吃，剖開魚的肚子看到絲帕上的字，驚訝萬分。吳廣趁別人不注意，偷偷地溜到駐地附近的荒廟中，點了火放在竹籠中，遠遠地望去，竹籠裏的火如同鬼火一般閃閃爍爍。他又摹仿狐狸的聲音叫道：「大楚興，陳勝王。大楚興，陳勝王。」戍卒們看到鬼火，聽到狐狸的叫聲，心裏更加驚異。第二天一早，戍卒們悄悄地議論着，指指點點注視着陳勝。

吳廣身為屯長，平常對戍卒很好，戍卒們願意為他效力。那一天，押送戍卒的兩名軍官喝醉了酒，吆五喝六地訓斥戍卒。吳廣大聲嚷嚷說要逃跑，故意激怒那兩名軍官。軍官聽了大怒，操起皮鞭劈頭蓋臉地向吳廣打下去。軍官覺得還不解恨，拔出劍來威脅吳廣。吳廣猛地跳起來，一把奪過軍官手中的劍，順手把那名軍官殺死。陳勝連忙衝上去幫忙，結果了另一名軍官的性命。

陳勝向戍卒發出號召：「各位遇上大雨，已經誤了日期，按照朝廷的法令，大家都已犯下了死罪。即使朝廷饒了我們，充軍的又有幾個能活着回去？大丈夫要麼不死，準備死就要幹出一番大事業。那些王侯將相，難道就是天生的嗎？他們能做的事，我們為甚麼不能！」一席話鼓動了戍卒，大家齊聲說道：「我們一定聽從您的號令！」

一場轟轟烈烈的農民起義，就這樣爆發了。起義軍迅速攻下了大澤鄉，接着又攻下了附近的許多城池。行軍途中，貧苦百姓爭先恐後地參加起義隊伍，打到陳縣附近，起義軍已有戰車六七百乘，騎兵一千多人，步卒幾萬人。

起義軍進攻陳縣時，縣令早已望風而逃，只有縣丞（縣令的助理）領兵抵禦。秦軍哪是起義軍的對手，幾個回合就敗下陣去。縣丞在城門洞裏負隅頑抗，被起義軍砍成肉醬。陳勝領兵進入曾經是楚國首都的陳縣，召集當地有名望的人前來議事，人們早就恨透了暴秦的統治，對起義軍熱烈擁護。眾人紛紛對陳勝說：「將軍親自披堅執銳，討伐暴秦，使得楚國得以復興。如此勞苦功高，應當稱王才是。」於是陳勝被擁戴為王，定國號為「張楚」，意思是要張大楚國。

星星之火，迅速燃遍中原大地。各地百姓紛紛殺死當地長官，響應陳勝起義。同時，一些六國的舊貴族和各路英雄好漢也趁機而起，有的投奔陳勝，有的自立旗號，這麼一來，既使反秦的烈火越燒越旺，也使戰爭的局勢越來越複雜。

陳勝看到人心所向，任命吳廣為「假王」，率領一路起義軍攻打秦朝重鎮滎陽；派周文率領一路起義軍，直搗秦朝首都咸陽；同時派兵攻打其他各地，擴大起義軍的戰果。周文率領的起義軍向西挺進，窮苦百姓紛紛參加起義軍，沒過多久，戰車已有千乘，步卒有幾十萬人。起義軍攻入函谷關，一直攻到離咸陽只有百幾里的戲城（今陝西臨潼境內）。

陳勝、吳廣發動起義，秦二世胡亥絲毫不知，仍然花天酒地盡情享樂。有人向秦二世稟報：天下大亂，到處有人造反。秦二世聽了，說他造謠惑眾，把他關進大牢。從此以後，再也沒有人向秦二世稟報實情。等到周文打到咸陽附近，戰報傳到咸陽城中，秦二世才從夢中驚醒。

大將章邯說：「強敵逼近國門，調集軍隊已經來不及。驪山有幾十萬修墓的刑徒，請陛下赦免他們，把他們組織起來禦敵。」秦二世別無良策，只得應允大赦天下，讓章邯率領幾十萬「刑徒」和所有家奴，向起義軍進行瘋狂反撲。驪山的刑徒情願打仗，也不服那苦役，章邯嚴加號令，這支隊伍的戰鬥力甚強。周文作戰雖然勇猛，但是經驗不足。一場硬仗打下來，周文兵敗，退出函谷關。這時候，六國貴族有的稱王，有的在起義軍內部搞分裂，弄得戰局更加混亂。

周文退守曹陽（今河南靈寶東），向陳勝請求救兵。陳勝命令部將武臣前去增援，豈料武臣已經自立為王。周文只得率軍突圍。章邯緊追不捨，周文連連戰敗，最後自刎身亡。

吳廣率領部將田臧、李歸等進攻滎陽，遭到三川郡守李由的頑強抵抗。雙方激戰多日，起義軍未能將滎陽攻陷。周文兵敗的消息傳來後，部將田臧因與吳廣意見不合，竟然假傳陳勝的命令將吳廣殺害。田臧留下李歸繼續攻打滎陽，自己率領大部分精兵迎戰章邯。秦軍剛剛打敗周文，士氣正盛，兩軍在敖倉（滎陽西北）相遇交戰，起義軍大敗，田臧身亡。章邯乘勝攻打李歸，李歸兵微將寡，更是抵擋不住，結果兵敗喪生。

章邯消滅起義軍的主力後，向起義軍的大本營陳縣逼近。陳勝只得領兵向東南撤退，到了下城父（今安徽蒙縣西北）。陳勝的車夫莊賈見大勢已去，暗殺了陳勝後向秦軍投降。起義軍將領呂臣聽說陳勝遇難，悲痛萬分，率領一支起義軍進攻陳縣，活捉叛徒莊賈，將他處死。時隔不久，章邯發兵再次攻打陳縣，呂臣戰敗逃亡他鄉。

陳勝、吳廣起義前後共六個月，沉重地打擊了秦朝的腐朽統治，公元前206年，秦朝終於滅亡。

點評

孫子說：「道者，令民與上同意也。」居上位者發佈的政令只有符合百姓的要求、願望，使他們得以安居樂業，老百姓才會擁護居上位者，居上位者的統治才能得以鞏固。

秦始皇統一中國以後，反其道而行之，施行暴政，橫徵暴斂，廣大民眾生活於水深火熱之中，民心盡失。陳勝、吳廣率領幾百名戍卒，斬木為兵，揭竿為旗，拉開了推翻秦王朝統治的戰爭序幕。天下英雄羣起逐鹿，秦王朝迅速滅亡，這充分說明：得民心者得天下，失民心者失天下。

法者，曲制①、官道②、主用③也。

注釋

① 曲制：軍隊的組織、編制。② 官道：各級軍官之間的從屬關係。③ 主用：軍需裝備的管理、使用。

翻譯

所謂法，就是軍隊的編制、上下級之間的關係、軍備的管理和使用。

戰例

孫子訓練女兵

春秋時期，有位著名的軍事家，名叫孫武。有一天，他帶着自己寫的《孫子兵法》去見吳王闔閭。吳王看了孫武的書，非常佩服，說：「你的兵書寫得確實很好，能不能演練一番讓我看看？」孫武道：「當然能。」吳王接着問：「讓宮女操練行不行？」孫武點點頭說：「可以。」吳王讓人從宮中挑選出一百八十名美女，交給孫武訓練。

孫武把這些宮女分為兩隊，讓兩名吳王最寵愛的美女當隊長，叫她們拿起武器，排好隊形。孫武道：「你們知不知道胸口、左手、右手、後背的方向？」宮女們回道：「知道。」孫武道：「我命令你們向前，就向胸口對着的方向走；命令你們向左，就轉向左手的方向；命令你們向右，就轉向右手的方向；命令你們向後，就轉向後背對着的方向。大家聽明白了沒有？」宮女們答道：「明白了。」孫武把號令交代清楚，搬來了執行軍法的刑具，並再三強調，如果不服從號令，就按軍法處置。

操練開始了，孫武擊鼓傳令，要她們向右轉。宮女們覺得好玩，一個個「吃吃」笑了起來，根本不聽從命令。孫武看到這種情況，說：「剛才我沒能講清楚，這是做上將的過錯。」接着又把各項要求反覆講清，然後接着操練。命令剛一發出，這些宮女又「吃吃」笑個不停，沒人按照要求做。孫武沉下臉，嚴厲地說：「沒有講清是我的過錯，講清了不執行，那就是你們的過錯了。」下令將兩名隊長拖出來，斬首示眾。

吳王闔閭一聽要殺自己的寵姬，連忙上來給她們求情。孫武道：「主將在外，君王的命令有的可以不接受。」說完就把那兩名美女斬了。

孫武命令兩名排在最前面的宮女做隊長，繼續進行操練。宮女們嚇壞了，誰也不敢違背命令。沒過多久，孫武就把宮女訓練好了。

時隔不久，吳王任命孫武為將軍。孫武嚴格訓練軍隊，出師屢戰屢捷。有一次，三萬吳軍與二十萬楚軍交戰，孫武分析了敵我形勢，憑着有着高昂士氣的精銳之師，接連打了三次勝仗。孫武指揮吳軍向楚軍發起突襲，楚軍抵擋不住，潰不成軍。吳軍乘勝追擊，一舉攻克了郢都，楚王狼狽逃去。孫武憑藉訓練有素的軍隊，為吳國立下赫赫戰功。

點評

沒有規矩，不成方圓。軍隊嚴明的法令，嚴格的組織、紀律，是軍隊戰鬥力的基本保證。

俗話說：「養兵千日，用兵一時。」所謂「養兵」，就是訓練軍隊。訓練軍隊，關鍵在於為將者嚴肅號令，要求士卒服從命令聽指揮。只有這樣，才能於「用兵一時」時充分發揮自己的戰鬥力。

孫子連嬌弱的宮女都能訓練好，何愁不能訓練出訓練有素、戰無不勝的大軍。他是這方面的典範，值得後世學習。

原文

兵①者，詭道也。故能而示之不能，用而示之不用。近而示之遠，遠而示之近。利而誘之，亂而取之，實而備之，強而避之，怒而撓之，卑而驕之，佚②而勞之，親而離之。

注釋

① 兵：指用兵打仗。② 佚：同「逸」。

翻譯

用兵打仗，是詭詐的軍事行為。所以，有能力作戰卻做出沒有能力作戰的樣子，要用兵，卻裝作不用兵，攻擊近處目標卻做出要攻擊遠處目標的樣子，攻擊遠處目標卻做出要攻擊近處目標的樣子。給敵人小利去引誘它，設法使敵人混亂然後去攻擊它，敵人力量充實就要防備它，敵人兵力強大就要避開它，敵人氣勢洶洶時就阻撓它，敵人謹慎時就設法使它驕傲，敵人休整得好就設法使它疲勞，敵人內部和睦就設法離間它。

戰例

長平之戰

公元前262年，秦將領兵大舉進攻韓國，攻克了野王（今河南沁陽），將韓國的上黨郡（今山西東南部）與韓國本土的聯繫截斷，上黨太守馮亭如不乖乖投降，只有坐以待斃。馮亭與秦勢不兩立，如今陷入絕境，誓死不投降，想把土地獻給相鄰的趙國。他想得倒是挺好：要是趙國肯接受，秦國的如意算盤便落空，秦軍勞而無功，必定惱羞成怒，非要去打趙國不可。這麼一來，趙、韓兩國便能聯合起來，共同對付強秦。

馮亭派人到趙國首都邯鄲去見孝成王，獻上了上黨地區的地圖。上黨郡共有十七座城池，如今不費一兵一卒就能拿到手，孝成王認為這是天大的好事。他立即派人將平陽君趙豹召來，與他商量這件事。

趙豹知道上黨好比是個燙手的山芋，扔都來不及，怎麼好握在手裏？他向孝成王說：「秦軍大舉攻打韓國，力克野王，目的就是要得到上黨地區。我們要是接受了，秦國決不肯善罷甘休。如今秦國勢強，我國力弱，只可求得自保，不能從老虎嘴邊奪食。這種引火燒身的事千萬做不得，請大王三思。」

孝成王聽了趙豹的話，一肚子不高興。他又把平原君趙勝召來，向趙勝徵詢意見。平原君聰明一世，糊塗一時，被眼前的利益蒙住了眼睛。他認為用百萬大軍去征戰，幾年也未必能得到一座城池，現在不費吹灰之力就能得到十七座城池，這樣的好事到哪裏去找！平原君慫恿趙王拿下上黨，這倒正合乎趙王的心思。趙王最終下了決心，接受馮亭獻出的十七座城池，封馮亭為華陽君。趙勝到了上黨，馮亭不願與趙勝相見。他躲在家裏痛哭流涕地說：「我沒能守住君王的土地，已經是罪人，如今怎麼能收下君王的土地作為自己的采邑。」

為了抵禦秦軍的進攻，孝成王派大將廉頗領兵二十萬，鎮守上黨地區，駐紮在長平（今山西高平西北）。廉頗久經沙場，作戰經驗豐富，他針對當時的具體情況，制定了自己的戰略。秦軍兵力強大，不能與它硬拼；但是秦軍遠離本土，糧草運輸困難，經不起長期對峙。廉頗下令修築堅固的防禦工事，嚴密進行防守，不管秦軍如何挑釁，都不出去應戰。

雙方僵持幾個月，秦軍的供應跟不上，秦將王齕不禁有些發慌。進吧，廉頗只是堅守，不肯出來應戰，拿他沒有辦法；退吧，目的沒能達到，前功盡棄，弄不好廉頗還要跟蹤追擊。王齕思前想後，左右為難。

廉頗的正確作戰方案，孝成王卻極為不滿。他原指望廉頗旗開得勝，班師回朝，現在得知廉頗堅守不出，便催促廉頗迎頭痛擊秦軍。廉頗接到命令後擱置一旁，仍然按照自己的作戰方針堅守陣地。孝成王窩了一肚子的火，時時流露出對廉頗的不滿。

秦相范雎見機會來了，使出了「反間計」。他派人攜帶大量金銀珠寶潛入趙國，買通孝成王的左右親信，讓他們散佈流言蜚語。有的說：「廉頗老了，不中用了，打不過秦軍，只能靠堅守度日。」有的說：「只守不攻，分明是膽怯，這樣打仗，哪能取得勝利。」有的說：「趙括年輕有為，具有非凡的軍事才能，秦軍別的不怕，只怕趙括統帥趙軍，要是趙括上了前線，秦軍必敗無疑。」

這些話漸漸傳到孝成王的耳朵裏，他暗暗想道：龍生龍，鳳生鳳，將門豈會出犬子！連秦軍都怕趙括，哪還會有錯！他決心起用趙括，讓他領兵前往長平，替換堅守不出的廉頗，一舉擊敗秦軍。

趙括是趙國名將趙奢的兒子，自幼熟讀兵書，談論起來頭頭是道，有時連他父親都說他不過。趙奢知道自己的兒子只會紙上談兵，臨終前對趙括說：「你不是當大將的人才，千萬不要擔任將軍的職務。」他又囑照自己的妻子：「以後要是趙王讓趙括當將軍，你一定要阻攔。要是他當了大將，一定會使趙國軍隊覆滅。我的這些話，你一定要記住。」

任命趙括為大將的消息傳了出去，趙母聞訊後大吃一驚，她想起丈夫的臨終遺言，竭力勸說兒子不要接受任命。趙括不肯放棄這個大出風頭的好機會，對母親的勸告置之不理。趙母見兒子不肯回心轉意，只得顫巍巍地拄着拐杖去見趙王。趙王決心已經下定，任憑趙母怎麼說都不肯改變主意。趙母見事情已經無法挽回，向趙王提出一個要求，如果趙括打了敗仗，不要株連趙氏全家。

消息像一聲炸雷，使臥病在家的藺相如十分震驚。他硬撐着爬起來，讓人扶着去見趙王。趙王對藺相如的勸說只當耳邊風，聽不進。

消息傳到秦國，范雎喜不自勝。只要廉頗離開長平，對付狂妄自大、乳臭未乾的趙括，那就容易多了，秦軍何患不能取勝！他立即委任能征慣戰的白起為主將，改任王齕為副帥，並且傳下命令，不准透露出白起為主帥的消息，透露者格殺勿論。

趙括率領二十萬大軍浩浩蕩蕩奔赴長平。他一接任，立即撤銷廉頗固守的命令，撤換軍中將領，拆除堅固的防禦工事，傳令做好戰鬥準備，隨時攻擊來犯之敵。長平原有軍隊二十萬，趙括又領來二十萬，聲勢浩大，營寨遍地。趙括志得意滿，決心打個大勝仗，使自己威名遠播。

白起到了長平，先派人引誘趙軍出戰。他嚴令帶兵的將領：這一仗只許敗，不許勝，敗得越慘，功勞越大。趙括見人來挑戰，立即率領人馬前去應戰，不消幾個回合，秦軍便敗下陣去。趙括哪裏肯捨，指揮兵將緊緊追趕。秦軍丟盔棄甲，四處逃散。這一仗打下來，趙括更加狂妄，認為自己戰略高明，指揮有方，暗笑廉頗徒有虛名。

白起見趙括已經中計，心中暗喜，連忙調兵遣將，準備全殲趙軍。他將兩萬五千名精兵埋伏在兩翼，又命五千名精銳騎兵見機衝出，將趙軍攔腰截斷，使進攻的趙軍與留守大營的趙軍失去聯繫。

趙括求勝心切，指揮大軍奮力追趕。秦軍回頭再戰，不消幾個回合又敗退。趙括大喜過望，認為秦軍不堪一擊，下令緊緊追殺，一舉擊潰秦軍。趙軍離開大營越來越遠，上黨太守馮亭看出苗頭不對，勸趙括趕快收兵。趙括不但不聽，反而譏笑馮亭膽小，馮亭無可奈何，只得跟隨趙括往前衝。

追到秦軍的中軍大營，只見旗桿上高高地飄着繡着「白」字的大旗。這時趙括才明白，秦軍的主帥不是王齕，是名將白起。他不禁倒吸口冷氣，白起是威震六國的常勝將軍，豈能這麼容易就落敗，哎呀，不好，一定是中了他的詭計。趙括連忙下令撤軍，可是退路已經被秦軍堵死；他又下令攻打秦軍的中軍大營，但是秦軍的防禦工事堅固，怎麼也攻不下；等到他下令收兵暫歇時，秦軍又四處騷擾，趙軍又不得不應戰。趙軍前進不了，後退不得，欲戰不能，欲罷不成，成了甕中之鱉。

一天硬仗打下來，趙軍官兵一個個飢腸轆轆，疲憊不堪，全都癱倒在地，再也不肯動一動。看到此情此景，趙括懊喪萬分，悔不該忘了父親的遺訓，悔不該不聽母親的勸阻，悔不該不按廉頗的戰略方針作戰，悔不該不聽馮亭的忠告……如今幾十萬大軍被圍，糧道已經被切斷，沒有吃的將士們怎麼打仗？趙括徹夜未眠，絞盡腦汁思量對策。第二天一早，趙括命令一部分趙軍抵抗秦軍的騷擾，命令另外一部分趙軍挖壕溝、築柵欄、建營寨。不消一天工夫，營寨已經建好，趙軍躲在裏面堅守不出，等待援軍到來。

秦王得知白起將趙軍全部包圍在長平，興奮萬分，他生怕趙軍逃脫，親自前往河內（今河南黃河以北地區），將十五歲以上的男子強行徵調入伍，全部開往長平，封鎖了所有的道路，阻斷趙軍的援軍和糧草接濟。秦軍並不忙於攻擊趙軍，只是將趙軍緊緊包圍。趙軍無力作戰，困守在營寨裏。幾十萬大軍扒樹皮，挖草根，凡是能吃的東西都被搜羅乾淨。人都沒有吃的，哪來馬料？戰馬差不多也被殺盡。趙軍內無糧草，外無援軍，忍飢挨餓，度日如年，到了後來，餓瘋了的士卒自相殘殺起來。

九月裏的一天，趙軍斷糧已經四十六天，秦軍的包圍圈已經縮緊。趙括知道等待援軍已經無望，決定組織大軍突圍。他將大軍分為四路，同時向四個方向衝去。趙軍官兵餓得連長矛大刀都提不起，哪是秦軍的對手？連續衝了四五次，沒能衝出去一個人。趙括決心孤注一擲，組織起一支敢死隊，殺了幾匹僅剩的戰馬讓他們飽餐一頓，然後由他親自帶領向外突圍。秦軍見一支趙軍猛衝過來，連忙放箭，趙括還沒有跑到秦軍陣地前，就被亂箭射死。主帥一死，趙軍全線崩潰，四十萬餓壞了的官兵，乖乖地向秦軍投降。

白起將投降的趙軍分成十個營，每營派一名秦將管理。白起見俘虜這麼多，暗暗擔心，要是有人領頭造反，那就要出大亂子。他與王齕商量了一番，決定將投降的官兵斬盡殺絕。

傍晚時分，趙軍官兵一個個興高采烈，有菜有飯且不說，還有酒肉款待他們。趙軍官兵酒足飯飽之後，一個個昏昏睡去。到了半夜，秦軍一起動手，綁俘虜的綁俘虜，挖坑的挖坑，將四十萬趙軍官兵全部活埋。只有二百四十個小孩逃脫了這場厄運，秦軍將他們放回，叫他們回去散佈秦軍的勇猛兇狠情狀，讓趙人談虎色變，造成畏秦心理。

長平之戰，是戰國時代最大的一次戰役，也是屠殺戰俘最多的一次。趙國的精銳部隊在這次戰役中喪失殆盡，從此以後便一蹶不振。

點評

「長平之戰」，秦軍採用了一系列詭計，引誘趙國上當。初始，秦軍攻趙，廉頗堅守不出，秦軍無法取勝，陷入了進退兩難的困境。秦相范雎使出了「反間計」，讓趙王用趙括替換廉頗，為這場戰役的勝利打下了基礎；接着，封鎖消息，不讓趙括知道主將是白起；白起使用疑兵，引誘趙括出戰；再將趙軍攔腰截斷，將趙國大軍包圍在長平。趙軍斷糧一個多月，無路可逃，最終被全殲。這些都充分說明，用兵打仗總是以「詭道」為原則，也就是說，要用各種各樣的方法迷惑敵人，使敵人做出錯誤的判斷，在敵人意想不到時採取行動，在敵人沒有防備的情況下實施進攻，最終獲取戰爭的勝利。

明修棧道暗度陳倉

公元前207年，劉邦率先領兵攻進秦國首都咸陽。接着，項羽率領各路人馬浩浩蕩蕩開進咸陽。他首先殺了只做了四十六天皇帝的秦王子嬰，接着下令屠城。楚軍大開殺戒，不僅將秦朝的皇親國戚、文官武將殺得個一乾二淨，而且殺了許多無辜百姓。咸陽城血流成河，滿街都是屍體。楚軍將宮中金銀財寶劫掠一空後，項羽又下令焚燒阿房宮，這場大火一直燒了三個月，將宏偉壯麗的秦宮燒成一片焦土。

項羽懷念故鄉，打算領兵東去。謀士韓生勸他道：「關中一帶地勢險要，土地肥沃，在這裏建都，可以稱霸天下。望大王三思，不要放棄關中地區。」項羽看看咸陽，已經被破壞得不像樣子；再說他離開故土時間已久，急於返回，於是對韓生說：「富貴了不返回故鄉榮耀一下，就像夜裏穿這錦繡的衣裳行走一樣，沒有人看見。」

韓生聽了項羽的話，對他有些看不起。秦朝滅亡，他不想立大業，只想回故鄉，實在不像英雄的所作所為。韓生背後對人說：「過去聽人說，楚國人就像戴了帽子的獼猴一樣，現在看來，這話一點都不假。」

這話傳到項羽的耳朵裏，項羽暴跳如雷：甚麼，這小子竟敢說我像戴了帽子的猴子！他下令把韓生抓起來，扔到鍋裏活活煮死。

第二年二月，項羽在咸陽分封了十八個諸侯王，他自封為西楚霸王，凌駕於其他諸侯王之上。一些諸侯王滿心歡喜，領兵前往自己的封地，有些人鬱鬱寡歡，對此極為不滿。

不滿的人中有劉邦，他首先攻入咸陽，按照過去的約定，應當被封為關中王。項羽聽從了謀士范增的意見，以「巴、蜀（今四川一帶）也是關中之地」為藉口，把他分封到道路艱險、環境險惡的巴、蜀為漢王。項羽對他還不放心，又在劉邦封地的東面封了雍王章邯、塞王司馬欣和翟王董翳，堵住他向東發展的去路。

劉邦確實有獨霸天下的野心，但是項羽的力量強大，自己毫無辦法，只得率領部下前往自己的封地。

古時候，把在山嶺險峻的地方用木材架設的通道叫「棧道」。劉邦採用了張良的計謀，在前往封地的途中，走過一段棧道燒毀一段棧道，這樣，既可以防止其他諸侯的侵犯，又可以麻痺項羽，使他認為自己只想守住封地，不想向東與他爭奪地盤。

這一招果然起了作用，項羽放鬆了對劉邦的戒備，把注意力集中在其他不聽從指揮的人身上。田榮、陳餘、彭越等在反秦戰爭中立有大功，由於項羽對他們有成見，沒有分封他們為諸侯王。田榮、陳餘、彭越等心懷不滿，聯合起來反對項羽。

東邊出了亂子，西邊烽火又起。劉邦不甘心處於邊遠荒涼的巴、蜀一隅，決心向東挺進，打垮堵住他出路的三秦王。三秦王章邯、司馬欣、董翳本是秦朝大將，投降項羽後被封為諸侯王。劉邦採用了韓信的計謀，派人大張旗鼓地修復棧道，擺出一副即將從正面發動進攻的架勢；暗地裏卻讓大軍穿過故道（今陝西鳳縣西北），繞道從艱險的小路直插陳倉。

時刻戒備劉邦的章邯得到漢軍修理棧道的消息，哈哈大笑，說：「誰要你把棧道燒毀！自斷出路，現在修理，看你哪年哪月才修好！」

不久，章邯得到緊急軍情報告，說漢軍已經進攻陳倉，守將陣亡。章邯吃驚不小，棧道還沒有修好，漢軍是從哪裏飛來的？他急急忙忙領兵前去抵抗，哪裏還抵擋得住？連打了幾次敗仗以後，章邯山窮水盡，被迫自殺。塞王司馬欣和翟王董翳得到章邯自殺的消息，嚇破了膽，不敢抵抗漢軍，連忙投降。從此以後，戰局發生了變化，劉邦向東挺進，與項羽爭奪天下的決戰拉開了帷幕。

點評

用兵打仗，需要使用計謀，也就是孫子所說的「兵者，詭道也」。當年，劉邦無可奈何前往巴、蜀，燒毀棧道以示弱，為的是故意麻痺敵人；後來明修棧道以示強，擺出一副即將發動正面進攻的架勢，也是用以麻痺敵人。「明修棧道」是虛，為的是麻痺敵人，真正的目的是「暗度陳倉」，這才是實。正是有了一系列麻痺敵人的措施，使敵人的判斷錯誤，行動失策，真正的目的才能順利實現。

攻其無備，出其不意，這是兵家的用兵原則之一。「明修棧道，暗度陳倉」正是運用這一用兵原則的典範。

夫未戰而廟算①勝者，得算②多也；未戰而廟算不勝者，得算少也。多算勝，少算不勝，況無算乎！吾以此觀之，勝負見③矣。

|注釋|

① 廟算：古代用兵打仗以前，先在祖廟進行一定的儀式，策劃作戰的計謀。後泛指戰前作戰計劃的制定，對勝負結果的預計。② 得算：指掌握了戰事的基本情況，做好各方面的計劃、安排。③ 見：顯現。

|翻譯|

大凡尚未交戰就能預料能夠打勝仗的，是因為基本掌握了戰爭的各方面情況並做好各方面的計劃、安排。尚未交戰預料不能取勝的，是因為沒能掌握戰爭的各方面情況、計劃也不完善。基本掌握戰爭各方面情況並做好各種計劃、安排的能夠取勝，未能掌握戰爭各方面情況、沒能做好作戰計劃的不能取勝，何況對情況一無所知、對戰爭毫無準備呢！我們根據這些來觀察，戰爭的勝負就可以預見了。

晉軍淝水敗秦軍

東晉時，前秦的苻堅，先後滅掉北方各國，攻取了東晉的梁州、益州，統一北方。他野心勃勃，企圖乘勝南下，一舉消滅東晉，統一全國。有一天，他在殿前召開會議，商討滅晉大事。苻堅說：「自從我繼承大業以來，掃除四方，只有東南一隅尚未平定。每當我想起這件事，連飯都吃不下去。現在我略略計算一下，能夠聚集精兵百萬，依靠這些力量，足以掃平江南。不知大家意下如何。」

話音剛落，一向奉承苻堅的朱彤說：「陛下順時而動，甚合天意。陛下發動百萬雄師前往，必定有征無戰，大軍一到，晉主肯定投降，如果他們執迷不悟，負隅頑抗，那將死無葬身之地。」苻堅聽了這話，非常高興。

左僕射權翼提出反對意見：「臣以為現在攻晉時機不對。現在晉朝君臣和睦，上下同心，前去攻打，難以取勝。」苻堅沉默了許久才說：「大家再說說自己的看法。」太子左衛率石越說：「晉朝外有長江天塹，內無叛逆之臣，臣以為不宜攻打。」一時間，臣子們紛紛表示反對。苻堅再也抑制不住心頭怒火，說：「長江天塹哪能阻擋我們，百萬將士只要把馬鞭投入長江，足以使長江斷流！」

公元383年，前秦大軍南下。前秦共有步兵六十多萬，騎兵二十七萬，前後連綿千里，旌旗相望。大軍走了一個多月，苻堅的中軍到達項城（今河南沈丘南），涼州的軍隊剛剛到達咸陽，蜀漢之軍方才順流而下，幽州、冀州的人馬到達彭城。前秦的軍隊水陸並進，一齊逼向東晉邊境，東晉的形勢十分危急。

當此之時，朝廷命謝玄為前鋒都督，領兵八萬抗擊秦軍。敵軍九十七萬，謝玄只有八萬人馬，兵力過於懸殊。要想取勝，必須施展計謀。他知道叔叔謝安很有韜略，臨行前決定前去請教錦囊妙計。

進了宰相府，只見謝安正在書房裏閉目養神。謝玄問安後，向他討教退敵之計。哪知謝安只是微微睜開眼睛，悠悠只說了一句：「退敵之事已有安排。」

說完，又閉目養起神來。過了一會兒，謝玄見謝安不再開口，又不好再問，只好告退。

謝玄回到家中，越想越覺得任務艱巨，心裏很不踏實，便託老朋友張玄去拜訪謝安，趁便探明底細。謝安見到張玄，十分高興，拉着他的手問長問短，隨後，邀他到郊外別墅去，與親朋好友歡聚。前往別墅的途中，他讓車夫將車簾捲起來，一路上跟張玄談天說地，論古道今，時時發出爽朗的歡笑聲。

當時，京城裏人心惶惶。路人見宰相的神情這樣自如，頓時將恐慌之心消去。一傳十，十傳百，宰相出遊的消息很快傳揚開來，京城的秩序迅速安定下來。這一天，他與大家遊山玩水，飲酒賦詩，直到傍晚，才盡興而歸。

當天夜裏，他將將帥們全部召來，進行軍事部署。他一件件、一樁樁仔細交代，明確各人的任務和職責。將帥們見宰相如此鎮定，佈置得如此周密，一個個精神振奮，增強了必勝的信心。

龍驤將軍胡彬的任務是率領五千水軍馳援壽陽。受命後他立即率軍出發，星夜前往。

大軍行至硤石（今安徽鳳台西南），聞報壽陽已經失守，秦軍前鋒已經離開硤石不遠，胡彬當機立斷，下令駐守硤石，守住這一要地。硤石背山面水，地勢險要，是淮河北岸的一處關隘。晉軍剛剛紮好營寨，敵人便蜂擁而至，一下子將硤石團團包圍。

秦將苻融一面揮軍圍困硤石，一面派部將梁成率領五萬人馬猛攻洛澗（今安徽懷遠東南），準備切斷胡彬水軍的退路。

洛澗失守後，胡彬的水軍成了孤軍，陷入敵人的重重包圍之中。他幾次領兵突圍，都沒有成功，只好退回營寨固守。胡彬的水軍所剩的糧食已經不多，只能維持幾天，硤石的情況十分危急。

胡斌派人突圍送信給大都督謝石，說是軍糧將盡，敵人攻勢又猛，難以突圍與大軍會合，請求火速派兵前來救援。不料信使被秦軍捕獲，信件落入苻融手中。苻融看了信非常高興，「哈哈」笑道：「這下子硤石之敵成了甕中之鱉，看你往哪裏逃！」他立即寫信給苻堅，請求火速派兵前來，將硤石敵軍一舉殲滅。

苻堅看了來信，滿心歡喜，居然想兵不血刃地拿下江東。他派朱序為使者，到謝石那裏去勸降。朱序本是東晉將領，鎮守襄陽時曾經堅決抵抗秦軍，後來兵敗被俘，在前秦做官，但他時時不忘東晉朝廷，伺機為故國效力。

朱序見了謝石叔姪，不但沒有勸降，反而將秦軍的虛實告訴他們，並且獻計道：「若想挫敗秦軍銳氣，必須現在出擊。目前，秦軍多在行軍途中，尚未到達前線。等到秦軍到齊，只怕難以取勝了。」謝石等人仔細考慮了利弊，決定立即出擊。朱序也回到秦營，尋找機會幫助晉軍。

猛將劉牢之接受了攻擊敵人的任務，率領五千久經沙場的精兵，迅速向離開駐地只有二十五里的洛澗插去。駐紮在洛澗的秦將梁成，因距晉軍營寨不遠，時時戒備。後來聽說朱序前去勸降，漸漸放鬆了警惕，警戒也沒有以前那樣嚴密。

半夜時分，劉牢之領兵殺入敵營，見人就砍，見物資就燒，把秦軍大營攪得天翻地覆。梁成見狀不妙，聚合敗逃的秦軍準備反擊。劉牢之急忙拍馬向梁成殺去，剛剛聚合起來的秦軍又被殺散。梁成與劉牢之戰在一處，分不開身，看着部下潰散，未免心慌，一個疏神，被劉牢之劈落馬下。

劉牢之全殲駐紮在洛澗的五萬秦軍後，領兵向硤石殺去，救援受困的胡彬。硤石的晉軍受困多日，已經斷糧，陷入絕境。忽然聽到外圍喊殺，知道援軍已到，胡彬立即領兵衝下山。劉牢之領兵從外往裏衝，胡彬領兵從裏往外殺，裏外夾攻，把秦軍殺得大敗而逃。

苻堅聞報洛澗秦軍被殲，硤石秦軍兵敗，登時目瞪口呆。他原以為晉軍不堪一擊，沒想到晉軍如此厲害。天剛斷黑，又傳來敗訊：張蠔領兵渡過淝水到東岸，剛想安營紮寨，晉軍已經趕到，晉軍猛衝猛殺，秦軍抵擋不住，敗下陣來，渡過淝水回到西岸。現在兩軍隔水相望，互相對峙。

第二天一早，苻堅帶苻融和眾將登上壽陽城頭，仔細查看敵情。只見晉軍旌旗飄揚，佈陣嚴整，一望便知這是訓練有素、能征善戰的軍隊。再看看東北方向的八公山，隱隱約約可見埋伏着的晉軍在晃動。苻堅大驚道：「山上有這麼多伏兵，怎麼說晉軍人少呢？」八公山上沒有晉軍，只是苻堅心裏發虛，眼睛發花，誤將搖動的草木當成了伏兵。

秦軍不斷到來，兵力一天天增強，局勢對晉軍越來越不利。前鋒都督謝玄與叔叔征討大都督謝石幾經商量，想出一個激將法，引苻堅上鈎。他寫信給秦將苻融，信中寫道：「將軍率領百萬大軍前來，本意是想滅我晉室，現在我軍鋒芒初試，就嚇得將軍龜縮在淝水以西，不敢出戰。秦軍將領膽識不過如此，竟想奪取我晉室江山，真是可笑之極。如果將軍真想與我軍交戰，請略略後撤，騰出一塊地方作為戰場，讓我軍渡過淝水，一決輸贏，不知將軍可有這個膽量。」

苻融看了來信，十分氣惱，準備與晉軍決一雌雄。轉念一想，謝玄詭計多端，其中莫非有詐？再說此事非同小可，必須稟報皇兄苻堅才能做出決定。苻堅看了拿來的信，不免動氣，心想：要是不答應與晉軍決戰，豈不是承認我們害怕他們？弟兄倆商量了一番，苻堅忽然將桌子一拍，說：「答應晉軍的要求，我軍沿河撤出一箭之地，讓他們渡河送死！兵書上說：半渡而擊之。等晉軍剛剛渡河立足未穩，我軍立即衝上去，殺他個落花流水！」苻融聽了連連點頭，認為此計大妙，於是派人告訴來使，秦軍屆時後撤，雙方一決勝負。

決戰那一天，苻堅全身披掛，雄赳赳地騎在馬上，準備指揮大軍後撤。苻融飛馬前來，報告一切準備就緒。苻堅一聲令下，大軍向後撤退。

謝玄騎馬立於東岸陣前，看到秦軍往後撤，把令旗一揮，先鋒部隊開始渡河。劉牢之率領一萬騎兵，風馳電掣般向淺水灘衝去，強行涉水渡河。胡彬率領一萬水軍，戰船像離弦的箭一般向對岸飛駛。

苻堅忙命張蠔率領騎兵攔截。張蠔是劉牢之的手下敗將，未戰先怯，哪裏擋得住劉牢之的鐵騎！前秦的水軍是由步兵臨時改編而成，更不是胡彬水軍的對手，紛紛敗退。苻堅原本打算「半渡而擊之」，卻未做好準備，剛交戰便敗了一陣。

沒過多久，兩萬人馬就渡過了淝水，佔領了灘頭陣地。謝玄見先鋒部隊渡河成功，牢牢抓住戰機，催動大軍迅速渡過淝水。

苻堅見晉軍已經全部渡河，不免心慌，連忙命令大軍返回廝殺。沒料到徵調來的士兵厭惡戰爭，不願意賣命，聽說後撤跑得快，要他回過頭去打仗卻不願意，只是一個勁地往後跑。這時候，朱序見為國效力的時機已到，在陣後高喊：「秦軍敗了，快逃命呀！秦軍敗了，快逃命呀！」後面的士卒不知道前面的情況，見前面的人往後跑，以為真的被打敗了，也跟着亂喊，拔起腳往後面逃命。

苻融見到這種情況，只得將劍亂舞，企圖阻攔後退的士卒，壓住陣腳。後退的士卒潮水般湧來，哪裏攔得住？冷不防衝來一羣亂兵，把苻融的馬也衝倒了，苻融身子一歪跌落馬下。過了一會兒他才緩過氣來，想掙扎着爬起來上馬，這時晉軍已經趕到，你砍一刀，我戳一槍，頓時將苻融殺死。

秦軍失去了控制，潰敗的局面再也無法挽回。苻堅也被捲入退兵的洪流，只得隨着大軍逃命。晉軍在後面緊追不捨，秦軍如同脫韁的野馬，狂跑亂奔。一時間，千軍萬馬自相踐踏，死傷無數。

苻堅正在逃命，被亂箭射傷肩頭，險些跌落馬下。他顧不得疼痛，催馬狂奔，一直逃到淮北才停下來歇口氣。

倉皇逃命、潰不成軍的秦軍官兵個個膽戰心驚。他們不敢從大路走，專揀雜草叢生、遍佈荊棘的小路逃，兵器、盔甲扔得到處都是。夜裏，失魂落魄的官兵聽到風的呼嘯聲和鶴鳴聲，都以為是晉軍的追殺聲，餓了就胡亂找點兒吃的，累了就睡在田野裏，當時正是冬季，凍死、餓死了很多。

淝水一戰大獲全勝，謝玄寫好捷報，派人火速送往建康。捷報送到時，謝安正在和張玄下棋。他接過信，拆開來看了看，就像沒事一樣把它擱置在一旁，依舊下起棋來。張玄時時牽掛着前線的戰事，急於知道戰事的進展情況，手裏拿着棋子，眼睛只顧望着謝安，好一會兒落不下子。停了一陣子，他實在忍不住了，問道：「前線戰事如何？」謝玄輕描淡寫說了一句：「孩子們把秦軍打敗了。」張玄和觀棋的幕僚聽了，興奮萬分，有人立即跑了出去，把勝利的消息告訴大家。不到半天功夫，勝利的消息傳遍了全城。

客人離開以後，謝安連忙拿過信函，仔仔細細又從頭到尾看了一遍。他抑制不住興奮的心情，急急忙忙往內室走，由於過於激動，跨門檻時折斷了木屐上的齒。

這一仗，由於有精密的謀劃，晉軍官兵同仇敵愾，終於擊敗了十倍於自己的秦軍。

點評

一般說來，預測戰爭的勝負，首先看雙方兵力的多少，力量的強弱。但是，以少勝多、以弱勝強也不乏其例，淝水之戰，就是典型戰例之一。

企圖一統中國，只不過是苻堅的美好願望。苻堅雖然基本統一了北方，但是內部民族矛盾尖銳，後方不穩；強徵百姓作戰，不得人心。從全局來看，滅晉的時機尚未成熟。更為重要的是，出征前，苻堅未做認真謀劃。苻堅原先自以為強大，口出「投鞭斷流」的狂言。由於戰前沒有具體的規劃，一有小挫便惴惴不安，以致落下「八公山上，草木皆兵」的千古笑柄。決戰時苻堅沒有做好具體部署，大軍成了一盤散沙，雙方交鋒後，一個個只顧逃命，被晉軍徹底擊潰。

面對強敵，謝安運籌帷幄，指揮若定，穩定了軍心。前方的將領貫徹了謝安的戰略思想，戰前做出具體的作戰計劃，官兵同仇敵愾，終於戰勝了十倍於自己的強敵。

孫子說：「多算勝，少算不勝。」戰前之「廟算」，豈可忽視乎！

《作戰》主要闡述戰前的動員，並且做好戰前的各種準備。出兵打仗要耗損國家大量的人力、物力、財力，曠日持久會使軍隊疲憊，銳氣受挫，物資枯竭，別的諸侯國也會乘機發起進攻，因此必須速戰速決。孫武反對在國內一再徵集兵員，調運糧草，主張軍需武器取自國內，糧草由部隊在當地解決；主張用財物厚賞士兵，以激勵他們的士氣；主張優待俘虜，將俘虜混合編入我軍的行列，主張用繳獲來補充壯大自己。孫子反覆強調：用兵打仗貴在速戰取勝，不利於持久作戰。

孫子曰：凡用兵之法，馳車①千駟，革車②千乘，帶甲③十萬，千里饋④糧，則內外⑤之費，賓客之用，膠漆⑥之材，車甲之奉，日費千金，然後十萬之師舉矣。

注釋

① 馳車：攻擊敵人的輕便戰車。② 革車：運送物資的輜重車。③ 帶甲：指穿戴盔甲的士卒。④ 饋：運送。⑤ 內外：指後方和前方。⑥ 膠漆：用於修繕和維護武器的膠和漆。

翻譯

孫子說：大凡用兵作戰的一般原則，需要動用用於作戰的輕車千輛，用於運送軍用物資的輜重車千輛，穿戴盔甲的士卒十萬人，還要向千里之外運送糧食，那麼總算起來，用於前方、後方的經費，經過各諸侯國時的禮賓費用，用於武器維護、修繕的材料花費，供養士卒的糧草，總計起來每天要花費千金，做好一切準備之後，十萬大軍才能登上征途。

檀道濟唱籌量沙

公元420年，劉裕廢去晉恭帝司馬德文自立為帝。改國號為宋，史稱「劉宋」。公元439年，北魏太武帝拓跋燾消滅了北涼，統一了北方。從此以後的一百七十多年裏，南北政權互相對峙，史稱「南北朝」。南朝第一名將檀道濟，跟隨宋武帝劉裕南征北戰，戰功顯赫；宋武帝即位後，他征戰沙場，開拓疆土，鎮守江南。宋武帝病故後，武帝的兒子宋文帝即位，北魏乘機大舉渡過黃河，攻佔了大片土地，宋文帝派檀道濟率領大軍抵禦。

有一次，北魏軍又來進犯濟南，檀道濟率領大軍應戰。這一仗打得異常激烈，在短短的二十多天裏，雙方交鋒三十餘次，每次交鋒都是宋軍獲勝。北魏軍節節敗退，一直退到山東歷城。

宋軍連戰連勝，有些輕敵，防備也有點鬆懈。北魏軍征戰多年，也不是吃素的，深知糧草的重要。他們趁宋軍不備，派精銳騎兵突襲宋軍的輜重糧草，放把火把宋軍的糧草燒了。檀道濟的將士雖然英勇善戰，但是斷了軍糧就沒法堅持下去。檀道濟懊喪之極，於百般無奈中準備從歷城退兵。

歷數前代戰事，大軍後撤，最忌敵軍在後面追擊。撤退的士兵希望早些脫離戰場，喪失了鬥志，再有敵人追擊，往往被打得大敗。檀道濟暗暗想道：眼下沒有糧草，軍心動搖，要是敵軍追了上來，那就太危險了。

北魏軍得知宋軍缺糧撤退，急忙派出大軍追趕，想把宋軍圍困起來。魏將暗暗想道：宋軍沒有糧食，不要多少天一定不戰自亂，屆時便可將宋軍一舉殲滅。宋軍將士看到大批魏軍圍上來，都有點害怕，檀道濟卻不慌不忙地命令將士就地紮營休息。當天晚上，宋軍軍營裏燈火通明，檀道濟親自帶領一批管糧的兵士在一個營寨裏查點糧食。一些兵士手裏拿着竹籌唱着計數，另一些兵士用斗量米。敵人的探子偷偷地向營裏探望，只見米袋裏都裝着雪白的大米。

魏兵的探子趕快去告訴魏將，說檀道濟營裏軍糧還綽綽有餘，要想跟檀道濟決戰，準是又打敗仗。魏將得到情報，以為宋軍雖然被燒了些糧食，並沒有斷糧，現在佯作撤退，是想引誘自己上當。他越想越玄：好一個檀道濟老狐狸，差一點兒上了他的當！

其實，魏將中了檀道濟的計。檀道濟在營房裏量的並不是白米，而是一斗斗的沙土，只是在沙土上覆蓋着少量白米罷了。

到了天色發白，檀道濟命令將士戴盔披甲，做好戰鬥準備，自己穿着便服，乘着一輛馬車，大模大樣地沿着大路向南轉移。

魏將被檀道濟打敗過多次，本來就對宋軍有點害怕，再看到宋軍從容不迫地撤退，吃不準他們在哪兒埋伏了人馬，不敢追趕。檀道濟靠他的鎮靜和智謀，保全了宋軍，使宋軍安全地回師。

後勤保障是取得戰爭勝利的重要因素，但也不是唯一因素。用兵本為「詭道」，真真假假，虛虛實實，搞得敵人弄不清真相，同樣可以轉危為安。

檀道濟不愧為南朝第一名將，糧草損失殆盡，等於斷了自己的生命線，他卻遇難不慌，設計迷惑敵人，使敵人誤以為宋軍尚有很多糧食，得以全身而返。敵人中了檀道濟的計謀，沒能抓住這個有利戰機，將宋軍徹底擊潰。

其用戰也勝，久則鈍①兵挫②銳。攻城則力屈，久暴③師則國用不足。夫鈍兵挫銳，屈力殫④貨，則諸侯乘其弊而起，雖有智者，不能善其後矣。

注釋

①鈍：使……疲憊。②挫：使……挫傷。③暴：使……在外。④殫：使……盡。

翻譯

大軍作戰要求速勝，戰事曠日持久就會使軍隊疲憊、銳氣受挫。攻打城池就會使力量耗盡，長期讓軍隊遠征就會使國家財政發生困難。軍隊疲憊、銳氣受挫，力量耗盡、物資枯竭，那麼其他國家就會乘機發起進攻，雖然有足智多謀的人，也不能挽回危局。

李廣利大敗而歸

古代西域有三十六個城國，其中有個叫大宛。它北通康居，南面與大月氏相鄰。張騫通西域以後，漢朝開始與大宛交往。

公元前104年，漢朝使者返回後向漢武帝奏道：「大宛盛產名馬，其中以汗血馬最為名貴。據說這種馬淌出來的汗如同血液一般，能夠日行千里。大宛人將這種馬藏在貳師城，不讓我們看見。」

漢武帝聽後求馬心切，委派壯士車令為使者出使大宛。車令帶領隨從，攜着黃金千兩和一座用黃金製成的駿馬塑像，與大宛換汗血馬。

車令一行風餐露宿，歷盡千辛萬苦來到大宛。大宛王毋寡接見了漢朝使者以後，召集羣臣商量這件事。大家一致認為：漢朝與大宛相距甚遠，交通極為不便，途中還隔有鹽澤（羅布泊），行人往往在這裏死亡。若是從北邊前來，沿途缺乏糧食和水草。以往漢朝派遣幾百人的使團前來，都因為缺少糧食水草而死亡過半；若是派大軍前來，糧草供應更加無法保障。漢朝對我們無可奈何，因此用不着懼怕，貳師城的汗血馬是我們的國寶，不能獻給別的國家。

毋寡兩次接見車令，都斷然拒絕了漢朝的要求。車令勃然大怒，破口大罵毋寡，隨後舉起鐵錘將金馬擊碎，掉頭揚長而去。大宛羣臣無不氣憤，紛紛說道：「漢朝使者太狂妄了，簡直不把我們看在眼裏！我們受到這等侮辱，非得出這口惡氣！」

毋寡聽了臣子們的議論，越發怒不可遏，下令將漢朝使者驅逐出境。他又暗中下令給駐紮在東部的郁成王，攔住漢朝使者的去路，殺死使團的全部人員。郁成王接到命令以後，將車令一行全部殺害，將漢使帶去的財寶盡數擄去。

漢武帝聞報使者被殺，佛然變色。以前出使過大宛的姚定漢等上奏道：「大宛國沒有多少兵力，軍事力量薄弱，只需派去三千人馬，用強弓硬弩射向敵人，必定能夠打垮大宛軍隊。」

漢武帝對他們的話深信不疑，以前有過這樣的先例。四年前，他派趙破奴率領七百騎兵發起突襲，一舉生擒樓蘭王。現在派兵攻打大宛，正合他的心意。這時他正寵愛姬妾李夫人，為了討得李夫人的歡心，想給李夫人的哥哥封以高官，但是漢高祖曾經作出規定，沒有給國家立下功勛的不能封侯。現在天假其便，正是給李廣利征戰立功的好機會。

從中原發兵征戰西域，的確困難重重。漢武帝思量一番，決定讓李廣利擔任貳師將軍（因為到貳師城奪馬，故稱貳師將軍），率領附屬國的六千騎兵和志願從軍的青年，前往西域討伐大宛。

李廣利率領大軍出了玉門關，翻山越嶺，渡過荒漠，歷經千辛萬苦，來到鹽澤。好不容易渡過鹽澤以後，沿途每個小國見到漢朝軍隊，都緊閉城門，嚴加防衛，不讓漢軍入城，不肯供應糧草。李廣利一路領兵攻打，攻克城池後便大肆擄掠，搶奪財寶和物資。有的城池攻打不下，便繞城而去。即便如此，軍中的物資越來越匱乏。

走一路打一路，傷亡越來越大，官兵越來越疲憊，士氣越來越低下。到了郁成城，傷亡已過半。官兵銳氣磨盡，幾乎喪失戰鬥力。郁成王不失時機地向漢軍猛攻，漢軍沒法抵禦，李廣利只得率領殘兵奪路而逃。

李廣利領兵逃脫了郁成王的追殺，對部將說：「現在連區區的郁成城都沒法攻破，怎麼能攻下大宛國？事到如今，如何是好？」他與眾將商量了一番，決定班師回朝。大軍回到敦煌，只剩下出征時的十分之一二。

大軍遠征，力求速戰速決，這幾乎是一條金科玉律。

漢武帝讓李廣利領兵出征大宛，一則為了奪取汗血馬，一則為了討好李夫人，讓李廣利獲取戰功。從戰略上看，攻打大宛實屬不必。

此番遠征，路途遙遠，行軍艱難。經過長途跋涉，軍隊疲憊，全無銳氣，又缺乏後勤保障，全靠攻打城池掠奪物資，到了郁成城下，已是強弩之末。縱使有三頭六臂，也無法取勝。

孫子說：戰事曠日持久就會使軍隊疲憊、銳氣受挫，力量耗盡、物資枯竭，即使是智者，也不能挽回危局。

故不盡①知用兵之害②者，則不能盡知用兵之利③也。

|注釋|

① 盡：完全、全面。② 害：害處、危害。③ 利：好處、利益。

|翻譯|

因此不完全了解用兵作戰的危害，就不能完全明白用兵作戰的好處。

戰例

赤壁鏖兵

曹操將北方基本平定以後，便想統一全國。南方的主要對手有兩個，一個是荊州的劉表，一個是雄踞江東的孫權。

那時候，劉備雖有奪取天下的野心，但是兵微將寡，以致寄人籬下。投奔劉表以後，他不斷網羅人才，擴大力量。他曾三顧茅廬，請出了諸葛亮來輔佐他。

公元208年，曹操領兵南下攻打劉表。事有湊巧，曹軍行至半途，劉表患病去世。劉表有長子叫劉琦，次子叫劉琮，當年，劉表的後妻蔡氏把自己的姪女嫁給劉琮，因而討厭劉琦偏愛劉琮。劉琦為了避禍，聽從了諸葛亮的意見，暗中設法離開了襄陽。黃祖戰死疆場後，劉琦向父親請求接任黃祖的職務，劉表立即應允，委任劉琦為江夏太守。劉表死後，次子劉琮繼承了劉表的職務。

曹軍到達新野，劉琮嚇得不知所措，一些官員勸他歸降曹操，劉琮便瞞着劉備送去降書。直到曹軍抵達宛城（今湖北荊門南），劉備才知劉琮早已投降。劉備聞訊後大驚失色，有人勸劉備乘機奪荊州，劉備權衡利弊，為顯示仁義收買人心，說：「劉表臨死前把劉琮託付給我，背信棄義的事我不能做。」他到劉表的墳頭大哭一場，然後領兵向東逃去。

由於有大量的百姓跟隨劉備的軍隊南逃，軍民混雜，行動遲緩。劉備派關羽率領一萬水軍，由水路退往江陵，約定雙方在江陵會師。

江陵是荊州的軍事要地，儲有劉表的大量軍用物資，曹操親自率領五千名精銳騎兵追趕劉備。曹軍一天一夜疾馳三百餘里，在長阪坡追上了劉備。劉備這支軍民混雜的隊伍，哪裏經得起曹操騎兵的衝擊！頃刻之間，劉備軍被打得七零八落，爭先恐後地奪路南逃。多虧張飛、趙雲浴血奮戰，劉備一行才得逃脫。劉備丟棄了所有的輜重，改向漢水方向撤退。到了漢水邊，恰巧與關羽率領的水軍相遇。

再說佔據江東的孫權聽說劉表已死，召集部眾議事。魯肅說道：「荊州與我們相鄰，那裏是江山險固、土地肥沃的疆域，如能佔有荊州，就能奠定帝王的基業。現在劉表的兩個兒子不和，將領們也分為兩派。劉備是個英雄人物，寄居在劉表那裏，劉表妒嫉他的才能，不肯重用劉備。如果劉備與劉表的兒子同心同德，我們就與他們和睦相處；如果他們離心離德，就該另打主意。請您讓我到荊州去一趟，看看那裏的情形。」孫權同意了魯肅的請求，魯肅立即動身前往。

魯肅趕到荊州，劉琮已向曹操投降。他便去追趕劉備，在當陽與劉備相遇。魯肅與他共商大事，建議劉備與孫權聯兵。他的意見與諸葛亮的想法不謀而合，談得十分融洽。劉備採納魯肅的建議，將軍隊進駐夏口。

曹操攻得荊州，擊敗劉備，又得到七八萬荊州降兵，好不躊躇滿志。他決心擊敗孫權，蕩平江東，親自率領四十多萬大軍（號稱八十萬）浩浩蕩蕩沿江東下。

劉備剛到夏口，就聽說曹操已經領兵沿江東下，諸葛亮主動要求隨同魯肅前往柴桑（今江西九江西南），面見孫權分析利害，商量共同抵禦曹軍的大計。劉備正愁勢單力薄，同意了諸葛亮的要求。

諸葛亮見到孫權，對他說：「曹操平定了北方，又攻取了荊州，兵力強盛，聲勢浩大。如果您有力量與他對抗，不如早些與他斷絕關係，如果無力對抗，不如早點兒投降。」

孫權聽了很不高興，反問諸葛亮：「如今劉備已經被曹操打敗，為甚麼不投降？」

諸葛亮繼續激他：「漢初的田橫不過是個壯士，尚且不肯投降受辱，劉備是漢王室的後代，怎能向曹賊投降！」

孫權激動地站了起來，朗聲說道：「我不能拿江東的大片土地和十萬甲兵，拱手送給曹操。抗擊曹軍，是唯一的選擇，我的決心已定，希望劉備跟我聯兵共同抵抗曹軍！」不過，孫權仍有顧慮，問諸葛亮：「劉備剛剛被曹操打敗，哪有力量抗擊曹軍？」

諸葛亮說：「主公雖然剛敗，但失散官兵已歸隊，加上關羽水軍精兵還有一萬人。另有劉琦統帥的江夏兵，總數不下一萬。曹軍遠道而來，疲憊不堪，再說北方士兵，不慣水戰；荊州兵是被迫而來，不會為曹軍賣命。如果將軍能與我們聯兵，一定打敗曹軍。荊州、江東穩定之後，三分天下的局勢會形成。成敗關鍵，在於今天決策。」孫權聽了非常高興，連忙與部屬商量。

這時候，曹操寫給孫權的信送到，信中寫道：「我奉天子之名，討伐天下逆賊。現在我率領八十萬大軍，準備在吳地與將軍一會。」孫權把曹操的信給大家看，許多人驚恐不安。長史張昭等說出許多理由，說明其中利害，勸孫權投降，唯有魯肅閉口不言。孫權去上廁所，魯肅連忙追到屋簷下對孫權說：「像我這樣的人可以投降，將軍卻萬萬不可。我等投降以後，仍然可以不失富貴，將軍投降以後便失去了地盤，今後將軍在哪裏立足？眾人的主張是貽誤將軍的大事，將軍千萬不要聽信他們的話。」孫權深受感動，歎息道：「你說的抗曹策略，正和我想的一樣。」

周瑜來到以後，在集議的會上朗聲說：「曹操名義上是漢朝丞相，實際上是漢朝奸賊。將軍佔地千里，精兵足夠使用，正應橫行天下，為朝廷除去賊臣！現在曹操自來送死，怎麼能向他投降！」接着他向孫權分析了形勢，表示願意領兵進駐夏口，抗擊曹軍的進攻。

孫權聽了深受鼓舞，拔出佩劍砍向面前的奏案，說：「今後有誰再敢說投降，他的結果就像這奏案一樣。」

當天夜裏，周瑜又去見孫權，說道：「眾人見曹操信中說有大軍八十萬，全都感到驚恐不安。現在據實算來，曹操領來的中原部眾十五六萬，投降曹操的荊州兵頂多七八萬。荊州兵心懷二心，不會為曹操拼命。憑疲憊不堪的官兵，控制三心二意的降兵，人數雖多，實無可懼。我只要五萬精兵，就能打敗強敵，請將軍不要顧慮。」

孫權道：「五萬人馬一時難以調集，目前已經集結了三萬人馬。你和魯肅、程普領兵先行，我調集人馬、糧草給你們做後援。若是能戰勝曹軍，你就當機立斷；萬一失利，我們再與曹操決一勝負。」

劉備領兵駐紮在夏口，每天派巡邏的士兵在江邊遠眺孫權的部隊是否到來。這一天，巡邏的士兵看到孫權軍的船隊從遠處駛來，不由得歡呼起來。劉備聞訊後立即派人去慰勞吳軍，周瑜對前來慰勞的人說：「我有重任在身，不能擅自離開，如果劉備能屈尊前來，我會感到榮幸。」劉備聞報，立即乘坐一隻小船去見周瑜。兩人互致問候後，劉備說：「貴軍前來抵抗曹軍，的確是明智之舉。請問將軍，帶來的人馬有多少？」周瑜以實相告：「三萬人。」劉備說道：「可惜少了些。」周瑜笑了笑說：「三萬人足夠用，將軍且看我擊敗曹軍。」

劉備要魯肅來此共敘，周瑜正色道：「他有重任在身，不能離開職守。將軍想會見魯肅，請到他那裏去拜訪。」劉備聽了，既為自己的說話冒失慚愧，又為周瑜治軍嚴謹高興。

周瑜領兵繼續前進，在赤壁與曹軍相遇。當時曹操軍中發生瘟疫，兵士的戰鬥力不強，初次交鋒，曹軍失利，退回江北。周瑜領兵在長江南岸駐紮，與曹軍大營遙遙相對。

周瑜的部將黃蓋前來拜見，說道：「敵眾我寡，難以長期對峙。曹軍的主力來自北方，不習慣水戰，曹操將水軍的戰船一艘艘相連，兵士在船上行走如履平地。曹軍戰船首尾相接，弱點暴露了出來，若是採用火攻，可將曹軍的戰船燒盡。如此一來，可以大破曹軍。」兩人密談了一番，定下了火攻曹軍的「苦肉計」。

黎明時分，濃霧籠罩着江面，遠遠望去，白茫茫的一片，幾十步之外就甚麼也看不清。黃蓋選取了十艘戰船，船上裝滿柴草，並且在上面澆上油，外面用篷布遮好，再在上面插上些旗幟。黃蓋又準備好快船，繫在戰船的船尾。一切準備停當，黃蓋指揮這十艘戰船向北岸駛去，其餘的船隻依次而進。

這時候，東南風吹得正勁，日出霧散，江面一片平靜。裝滿引火物的戰船行駛到江心，黃蓋下令張帆。帆一升起，戰船飛一般向前疾駛。

曹操的官兵都走出軍營站在江邊觀看，指着戰船說黃蓋投降來了。離開曹軍還有二里來遠，黃蓋下令點火，船上的官兵點完火跳上快船，看着張着巨帆的戰船像一條條火龍向曹軍的船隊衝去。

曹軍的船隊全用鐵索拴在一起，想躲躲不開，想逃逃不掉，眼睜睜看着十條火龍衝到面前。霎時間，烈火熊熊，濃煙滾滾，戰船一艘連一艘地燒起來。官兵連忙往水裏跳，許多淹死。曹軍正亂着，周瑜指揮江東戰船殺向曹操水軍。曹操水軍亂成一團，頃刻間被江東大軍消滅乾淨。

江面上的火勢不斷蔓延，曹軍設在江岸上的營寨也被燒着，只見火光沖天，濃煙蔽日，整個大營變成一片火海。

曹操見勢不妙，在部將的掩護下匆匆逃跑。周瑜派兵緊緊追趕，曹軍大敗，燒死的、淹死的、殺死的不計其數，曹軍的戰船和營寨全燒光。

曹操向華容道逃竄，道路泥濘難以通行。曹操命令老弱殘兵背草鋪在路上，騎兵才得以通行。老弱殘兵被騎兵踐踏，大多死亡。

劉備、周瑜水陸並進，將曹軍一直趕到南郡。曹軍又餓又病，死去一大半。曹操垂頭喪氣，沮喪萬分，沒想到自己率領如此強大的軍隊，落得現在這樣的結局。他留下曹仁、徐晃鎮守江陵，自己領兵回到北方。

經過赤壁一戰，曹操元氣大傷，統一中國的企圖化為泡影。孫、劉聯軍徹底擊潰了曹軍，三國鼎立的局面初步形成。

點評

漢朝末年，曹操挾天子以令諸侯，基本平定了北方以後，便想統一全國。曹操擊敗劉備之後，擺在孫權面前的只有兩條路，要麼與曹軍拼死一戰，要麼向曹操投降。究竟是戰還是降，孫權不得不權衡其中利弊。

孫子云：「故不盡知用兵之害者，則不能盡知用兵之利也。」諸葛亮採用激將法；魯肅、周瑜向孫權詳細分析了利害，堅定了孫權聯合劉備抵抗曹軍的決心。最終孫劉兩家聯手，巧施火攻徹底擊敗曹軍。從此以後，初步形成了三足鼎立的局面，歷史將跨入三國時期。

善用兵者，役①不再籍②，糧不三載③。取用於國，因④糧於敵，故軍食可足也。

注釋

① 役：兵役。② 籍：按照戶籍徵兵。③ 載：裝載，運輸。④ 因：依靠，憑藉。

翻譯

善於用兵的人，不第二次徵兵，不多次向前方運送糧草，軍需武器取自國內，糧草由部隊在當地解決，這樣，軍隊的糧草供給就充足了。

高陽酒徒立奇功

秦朝末年，爆發了陳勝、吳廣起義。星星之火，迅速燃遍中原大地。英雄豪傑紛紛殺死當地長官，響應陳勝起義。同時，一些六國的舊貴族和各路英雄好漢也趁機而起，有的投奔陳勝，有的自立旗號，這麼一來，反秦的烈火越燒越旺。劉邦應時而動，拉起一支隊伍在芒碭山興師，參加到推翻秦王朝的起義隊伍中。

劉邦本是潑皮無賴出身，剛剛拉起一支隊伍反秦時，仍然惡習不改。他最看不起讀書人，有儒生前去見他，他就把人家的儒冠搶過來往裏面撒尿，絲毫不顧及自己的體面。

酈食其，是高陽老儒生，已經六十多歲了，在衙門裏當個小吏維持生計。他雖然貧窮，但有志氣，有錢有勢的人也沒法差使他，被人稱為「狂生」。他聽說劉邦是個豪傑，想去投奔他。有人勸他不要以儒生的身份去見劉邦，否則會自招其辱。

有一天，酈食其去見劉邦，吃了閉門羹。通報的人對他說：「沛公向先生致歉，現在正忙天下大事，沒時間見儒生。」酈食其頓時發起脾氣，高聲說道：「快點滾回去！告訴你主子，要見他的不是儒生，是高陽那裏愛喝酒的人。」劉邦聽手下一說，讓酈食其進去相見。

酈食其進去一看，咳，劉邦倒也真會享福，兩個美女正在給他洗腳。酈食其不願下跪，只是對劉邦作了一揖，說：「你是想幫助秦國攻打諸侯呢，還是想率領諸侯滅掉秦國？」

哪個讀書人敢對劉邦這樣說話？劉邦不禁勃然大怒：「你這個書生，你難道不知道天下人都在受秦朝的苦？怎麼能說我幫助秦國攻打諸侯！」

酈食其說：「要是你下定決心推翻暴秦，就應當聚集民心，你如此對待老年人，那可不行。」劉邦聽了這話，馬上叫給他洗腳的女子走開，把衣裳穿整齊，恭恭敬敬請酈食其入座，並且向他請教大計。

酈食其見劉邦真心請教，便向劉邦說起戰國時六國成敗的原因，然後說道：「你現在的人馬，還不到一萬，現在居然想攻打強秦，無異於羊入虎口。」酈食其略略一頓，接着說道：「陳留（今河南開封陳留）四通八達，為天下要衝，進可戰，退可守，而且城中儲存了許多糧食，攻佔了陳留，便可立穩腳跟，與敵人爭鋒。」

劉邦聞言大喜，忙問何計能夠攻取陳留。酈食其說：「陳留縣令是我的舊相識，我願意前去勸降。如果不成，我願作內應，足下領兵攻打，可以一舉攻佔城池。」

酈食其來到陳留縣城，去見縣令。縣令見故人到來，非常高興，設下酒宴款待他。酒至半酣，兩人談起了天下大事。酈食其趁機向縣令陳說利害，勸他歸降劉邦。縣令懼怕秦王朝的嚴刑峻法，不敢答應，表示要與城池共存亡。酈食其見勸說無效，假意跟縣令商量如何守城，免得縣令產生戒心。

當天晚上，酈食其率眾殺死了縣令，並且立即派人報告劉邦。劉邦聞報縣令已死，知道大事已成，急忙領兵來到城下。守軍見到縣令的人頭，喪失了鬥志，無意繼續守城，紛紛投降。

劉邦進城以後，得到大量的糧食和物資，投降的士兵也有一萬多，力量一下子得到了壯大。

有了從敵人那裏繳獲的糧食作保障，劉邦的軍隊在西進的途中不再搶掠，得到廣大百姓的擁護。高陽酒徒此番立下了奇功，為劉邦最終奪取天下打下了基礎。

點評

善於用兵打仗的人，必須懂得「因敵取糧」這一戰略原則。從敵人那裏奪取糧食，保證自己的糧草供應，掉轉頭來再去攻擊敵人，而不必從處於水深火熱中的老百姓那裏獲取。如此方略，既打擊了敵人，又壯大了自己，同時，也獲取了民心。一舉數得，獲利多多。

高陽酒徒酈食其幫助劉邦奪取陳留，就是「因敵取糧」這一方略的具體實施。劉邦最終能夠奪取天下，有很多因素，酈食其幫助劉邦奪取陳留，使得劉邦軍迅速發展壯大起來，也是其中一個因素。

原文

故殺敵者，怒①也，取敵之利②者，貨③也。

注釋

① 怒：士氣。② 利：指物資。③ 貨：用物資獎勵。

翻譯

要使官兵英勇殺敵，就要激勵他們的士氣，要使官兵奪取敵人的軍需物資，就要用物資獎勵官兵。

漢軍破燒當

公元 92 年，蜀郡太守聶尚接替了鄧訓的職務，擔任護羌校尉。他一心想效法名將鄧訓，打算以恩德使羌人各部落歸順，便派出翻譯作為使者，招撫燒當部落首領迷唐，讓他返回大小榆谷居住。

那時候，迷唐率領燒當部落東逃西竄，沒有定居之所，部眾思鄉心切，卻又無法返回，敢怒而不敢言，迷唐明白大家的心思，心中十分沮喪。使者招撫燒當部落返回故地，他們一個個無不喜出望外，迷唐順從了大家的意願，重新返回大小榆谷。

迷唐率眾返鄉後，讓他的祖母卑缺去見聶尚表示感謝。聶尚熱情招待了卑缺，在她返回時親自把她送到塞下，設宴為她餞行，又讓翻譯官田汜等五人護送她回鄉。

哪知迷唐本性難移，居然把聶尚的所作所為當作是軟弱可欺，暗中聯絡了一些其他部落密謀再次反叛。田汜等人到了燒當部落，迷唐便將田汜等五人抓了起來。他將其他部落的首領召來，將田汜等人剖腹，然後用他們的鮮血盟誓，表示與東漢王朝勢不兩立。

聶尚畫虎不成反類犬，好心沒有得到好報，懊喪之極。朝廷見他把事情辦成這樣，讓多年征戰的結果付諸東流，免去了他護羌校尉的職務。

貫友繼任護羌校尉以後，知道迷唐不可理喻，率領大軍出塞，攻打燒當部落。漢軍官兵對迷唐殘害田汜等人的暴行切齒痛恨，決心為他們報仇，貫友一聲令下，漢軍一舉將迷唐軍擊潰。為了鞏固那裏的邊防，貫友下令在逢留大河（黃河流經青海貴德的那一段稱逢留河）興建橋樑，建造城堡，製造碼頭，使羌人不能再憑藉天險肆意作亂。

迷唐見貫友採取了堅決的防禦措施，知道難回故鄉，於是率領部眾向西逃竄，在賜支河曲（今青海共和東南一段黃河彎曲地帶）居留。

公元 96 年，貫友去世，朝廷任命漢陽（今甘肅甘谷）太守史充繼任護羌校尉。史充對迷唐的暴行恨之入骨，一上任便率兵攻打迷唐。

這一仗漢軍匆匆而來，各方面的準備都不充分，迷唐軍以逸待勞，伺捕戰機。迷唐軍得盡天時地利，一仗打下來將漢軍擊潰，幾百名漢軍官兵被殺，史充匆匆逃回。朝廷聞訊後將史充召回洛陽，命代郡（今山西陽高）太守吳祉接替史充的職位。

迷唐擊敗漢軍後趾高氣揚，第二年秋天率領燒當部落的八千人馬，裹挾附近的各部落，向隴西發起進攻。羌人突如其來攻到，漢軍兵員少，又沒有防備，打得大敗，大夏（今甘肅廣河）縣長被羌人殺死。

朝廷立即任命劉尚為征西將軍，率領三萬大軍前去征討迷唐。劉尚雖然打敗了迷唐軍，但漢軍也有很大傷亡。漢軍已成強弩之末，無法追擊迷唐敗軍，這樣一來，仍然留下了後患。

迷唐率領部眾到處流竄，最後在賜支河曲一帶定居。他已經鐵了心，決心跟漢軍對抗到底。迷唐軍四處搶劫，不斷騷擾邊境，他們還封鎖了道路，阻斷了邊境一帶的交通。

時任護羌校尉的周鮪與金城（今甘肅蘭州）太守侯霸焦急萬分，要將叛亂迅速平定。他們調集了各郡守軍、已經歸順了朝廷的各部落軍共三萬人，迅速發起攻擊。他們知任務重大，不敢懈怠，認真總結過去的教訓，周密地做了戰略部署。

侯霸領兵直抵燒當部落的定居地，發起總攻。迷唐軍沒料到大軍這麼快，一個個驚恐不安。他們善於打打跑跑，擺陣作戰卻不行。侯霸親自督戰，指揮大軍向前衝。迷唐軍抵擋不住，不斷撤退。

侯霸生怕迷唐軍逃脫，立即傳下命令：勇敢殺敵者予以重賞，臨陣逃脫者殺無赦！重賞之下必有勇夫，一時間，戰鼓聲震天，吶喊聲動地，漢軍官兵一個個像猛虎下山，奮力向迷唐軍殺去，迷唐軍再也支撐不住，四處潰逃，漢軍緊追不捨，直殺得迷唐軍屍橫遍野。

這一仗漢軍大獲全勝，燒當部落終於瓦解。東漢朝廷將投降的六千燒當人分散安置在漢陽（今甘肅甘谷）、安定（今甘肅鎮原）、隴西三郡，使他們不得聚集在一起蓄謀反叛。

迷唐率領殘餘人馬，向西逃竄，逃脫了漢軍追擊。後來走投無路，投奔發羌部落。迷唐死後，兒子率領殘部向漢朝投降，那時，盛極一時的燒當部落只剩下幾十戶，直到幾十年以後，它才漸漸復甦。

秦漢以來，西北邊患一直困擾各朝。在不同的時期，對付不同部落引起的邊患，必須採用不同的戰略戰術。

東漢王朝先前討伐迷唐，或施威、或懷柔，都沒有取得甚麼成效。對待如此兇頑之敵，必須採用正確的戰略戰術，將其徹底擊潰。

周鮪、侯霸率領大軍前去征討，恩威並施，獎罰分明，一舉消滅迷唐軍，使西北地區得以安定。

孫子所言「故殺敵者，怒也，取敵之利者，貨也」，後世為將者必須謹記。

《謀攻》主要說明最高明的用兵者不是攻城略地、消滅敵軍，而是使敵國、敵軍完整地投降。孫子認為：用兵的原則，是使敵國舉國投降為上策，不用交戰就能使敵人屈服，這才是高明中最高明的。逼迫敵人「全國」、「全軍」、「全旅」、「全卒」、「全伍」地投降，是最理想的作戰方案，而攻堅的作戰方法，則是不得已而為之。孫子提出的用兵的法則是：兵力十倍於敵人，就把敵人緊緊包圍起來圍殲；兵力五倍於敵人，就主動向敵人發起進攻；兵力超出敵人一倍，就分出一部分兵力向敵人發起突襲；兵力與敵人相當，就要善於與敵人對抗；兵力比敵人少，就要撤退；兵力遠不如敵人，就要避免與敵人決戰。孫子同時指出，將帥是國君的助手，將帥輔佐得周密，國家必然強盛；國君不要隨意干預軍中的事務，不可自亂其軍，自招敗績。孫子明確指出，作戰方針的制定，必須建立在了解敵我雙方情況的基礎上，只有「知彼知己」，才能「百戰不殆」。

原文

孫子曰：凡用兵之法，全①國為上，破②國次之；全軍③為上，破軍次之；全旅④為上，破旅次之；全卒⑤為上，破卒次之；全伍⑥為上，破伍次之。是故，百戰百勝，非善之善者也；不戰而屈⑦人之兵，善之善者也。

注釋

① 全：使……完整。② 破：攻破。③ 軍：古代軍事單位，一萬二千五百人為軍。④ 旅：古代軍事單位，五百為旅。⑤ 卒：古代軍事單位，一百人為卒。⑥ 伍：古代軍事單位，五人為伍。⑦ 屈：使……屈服。

翻譯

孫子說：大凡用兵的原則，使敵國舉國投降為上策，攻破敵國就略遜一籌了；使敵人軍、旅、卒、伍完整地投降為上策，打垮敵人的軍、旅、卒、伍就略遜一籌了。所以，百戰百勝，不是高明中最高明的，不用交戰就能使敵人屈服，這才是高明中最高明的。

戰例

郭子儀單騎退回紇

公元 763 年，吐蕃乘唐朝軍隊平定安史之亂無暇西顧之機，攻佔河、隴一帶廣大地區。到了那一年的十月，吐蕃攻到奉天、武功，消息傳到京城，朝廷為之震驚。唐代宗連忙以郭子儀為關內副元帥，到咸陽抵禦敵軍。

唐軍尚未集結完畢，吐蕃已率吐谷渾、党項、氐、羌等二十萬大軍渡過渭水，逼近長安，形勢非常危急。代宗放棄了長安，向東奔往陝州（今河南三門峽），首都長安再度失守。

郭子儀到了商州（今陝西商州），收拾唐軍的殘兵敗將及武關（今丹鳳東南）守兵合計四千人，臨時組成了一支軍隊。他慷慨激昂地對官兵們說：「國難當頭，百姓生活在水深火熱之中，我們務必洗雪國恥，拯民於水火。」

白天，他讓士卒將戰鼓擂得山響，遍地佈滿軍旗；夜間，他命官兵四處高聲吶喊，遍地燃起篝火。進犯的吐蕃軍隊大驚，以為唐朝的援軍已到，連忙撤了回去。郭子儀乘勝追擊，收復了長安。

時隔不久，朔方節度使僕固懷恩反叛。僕固懷恩是鐵勒族人，安史之亂時跟從郭子儀、李光弼作戰，屢立戰功，官至河北副元帥、朔方節度使等職。因沒有得到封爵，對朝廷極為不滿，終於起兵反唐。

消息傳到京城，朝廷上下一片驚慌。皇帝召見郭子儀，詢問禦敵之計。郭子儀說：「據臣所見，僕固懷恩不能有所作為。」皇帝問其原因，郭子儀說：「僕固懷恩雖然驍勇，但是他不體恤部下，不得軍心。再說他本是臣下的偏將，他的部下多為臣下的舊部，臣領兵前往，僕固懷恩的官兵必定不願意與臣下的部曲刀兵相向。由此可知，僕固懷恩起兵必敗無疑。」

郭子儀奉詔出鎮奉天（今陝西乾縣），命令部下閉城據守。僕固懷恩的前鋒來到奉天，在城外挑戰。諸將前來請戰，郭子儀說：「敵人深入，希望速戰，我們不可與他們爭鋒。他們都是我的舊部，時間一久必然叛離，如果我們出戰，反倒堅定了他們的鬥志，一旦打起來，是勝是負難以預料。」郭子儀下令加強防守，嚴陣以待，沒過多久，叛軍果然不戰自退。

公元765年，僕固懷恩賊心不死，詐稱郭子儀已死，又勾結回紇、吐蕃大軍進圍涇陽（今陝西涇陽）。唐代宗急忙將郭子儀從河中召回，駐守涇陽城抵禦敵軍。當時，郭子儀的軍隊只有一萬多人，而敵人有三十萬，戰則凶多吉少。他命令部將堅守城池，自己親率騎兵出城偵察敵情。

這時，僕固懷恩在行軍途中突然患病死去。敵人一下子亂了套，羣雄無首，各自分營。郭子儀聞訊後暗喜：可用敵人之間的矛盾退敵。

他一面讓部下構築、加固防禦工事，一面派得力大將李光瓚前去回紇大營，勸說回紇退軍。過去，在平定「安史之亂」時，郭子儀借用過回紇軍，曾經與他們並肩作戰，在回紇軍中有很高的威望。回紇首領聽說他是郭子儀派來的，非常吃驚，說：「令公還活着嗎？僕固懷恩說郭令公已經去世，我們才隨同他前來。如果他老人家健在，我們希望見他一面。」

李光瓚返回後，把回紇人的要求告訴了郭子儀。部下們紛紛說：回紇人重利輕義，不能相信他們的話。郭子儀淡淡一笑，說：「眼下只得如此，別無退兵良策。戰則必敗，退則必殲，我到那裏去走一趟，動之以情，曉之以理，或可退兵。」他不顧眾人反對，單人獨騎前往回紇軍營。

回紇軍營前人頭攢動，議論紛紛，上至元帥，下至士兵，無不用又尊敬又驚異的眼光注視着前方。只見郭子儀白鬚飄飄，腰背直挺，騎在馬上按轡徐行。郭子儀到達回紇營門時，回紇人紛紛下馬拜伏在地。

郭子儀同回紇軍統帥藥葛羅相見，說：「你們不能聽信壞人的煽動，前來攻打唐朝，唐朝不是你們的敵人，是你們的朋友。我們的深厚友誼，是在激烈的戰鬥中建立起來的。」藥葛羅聽了，連連點頭稱是。接着，郭子儀又勸說他幫助唐軍抗擊吐蕃軍，藥葛羅爽快地答應了郭子儀的請求。

吐蕃人聽到這個消息，知道自己不是回紇軍的對手，連夜退兵。唐軍一鼓作氣追殺了幾百里，將吐蕃軍趕出邊境。

要做到「不戰而屈人兵」，主要依靠自己的實力，使敵人不敢跟自己作戰。但是，在某種特定情況下，使用計謀、憑藉威望、依靠感情同樣能夠做到這一點。

郭子儀擊退吐蕃大軍，用的是疑兵之計。單騎退回紇，靠的是自己在回紇人心中的威望和與回紇人在戰鬥中結下的深厚友誼。如此大智大勇，憑過人的膽識單騎退敵，非「善之善者」而何！

原文

故上兵①伐謀②，其次伐交③，其次伐兵④，其下攻城。攻城之法，為不得已。

修櫓⑤轒轀⑥，具器械，三月而後成。距闉⑦，又三月而後已。將不勝其忿⑧而蟻⑨附之，殺士三分之一而城不拔⑩者，此攻之災也。

注釋

①上兵：用兵的上策。②伐謀：挫敗敵人的計謀。③伐交：在外交方面挫敗敵人。④伐兵：用武力打敗敵人。⑤櫓：樓櫓，用以登高偵察敵情的高台。⑥轒轀：攻城用的兵車。⑦距闉：構築攻城的土山。⑧忿：忿怒。⑨蟻：像螞蟻一樣。⑩拔：攻佔。

翻譯

所以，用兵打仗，其策最上者，是在未戰之前就挫敗敵人計謀，其次是從外交上挫敗它，再次就是在戰陣間打敗它，最下策就是攻打敵人城池了。攻城的辦法，是不得已而為之。

修造用以攻城的樓櫓和攻城器械，需要數月的時間才能完成；構築攻城的土山，又要花費數月的時間才能竣工。將帥控制不住自己的忿怒情緒，命令部下像螞蟻一樣攀城，士卒傷亡三分之一而城邑仍未攻破，這就是強攻城池所招致的災難。

拓跋燾兵敗孤城

南北朝時，宋魏交惡已久。劉裕代晉稱帝時，北魏已經強盛起來，劉裕在位僅近兩年，便與世長辭。少帝劉義符是個地地道道的昏君，他的父親屍骨未寒，他便將樂工歌伎召至宮中，恣意尋歡作樂，讓臣子們實在看不下去。有些正直的臣子直言相諫，哪知忠言逆耳，劉義符竟然操起皮鞭，狠狠地抽打進諫的大臣。

大臣們對國家的前途深為擔憂。強敵對宋室虎視眈眈，皇上不勵精圖治，沉溺於聲色犬馬，亡國的危險就在眼前！大臣們經過一番密謀，廢去了宋少帝劉義符，擁立了劉裕的第五個兒子劉義隆為帝（宋文帝）。

北魏見劉宋政局不穩，便來趁火打劫。拓跋燾揮軍南下，佔領了黃河以南大片土地。宋文帝即位以後，念念不忘收復喪失的國土，只是因為國家屢經動亂，無力北伐。經過一段時間精心治理，劉宋經濟日益繁榮，宋文帝便迫切地希望收復失地。那時候，拓跋燾統一了北方，也想領兵南下奪取劉宋的土地。兩國如同伺機搏鬥的老虎，時時準備向對方猛撲過去。

兩國打打停停，糾纏了近三十年，到了元嘉二十七年（公元450年），拓跋燾再也按捺不住，親自率領十萬大軍，向懸瓠城（今河南汝南）撲去。懸瓠城的宋軍守軍不到一千人，拓跋燾認為攻取懸瓠城是件易如反掌的區區小事。

事出拓跋燾之預料，宋將陳憲率領軍民拼死守城。魏兵登上雲梯攀登城牆，城頭上的守軍將檑木滾石雨點般砸下，雲梯上的魏兵非死即傷，還沒有登上雲梯的向後逃竄。

十萬大軍居然攻不下守軍不滿一千人的小小的懸瓠城，豈不要貽笑於天下！拓跋燾怒不可遏，命令大軍日夜攻城，務必要拔掉這顆硬釘子。

魏軍建造了許多樓車，弓弩手站在樓車上向城中射箭，懸瓠城中矢下如雨，軍民們出去打水都要背着門板行走。魏軍還在衝車的一頭甩出大鐵鈎，將城牆的磚石鈎住，然後用衝車拖拽大鐵鈎，打算把城牆拖倒。

陳憲見情況危急，一方面讓守軍死死守住城頭，一方面動員全城百姓和守軍一道又築起一道城牆，城外再加上一層木柵欄，加強防禦。魏軍費了九牛二虎之力才將南面的城牆扯下一個缺口，衝到城裏一看，裏面還有一道城牆，驚得目瞪口呆。

拓跋燾急火攻心，揮動大軍拼命攻城。陳憲身先士卒，手持大刀，站在城頭猛砍企圖攀登城頭的魏軍。城牆下的屍體越堆越高，幾乎跟新築的城牆一般齊，魏軍官兵踏着屍體登上城頭，與宋軍官兵進行肉搏。宋軍畢竟佔了防守之利，擊退了魏軍一次次浪潮般的進攻。宋軍將士越戰越勇，魏軍官兵越來越沮喪。四十二天過去了，懸瓠像一座金城，屹立在魏軍的層層包圍之中。這時宋軍的援軍已到，拓跋燾只得望城興歎，恨恨地引兵而歸。這一仗，魏軍損失了七萬多人，一無所獲；守城的宋軍雖然陣亡了一大半，卻捍衛了懸瓠城。

孫子認為，用兵的上策是「伐謀」，其次是「伐交」，下策是「攻城」，是不得已而為之。

拓跋燾只有匹夫之勇，無謀可言。憑着魏軍的實力，攻打懸瓠這樣的小城，完全可以攻下，可是他不會正確運用戰術，一味強攻，導致損兵折將，卻一無所獲。「殺士三分之一而城不拔者，此攻之災也。」拓跋燾領兵攻打懸瓠城，十萬人馬損失了七萬多，不是「殺士三分之一」，而是「殺士十之七」，此為「攻之大災也」。

另一方面，懸瓠保衛戰也歌頌了陳憲及其全城軍民不畏強敵，誓死捍衛懸瓠城的英勇事跡。

十①則圍②之，五③則攻之，倍④則分⑤之，敵⑥則能戰之，少則能逃之，不若⑦則能避之。

故小敵⑧之堅⑨，大敵⑩之擒也。

| 注釋 |

① 十：十倍。② 圍：包圍。③ 五：五倍。④ 倍：一倍。⑤ 分：分兵。⑥ 敵：相當、相等。⑦ 不若：不如，比不上。⑧ 小敵：兵力弱小的一方。⑨ 堅：頑強抵抗、硬拼。⑩ 大敵：兵力強大的一方。

| 翻譯 |

所以用兵的法則，兵力十倍於敵人，就把敵人緊緊包圍起來圍殲；兵力五倍於敵人，就主動向敵人發起進攻；兵力超出敵人一倍，就分出一部分兵力向敵人發起突襲；兵力與敵人相當，就要善於與敵人對抗；兵力比敵人少，就要撤退；兵力遠不如敵人，就要避免與敵人決戰。

所以兵力弱小的跟敵人硬拼，會被兵力強大的俘獲、消滅。

薛仁果自食惡果

「黑雲壓城城欲摧。」隋朝末年，農民起義的烈火越燒越旺，各地豪強趁機而起，扯起了反朝廷的旗號，隋王朝處於風雨飄搖之中。

西北邊陲，烽火四起。金城（今甘肅蘭州）豪強薛舉殺死縣令，打開糧倉賑濟飢民，舉起了造反的大旗。薛舉振臂一呼，應者雲集，前來投軍的窮苦百姓絡繹不絕。他自封為「西秦霸王」，封他的兒子為「齊公」，率眾攻城略地，不久便佔領了整個隴右地區。公元617年八月，薛舉登基稱秦帝，封他的兒子薛仁果為皇太子。隨後，他命薛仁果領兵攻打天水（今甘肅天水），薛仁果一舉將天水攻克。薛舉聞訊大喜，將京都從金城遷至天水。

薛仁果力大無窮，精於騎射，將士們對他十分敬畏，稱他為「萬人敵」，但他為人兇殘貪婪，不把殺人當回事。攻克天水後，他把當地的富人全都抓起來，嚴刑拷打，逼迫他們說出隱藏金銀財寶的地點，一下子就殺了許多人。薛舉知道了這件事，教訓薛仁果道：「憑你的才幹，足以完成大業，但你刻薄寡恩，總有一天要害了我們全家。治理國家要恩威並施，有威無恩成不了大事。」薛仁果雖然不敢跟爸爸頂撞，但把他爸爸的話當做耳邊風。

那一年的十一月，李淵領兵進入長安。第二年三月，宇文化及在揚州殺死隋煬帝楊廣。五月，李淵在長安稱帝，改國號為「唐」。八月，薛舉去世，他的兒子薛仁果繼位為秦帝。

李淵為統一中國，多次向割據隴右的薛氏發起攻擊，無奈國家初定，力量還不夠強大，無法擊潰秦軍。唐、秦兩軍呈膠着狀態，互相對峙。李淵想消滅薛氏，薛仁果也想打垮唐軍，擴大、鞏固地盤。公元 618 年，薛仁果領兵包圍了涇州（今甘肅涇州），企圖拔掉楔入秦地的這顆釘子。

唐將劉感鎮守涇州，率軍奮勇抵抗，官兵們立下誓言，誓與城池共存亡。秦軍的兵力雖多，但也不佔絕對優勢，薛仁果攻打多日，未能攻克涇州。唐將長平王李叔良率軍及時趕到，薛仁果害怕受到內外夾擊，詐稱軍糧用盡，率軍向南撤退。

薛仁果越想越懊喪，辛辛苦苦攻城多日，結果無功而返。不拿下涇州，他於心不甘。他採用了手下的計謀，以高墌（今陝西長武北）為誘餌，引唐軍上鈎。

長平王李叔良聞報高墌軍民歸降，大喜過望，命劉感率軍立即出發，接收高墌城。劉感到了高墌城下，只見城門緊閉，便派人上前喊門。城頭的守軍高聲說：「薛賊剛剛領兵逃跑，只怕還會捲土重來，城門開不得，你們還是翻越城牆進城。」劉感頓時起了疑心：既然這裏的軍民已經投降了大唐，為甚麼不打開城門讓唐軍進去？若是翻越城牆，受到突然攻擊怎麼辦？他下令焚燒城門，一時城門火起。城頭守軍見城門失火，連忙從城樓上潑下水來將火澆滅。劉感發覺中了敵人的詭計，立即命令步兵先行撤退，自己率領精銳騎兵擔任後衛，掩護大軍退回。

忽然，城頭燃起了烽火，城中的敵人衝出，敵人的騎兵從四面八方吶喊着向劉感軍衝來。秦軍兵多將廣，將唐軍圍在垓心，劉感左衝右突，未能衝出敵人的包圍，最後力盡被敵人生擒。

薛仁果看到被押到面前的劉感，仇人相見，分外眼紅。他強壓住心頭的怒火，冷笑道：「劉將軍，憑你那一點小智，靠你那一點兵力，也敢跟朕爭鬥，正是自不量力！如今被朕所擒，又有何言？」劉感說：「劉某一時不察，被你使詐擒獲，如今你雖取勝，卻也勝之不武。」薛仁果一時語塞，命人將劉感押下去。

薛仁果又聽從了屬下的計謀，押着劉感到涇州城下，逼迫劉感喊話勸降。劉感站在城下扯開喉嚨喊道：「賊人糧草將盡，不久將徹底覆滅，秦王李世民正率領大軍前來援救，你們一定要堅守住城池……」押着他的軍官一聽話頭不對，一把捂住他的嘴；另一隻手一揮，上來許多士兵將劉感拖了回去。

薛仁果氣白了臉，讓士兵挖了一個淺坑，用土埋到劉感的膝蓋，使他不得動彈。薛仁果飛身上馬，馳近了劉感「嗖」地就是一箭；跑出不遠，掉轉馬頭，馳近了又是一箭，如此往返不斷，將劉感射得像插滿箭羽的箭靶。劉感忍住疼痛破口大罵，直至氣絕身亡。

城頭的守軍見劉感遭受如此酷刑依然寧死不屈，無不為之泣下。薛仁果揮動大軍攻城，李叔良率領官兵固守，城下堆滿了秦軍的屍體，秦軍始終沒能將涇州攻克，薛仁果眼睜睜地看着部下一個個倒下去，還是催動大軍攻城，直到後來因為傷亡太大，薛仁果才哀歎一聲，下令收兵撤退。

那一年的十一月，秦王李世民率軍擊潰了秦軍，乘勝包圍了高墌城。薛仁果兇殘寡恩，官兵們不願再為他賣命，午夜時分，將士們爭相從城頭上縋下投降。薛仁果顧了城南，顧不了城北，顧了城東，顧不了城西，天亮後查看守城的官兵，剩下寥寥無幾。他知道高墌城再也守不住，於十一月八日出城投降。

李淵聞報後下詔給李世民，要他殺了薛仁果及其同黨，以慰唐朝犧牲將士的英魂。李世民上書給李淵道：「薛仁果濫殺無辜，以致眾叛親離，對於誠心歸附的人，不可不加安撫，望陛下施以恩德，使西部邊境不再發生變故。」李淵接到李世民的上書，重新下詔，將薛仁果押赴長安，其他人一概赦免。

十一月二十二日，秦王李世民班師返回長安。李淵下詔將薛仁果綁赴鬧市梟首示眾，追贈驃騎將軍劉感為「平原郡公」。

點評

隋朝末年，各地豪強趁亂而起，建立了一個個割據勢力，薛舉父子建立的「秦」，便是其中之一。

薛仁果為人殘暴，刻薄寡恩。戰場上廝殺，只會逞匹夫之勇，不知兵法計謀。武德元年領兵包圍了涇州，企圖強行拔掉楔入秦地的釘子，最後未能如願。第二次，採用了部下獻上的計謀，俘獲了唐將劉感，取得小勝。狂妄自大的薛仁果領兵再度攻打涇州，由於兵力不佔絕對優勢，依然沒能攻下這座城池。反觀李世民，率領重兵以雷霆萬鈞之勢一舉攻克高墌，生擒薛仁果。薛仁果之敗亡，當為必然。

一般說來，圍城攻堅，必須十倍於敵人，否則難以取勝，故而孫子說「十則圍之」。薛仁果攻不下涇州城，這是重要的原因之一。李世民領兵攻打高墌城，兵力佔絕對優勢，加以薛仁果的部下眾叛親離，所以一舉將高墌城攻克。

夫將者，國之輔①也，輔周②則國必強，輔隙③則國必弱。

注釋

① 輔：增強車輪支力的輔木，引申為輔助、輔佐。② 周：周密、周到。③ 隙：門縫，引申為缺陷、不周備。

翻譯

將帥，是國君的助手。將帥輔佐得周密，國家必然強盛，輔佐得多有缺陷，國家就一定衰弱。

王翦父子橫掃五國

公元257年，秦王嬴政開始執政，他任用李斯、王翦等一批政治、軍事人才，大規模出兵征戰，向鄰國發動強大的攻勢，開始了統一中國的歷程。

公元前230年，秦軍攻克韓都新鄭，生擒韓王安，韓國滅亡，韓地被改為潁川郡。從此以後，戰國形勢大變，其他各國相繼成為秦國的口中之食。

公元229年，秦將王翦率領上地（今陝西綏德）駐軍，直下趙國井陘（今河北井陘西）。井陘是趙都邯鄲的門戶，失守以後，形勢十分危急。

趙國經過長平之戰，四十萬軍隊全軍覆沒，國力大損，從此一蹶不振。但是，名將李牧尚在，還能抵禦來犯之敵。

當年，李牧領兵駐紮在北部邊境，屢屢大破匈奴軍。由於懾於他的威名，匈奴人十多年未敢入侵趙國北部邊境。公元前233年，秦軍長驅直入，逼近首都邯鄲，趙國形勢危若累卵。在此生死攸關之際，趙王調回李牧，李牧擊敗秦軍，解除了亡國之危。第二年，李牧又擊敗來犯的秦軍，威名更盛。如今，抵禦來犯強敵，只有李牧能夠擔當如此重任。

李牧領兵來到前線，構築好工事，嚴陣以待。王翦率軍來到陣前，聞知是李牧領兵把守，不敢輕進，紮下營寨。秦軍遠道而來，糧草運輸困難，不能長期對峙，只得發起強攻。李牧指揮趙軍堅守陣地，擊退秦軍的一次次進攻，使得秦軍不得前進半步。老謀深算的王翦知道，要想打敗趙軍，必須除去李牧這個障礙。

經過一番深思熟慮，王翦決定採用反間計，挑撥趙王與李牧的關係。他派人潛入趙國首都邯鄲，買通趙王的親信郭開，要他向趙王誣告李牧謀反。郭開貪得無厭，見錢眼開，看到秦人送來這麼多財物，立即答應下來。昏聵的趙王聽了郭開的讒言信以為真，撤去李牧主帥的職務，另任趙蔥接替主帥職務。

使者到了前線，宣佈了趙王的命令，李牧考慮到趙國的安危，拒不交出兵權。趙王竟派人暗殺了李牧，自毀長城！

李牧一死，趙軍軍心渙散。王翦立即集中兵力，轉向狼孟（今山西陽曲）發動進攻，引誘趙軍出動。趙蔥果然中計，領兵援救狼孟。行至半途，埋伏的秦軍突然殺出，將趙軍截為兩段。趙蔥匆忙應戰，不出幾個回合就被王翦殺死。主帥一死，趙軍兵敗如山倒，再也抵擋不住，四處逃竄。王翦乘勝追擊，直抵邯鄲城下。

趙王嚇得沒了主張，召集羣臣商量對策。郭開主張開城投降，公子嘉力主抵抗，羣臣大多贊成公子嘉的意見，郭開只得悻悻而退。

秦軍攻城數日，都被邯鄲的守軍擊退。這時候，秦軍的糧草將盡，如果近日內攻不下邯鄲就得退兵。在這時候，秦王親自率領三萬精兵，押送糧草來到前線助戰。王翦為了減少傷亡，派人趁着夜色潛入邯鄲城，要郭開打開城門接應秦軍，答應事成之後，封他為秦國上卿。

第二天，郭開乘公子嘉不在時打開城門，秦軍一擁而入，趙王被擒。公子嘉乘亂逃往代州，自立為代王。公元前222年，公子嘉被王翦的兒子王賁活捉，趙國的餘脈從此斷絕。

公元前225年，秦王派王翦的兒子、大將王賁攻打魏國。秦軍攻入魏國以後，如入無人之境，連下數十城，不消多日，直抵魏都大梁（今河南開封）。

魏王連忙向齊王求救，齊王自顧不暇，不敢招惹秦王，拒絕了魏王的要求。魏王求救無望，只得命令將士拼死守城。

大梁城牆高大，護城河又寬又深，王賁下令攻城，遭到巨大傷亡。王賁怒火中燒，心急如焚。一路攻來未遇大敵，沒料想攻打大梁卻如此艱難。他暫且收兵，思量對策。

望着又寬又深的護城河，他忽然想道：何不來個以毒攻毒，以水制水！大梁地勢低窪，西北有黃河，西邊有汴河，引水灌大梁，何愁不能攻克！

當時連日陰雨，黃河水滔滔，汴河水滾滾，王賁命令一部分官兵在黃河、汴河築攔河壩，一部分官兵開挖水渠，秦軍將士得知改用水攻，欣喜萬分，幹得分外賣力；魏王得知秦軍引水攻城，惶惶不可終日，卻又無計可施。十多天後，水渠挖到大梁城下，攔河壩也將建成，只要王賁一聲令下，立即將攔河壩合龍，只要扒開攔河壩，滾滾的河水便可直瀉大梁。

王賁見時機已到，下令決堤放水，霎時間，滔滔河水咆哮着直沖大梁，大梁頓時變成一片汪洋。魏王大驚，在眾將的護衛下急急奔上城樓躲避，城中的洪水迅速沒過屋頂，大部分居民被淹死。時隔不久，一段城牆被洪水沖塌，魏王知道再也守不住，只得投降。王賁恨透了魏王，立即將他處死。

稍後不久，秦王決定出兵伐楚。他將眾將召進王宮，商量滅楚大計。秦王問眾將，消滅楚國需要多少軍隊？年輕氣盛的李信說只要二十萬，老將王翦認為非要六十萬不可。

秦王聽了王翦的話，頓時產生了戒心，王翦功勛赫赫，深得眾望，他的兒子王賁消滅了魏國，威名遠揚，父子二人重兵在握，現在又要六十萬大軍，莫非有了異心？

秦王考慮再三，決定讓李信、蒙恬領兵二十萬滅楚。王翦察覺秦王對自己有所疑忌，於是請求告老還鄉。王翦此舉正合秦王的心意，秦王來個順水推舟，同意了王翦的請求。

秦軍攻打楚國，起初打得非常順利。李信攻下平輿（今河南沈丘東南），蒙恬力克寢城（今河南沈丘），楚軍受挫潰退。不久，李信大破楚軍，攻克郢都（今安徽壽縣），然後領兵西進，準備在城父（今河南寶豐）與蒙恬會師。

楚王得知前線危機，忙命大將項燕率領二十萬大軍禦敵。秦楚兩軍兵力相當，但是楚軍熟悉地形，佔了便宜。項燕分兵七路，在秦軍的必經之路設下層層埋伏，等到秦軍進入埋伏圈，立即發動猛烈攻擊。秦軍連日行軍，疲憊不堪，遭到突然襲擊，抵擋不住，大敗而逃。楚軍緊緊追殺了三天三夜，把秦軍趕出國境。

秦王聞報李信兵敗，這才明白王翦當初要六十萬大軍攻打楚國有道理。他親自請王翦回朝，命他率領六十萬大軍再度攻楚。

出兵那天，秦王親自給王翦送行。臨行前，王翦向秦王求取良田美宅，秦王滿口答應。行軍至半途，王翦按兵不動，再次向秦王請賞，供兒孫享用。眾將對此不解，王翦向他們解釋道：「大將在外面打仗，心裏還牽掛着兒孫，怎麼會反叛？我向大王請賞，就是要大王放心。」眾將聽了他的這些話，方才明白王翦請賞的用心。

王翦的戰術與李信完全不同，他步步為營，緩緩推進。到了天中山一帶，紮下營寨，不再前進。項燕得到消息，頓生疑慮，於是派兵挑戰，進行試探。王翦命令官兵固守營壘，不許出戰，任憑楚軍罵陣，不予理睬。項燕以為王翦老了，膽小畏戰，命挑戰的楚軍回營休息。

王翦命少數官兵守營，大部分休息。軍卒無所事事，有的洗澡，有的投石塊遊戲。他又命令宰牛殺羊，犒勞將士，與官兵同食共飲。

楚將項燕求勝心切，命令楚軍開拔，繞到秦軍後面攻擊。王翦聞報楚軍離營，立即追擊。項燕沒想到秦軍會從後面突然殺來，未做準備，等秦軍追到，才匆匆指揮大軍掉頭應戰。秦軍養精蓄銳已久，鬥志旺盛，楚軍還沒擺陣，就亂成一團。項燕見勢不妙，連忙領兵逃跑。王翦揮軍緊緊追趕，在蘄南將楚軍緊緊包圍。

第二天，雙方決戰。楚軍兵少，又是新敗，敵不過訓練有素的秦軍。經過整整一天，楚軍喪失殆盡。項燕企圖率領殘兵敗將突圍，王翦領兵截住，項燕已多處負傷，體力不支。

項燕戰敗，楚國無力抵抗。王翦領兵四處馳騁，佔領了楚國廣大地區。公元前 223 年，楚都壽春失陷，楚王被擒，楚國滅亡。

公元前 227 年，秦軍攻燕，在易水以西大敗燕軍。燕國經此一戰，元氣大損。第二年，秦軍再度攻燕，力克燕都薊城（今北京西南），斬殺燕太子丹。燕王出逃，奔至遼東（今遼寧遼陽）苟延殘喘。公元前 222 年，秦將王賁率軍攻打遼東，活捉燕王，燕國終於滅亡。

五國已滅，只剩下齊國。秦、齊力量懸殊，齊國危在旦夕。公元 221 年，秦將王賁從燕南攻齊，直抵齊都臨淄。齊國軍民未做抵抗，齊王被俘，齊國隨之滅亡。

秦國花了十年時間，消滅了東方六國，結束了春秋戰國以來諸侯割據、混戰的局面，建立了我國歷史上第一個中央集權的封建國家。

孫子在這裏，強調了將帥的作用。將帥輔佐得好壞，在很大程度上決定了國家的強弱。

在秦始皇統一中國的過程中，王翦父子功不可沒，除了韓國以外，其他五國均為王翦父子領兵征戰所滅。從這一點看，有才能的將帥，確實是國君的得力助手，如果沒有王翦父子，秦始皇統一中國的道路，就可能艱難得多。

攻打楚國時，由於秦王對王翦父子有所懷疑，改由李信領兵攻打楚國，結果遭到慘敗。秦王發現自己錯了，重新任用王翦，終於消滅了楚國。這說明，國君不僅要善於發現人才，更要正確使用人才，如果使用不當或棄之不用，都可能給國家帶來巨大的損失。

戰例

楚材晉用

春秋時，楚國的伍參和蔡國子朝是好朋友，兩家雖在不同的國家，也經常往來，久而久之，他們的兒子伍舉和聲子也成了好朋友，兩家的關係更加親密。人們都說，他們兩家世代相好，是楚、蔡兩國的世交。真正的世交，就需肝膽相照，一方有難，另一方就要想盡辦法進行援救。他們兩家的交往，的確是這樣。

楚國伍舉的妻子，是王子牟的女兒。王子牟獲罪後逃亡，有人編出謠言，說是伍舉將王子牟護送出境，不然，王子牟怎能逃？王子牟不是小人物，封地在申，人稱「申公」，是國家的要犯。幫助國家要犯逃跑，這個罪名不小，伍舉無罪受牽連，惶惶如喪家之犬，取道鄭國向晉國逃竄。伍舉逃至鄭都郊外，聽到後面有人喊「老兄」，回頭一看，原來是老友聲子。他鄉遇故知，自然非常高興。伍舉問他為甚麼在這裏，原來他奉命出使晉國，正好也路過這裏。

兩人鋪了荊木在路邊坐下，一邊吃東西一邊說話。聲子問近況如何，伍舉歎口氣，把逃亡的事說給聲子聽。聲子沒料想伍舉會遭到這樣的無妄之災，也歎了口氣，安慰伍舉道：「是為是，非為非，總有真相大白的一天。老兄只管前往晉國，我一定給你辨明冤情，讓你回國。」

時隔不久，聲子奉命出使晉國、楚國。到了楚國之後，楚國令尹子木接待他。兩人寒暄了一番之後，子木問聲子：「依你看來，晉國的大夫與楚國的大夫相比，哪一國的更有才能？」聲子想了想回答說：「若論上卿，晉國的比不上楚國；至於大夫嘛，卻是晉國大夫比楚國大夫強些。」

子木本想聽到聲子的讚譽，聽了這些話有點兒不高興，說：「請你詳細說給我聽聽。」

聲子說：「拿杞木、梓木和皮革來說，這些東西雖出自楚國，但大多給晉國人收購，留在楚國的自然不多。」聲子話鋒一轉，接着說：「楚國人才很多，可惜不會用，以致人才外流，很多在晉國。過去，楚國的臣子析公、雍子、子靈、賁皇等人逃往晉國，幫助晉國把楚國打敗。想想看，楚國的人才逃到別國，給楚國造成了多大的危害！」

子木聽了不禁一震，隨後便明白過來，說：「說得對，再說。」

聲子說：「現在你們的臣子伍舉蒙冤逃到晉國，晉國如獲至寶，正打算重用他，如果他要進行報復，危害可就大了！」

聽了聲子的話，子木感到害怕。他一刻也不敢耽誤，立即向楚王報告。楚王趕緊派人前往晉國，把伍舉接回來。後來伍舉盡心盡力為楚國效力，為楚國立下了大功。

點評

一個國家是否強大，將帥的作用不可低估。自古以來，「得士者昌，失士者亡」這一名言，為君者耳熟能詳，可是要做到這一點，絕非易事。

楚國的人才不算少，可是楚王不能識別人才，不能很好地使用人才，致使將才外流，給楚國造成了很大傷害。伍舉無辜受誣，在楚國無法立足，只得逃往晉國。假如晉國重用了伍舉，勢必又給楚國帶來威脅。多虧聲子舉出過去的事例進行分析，才使楚王和楚國令尹明白過來，避免了一場災禍。以後楚王重用伍舉，使伍舉為楚國立下了大功。

原文

故君之所以患①於軍者三：不知軍之不可以進而謂②之進，不知軍之不可以退而謂之退，是為縻③軍；不知三軍之事而同④三軍之政⑤者，則軍士惑⑥矣；不知三軍之權⑦而同三軍之任⑧，則軍士疑矣。三軍既惑且疑，則諸侯之難⑨至矣，是謂亂軍引勝⑩。

| 注釋 |

①患：災害、危害。②謂：命令。③縻：羈絆、束縛。④同：參與、干預。⑤政：政令。⑥惑：迷惑、迷茫。⑦權：權變。⑧任：指揮。⑨難：災難、災禍。⑩亂軍引勝：自亂其軍，自失其勝。

| 翻譯 |

所以，國君可能給軍隊帶來危害的情況有以下三種：不明白軍隊不可以前進而命令它前進，不明白軍隊不可以後退而命令它後退，這就是束縛軍隊；不懂得軍隊的事務而干預軍隊的行政事務，就會使士兵迷惑，不懂得軍事上的權變而干預軍隊的指揮，就會使官兵產生懷疑。官兵們既疑惑又懷疑，其他諸侯國發起進攻帶來的災禍也就隨之而來。這就是自亂其軍，自招敗績。

北齊軍戰敗平陽

公元576年十月，北周武帝率領大軍攻打北齊，平陽（今山西臨汾）告急。

這時候，北齊後主高緯正帶着淑妃馮小憐，在天池（今山西寧武附近）獵場上興高采烈地打獵。忽然間，一輛驛車從遠方飛駛而來，車還沒有停穩，使者就從車上跳下來，準備把平陽告急、請求援軍的十萬火急的奏章呈交高緯。

右丞相高阿那肱攔住了使者的去路，高聲喝問道：「甚麼事？」使者氣急敗壞地說：「回稟丞相，平陽告急，這是告急文書，須得立即奏與陛下！」高阿那肱淡淡地說：「邊境上兩軍發生磨擦，是經常發生的事，哪需這般大驚小怪！陛下打獵正在興頭上，怎可為了這點兒小事掃了陛下的興！」不管使者怎麼說，他就是壓住奏章不肯啟奏。

不一會兒，又來了一輛驛車；時隔不久，第三輛驛車又到。使者們心急如焚，高阿那肱就是不予理睬。傍晚時分，平陽使者又到，說是「平陽已經陷落」，高阿那肱這才慌了神，連忙向高緯稟報。

平陽是先祖高歡聚眾起兵的老巢，又是北齊的軍事重鎮，如今被北周軍佔領，這可非同小可。北齊後主高緯邁開步子要走，卻被淑妃一把拉住了胳膊。淑妃向他撒起嬌來，非要高緯再陪她打獵，高緯急着要回去，可又不想讓自己的心肝寶貝不高興，左右兩難。馮小憐嬌聲嬌氣地說：「陛下就是要去援救平陽，也不急於一時半刻，賤妾與陛下興趣正濃，還是盡興而返吧。」高緯被淑妃的三言兩語打動，下令繼續行獵，又打了一圍之後，才匆匆南返。

北周大軍佔領了北齊高氏的老巢，高緯當然不會善罷甘休。十一月初，高緯親自率領大軍，向平陽發起反撲。

北齊軍來勢洶洶，一下子將平陽包圍得水泄不通，高緯下令日夜攻城，北周守將梁士彥率軍拼死抵禦。沒過多少天，平陽城牆的牆垛和城樓全被夷平，殘存的城牆只有六七尺高。雙方的軍隊有時短兵相接，騎兵能從城牆的低矮處跳進跳出。

北周的援兵遲遲不到，北周守軍的情況十分危急。梁士彥神色鎮定，從容地對心懷畏懼的將士們說：「如果今天戰死，我一定戰死在你們的前面。」將士們聽了，深受鼓舞，鬥志又旺盛起來。每當敵人攻來，官兵們無不以一當十，高聲吶喊着英勇搏鬥。北齊軍久攻不克，只得稍稍後退。

梁士彥乘戰鬥空隙之時，動員所有的軍民搶修城牆。在他妻妾的帶動下，全城的婦女也參加搶修，只用了三天時間，就把城牆全部修好。

北齊軍也沒有白閒着，開始在城外挖掘地道。忽然間，「轟隆」一聲巨響，城牆崩塌了十多步。這是進攻平陽城的好機會，北齊將領準備指揮大軍從城牆缺口處突入。沒料想高緯突然喊道：「且慢，讓朕將淑妃召來，一同觀賞這壯觀的場面。」可是馮小憐又是對着鏡子化妝，又是穿衣打扮，過了很久才來到城下，這時北周守軍已經用木材將缺口堵住。北齊將士人人抱怨，白白地將攻城良機喪失，再去攻打平陽城，不知又要枉死多少官兵。只聽一聲令下，北齊軍終於發起進攻，這時才去攻打為時已晚，平陽已經無法攻破。

北周武帝宇文邕為解平陽之危，親自率領大軍出征。十二月六日，各路人馬在平陽附近集結，兵力共有八萬人。北周軍兵力不佔優勢，步步為營，逐漸向前逼近。到了平陽城下，緊挨着城牆構築陣地，東西綿延二十餘里。

北齊軍唯恐北周援軍突然襲擊，早在城南挖好了深溝，這條深溝東起喬山，西至汾水，越過它不是一件容易的事。北周軍逼近北齊軍的主力，可是深溝所阻。北周軍在溝南佈陣，北齊軍在溝北設防。

北齊後主高緯望着溝南的北周軍，問右丞相高阿那肱：「是與逆賊決戰好，還是不與逆賊決戰好？」高阿那肱說：「我軍數量雖多，可是能夠作戰的不過十萬，其中生病、負傷和打柴做飯的又佔三分之一。依臣之見，還是不要和他們決戰，退守高梁橋（今臨汾東北）。」

武衞將軍安吐根聽了不服，嚷道：「有甚麼了不起？竟然嚇得不敢出戰？待末將將他們一個個刺殺，全都扔進汾水！」一羣宦官跟着亂喊：「他們的主帥是天子，陛下也是天子，他們能從老遠跑來與我軍作戰，陛下怎能躲在深溝的這一邊示怯。」高緯被眾人鼓動，不免興奮起來，他立即傳下命令：填平溝壑，南下迎敵！

北周武帝宇文邕正為難以進擊北齊軍犯愁，見狀大喜過望，立即命令大軍準備向北齊軍發起攻擊。

兩軍開始交鋒時，高緯與馮小憐並肩騎馬登上一座高坡，觀望兩軍廝殺。戰場上塵土飛揚，吶喊聲震天，兩軍混戰在一處。不一會兒，北齊軍的東翼稍稍後退，馮小憐立即尖叫起來：「不好了，我軍被打退了！」城陽王穆提婆也嚇得直冒冷汗，連聲說道：「陛下快跑！陛下快跑！」高緯慌了神，立即帶着馮小憐向高梁橋方向直奔過去。

大臣奚長攔住高緯的馬頭，勸道：「軍隊作戰一會兒進，一會兒退，是常見的事。現在大軍完整無損，陛下怎能扔下他們亂了軍心？只要陛下一跑，戰局將不可收拾，請陛下立即回馬，安定大軍人心。」武衞將軍張常山從後面趕來，也勸高緯立即返回。他們勸了一會兒，高緯有些猶豫，可是穆提婆說了句「他們的話難以相信」，立即將他們的勸說化為烏有，高緯拉着馮小憐的手，忙不迭向北逃去。

皇上臨陣脫逃，大軍哪有不敗之事？北齊軍霎時崩潰，被殺死的有一萬多人，扔下的兵器器仗幾百里間到處都是，弄得北周軍收拾都來不及。

北周武帝宇文邕進了平陽城，梁士彥這位滿臉鬍鬚的猛將竟然像孩子一樣失聲痛哭起來，他用手拉着宇文邕的鬍鬚哭泣着說：「臣幾乎見不到陛下。」宇文邕深受感動，陪着他一同落淚。

平陽城下一仗，以北齊軍全線潰敗告終。從此以後，北齊日趨衰敗，再也不是北周的對手。

孫子所言「君之所以患於軍者」，北齊後主高緯幾可佔全。平陽城牆坍塌一個缺口，正是攻破平陽城的大好時機，高緯為討得馮小憐歡心，偏偏下令暫停攻擊，貽誤戰機，此為「不知軍之不可以退而謂之退」；敵人將缺口堵好後，他又下令發起攻擊，使得許多官兵

枉送了性命，此為「不知軍之不可以進而謂之進」；不知戰事，胡亂指揮，此為「不知三軍之事而同三軍之政」。激戰時進時退，本是常事，馮小憐一聲尖叫，便讓高緯嚇破了膽，臨陣脫逃，擾亂軍心。當進不進，不當退卻退，如此種種，北齊大軍如何能夠不敗！

高緯之類人物，為後世為君者之戒。

原文

知彼知己，百戰不殆①，不知彼而知己，一勝一負，不知彼不知己，每戰必殆。

|注釋|

① 殆：危險，失敗。

|翻譯|

既了解敵人又了解自己，每次作戰都不會有危險。雖然不了解敵人，但是對自己有正確了解，取勝的可能有一半；既不了解敵人也不了解自己，每次戰鬥都有失敗的危險。

小關之戰

公元534年，北魏政權分裂。十月，高歡於洛陽擁立元善見為帝（孝靜帝），十一月，遷都於鄴城（今河北臨漳），史稱「東魏」。閏十二月，宇文泰毒死魏孝武帝元脩，第二年正月，在長安擁立元寶炬為帝（文帝），史稱「西魏」。東魏、西魏的朝政分別掌握在高歡、宇文泰的手中，他們為了擴大地盤，增強實力，不斷發動戰爭進行爭鬥。

公元537年，東魏大軍向西魏發動強大攻勢，高敖曹領兵攻打上洛（今陝西商縣），竇泰領兵攻打潼關，高歡親自率領大軍駐紮在蒲阪（今山西永濟），興建三座浮橋，準備領兵渡過黃河。

西魏丞相宇文泰領兵駐紮在廣陽，聞報高歡在蒲阪建造浮橋，立即猜透他的心思，對將領說：「逆賊在蒲阪造橋作出準備渡河的樣子，目的是想把我們注意力引向那，使攻打潼關的竇泰順利西進。」

有人問道：「以丞相之見該當如何？」宇文泰胸有成竹地說：「潼關是咽喉要地，豈可失守？竇泰是高歡的手下大將，過去戰無不勝，所向披靡，故而日益驕橫。我軍應當集中兵力，利用他的狂妄，乘他不備時向他發動突然襲擊，只要竇泰一敗，高歡就會不戰而退。」

諸將紛紛議論道：「逆賊大軍就在近處，我們卻捨近擊遠，萬一有所差池，回兵不及。不如分兵兩處，分頭抗擊敵軍。」

宇文泰搖搖頭說：「竇泰有萬夫不當之勇，分兵難以抵禦。再說用兵打仗，需要出奇制勝。過去高歡兩次攻打潼關，我軍始終沒有離開灞上，完全採取守勢，現在竇泰又來進攻，想不到我軍會在潼關發起反擊，以有備攻無備，何愁不能取勝！」

有人擔心地問：「萬一高歡領兵過了黃河，那該怎麼辦？」宇文泰淡淡一笑，說：「高歡雖然在造浮橋，但一時還渡不了河，用不了五天，我就能生擒竇泰。」

他見眾將不再說甚麼，便問他的姪子宇文深有甚麼破敵之計。宇文深道：「如果我軍攻擊蒲阪，高歡堅守不出，竇泰領兵來救，我軍將受到內外夾擊。最好派出輕裝精銳騎兵，悄悄渡過小關（即潼關南禁谷），竇泰驍勇好戰，一定會來阻截；高歡小心謹慎，絕對不會立即派出主力相援。我軍全力攻打竇泰，定能將他生擒。我們打敗了竇泰再回軍攻打高歡，必能大獲全勝。」宇文泰頷首微笑，說：「你的想法和我的打算不謀而合，看來，擊潰逆賊指日可待。」

宇文泰對外聲稱要牢牢守住隴右地區，卻於正月十五晉見了文帝後便悄悄率領精兵銳卒向東進發。部隊輕裝疾進，於十七日拂曉抵達小關。竇泰突然聞報敵人兵到，立即從風陵渡搶渡黃河。這時候，宇文泰已經到達馬牧澤（小關東北），設好埋伏等待竇泰到來。

竇泰領兵疾馳，猛然聽到一陣戰鼓聲，設好埋伏在此以逸待勞的西魏軍一起殺出，將竇泰率領的軍隊圍在垓心。竇泰軍見狀大驚，匆匆忙忙應戰，無奈人困馬乏，又無防備，被西魏軍殺得四處亂竄。

竇泰眼見自己的部隊幾乎屠盡，羞憤難當，自己英雄一世，所向披靡，沒想到今天中了圈套，敗得如此淒慘。他不願被生擒，再受羞辱，於是舉起佩劍，自刎而死。西魏軍割下他的人頭，連夜送往長安報捷。

點評

孫子一再強調「知彼知己」，這是他對古代戰爭的經驗總結，也是後世用兵作戰必須掌握的原則。

北魏分裂以後，東魏、西魏成了夙敵。高歡、宇文泰是老對手，他們的智謀在伯仲之間，在戰場上互相鬥智，常常處於「不知彼而知己」的狀態，故而互有勝負。每場戰役誰能取勝，就看誰能將對方算計得更透。

小關之戰，宇文泰總結了以往與高歡作戰的經驗，吃透了高歡的心思，大膽用兵，出奇兵而制勝。

竇泰勇猛有餘，缺乏計謀，早已被宇文泰算計透。他在戰場上是員猛將，卻不能運籌帷幄。發現了敵人，本應摸清敵情，然後再組織進攻，可是竇泰狂妄自大，根本不把西魏軍放在眼裏，貿然領兵向西魏軍猛撲過去，結果自投羅網，跑進宇文泰設下的埋伏圈，導致全軍覆沒。一世豪傑，落得個身首異處的可悲下場。

關羽敗走麥城

孫、劉聯軍在赤壁大敗曹軍以後，關羽領兵駐紮荊州，與曹操的軍隊相對峙。

公元 219 年，劉備自立為漢中王，分封了五虎將：前將軍關羽，右將軍張飛，左將軍馬超，後將軍黃忠，翊將軍趙雲。關羽位於五虎將之首，那是理所當然的，但是他對黃忠與自己同為五虎將之一，心裏不高興。他準備在戰場上大發虎威，顯示自己不愧為五虎將的首領，也讓黃忠感到羞愧。

這一年的秋天，他率領荊州大軍，向駐守樊城（今湖北襄陽北）的曹仁發起進攻。樊城雖小，卻是戰略要地，曹操生怕樊城有所閃失，忙派于禁、龐德率領人馬火速增援。這一仗關羽打得實在漂亮，于禁被迫投降，龐德不屈被殺，他們帶去的人馬全軍覆沒。這消息如同一聲炸雷，驚得曹操坐立不安，連忙又派大將徐晃到前線抵禦關羽。

關羽得到于禁的數萬官兵後，糧草不繼，便派兵奪取東吳儲存在附近的糧食，供應自己的部隊。孫權聞訊後大怒，派兵時時騷擾關羽。孫權對荊州垂涎已久，這時趁機寫信給曹操，請求允許他討伐關羽為曹操效力，同時要求曹操不要把消息泄露出去，使關羽有所防備而貽誤戰機。曹操接到來信，和屬下商量了一番，決定一方面答應孫權的要求，一方面將孫權將要攻打關羽的消息悄悄散佈出去。

孫權得到曹操的應允，膽子大了許多，委派呂蒙為主帥，準備向關羽發起進攻，奪取荊州這塊肥沃的土地。呂蒙說服了孫權，起用年輕的將領陸遜與關羽周旋。然後他藉口有病，將兵權交給前來接任的陸遜。

關羽聞知呂蒙離任，由後生小子陸遜接替他的職務，心裏麻痺起來。陸遜順水推舟，派人給關羽送去一封措詞恭謙的信；關羽看了來信，更不把陸遜放在眼裏。他放心大膽地將駐守後方的軍隊調來，增援攻打徐晃、曹仁的部隊。

關羽將後防的軍隊調走，荊州防務空虛。孫權聞報後大喜，親自率領大軍向荊州進發。他讓呂蒙為前部，悄悄向荊州方向移動。呂蒙將精兵銳卒偽裝成商人，讓他們躲藏在船艙內，分批渡過長江，來到荊州地域。東吳的人馬輕而易舉地拿下了沿江的崗樓，荊州的警戒完全失靈，關羽對東吳軍已經到來的事，竟然一無所知。

關羽領兵在外屢屢催促駐守在江陵的糜芳和駐守在公安的士仁供應軍需物資，軍需物資未能完全送到，關羽怒道：「待我回去以後懲治這兩個小子！」他們聽說後惴惴不安，對關羽產生了二心。呂蒙認為有機可乘，向他們分析利害得失，兩人最終向東吳投降。

呂蒙進入江陵後，將被囚禁的于禁釋放。他又向全軍發佈嚴令：不許騷擾百姓。這道嚴令確實起了很大的作用，當地的軍民無人抵抗東吳軍。

關羽得知荊州一帶失守，大吃一驚，連忙點起人馬，向南撤退。他想奪回荊州，挽回自己一手造成的敗局。關羽一面南撤，一面連連派出使者到荊州與呂蒙會見。呂蒙對關羽的使者都予以熱情接待，並且允許他們在城中自由活動。將士們的家屬有的向使者詢問親人的情況，有的託使者帶信給自己的親人。使者返回以後，將士私下向使者詢問家中的情景，得知一切平安，將士因此喪失了鬥志。

正在此時，孫權來到江陵，荊州的文武百官全都歸附。這時的關羽陷入了困境，前有東吳的大軍，後有曹操的軍隊，前進不得，後退也不成。呂蒙、陸遜見時機已到，率部迎頭邀擊，一邊是養精蓄銳之師，一邊是疲憊不堪、軍心動搖之眾，一經交鋒，關羽的軍隊立即潰敗。

關羽看看身邊的將士，只剩下幾百人。這麼點兒兵力連突圍都困難，哪裏還能再收復荊州！他長歎一聲，說：「我關羽英雄一世，沒料想今日落到如此地步。」他略一思索，決定先前往麥城，然後再作打算。關羽剛進麥城，呂蒙便率領大軍追到，一下子將麥城層層包圍。

驕橫一世的關羽並沒有氣餒，一面設法突圍，一面期望救兵趕到。一連幾天過去了，望眼欲穿的官兵們連一個援兵的影子也沒有見到。孫權派人前去勸降，關羽假裝答應下來。他讓人用幡旗作了人像插在城頭，自己率領部眾趁敵人疏忽之際突出了麥城。

孫權估計大軍困不住這位猛獅般的大將，事前已經命令朱然、潘璋切斷了通往西川的道路。朱然、潘璋讓部下挖好陷阱，只等關羽自投羅網。

關羽突出麥城以後，不敢走大路，只敢走崎嶇不平的小道。這時候，跟隨他的只有關平和十幾個騎兵。沒跑出幾十里，朱然、潘璋領兵擋住了他的去路。關羽拍馬上前，準備再拼殺一番，誰知戰馬才跑出幾步，就「轟隆」一聲連人帶馬掉進陷阱；關平連忙來救，也跌入另一個陷阱。

朱然命人將關羽、關平五花大綁捆好，押赴大營送到呂蒙面前。呂蒙好言勸降，招來的卻是關羽一頓臭罵。他見關羽不肯降服，便將關羽關押起來。呂蒙想將關羽、關平押赴江陵，又怕途中發生意外。萬一縱虎歸山，那可不得了。他思索再三，將關羽父子就地斬首。

荊州一帶落入孫權之手，劉備僻處蜀中，實力大損。三國之間的矛盾衝突，也就更加複雜激烈了。

點評

關羽被後世尊為「武聖」，可見他絕非等閒之輩。關羽圍攻樊城，生擒于禁，殺死龐德，聲勢一時「威震華夏」。曹操感到威脅，一度準備遷都，被屬下諫止。曹操採納了屬下提出的利用矛盾、破壞孫、劉聯盟的計謀，坐收漁翁之利。

關羽自恃勇武，取得一系列勝利後日益驕橫，對形勢的認識日趨模糊，已經不能做到「知彼知己」。孫權正是抓住了這一點，針對當時的情況作出一系列的戰略部署，奪回了荊州。關羽也因自己的狂妄自大，命赴黃泉。

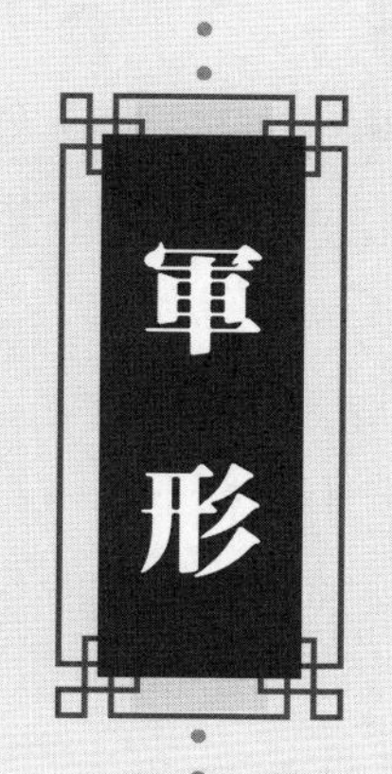

《軍形》篇主要闡述軍事力量對比，戰鬥力的強弱等問題。孫子認為，用兵作戰必須創造不會被敵人戰勝的條件，然後等待能夠戰勝敵人的時機，必須將戰爭的主動權掌握在自己的手裏，使自己立於不敗之地。孫子還認為：採取進攻或防守的戰略，主要決定於軍事力量的大小。採取防守的策略，是因為兵力不足的緣故；採取進攻的戰略，那是因為兵力佔優勢。要想戰勝敵人，就必須在力量的對比上使自己處於絕對優勢，造成一種迅猛不可抵擋之勢。孫子指出，戰爭必須考慮五個方面的問題：「度」、「量」、「數」、「稱」、「勝」。它們之間的關係是：敵對雙方的土地差別產生了面積大小的問題，土地面積有大小就產生物產資源多寡的問題，物產資源的多寡就產生能供應的兵員多少的問題，兵員的多少就產生軍事力量對比的問題，軍事力量對比的不同就產生了勝負。孫子最後總結道：所謂「形」，就是民心所歸，就是軍事實力。

孫子曰：昔①之善戰者，先為②不可勝③，以待敵之可勝④。不可勝在己，可勝在敵。故善戰者，能為不可勝，不能使敵之可勝。故曰：勝可知而不可為⑤。

注釋

① 昔：從前、過去。② 為：創造。③ 不可勝：不會被敵人戰勝。④ 敵之可勝：能夠戰勝敵人。⑤ 為：強求。

翻譯

孫子說：從前會打仗的人，首先創造不會被敵人戰勝的條件，然後等待能夠戰勝敵人的時機。不被敵人戰勝的主動權掌握在自己手中，能不能戰勝敵人在於敵方是否犯錯誤。所以善於打仗的人，能夠做到不被敵人戰勝，不一定能做到戰勝敵人。所以說：取得勝利能夠預測，但是不能強求。

彝陵之戰

關羽被殺的消息傳到西蜀，劉備悲痛萬分。自從劉備起兵以來，劉、關、張三人親如手足。關羽對劉備忠心耿耿，為劉備創建蜀國立下赫赫戰功，如今被東吳所殺，怎不使他悲痛欲絕！劉備傷心的另一個原因，是荊州的喪失。荊州地區不僅土地肥沃、物產豐富，也是軍事上的要衝之地。從荊州北上可以攻打魏國，東下可以攻打吳國，如今荊州落入孫權手中，對劉備也是一個極大的打擊。

公元 221 年，劉備在成都稱帝。他時時不忘關羽被殺之仇，時時不忘喪失荊州之恨，決心領兵東下，一則為關羽報仇雪恨，一則奪回戰略要地荊州。

五虎將之一趙雲勸劉備道：「我們的主要敵人是曹操，而不是孫權。如果消滅了魏國，東吳自然會來歸順，那時再報仇不晚。現在曹操剛剛去世，曹丕奪取了帝位，我們正好利用這個機會順應民心，號召天下豪傑討伐曹賊。我們不應將曹魏擱置在一旁，先跟東吳交鋒。」

劉備對趙雲的勸告一句也聽不進，決意親自領兵攻打東吳。他命令張飛率領一萬精兵從閬中（今四川閬中西）出發，到江州（今四川重慶）與大軍會師。

張飛作戰勇猛，但是性情暴烈，動輒鞭打部下。他與關羽出生入死多年，情深意長，這次出兵為關羽報仇，他的心情十分激動。他對部下的要求更加嚴格，稍有錯處便嚴加懲戒。部隊出發前夕，受過他懲戒的部將張達、范彊刺殺了張飛，提着他的腦袋投奔了孫權。

劉備聞報張飛遇難，抑制不住自己的驚駭，失聲叫道：「老天爺啊，我的義弟張飛又去世了！」他愈加憤怒，立即調集了幾十萬大軍出發。他以吳班、馮習為先鋒，率領四萬人馬向東攻去，自己領兵緊隨其後。

吳班、馮習率領大軍翻山越嶺，在巫縣（今湖北巴東）打敗吳軍。他們領兵乘勝追擊，一直攻到秭歸附近。

消息傳到孫權那裏，朝廷上下大為震動。孫權一再派人向劉備求和，都遭到劉備的嚴詞拒絕。蜀國大軍壓境，孫權不得不起兵應戰。為防備魏國乘機向東吳發起進攻，孫權派使者去魏國，向曹丕稱臣。

那時候，呂蒙已經去世，孫權起用了年輕將領陸遜為大都督，統帥五萬人馬抵禦蜀軍。

蜀將馮習、張南領兵長驅直入，大有一舉蕩平東吳之勢。到了彝陵（今湖北宜昌東南），吳軍不再撤退，與蜀軍對峙。兩軍紮下了大營，遙遙相對。蜀軍建有數十座營壘，兵營相連，劉備以馮習為大都督，以張南為先鋒，隨時準備與吳軍一決勝負。

吳軍將領見大軍一退再退，心中不服，紛紛請戰，陸遜堅決不同意，說：「劉備親自領兵東下，士氣高昂，兵鋒所及，銳不可當。蜀軍紮營高處，扼守險要，我們若去攻打，必然要遭到重大傷亡。即使攻克了蜀軍大營，戰事仍然要繼續下去；如果失敗了，我軍的主力難以保全。眼下只宜堅守，觀察變化，捕捉到戰機之後，才能大舉進行反擊。」

蜀軍的另一支部隊，抵達猇亭以南的夷道（今湖北宜都西），把孫權的姪子孫桓層層包圍。吳軍有些將領主張派兵援救孫桓，陸遜還是不同意，說：「夷道城池堅固，儲糧充足；孫桓一向愛護士卒，上下同心，夷道一定能守住。我們若是分兵作戰，必將削弱主力的力量，現在最要緊的是保存實力。待到與蜀軍決戰取得勝利時，夷道之危自然就解除了。」

吳軍的不少將領久經沙場，對陸遜的做法很不滿意。他們嘴上沒說甚麼，但都認為陸遜懼怕蜀軍。

劉備企圖一舉殲滅吳軍的有生力量，無奈陸遜堅守不出。劉備為了激怒吳軍，天天派兵到陸遜大營附近罵陣，可是陸遜就是不理。劉備見激將法不起作用，便派吳班率領幾千人在吳軍大營前的平地紮營，不斷向吳軍罵陣挑釁；又派八千精兵埋伏在山谷裏，準備接應吳班軍，只要吳軍一出動，伏兵就從山谷中殺出去。

吳軍眾將受到蜀軍的辱罵，一個個義憤填膺，他們按捺不住心中的憤怒，紛紛向陸遜請戰，說道：「前些日子蜀軍在險要處紮營，難以攻打，現在只有少量人馬駐紮在附近平地，我們能一舉將他們擊潰。蜀軍天天罵陣，也該教訓教訓他們！」

陸遜還是不同意出戰，要大家掩住耳朵不要聽。眾將無可奈何，只得守在大營裏。

劉備見這一招還是不靈，只得將山谷中的伏兵調出，開赴到陸遜大營的正面，繼續挑戰。吳軍眾將見山谷中有伏兵開出，大吃一驚，暗中慶幸沒有去攻擊吳班，不然就中了劉備的詭計。從此以後，眾將對陸遜稍稍心服。

雙方對峙了七八個月，蜀軍一直找不到與吳軍決戰的機會，時間一長，鬥志漸漸渙散。天氣一天天熱起來，長江兩岸酷熱難當，蜀軍官兵叫苦連天，希望能到涼爽的地方紮營。

劉備欲戰不能，撤退又於心不甘。為使大軍避免酷暑，劉備命令駐紮在山谷中的大軍來到谷外，命水面上的軍隊移駐陸地，大軍在深山密林中紮營休整，等到秋後再向吳軍大舉進攻。

原先陸遜顧忌的是蜀軍鬥志旺盛，再則江面、山谷中都有蜀兵，如果正面交戰，山上、水上的蜀軍會從兩面夾擊。現在戰局發生了變化，蜀軍士氣已衰，兩側的蜀軍已經撤退，這正是與敵人決戰的好時機。陸遜傳下命令，準備向蜀軍發起攻擊。眾將無不詫異，紛紛說道：「要是攻擊蜀軍，應當在敵人剛剛進入國境時進行。現在蜀軍深入境內五六百里，險要之處都已做好了防備，此時出擊如何能行？」

陸遜向眾將解釋道：「劉備歷經滄桑，作戰經驗豐富，對付這樣的敵手，必須小心。他剛剛進攻，思慮周詳，計謀百出，我軍無法反擊。現在蜀軍駐紮時間已久，士氣衰落，找不到漏洞，無計可施。我們應當抓住這個大好時機，出其不意攻擊，擊潰蜀軍！」

他先派出小股部隊進行試探性進攻，結果大敗而歸。眾將歎息道：「哎，這真是白白犧牲兵力。」陸遜卻從這次進攻中摸到了蜀軍的虛實，想出了破敵之計。

六月的一個傍晚，東南風颳得正勁，陸遜命令每個士兵帶上一束草，向蜀軍大營發起衝擊。吳軍官兵憋了半年多的惡氣一下子迸發出來，全都奮不顧身地往前衝。官兵們點燃草，順風放起火來，不消片刻，連在一起的四十多座蜀軍營寨陷入一片火海之中。蜀軍官兵被燒得焦頭爛額，像發了瘋一樣向沒有火的地方逃竄。吳軍大發神威，猛虎般向嚇破了膽的敵人撲去。蜀軍只顧逃命，哪裏還能抵擋吳軍的攻擊！

經過一陣排山倒海般的衝殺，漫山遍野都是蜀軍官兵的屍體。蜀國大將馮習、張南也沒能逃脫，做了吳軍官兵刀下之鬼。大將杜路、劉寧被打得走投無路，只得乖乖地放下武器投降。

在眾將的保護下，劉備逃到了附近的馬鞍山（今湖北宜昌西北），他匆匆收拾殘兵敗將佈防，企圖挽回敗局。陸遜命令各路大軍從四面八方掩殺上去，與蜀軍作短兵相接的搏鬥。蜀軍已無退路，只得奮起抵抗。經過一番激烈的戰鬥，蜀軍的防線被撕開一個缺口。蜀軍終於崩潰，一個個沒命地衝下山向西逃命。

劉備策馬拼命奔跑，吳軍騎兵在後面緊追不捨，掩護的官兵紛紛落馬，情況越來越危急。逃至一個驛站，防守的蜀軍趕緊把官兵們丟棄的器仗、戰袍等堆在劉備逃過去的山路上，然後點起了火，這才堵住了吳國的追兵。

劉備馬不停蹄地逃回白帝城，總算鬆了一口氣。看看跟隨着逃回來的人馬，已是寥寥無幾。彝陵一戰，蜀軍損失極為慘重，傷亡、逃散了幾十萬人馬，車、船、器仗、軍需物資全部丟棄。劉備既痛心又慚愧，無顏回成都。第二年，他鬱悶地病死在白帝城。

孫子提出了一條重要的戰略思想：先使自己立於不敗之地，然後再去尋找戰機戰勝敵人。

自赤壁之戰以後，形成了三國鼎立的局面。比較弱小的蜀國和吳國，本應聯合起來抗擊魏國，劉備為報關羽之恨，起兵討伐吳國，本不是明智之舉。劉備又在戰術上犯了錯誤，導致了彝陵之敗。

吳軍與蜀軍力量相當，必須遵循「先為不可勝，以待敵之可勝」原則，陸遜的方略，正是這戰略思想的充分體現。他指揮大軍連連後撤，不與士氣正盛的蜀軍正面交鋒，使自己的主力不受損。雙方在彝陵對峙時，陸遜等待劉備犯錯。待到戰機出現，毫不猶豫發起猛烈反擊，一舉擊潰蜀軍。劉備一心求勝，不懂「不可勝在己，可勝在敵」的道理，假如能明這點，也不至於慘敗。

戰例

五丈原兩軍對峙

諸葛亮曾經五出祁山與魏軍作戰，均無功而返。公元234年，經過一番精心準備之後，深感體力不支的諸葛亮，希望在有生之年打敗魏軍，消滅魏國，於是親自率領十萬大軍，六出祁山向北征伐。為分散魏國的兵力，使魏軍難顧兩頭，他派出使者把自己的進攻計劃告訴吳國，希望東吳同時出兵攻打魏國。

諸葛亮率領蜀軍從漢中出發，沿着褒斜谷的山道北上，抵達郿縣（今陝西郿縣）。魏明帝曹叡聞報諸葛亮又出祁山，忙命大將軍司馬懿率領二十萬大軍迎戰。眾將領會齊以後，司馬懿對大家說：「諸葛亮要是大膽用兵，搶先攻擊武功（今陝西武功），順着山勢向東推進，長安就要受到很大的軍事壓力。但他用兵一向謹慎，不肯冒險，很可能向西進入五丈原（今陝西郿縣與岐山縣交界處）作為依託，然後穩步向前推進。這樣的話，我們就好對付了。」

不出司馬懿所料，諸葛亮吸取以往北伐失敗的教訓，果然領兵駐紮在五丈原。他讓士卒開墾荒地，解決軍糧短缺的問題。五丈原的地理位置對蜀軍也極其有利，它控制着褒斜谷山道的北端，進可攻，退可守，即使戰事不利，也不會對蜀軍造成多大損失。司馬懿老謀深算，認為渭河以南地區土地肥沃，屯糧不少，不可拱手讓給蜀軍，便命令魏軍渡過渭水，背水為營阻擋蜀軍。司馬懿自恃兵多將廣，糧草無慮，於是按兵不動，固守營壘。

諸葛亮領兵在五丈原，想攻無法攻，想戰司馬懿置之不理。在五丈原僵持一百多天，只見蜀軍挑戰，不見魏軍回擊，弄得諸葛亮一籌莫展。

一意速戰速決的諸葛亮使了激將法，派出軍使前往司馬懿的大營，送給司馬懿衣服。司馬懿一看，全是花花綠綠的女人服飾，登時傻了眼。

司馬懿問軍使：「諸葛亮身體可好？公務忙不忙？」軍使答：「丞相日理萬機，忙得不可開交。凡是受責二十軍棍以上者，丞相都要問。」

司馬懿又問：「諸葛亮的飯量如何？」軍使答道：「丞相飯量不大，每天只吃三四升（過去的升小，飯量大的人一頓可以吃一斗）。」

司馬懿問：「睡眠足不足？」軍使說：「一早起牀，半夜睡覺。」

司馬懿只問生活瑣事，作戰之事一點也不涉及，軍使對此不免詫異。軍使告辭以後，司馬懿說：「諸葛亮食少事繁，怎能久在人世。」

魏將對諸葛亮送女人服飾給司馬懿之事惱怒萬分，紛紛說道：「諸葛亮欺人太甚，送女人的衣服來譏諷我等無能！是可忍，孰不可忍！」

司馬懿生怕挫傷了大家的銳氣，裝出一副惱怒的樣子，說道：「出發前，陛下命我堅守陣地，不可與蜀軍交戰。我們受了這等侮辱，豈可在敵人面前示弱！待我寫份奏章給陛下，請陛下允許我們攻打蜀軍。」將士們聽了，無不感到振奮，準備與蜀軍一決高低。

魏明帝收到司馬懿的奏章，連忙命辛毗手持符節到軍中擔任軍師，嚴厲制止與蜀軍作戰。

有一天，蜀軍又到魏軍大營前罵陣，司馬懿大怒，全身披掛，點起兵馬，準備出營與蜀軍一決雌雄。辛毗聞訊後手持皇上的符節跑了過來，朗聲說道：「陛下有命，大軍不許出營！」司馬懿與眾將無可奈何，只得返回自己的營帳。

蜀將姜維知道了這件事，馬上報告諸葛亮：「曹叡派辛毗任軍師，禁止魏軍出戰，司馬懿領兵準備出營，被辛毗攔了回去。」

諸葛亮聽了微微一笑，說：「司馬懿本來就不想與我軍交戰，這只不過是欺騙部下的花招。將在外，君命有所不受，如果他想出戰，早就動手了，何必千里迢迢上奏朝廷，請朝廷允許他反擊？他這樣做，既表現了對朝廷的忠誠，又顯示了自己的勇武，以此來穩定魏軍的士氣。」

兩軍統帥的智謀，正在伯仲之間。諸葛亮的用心，司馬懿了解得一清二楚；司馬懿的想法，諸葛亮完全明白。由於司馬懿過去吃過諸葛亮的苦頭，所以這一次對陣分外用心在意。

由於長期操勞，諸葛亮終於支撐不住，患上了重病。劉禪得知以後，忙派尚書僕射（官名）李福來到前線，探視諸葛亮的病情，並且詢問國家以後的方針大計。李福得到諸葛亮的明確指示後，立即動身返回。沒過幾天，他又回到諸葛亮的大營，諸葛亮見了他，說道：「我知道你還要回來，有件大事你還沒有問及。你要問的事，我早就想好了，將來的繼任者，蔣琬是合適的人選。」李福連忙致歉，說道：「啟稟丞相，確實是我忘了詢問丞相百年之後誰能擔當國家大事。請允許我再問一下，蔣琬之後，誰可以繼任？」諸葛亮道：「費禕。」李福又問：「費禕以後呢？」諸葛亮閉上眼睛，不再回答。李福又問候、安慰了一番，匆匆返回蜀國京城成都。

這一年的八月，五十四歲的諸葛亮在五丈原的軍營中逝世。兩軍對峙，主帥突然去世，弄不好就會全線崩潰。長史楊儀連忙率領蜀軍撤退，司馬懿得知後連忙領兵追擊。蜀將姜維見情況危急，命令楊儀調轉戰旗，擂響戰鼓，作出準備向魏軍攻擊的樣子。司馬懿大吃一驚，以為諸葛亮詐死，以此引誘魏軍出營作戰，連忙領兵退了回去。

過了一天，司馬懿親自到蜀軍原先駐紮的營地察看虛實。蜀軍的軍營中不僅棄有糧草，連軍用文書都丟得滿地都是。他跺着腳後悔地說：「諸葛亮一定是死了，這個人真是天下了不起的奇才。」

軍師辛毗還不敢相信諸葛亮已死，司馬懿對他說：「雙方對陣，最怕泄露軍事祕密，如果不是出了非常事件，誰也不敢把軍事文書到處亂扔，蜀軍不是戰敗而退，卻驚慌到連軍事文書都顧不上的地步，不是失去了主帥，還會有甚麼事值得這樣驚慌呢？不必再猶豫了，趕快領兵追擊！」

這時候，楊儀率軍撤離前線的時間已久，魏軍雖是急速追趕，也未能追及。蜀軍進入褒斜谷以後，才為諸葛亮發喪。

當地居民為這件事編了一句：「死諸葛嚇走活司馬。」司馬懿聽到了也不生氣，自我解嘲道：「我能預料他活着時候的事，他死後的事我又怎麼能預料呢！」

蜀國弱小，魏國強大，一般說來，弱國攻打強國，只要強國不犯大錯，就不可能取勝。

諸葛亮雖有神機妙算，司馬懿也不是等閒之輩，兩軍在五丈原對峙，雙方主帥計謀百出，可是誰都沒有得逞，只是白白耗費時日。諸葛亮六出祁山，只不過是忠心事主，盡人事而已，沒有取勝的可能。

孫子曰：「勝可知而不可為。」信夫！

不可勝①者，守也；可勝②者，攻也。

守則③不足④，攻則有餘⑤。

| 注釋 |

① 不可勝：使敵人不能取勝。② 可勝：使我戰勝。③ 則：因為、由於。④ 不足：兵力不足。⑤ 有餘：兵力多。

| 翻譯 |

要使敵人不能戰勝自己，這是防守方面的事；要使自己打敗敵人，這是進攻方面的事。

採取防守的策略，是因為兵力不足的緣故；採取進攻的戰略，那是因為兵力佔優勢。

匈奴劉氏建漢

漢朝初年，漢高祖劉邦以族人的女兒為公主，嫁給匈奴首領冒頓，並與他約為兄弟。匈奴酋長歸附漢朝以後，自稱是漢高祖劉邦的外孫，以劉為姓。

東漢末年靈帝中平年間，匈奴單于羌渠派他的兒子於扶羅率領軍隊幫助漢朝鎮壓黃巾起義。於扶羅來到中原以後，他的父親死於匈奴內亂，於扶羅領兵留在中原，自立為單于。

曹操統一北方後，為便於統治，將匈奴分為左、右、南、北、中五部，五部中左部最大，部帥就是於扶羅的兒子劉豹。

晉國開國以後，匈奴臣服，劉豹將兒子劉淵送到洛陽做人質。劉豹去世以後，晉武帝司馬炎讓他回到本部繼承父業，做左部帥。楊駿當權時，又封劉淵為五部大都督。沒過幾年，匈奴人郝散、郝度元起兵反晉，劉淵因受牽連而罷官。

公元 299 年，成都王司馬穎起用劉淵，監五部軍事，並召他到鄴城聽用。當時正值「八王之亂」，劉淵的叔父屢次捎信到鄴城，要他回到本部擴大地盤。劉淵自己也想回去，可就是沒有機會脫身。

公元 304 年，幽州刺史王浚起兵討伐司馬穎，鮮卑人派兵相助，幾路人馬浩浩蕩蕩向鄴城逼近。司馬穎慌了手腳，打算挾持晉惠帝出奔洛陽。劉淵乘機對司馬穎說：「臣下曾經奉詔為匈奴五部都督，在那裏說話還能算數，請允許我回去搬來五部人馬，殺退來犯之敵。」司馬穎聽了非常高興，拜劉淵為北單于、參丞相軍事，要他立即返回，迅速搬來救兵。劉淵當即告辭，飛馳而去。劉淵剛離開鄴城，司馬穎兵敗，他僅僅集合了幾十騎人馬，把晉惠帝推上車，倉皇向洛陽逃去。

劉淵趕到左國城（今山西離石東北），他的叔父見到他非常高興。匈奴人正當羣龍無首，貴族們立即共推劉淵為大單于。五部人馬聞知劉淵回來了，都來歸附，只不過二十天時間，就聚集了五萬人馬。劉淵不忘司馬穎起用之恩，派部將劉宏率領五千人馬援救鄴城。

援救鄴城的軍隊剛剛出發，就傳來司馬穎出奔洛陽投靠張方的消息。劉淵歎了一口氣說：「我勸司馬穎堅守鄴城，可是他偏偏不聽我的。唉，看來他是個天生的奴才，幹不成大事！」

劉淵為了擴大地盤，命人率軍討伐鮮卑。他的叔叔劉宣知道了，連忙入見劉淵，說：「晉王朝把我們當作奴隸，我們怎能一直任人驅使？鮮卑人、烏桓人、匈奴人被漢人稱作『胡人』，我們理當團結一致，怎麼可以去攻打他們！」

劉淵聽了，覺得很有道理，說：「對，他們是我們的好幫手、好兄弟，不去攻打他們便是。」他想了一會兒，又說：「男兒應當有雄心壯志，要幹就要幹大事！現在司馬氏父子兄弟互相殘殺，中原一片混亂，這是上天賜給我們建功立業的好機會，我們應當招兵買馬，壯大力量，待時而動。」沒過多久，劉淵的軍隊擴充到十多萬，不少讀書人也前來投奔，力量一天天壯大起來。

李雄在益州稱帝的消息傳到北邊，匈奴貴族竭力勸說劉淵稱帝。劉淵想了想對大家說：「皇帝不是哪一家的，誰能夠服眾，誰就能統治天下。現在我們前去伐晉，必定如同摧枯拉朽一般，怕只怕晉朝的百姓不肯服我，徒費心機。我們是漢帝的外孫，當年也曾約為兄弟，兄長滅亡了，由弟弟來接替，也是理所當然的。漢朝雖已滅亡，但是中原的百姓仍然思漢，我們不如順應人心，權且稱漢，諸位認為如何？」眾人聽了，轟然稱是。

公元 304 年，劉淵在左國城祭天稱王，國號為漢。改元為漢元熙元年，立他的妻子呼延氏為皇后，立長子劉和為世子，封次子劉聰為鹿蠡王，拜劉宣為丞相，設置百官。劉淵稱王不久，就親自率領大軍攻打駐守在并州（今山西太原一帶）的東瀛公司馬騰。匈奴人兵強馬壯，銳不可當，迅速攻克了屯留（今山西屯留南）、長子（今山西長子西南）、介休（今山西介休西南）等郡。司馬騰屢戰屢敗，立足不穩，於百般無奈中只得脅迫并州的兩萬餘戶百姓隨他逃往太行山以東。從此以後，山西北部一帶，全都成了劉淵的統治區。

公元 308 年，劉淵改稱皇帝，定都蒲子城（今山西隰縣），改年號為永鳳。第二年正月，遷都平陽（今山西臨汾西北），又向洛陽靠近了二百餘里，改元為河瑞。當時，聚眾青州、徐州的王彌、曹嶷，起兵趙、魏的汲桑、石勒，上郡四部的鮮卑首領、氐族酋長等都歸附劉淵，以劉淵為共主。

劉淵建立的漢，是匈奴貴族在北方建立的強大的封建割據政權，在晉代歷史上，有着重要的地位。

點評

孫子認為，兵力不足時主要立足於防守；兵力強大時主要立足於進攻，即「守則不足，攻則有餘」。

西晉王朝經過「八王之亂」，日趨式微。這時候，少數民族的貴族和朝廷的一些地方長官乘亂而起，建立政權，割據一方，不斷進行爭奪地盤、擴大勢力的鬥爭。

當時的「十六國」，建國最早的是匈奴貴族劉淵建立的漢。他力量弱小時韜光養晦，待到有了一定的實力，便在北方稱王；兵力日益強大以後，攻城略地，最終稱帝。他的這些做法，符合孫子「守則不足，攻則有餘」的戰略思想，劉淵建漢，為必然之事。劉淵去世以後，他的兒子劉聰繼位。劉聰依仗自己強大的兵力，向西晉發起強大的攻勢，經過多次交鋒，終於攻下洛陽、西安，西晉滅亡。

故善戰者，立於不敗之地，而不失①敵之敗②也，是故勝兵③先勝④而後求戰⑤，敗兵先戰而後求勝。

|注釋|

①失：喪失。②敵之敗：擊敗敵人。③勝兵：勝利的軍隊。④先勝：先創造取勝的條件。⑤求戰：尋機作戰。

｜翻譯｜

所以，善於打仗的人，總是使自己處於不敗的地位，而不放過擊敗敵人的機會。因此，能夠取勝的軍隊，先創造能夠取勝的條件，然後尋求戰機，而經常失敗的軍隊，先與敵人交戰，然後尋求僥倖取勝的機會。

失之東隅收之桑榆

公元60年，漢明帝劉莊在南宮雲台閣命人畫了二十八位大將的人像，這二十八位大將都是開創東漢的功臣。其中，有幅畫像就是人稱「大樹將軍」的馮異。

當初，這些將領隨着漢武帝劉秀東征西伐，閒暇之時便在一起聊天。有一次，眾將領各自誇讚自己的功勞，只有屢立戰功的馮異一個人站在大樹下，只是聽他們爭功，自己一言不發。從此以後，他便有了一個美名：大樹將軍。

劉秀建立了東漢王朝後，下令剿滅自己過去的盟友赤眉軍。馮異被任命為征西大將軍，阻擊由關中向東退卻的赤眉軍。這時候，鄧禹率軍與赤眉軍交戰，被打得大敗，死傷五千餘人，敗走宜陽。馮異領兵增援鄧禹，與赤眉軍相遇。雙方交戰不久，赤眉軍便往後撤，馮異認為赤眉軍是烏合之眾，禁不起漢軍的衝擊，指揮大軍追擊。沒想到在回溪中了赤眉軍的埋伏，被赤眉軍打得大敗，敗退至崤底（今河南陝縣東南）。

馮異敗回營寨，越想越懊喪，多少大江大河都闖過來了，今天卻在小河溝裏翻了船。他召回散兵，招收新兵，嚴加訓練，發誓要剿滅赤眉軍。

經過回溪之敗，馮異不敢小覷赤眉軍，戰前制定了詳細的戰鬥計劃，認真做好各項戰鬥準備。

交戰前，馮異讓一些精壯的士兵穿上與赤眉軍相同的衣裳，在隱蔽處埋伏起來，並向他們下達嚴令：沒有號令不許出動，聽到號令後奮力殺出，必須與敵人廝殺在一處，讓敵人不辨敵我，打亂敵人的陣列，攪亂敵人的軍心。

雙方交戰的那天早晨，赤眉軍先派出一萬精銳，打算攻擊馮異部隊的前鋒。馮異按照戰前制定的計劃，故意派出少量兵力抵擋。雙方混戰片刻，赤眉軍略佔上風。赤眉軍誤以為馮異是自己的手下敗將，沒有甚麼了不起，於是傾巢而出，打算一舉殲滅馮異軍。

馮異見敵人傾巢出動，心裏暗暗高興，於是將主力派出，與敵人戰在一處。這一仗直打得天昏地暗，日月無光。雙方激戰了大半天，赤眉軍漸漸擋不住。馮異見決戰的時機已到，立即發出號令，埋伏的精銳迅速殺出。由於伏兵的服飾與赤眉軍相同，赤眉軍的官兵一時間不知如何還擊，頓時大亂，全面崩潰。馮異揮動大軍追擊，在崤底徹底打敗赤眉軍。

消息傳到朝廷，光武帝非常高興，下詔褒獎馮異說：「雖然你在回溪遭受失敗，最終在黽池消滅了敵人，可以說是『失之東隅，收之桑榆』。」

點評

孫子曰：「故善戰者，立於不敗之地，而不失敵之敗也……」

馮異「失之東隅」，是因為對敵方的實力估計不足，倉促交戰，大敗而歸。馮異及時總結教訓，召回散兵，招收新兵，壯大自己的力量，並且對軍隊嚴加訓練，使自己立於不敗之地。決戰前，馮異制定了詳細的作戰計劃，創造全殲敵人的條件。機會一旦出現，馮異立即指揮大軍發起全面攻擊，終於「得之桑榆」，全殲敵人。

原文

兵法：一曰度①，二曰量②，三曰數③，四曰稱④，五曰勝。地生度，度生量，量生數，數生稱，稱生勝。

|注釋|

① 度：指土地幅員大小。② 量：指物產資源的多寡。③ 數：指軍隊數量的多少。④ 稱：指軍事力量的對比。

|翻譯|

兵法上要考慮的問題有五個方面：一是「度」，二是「量」，三是「數」，四是「稱」，五是「勝」。它們之間的關係是：敵對雙方的土地產生了面積大小的問題，土地面積有大小就產生物產資源多寡的問題，物產資源的多寡就產生能供應的兵員多少的問題，兵員的多少就產生軍事力量對比的問題，軍事力量對比的不同就產生了勝負。

長安失守西晉滅亡

公元316年，漢主劉聰命中山王劉曜領兵南下，再度攻打長安。以往劉曜跟晉軍作戰，屢屢受挫，心中不甘，這一次決心一舉消滅西晉小朝廷。長安的小朝廷已經是日薄西山，朝不保夕。那時候，北方的土地多被漢佔領，西晉王朝只保有長安一帶的小片土地。朝廷兵力薄弱，糧食短缺；各地將領幾乎無人理睬愍帝的詔令，盼望已久的援兵杳無音訊。愍帝只得將有限的兵力一分為二：一部分由麴允率領，出外抵禦；一部分由索綝率領，負責保衛長安城。

劉曜幾次敗在麴允的手下，對他有所顧忌，這次採用了謀士的計謀，決定先擾亂麴允的軍心，然後一鼓作氣擊潰晉軍。那一年的七月，劉曜率軍一下子將北地包圍。

北地是長安北部的屏障，至關重要，丟失不得，麴允聞訊後立即領兵馳援。大軍離開北地還有幾十里，只見北地方向火光沖天，濃煙蔽日。麴允見了，驚疑不定，進退兩難。若是北地城尚未失守，自己領兵前去來個裏應外合，尚可擊敗匈奴軍；若是北地城池已經被攻破，自己兵微將寡，雙方對陣哪是漢軍的對手？

忽然，難民蜂擁而至，麴允攔住幾個一問，都說北地城已被攻破，漢軍正在屠城。麴允聽了，急得直跺腳，有心退兵。哪知他還沒有傳令，晉兵聽了難民的傳言，鬥志頓失，也跟着潰去。等到難民過後，晉軍官兵已經逃去十之七八。麴允無可奈何，只得帶着殘卒退回長安城。

這一次，麴允中了劉曜的詭計。原來，麴允領兵趕赴北地時，北地城尚在固守。劉曜讓人縱火，一時間濃煙滾滾，直衝雲霄，他又讓許多士兵扮難民，說北地城失守，擾亂晉軍。這一招果然有效，麴允為人一向忠厚，治軍不甚嚴，軍紀有些渙散，士卒們一聽謠言，未戰先逃。北地城的守軍久盼援兵不至，最終城池被攻破。

北地一失，劉曜領兵長驅直入，晉軍望風披靡，爭相逃命。唯有晉將魯允、梁緯，一路騷擾堵截，終被劉曜所擒。

劉曜一向聽說魯允有德有才，想勸他投降，為己所用。他設下酒宴，讓人給魯允鬆了綁，請他入席。酒過三巡，劉曜和顏悅色地對魯允說：「司馬氏氣數已盡，大漢氣數正盛，良禽尚且擇木而棲，將軍亦應順時而變，歸順我大漢方是。」

魯允悲痛地說：「身為晉將，不能保住晉室，哪有面目苟活於世？大王如能加惠於我，讓我速死，我便感激不盡。」

劉曜聽了深為感動，連連稱他為義士。劉曜再三相勸，魯允終不動搖。劉曜歎了口氣，拔出佩劍遞給魯允。魯允毫不猶豫，接過利劍立即自刎，梁緯也不肯屈服，同時遇害。

漢軍逼近長安，朝廷一片混亂。劉曜吸取以往的教訓，沒有立即攻城，將大軍駐紮在池陽（今陝西涇陽西北），以防偷襲。劉曜見各路援軍不敢應戰，只是作壁上觀，便消除了顧慮，揮動大軍一下子包圍了長安城。

漢軍猛烈攻城，晉軍抵禦不住，外城失守，退入內城防禦。內城的存糧本來就所剩無幾，一斗大米竟賣二兩黃金，現在一下子增加了許多守軍吃飯，很快就把糧食吃盡，樹皮、草根，都被軍民搶去充飢，有的人剛剛餓死，活人就在他的身上割肉煮了吃。

愍帝也沒有飯吃，餓得直不起腰，直往肚裏嚥口水，麴允派人細細搜索宮中倉庫，居然找到幾十塊做酒的酒麴。他像發現了金蛋一樣，派人嚴加看守，每天拿一點出來，把它搗碎了煮成稀粥，作為愍帝的「御餐」。愍帝餓極了，端過來就喝，幾口就將酒麴粥喝盡。

酒麴粥維持不了多久，吃完之後只好另想辦法。麴允派人四處尋覓，只要是能吃的，搞到一點甚麼就給愍帝吃甚麼。愍帝也跟大家一樣，有一頓沒一頓，飢腸轆轆熬日子。

時至仲冬，城內軍民飢寒交迫，城外敵人戰鼓陣陣，看樣子，再也堅持不下去了。愍帝召來索綝、麴允，癱坐在龍椅上有氣無力地說：「寡人命途多舛，屢遭厄運，愛卿隨朕，備嘗艱辛。目下已經陷入絕境，長安難保，城池一破，玉石俱焚，不知愛卿有何良策？」說完，淚珠滾滾而下。

二人無言以對，只陪着愍帝流淚。麴允剛要開口，抬頭看見愍帝餓黃的臉，一陣不忍。

忽然侍從跑來報告，敵人攻勢甚猛，城將不保。索綝聽了，連忙跑出去察看，麴允無話可說，便退了出去。愍帝召來宗敞，要他起草降書。寫好以後，蓋上玉璽，要他立即送往劉曜大營。

宗敞心如刀絞，捧着降書沉痛地步出大殿。才出宮門，迎面遇上索綝，忙把降書給索綝看。索綝看了降書，頓時起了邪念，對宗敞說：「降書先放在我這裏，看看形勢再說。」回到家中，他把兒子找來，關照了一番，要他出城去見劉曜。

他的兒子見了劉曜，說道：「殿下，長安城中存糧很多，維持一年不成問題，若是硬攻，急切難下。殿下若能封家父為車騎將軍、萬戶侯，家父便能舉城投降。」

劉曜聽了火冒三丈，一拍几案站了起來，怒氣沖沖地說：「帝王之使，當以信義為本，長安明明已經斷糧，為何還來騙我？索綝背君投降，已是晉室罪臣，這種不講信義的亂臣賊子，人人可得而誅之。」說完，命人將他推出去斬首，又將他的首級用盒子裝好，讓隨從帶回城中。

索綝呆在家裏，坐立不安，只等兒子帶回消息。夜半時分，隨從跌跌撞撞回府，帶回索綝兒子的首級。他悲痛欲絕，可惜為時已晚，懊悔莫及。只因他晚節不保，企圖賣國求榮，不僅白白送了兒子一條命，而且遭到後世唾罵。

扣下降書究竟不行，索綝找來宗敞，要他立即出城。那一年十一月十一日，愍帝精赤着上身，反綁了雙手，坐着羊車，出城投降。他凍得渾身發抖，凍得發紫的嘴裏含着一塊玉璧；身後是一口棺材，表示投降的人願意接受任何處置。棺材後面是小朝廷的官員，他們低着頭，緩緩跟在羊車後。到了劉曜的大營，劉曜收下玉璧，給愍帝鬆了綁，燒掉棺材，接受晉廷的投降。

西晉從公元265年司馬炎登上帝位，傳三世，經武帝、惠帝、懷帝、愍帝四主，至公元316年劉曜攻陷長安滅亡，共五十六年。

孫子認為，戰爭的勝負，在很大程度上決定於雙方的力量對比。

西晉末年愍帝小朝廷，已是苟延殘喘。土地面積、物產資源、兵員數量、軍事力量諸方面，都不能與匈奴人所建立的漢同日而語。雙方交戰，小朝廷被消滅是當然之事。

這場爭鬥也有一定的教育意義。有寧死不屈、可歌可泣的魯允，也有企圖賣國求榮、遭人唾棄的索綝，各類人物粉墨登場，可以從中看出他們的不同品德。

李牧守邊

天蒼蒼，野茫茫，風吹草低見牛羊。

代郡、雁門地區與匈奴接壤。那裏景色雖美，可是百姓卻痛苦不堪。匈奴人人多勢眾，兵強馬壯，百姓飽受匈奴騎兵的蹂躪。早在趙武靈王時，就修築了長城抵禦匈奴人進攻，但收效甚微。匈奴軍常常突然襲來，洗劫一番後又飛馳而去，守軍與之交戰，往往被匈奴軍打得大敗。匈奴軍擾邊，成為趙國的一大憂患。

趙孝成王繼位以後，以李牧為將，鎮守北邊。孝成王知道任務艱巨，作出特別規定：李牧可以根據需要自行設置官職、任免官吏，租稅全部歸將軍府，用作軍事開支。李牧到了任所，為了養精蓄銳，每天宰牛殺羊犒勞士卒，並且加強軍事訓練，提高官兵們的騎術、射術水平；派出精兵強將守衛烽火台，一有警情立即報警；派出許多情報人員，及時得到有關軍事情報。在李牧的治理下，官兵士氣大增，人人奮勇，個個當先，隨時準備為國效力。

李牧卻做出一系列規定，禁止官兵與匈奴軍交鋒。如果匈奴人進入邊境掠奪物資，官兵們必須把各種物資收拾好，退入城堡進行自衛，使敵人得不到財物；如果有人擅自出戰，立即處斬。

幾年了，李牧總是採取堅壁清野的策略，軍隊沒遭受多少傷亡，也沒損失多少物資。匈奴人氣勢洶洶前來進犯，往往空手而歸。

日子一天天過去，匈奴人產生了錯覺，認為李牧膽小，不敢跟自己交戰；朝廷大臣紛紛議論，說是李牧畏葸怯戰，不求有功，但求無過，如此下去，何日才能消除邊患！

趙王聽到朝臣的種種議論，心裏很不是滋味，下令到邊關，要李牧跟敵人作戰。李牧對趙王的命令置之不理，依然我行我素，堅持自己的作戰方略。

趙王最終下了決心，將李牧撤職，改換別人到邊關。新將領一到任，立即將李牧的規定廢除。只要匈奴軍一入境，便派兵與之交戰。匈奴騎兵異常彪悍，趙軍往往不是它的對手，等到援軍到來，匈奴騎兵早已跑得不見蹤影。一段時間下來，趙軍不但不能戰勝敵人，還使兵員、物資遭受巨大損失，邊患越來越嚴重。

趙王不禁又想起了李牧，只好派人去相請，讓他再到邊關禦敵。李牧卻藉口有病，不肯再度出山。趙王下了嚴令，一定要李牧前往。李牧見了趙王，提出自己的請求，希望趙王允許他依然像過去一樣作戰。趙王答應了他的請求，李牧這才接受了任命。

李牧再度上了前線，下令恢復以前的各項規定，堅守城堡，不許出戰。官兵又像過去一樣，沒有疲於奔命的征戰之苦，得到了充分休整。匈奴騎兵屢屢入侵，往往一無所獲。

李牧用了幾年時間，修造了戰車一千三百輛，挑選駿馬一萬三千匹，訓練出精銳部隊三萬人，優秀射手十萬人。李牧見決戰的時機已經成熟，決定跟匈奴軍一決勝負。

李牧讓人到處放牧，引誘匈奴軍入侵。匈奴軍多年來一直沒有擄掠到甚麼東西，以為這一次掠奪的機會來了，立即入境搶奪牲畜。李牧派出少量兵力與之交戰，剛一接觸便後撤。匈奴軍對此不以為意，認為趙軍不堪一擊。單于得到戰報，立即率領大軍前來，準備大肆掠奪一番。

李牧得到情報，命令部隊立即做好戰鬥準備，他將精銳部隊埋伏在兩旁，只等敵人進入埋伏圈；另外派出一隊人馬，繞到敵人後面，截斷敵人的退路。

匈奴大軍氣勢洶洶飛馳而來，進入了趙軍埋伏的陣地。李牧一聲令下，左右兩翼的精銳部隊像猛虎一般向敵人衝了過去。這幾年可把趙軍憋壞了，如今個個奮勇殺敵出一出這口惡氣。匈奴軍一向不把趙軍放在眼裏，突然遭到趙軍的猛烈攻擊，一下子給打懵了，紛紛敗退。李牧不給敵人喘息的機會，命令中軍主力立即出擊。惶恐不安的匈奴軍再次遭到沉重打擊，再也抵擋不住，沒命地往回逃竄。趙軍緊追不捨，斬殺敵人無數。

匈奴軍正往回跑，埋伏着的趙軍又殺了出來，攔住了匈奴軍的去路。前有堵截，後有追兵，匈奴軍可給嚇壞了，再也無心戀戰，四處逃散。單于在眾將的護衛下，落荒而逃。

李牧終於打了個漂亮的大勝仗，一舉殲滅匈奴騎兵十萬餘。在以後的十多年裏，匈奴軍再也不敢越過趙國的邊境一步。

點評

孫子曰：「地生度，度生量，量生數，數生稱，稱生勝。」也就是說，軍事力量的對比決定勝負。

李牧初到邊疆，各方面的力量都不如匈奴。因為地處遙遠，後勤也無法保障。在這種情況下，趙王雖然採取了一些變通的辦法，讓守將享有很大的自主權，但是仍然不能從根本上改變那裏的形勢。當時，最好的辦法是深溝高壘，堅壁清野，固守陣地，避免與敵人正面交鋒。李牧採取的一系列戰略部署，無疑是正確的。但是他的這些做法，卻不能被人理解，被認為是「膽怯」，以致趙王撤去了他的職務，另外換將。後來的事實證明，在當時的條件下，跟敵人交鋒不但不能取得勝利，反而使邊患越演越烈。

李牧重新回到邊關，採取了過去的策略，不僅堅守陣地，而且努力創造條件，在各方面加強自己的力量，使得力量對比發生了根本變化。到了這時候，李牧毫不猶豫地向敵人發起反擊，取得了決定性的勝利。

《兵勢》篇主要談勢、節等問題，兵法上的「勢」，主要是軍事力量、軍隊士氣；兵法上的「節」，主要是進攻的速度、方法。孫子認為，用兵打仗，用常規戰法禦敵，用出奇兵取勝。善出奇制勝，戰術如天地變化一般無窮。孫子對「勢」和「節」作了形象的比喻說明：湍急的水流飛流直下，能夠沖走石頭，是因為水流的「勢」；猛禽疾速俯衝，能夠捕捉獵物，是因為俯衝的「節」。孫子接着指出，善指揮造成的戰爭態勢是險峻的，進攻的節奏是短促的，險峻的態勢如同張滿的弓弩，進攻的節奏如同弩機將箭突然射出去。孫子還論述「治」和「亂」、「勇」和「怯」、「強」和「弱」的問題，認為「治」和「亂」，是組織編制產生的；「勇」和「怯」，是態勢優劣產生的；「強」和「弱」，是雙方力量對比產生的。孫子最後指出，善作戰的，要依靠有利的戰爭態勢，駕馭戰爭態勢是正確指揮部隊作戰。

凡戰者，以正①合②，以奇③勝。故善出奇者，無窮如天地，不竭④如江河。

注釋

① 正：兵法術語，指「正兵」，即常規戰法。② 合：交戰，禦敵。③ 奇：兵法術語，指「奇兵」，即特殊戰法。④ 竭：盡、絕。

翻譯

打仗，用常規戰法禦敵，用出奇兵取勝。所以，善於出奇制勝的人，戰術變化如同天地變化一般無窮，如同江河流水那樣滔滔不絕。

石勒智擒段末柸

晉武帝司馬炎去世以後，司馬衷繼位。這個傻瓜連寒暑飢飽都不知，怎能處置好國家大事？皇室之間為了爭奪朝權，互相攻擊殺戮，引發了長達十六年的「八王之亂」。

政局不穩，梟雄乘機競起，為了擴大地盤，攻城略地。在戰亂不休的年代，百姓生靈塗炭。如走馬燈一般變換的皇帝，大多荒淫無恥。這些人中，後趙主石勒與眾不同，也算是有作為的英豪。

石勒是居住在上黨武鄉（今山西榆社北）的羯族人，父祖都是部落小帥。那裏的羯族人與漢人雜處，備受漢人地主的壓迫、欺凌，他們的社會地位低下，被漢人稱為「羯胡」。

公元 302 年，石勒的家鄉發生饑荒。晉王朝的東嬴公司馬騰為了籌集軍資，捕掠少數民族人口賣到山東，石勒未能倖免，也被賣到山東茌平，給富人師歡做耕奴。他身材高大，虎背熊腰，滿臉的絡腮鬍鬚，一看就知道是孔武有力的羯人。由於他力大肯幹，深得主人歡心，不久，師歡將他赦免。

石勒不甘心久居人下，與好友汲桑糾集了一批亡命之徒落草為寇，幹起了強盜營生。公元305年，晉王室成都王司馬穎兵敗喪權，他的舊部公師藩打着擁戴成都王的旗號，自稱將軍，在河北一帶起兵，一下子就聚集起了數萬之眾。汲桑與石勒也想混個出身，於是率領數百騎兵前去投奔。石勒善於騎射，作戰勇猛，得到公師藩的重用。

公元306年，公師藩在戰爭中被殺，部屬潰散。汲桑、石勒不甘心失敗，一面收集殘部，一面招兵買馬，很快又聚集了幾萬人。公元307年，他們領兵攻向鄴城（今河北臨漳）。當時，鎮守鄴城的是東嬴公司馬騰。石勒與司馬騰仇深似海，想當年，就是這個司馬騰把他賣到山東，使他背井離鄉，飽受淪落他鄉之苦，現在，正是報仇雪恨之時。這一仗汲桑、石勒大獲全勝，不僅殺了司馬騰和他的三個兒子，而且將鄴城掠奪一空，然後放了一把火，將鄴城燒成一片廢墟。

當時掌管晉室大權的太傅司馬越將他們視為眼中釘、肉中刺，派出大軍向汲桑、石勒發起進攻，汲桑、石勒抵擋不住，被打得大敗，兩人只帶着少數隨從狼狽逃脫。石勒勸汲桑投奔漢王劉淵，汲桑沉思了半天，搖頭說道：「兵敗時投奔他人，被別人瞧不起。我還是回去養精蓄銳，日後待機再起。」石勒見汲桑主意已定，不再說甚麼，把部眾全都留給汲桑，獨自離去。汲桑回到山東不久，被追兵捕獲殺死。

石勒逃回老家上黨，總覺得汲桑的話有些道理，便決定先拉起支隊伍，然後再去投奔劉淵，免得被人看輕。事有湊巧，本地的兩個羯人擁有部眾數千，佔地為王，他們久聞石勒大名，邀他入夥共創大業，石勒說服了他們一同投奔劉淵。石勒歸順劉淵以後，不停地招兵買馬，擴充自己的勢力，沒過多久，他的軍隊發展到幾十萬人，成為北方的一支強大的武裝力量。

石勒以後能夠在北方稱雄，離不開一個重要人物，那就是儒生張賓。自從有了張賓輔佐，石勒如虎添翼。以後石勒又聽從了張賓的建議，在軍營外另設「君子營」，招攬文士為自己效力。

在以後幾年的征戰中，石勒連連獲勝。公元311年，石勒消滅了晉軍的主力，攻破洛陽；又會同劉曜、王彌，攻克洛陽；隨後殺死勁敵王彌，力量更加強大。漢主劉聰對他毫無辦法，只得進一步籠絡他，防止他再生變故。

公元312年，石勒率軍進佔葛陂（今河南新蔡南），準備進攻江南。時逢連綿大雨，三月不停，軍營中發生疫病，病死了很多人，愁得石勒眉頭緊鎖。他召來部屬，共商行止。下屬分為兩派，一派主張暫時歸降晉軍，以後再作打算；一派主張孤注一擲揮師南下，直取建康（今江蘇南京）。張賓力排眾議，說：「投降不可取，進攻也非良策。照目前情況來看，還是養精蓄銳為是。河北一帶地域遼闊，物產豐富，歷來是休養生息之所，我們應當回師河北，整頓軍馬，擴充實力，以後待機奪取天下。」

石勒採取了他的建議，迅速北還，擊敗晉朝守軍，進駐襄國（今河北邢台）。佔領襄國之後，石勒開始練兵屯糧，伺機四處出擊，一則擴大領地，一則消除外部的威脅。

當時，游綸和張豺率領數萬軍隊佔據苑鄉（今河北任縣東北），苑鄉離襄國僅有幾十里，對石勒構成了巨大威脅。卧榻之側，豈容他人酣睡，石勒為了自身安危，派兵發起進攻，一舉將游綸的部隊擊潰。游綸急忙派人到幽州，向他們的主子幽州刺史王浚求救。王浚知道憑自己的力量打不過石勒，除了派出自己的軍隊馳援外，還請來五萬鮮卑騎兵，想趁石勒立足未穩將他擊潰。

鮮卑騎兵彪悍善戰，石勒軍連連失利，只得退入城中固守。鮮卑主將段末柸勇猛異常，打敗石勒軍後更加驕橫，連日派健卒到城下罵陣。城中糧草短缺，固守不是長久之計，石勒與部下一起商量大計。

多數人主張放棄襄國，突圍南下，石勒聽了直搖頭。張賓開了口：「襄國一失，我軍在何處立足？襄國斷斷不可放棄！至於段末柸，徒有匹夫之勇而已，略施小計便可將他擊潰。」他在石勒的耳邊低聲說了一會兒，石勒依計而行。

城外，鮮卑軍破口大罵，罵累了，一個個下馬休息。忽然一聲炮響，城門大開，一隊鐵騎飛馳而出。兩軍剛剛交戰，城門兩側一下子現出幾十個大洞，無數士兵如潮水般湧出，向鮮卑健卒席捲而去，鮮卑兵猝不及防，七零八落，潰不成軍。

好一個段末柸，見狀飛身上馬，率領親隨奮力抵住來敵，壓住了陣腳。他大喝一聲，將手朝前一揮，鮮卑軍又跟隨他衝上去。石勒軍返身就跑，退回城中。段末柸哪裏肯捨，一馬當先往城裏衝。

他的戰馬剛剛躍進城門，吊橋便被扯起，段末柸想返身出城，城門已經緊閉，城牆的大洞也被堵住。段末柸雖然勇猛，畢竟寡不敵眾，被一擁而上的石勒軍扯下馬來，捆了個結實。截在城外的人馬唯恐主將有失，搬來雲梯準備攻城。忽然城頭梆子響，段末柸被五花大綁押上城頭。鮮卑軍你看看我，我看看你，誰也不知該怎麼辦。猛然間戰鼓聲又起，石勒軍又從城門中、城洞中殺出，向鮮卑軍直撲過去。鮮卑軍無人指揮，頓時大亂，被殺得屍橫遍野，狼狽逃竄。

戰鬥結束以後，段末柸被押進大廳，石勒連忙離座，給他鬆開綁繩。段末柸本來準備一死，被石勒鬆了綁，反而不知所措，過了半晌，他忽然跪倒在地，說道：「謝將軍不殺之恩，小人願降。」石勒雙手將他扶起，將他姪子石虎叫過來，與段末柸結為兄弟。段末柸感激萬分，當即認石勒為義父。石勒放段末柸出城，段末柸收拾殘兵敗將，立即返回。

經過這次大戰，石勒軍軍威更盛。張賓又給石勒出謀劃策，佔領的地盤越來越大，兵力一天比一天強盛。石勒雄踞河北，為日後在這裏建國、創立後趙政權打下了牢固的基礎。

點評

石勒初起時，由於民族仇恨，對漢人王公卿士多加殺戮。自從任用了張賓之後，優待士人，設立「君子營」，使其為自己服務。

以往作戰，石勒全靠勇猛，不知機變。在張賓的輔佐下，石勒軍作戰開始講究戰略、戰術。襄國一戰，若是硬打硬拼，石勒軍並無勝算。在五萬鮮卑騎兵的壓迫下，石勒軍只得固守襄國，要想打敗敵人，必須出奇兵。張賓正是利用了鮮卑人驕橫的特點，巧使奇計，智擒段末柸，一舉破敵。

孫子云：「凡戰者，以正合，以奇勝。」石勒智擒段末柸，是「以奇勝」的典型戰例之一。

戰例

荀灌娘突圍救危城

西晉末年，一些手握重兵的悍將脫離朝廷，自封官職，形成了一個個封建割據勢力，杜曾就是其中一個。杜曾自幼熟讀兵書，很有謀略，又有一身武藝，一時勇冠三軍。

晉將胡亢在竟陵（今湖北潛江東北）自封為「楚公」，慕名聘請杜曾輔佐自己，任他為竟陵太守。杜曾見他真心待己，答應了他的要求。胡亢天生多疑，濫殺部將，杜曾擔心有朝一日大禍臨頭，下了狠心殺了胡亢，自封為中郎將，佔據了竟陵一帶。

以後，杜曾屢次與朝廷官軍作戰，每每把官軍殺得大敗。朝廷為了平定荊州一帶，決心派大軍剿滅杜曾，除去這一心腹大患。杜曾突破了官軍的包圍，向北突向順陽，略作休整以後，領兵包圍了宛城（今河南南陽）。

鎮守宛城的是晉將荀崧。荀崧名為都督，手下卻沒有多少兵將，見杜曾領兵殺來，只得緊閉城門，堅守不出。荀崧知道固守不是長久之計，召集部將前來議事，共商退兵之計。

「城中糧食不多……」荀崧說，「一旦儲糧吃盡，城池就會不攻自破，大家想想辦法，看看如何才能使敵人退兵。」部將們面面相覷，過了好一會兒，沒有一個人開口。

一位部將打破了沉默，說：「依我看，大丈夫不死則已，要死也得死得轟轟烈烈。我們不如殺出城去，與敵人拼個你死我活。」另一位部將連忙說：「現在尚未到山窮水盡時，不必跟敵人硬拼。敵人兵多將廣，我軍兵力甚微，硬拼是下下之策，只有到了最後關頭，方可拼個魚死網破。現在，還是想想其他辦法吧。」接着，又是一陣冷場。

一位老將自言自語：「若有救兵，我們從裏面殺出去，裏應外合，一定能打敗敵人。」他身旁的將領說：「唉，誰能突出重圍搬來救兵？救兵在哪裏？這不過是一廂情願，於事確是無補。」

荀崧聽到他們的話，想了想說：「襄城太守石覽本是我的部將，我寫信給他，他會派兵前來援救。」荀崧話音剛落，氣氛一下子熱烈起來，眾人議論紛紛。

荀崧想了想問道：「我修書求援，誰能突破敵人的包圍，把這封信送到襄城？」氣氛一下子又冷了下來，沒有人表示願意前往。是呀，衝出敵人的層層包圍，的確不是一件易事，又有誰能率領一支奇兵殺出城，到襄城搬來救兵？突然間，帳後走出個小姑娘，朗聲說道：「爹爹，孩兒願意前往！」

此語一出，眾人皆驚，說話的是荀崧十三歲的愛女荀灌娘。荀崧看看她，搖搖頭說：「好孩兒，你勇氣可嘉，只是你年幼體弱，又是女孩，如何衝得出敵陣？」

灌娘大步走出議事廳，杏眼圓睜，用帶着稚氣的童音喊道：「現在城池被圍，危在旦夕，一旦城池攻破，滿城軍民都要遭殃。現在唯一的希望，就是到外面去搬救兵。大丈夫行事，須以國事為重，要以百姓為先，即使死於疆場，也能流芳百世。現在，有誰願意隨我衝出重圍前往襄城，搬來救兵拯救滿城百姓？」

門外許多官兵被荀灌娘的一番話感動，許多壯士站了出來，紛紛說道：「我願意前往！」「我願意！」「我願隨小姐前往！」……大廳內走出一位年輕將領，激動地說：「女子尚且有志拯救滿城百姓，我等鬚眉若是畏葸不前，豈不是枉活於人世！末將願意護送小姐前往襄城！」一時間，帥府門外羣情振奮。

荀崧見到這個場面，激動萬分。他當即讓那位將領為領隊，挑選了幾十名自願出城的壯士，要他們做好準備，夜半時分殺出城外，前往襄城搬救兵。

三更剛過，這支由女孩荀灌娘和幾十名官兵組成的奇兵，悄悄牽着馬來到城門。只見灌娘身着男裝，手持彎刀，腰佩寶劍，貼胸藏着書信，滿目透着英氣。

荀崧叮囑道：「孩兒，保重了。信要藏好，不可遺失，滿城軍民的希望都在你身上。衝出包圍時動作要快，行動要敏捷，千萬不能粗心大意。」灌娘一斂往日嬌氣，說道：「爹爹放心，孩兒一定小心在意，定然搬來救兵。」

荀崧疼愛地摸着她的頭，轉身對那位年輕將領說：「沿途小心，儘量避開敵人，保護好小姐，不得有失。」年輕將領堅定地說：「大人放心，末將一定拼死保護好女公子！」

「好了，準備出城！」荀崧嚴厲地小聲下了命令。城門突然打開，吊橋一下子放了下來，幾十人簇擁着灌娘，飛一般衝出宛城。

杜曾的人馬連日攻城，十分疲憊，這時候都已熟睡，就連巡邏的都躲在避風的角落打瞌睡。哨兵聽到急促的馬蹄聲，猛然驚醒，昏昏沉沉拿起武器準備抵禦。闖營的壯士一陣砍殺，阻攔的哨兵紛紛斃命，不消片刻，荀灌娘帶着幾十名官兵衝出敵營。

杜曾聞報有人衝出宛城，知道有人去求救兵，連忙派人去追。等到人馬集合好，急忙上馬追趕，早已不見闖營人的蹤影。他們亂追一氣，追到天明也沒追上，只得怏怏而歸。

灌娘一行一路快馬加鞭，飛快地向前奔去，馬跑得口吐白沫，渾身是汗，人也累得大汗淋漓，渾身骨頭疼。部將說道：「小姐，歇一會兒吧。」灌娘說：「不，我們要早一點趕到襄城搬救兵。」部將勸道：「小姐，不僅人要歇息，馬也要歇呀。再這樣跑下去，馬要累趴下了。」荀灌娘聽了，只好答應道：「好吧，先休息一會兒，大家吃點兒東西充充飢再走。」

誰知她一下馬，腳一軟，跌坐在地上，再也站不起來。部將見了，連忙將她攙起，她的腿才慢慢緩過勁來。

人歇了，馬餵了，灌娘又催促大家上馬。她來到馬旁，爬了兩次都沒能爬上去，部將連忙走過來，雙手將她一托，她乘勢一跨，這才上了馬。

馬開始小跑了，震得她渾身痠疼，她咬緊牙關堅持着。疼痛減輕了，她又揚鞭催馬快跑，部將和士兵們隨着她，一溜煙向襄城飛馳而去。

黃昏時分，荀灌娘等趕到了襄城。她拜見了石覽，呈上了父親的書信。石覽看着灰頭土面、渾身脫力的荀灌娘，感慨萬分，說：「姑娘放心，我馬上派兵援救宛城。姑娘小小年紀，竟有如此大志，做出這般壯舉，實在不易。」

灌娘擔心襄城兵力不足，以父親的名義寫信給潯陽太守周訪，石覽立即派人護送她到潯陽。周訪見了灌娘，讚賞不已，派兵馳援宛城。襄城、潯陽的救兵幾乎同時到達宛城。圍城的杜曾見救兵已到，害怕受到內外夾擊，立即撤退離去。

宛城得救了，全城軍民避免了一場災難。

宛城，是座彈丸小城，荀崧名為都督，但兵微將寡，若是以常規戰法守城，無異於以卵擊石，自走絕路，萬一城池被攻破，滿城軍民都要遭殃。

有志不在年高，巾幗不讓鬚眉，小女子荀灌娘挺身而出，率奇兵出城，搬來救兵，拯民於水火。她的俠肝義膽符合廣大軍民願望，所以她振臂一呼，應者雲集，聽從小女子號令，奮勇衝出重圍搬救兵；晉朝其他官員為之感動，迅速派軍，解除宛城之危，拯救全城百姓。

激水①之疾②，至於漂石③者，勢也④；鷙鳥⑤之疾，至於毀折⑥者，節⑦也。是故善戰者，其勢險，其節短。勢如彍⑧弩，節如發機⑨。

注釋

① 激水：湍急的水流。② 疾：疾速，飛快。③ 漂石：沖走石頭。④ 勢：態勢。⑤ 鷙鳥：猛禽。⑥ 毀折：捕殺。⑦ 節：節奏。⑧ 彍：張滿。⑨ 發機：擊發弩機。

翻譯

湍急的水流飛流直下，能夠沖走石頭，是因為水流的「勢」；猛禽疾速俯衝，能夠捕捉獵物，是因為俯衝的「節」。所以善於指揮作戰的人，他所造成的戰爭態勢是險峻的，進攻的節奏是短促的，險峻的態勢如同張滿的弓弩，進攻的節奏如同擊發弩機將箭突然射出去。

勇冠三軍「冠軍侯」

漢代的霍去病，在沙場上浴血奮戰，勇冠三軍，為國家立下赫赫戰功，漢武帝封他為「冠軍侯」。

霍去病的父親是官府裏的差役，母親是供人使喚的丫鬟，他立志為國立功，出人頭地。舅舅衛青是他心目中的英雄。衛青本是「騎奴」，由於屢立戰功，做了將軍，被封為「關內侯」。

霍去病刻苦習武，練就一身好武藝。他屢次要跟舅舅上陣打仗，舅舅認為他年紀太小，總沒答應。

十八歲那年，他的願望終於得到實現，隨同舅舅衞青出征。漢軍剛過長城，就與一大隊匈奴騎兵相遇，兩軍相遇勇者勝，漢軍勇猛上前廝殺，消滅了幾千敵人。

霍去病第一次接受了血的洗禮，逐漸攀登上為國立奇功的高峯。

有一天，他率領八百名勇士，深入敵境。傍晚時分，發現了大批敵人，那時該是回營之時，霍去病決定暫不回營，對敵人進行突襲。匈奴軍屢次被漢軍打敗，喪失了鬥志；這時天色已晚，認為漢軍已經回營，便安心埋鍋做飯。忽然漢軍如同天降，匈奴軍驚慌失措，四處潰散。霍去病領兵追殺，不僅殺死了一名大名鼎鼎的匈奴軍將領，而且俘獲了匈奴單于的叔祖。回師後漢武帝論功行賞，把「冠軍侯」的桂冠加到了他的頭上。

從公元前121年起，霍去病獨當一面，率領精兵鋭卒三出河西。

第一次出征，他在六天的時間裏，掃蕩了五隊匈奴騎兵，然後飛速騎馳一千多里，像一把尖刀插進匈奴左賢王的腹地。戰鬥開始後，霍去病大喝一聲，猛向敵人衝去。他大發神威，連挑匈奴十二員猛將落馬，漢軍官兵見了勇氣倍增，一個個奮勇當先，殺得敵人屍橫遍野，匈奴渾邪王的王子、相國來不及逃跑，被漢軍生擒。

當年夏天，霍去病與其他三位將領同時領兵出征。他採取了迂迴包抄的戰術，先向北行軍二百餘里，然後突然折向東面，一舉殲滅渾邪王和休屠王的主力，俘獲匈奴單于的王子、相國和將領多人。霍去病凱旋而歸，其他三路人馬卻失利而回。從此以後，霍去病的威名更著。

匈奴單于既失愛子，又遭慘敗，惱怒萬分，要將渾邪王、休屠王治罪。他們驚慌失措，連忙帶領五萬部屬準備向漢軍投降，以求保得性命。

消息傳來，漢武帝半信半疑。若是匈奴人有詐，乘機攻來，那可如何是好？若是他們真來投降，匈奴必定大傷元氣。幾經考慮，漢武帝決定讓霍去病領兵一萬前往河西，接受他們投降，要是有詐，「冠軍侯」足以應對。

霍去病領兵渡過黃河，與匈奴軍相遇。這時候，匈奴軍的首領各自打着算盤，矛盾重重。前不久，休屠王聽說單于只要殺渾邪王，對投降漢軍之事有些後悔，打算領兵返回，渾邪汪見勢不妙，立即殺死休屠王，收編了他的隊伍。現在漢朝大軍就在面前，受降的是霍去病，部分匈奴軍驚慌起來，有的想逃跑，有的想抵抗，休屠王的部下更是蠢蠢欲動，譁變一觸即發。霍去病聞訊後當機立斷，領兵向匈奴軍馳去。渾邪王聽說霍去病來了，連忙離營伏地行禮，霍去病下馬將他扶起，好言進行安慰，少數匈奴貴族企圖縱馬逃跑，霍去病一聲令下，將他們全部抓回來斬首示眾。為了防止再生變故，霍去病連忙派人將渾邪王先行護送到長安，使匈奴軍羣龍無首，然後監護匈奴軍緩緩而行，順利回到朝廷。

霍去病三出河西，使匈奴人無法在河西一帶立足，只得退往沙漠以北。

公元前 119 年，為消除後患，漢武帝派霍去病領兵越過沙漠，與匈奴軍展開大戰。漢軍在霍去病的率領下，長途奔襲兩千餘里，與匈奴軍的主力相遇。漢軍大發神威，斬殺、俘虜敵人七萬餘，生擒王爺、相國、將領近百人。回師前，霍去病率眾在狼居胥山的主峯築壇祭祀天地，這就是歷史上著名的「封狼居胥」。

兩年以後，年僅二十四歲的霍去病英年早逝，但是，他的豪邁誓言「匈奴未滅，何以家為」，一直激勵着後世的愛國志士。

孫子在論及進攻時，特別強調「勢」和「節」。兵法上的「勢」，主要就軍事力量、軍隊的的士氣而言，「勢」如排山倒海，所向披靡，

無往而不勝。兵法上的「節」，主要就進攻的速度、方法而言，「節」如突發之矢，發於瞬息之間，令敵人猝不及防。

霍去病指揮作戰，既有「勢」，又有「節」。率軍受降，無「勢」不行，驅馳追敵，無「節」不可。長驅直入，全殲敵人的主力，靠的是強大的軍事實力和一往無前的勇氣；向敵人突然發起進攻，打亂敵人的陣腳，靠的是運用正確的戰術，閃電般的進攻速度。霍去病封為「冠軍侯」，的確實至名歸。

「衛國公」保家衛國

唐初名將李靖，唐太宗封為「衛國公」，他一生馳騁疆場，擊敗東突厥、吐谷渾軍，為平定邊疆、保家衛國做出巨大貢獻。

唐朝初年，東突厥軍、吐谷渾軍經常進犯，危及唐王朝的安全。李世民為秦王時，曾領兵與突厥軍激戰；李世民剛剛即位，突厥軍又來進犯，雖然都被唐軍擊退，但是邊患不斷。

公元629年，唐太宗李世民任李靖為統帥，率領李勣等五位大將，分兵六路討伐東突厥。李靖身為統帥，為振奮士氣，給全軍作表率，親自率領三千健兒，冒着刺骨的寒風，深入東突厥腹地，一舉攻克定襄，俘虜了逃到東突厥避難的隋朝蕭后和隋煬帝的孫子楊政道。

這一仗的勝利，極大地鼓舞了唐軍，東突厥軍的官兵一聽到李靖的名字就望風而逃。東突厥的頡利可汗百般無奈，只好帶着部下往北撤，不料沒逃多遠，就與繞道而至的李勣一路唐軍相遇。李靖與李勣會合後窮追猛打，頡利帶着殘兵敗將倉皇逃往鐵山。

頡利可汗為了喘息，連忙派人到長安求和。唐太宗一眼看穿了頡利，為麻痺敵人假裝答應。他派唐儉為使者，出使東突厥，並將這事下詔告訴李靖。李靖接到詔書，與眾將商量，決心乘勝追擊，徹底消滅敵人，根除後患。他命令隊伍做好準備連夜出發，直向陰山、鐵山一帶插去。

頡利可汗看到唐儉帶來的詔書，自以為奸計得逞，心裏暗暗高興，設下了酒宴，招待唐儉。酒至半酣，突然有名士兵進來報告，唐軍離開這裏只有七里。頡利大驚失色，忙問唐儉這是怎麼一回事。唐儉不慌不忙地回答道：「想來李將軍沒有收到詔書，待我迎上去告訴他，他知道情況後，一定會領兵撤回。」頡利信以為真，唐儉上了馬，一溜煙地脫身。

唐儉剛走，唐軍便潮水般湧來。頡利見勢不妙，飛身上馬就跑。東突厥軍本已喪失了鬥志，現在又失去了指揮，四處潰逃；頡利沒逃多遠，就被唐軍活捉。東突厥從此滅亡，唐朝北部的禍根被徹底剷除。

平定東突厥以後，李靖又東征西戰，為國家立下了許多功勞。公元 634 年他因患上足疾不便行走，辭去了官職。李靖辭官半個月，西部傳來警情，吐谷渾的首領慕容伏允進犯，形勢危急。在家養病的李靖再抑制不住內心激憤，立即請命奔赴西部疆場。唐太宗興奮不已，賜給他靈壽杖，以利行走，任命他為元帥，前往西疆。

公元 635 年，李靖到了前線，慕容伏允聞報領兵前來的是李靖，連忙率軍西撤。唐軍追趕上去，將吐谷渾軍打得落花流水。慕容伏允自知不是對手，下令焚燒草原，然後領兵向大漠逃去。

草原被焚燒，戰馬的草料供應發生了困難。一些將領主張暫時撤回，以待來日。李靖堅定地說：「敵人焚燒草原，就是怕唐軍追擊，我們現在撤回去，過些日子他們就會捲土重來。現在困難雖大，但可以出其不意地攻擊敵人。只要大家不辭辛苦，齊心協力，定能穩操勝券。」

李靖領兵深入追擊，消滅了許多敵人。最後，慕容伏允只帶着幾個親信逃回老巢，他的兒子生怕唐軍繼續發起猛烈進攻，立即向唐朝表示願意歸順。凱旋歸來以後，唐太宗封李靖為「衛國公」。公元 649 年，這位為國平邊立下許多奇勛的名將因病去世，終年七十八歲。

唐朝初年，邊患嚴重，直接威脅國家的安全。給西北邊疆造成威脅的主要是東突厥和吐谷渾。當時，從軍事力量的對比來看，唐軍並不佔絕對優勢。在這種情況下，唐軍能夠取得巨大勝利，依靠的是「勢」和「節」，即一往無前的鬥志、犁庭掃穴的氣勢和迅雷不及掩耳的攻勢。

在嚴峻的戰爭態勢面前，李靖身先士卒，為廣大官兵作表率。在他的率領下，唐軍發起閃電般的攻勢，屢次擊敗東突厥軍，最終將其消滅。吐谷渾來犯，李靖不顧自己年老體衰，意氣風發毅然踏上征程，極大地鼓舞了唐軍的鬥志，一舉擊敗敵人的來犯，使邊境的局勢迅速穩定下來。

孫子曰：「勢如彍弩，節如發機。」若能如此，必能取勝。

紛紛紜紜①，鬥亂②而不可亂也；渾渾沌沌③，形圓④而不可敗⑤也。亂⑥生於治，怯生於勇，弱生於強。治亂，數⑦也；勇怯，勢也；強弱，形⑧也。

|注釋|

① 紛紛紜紜：指紛亂的戰局。② 鬥亂：混亂的戰鬥。③ 渾渾沌沌：迷濛不清的戰況。④ 形圓：形容軍隊佈陣攻守自如。⑤ 敗：被打敗。⑥ 亂：混亂。⑦ 數：這裏指軍隊的編制。⑧ 形：這裏指力量對比。

|翻譯|

在紛亂的戰局中作戰，於混亂的戰鬥中要使自己的軍隊不混亂；在迷濛不清的戰況中作戰，要使自己的軍隊佈陣攻守自如，便可以立於不敗之地。混亂是從過於嚴整產生的，怯懦是從過於勇敢求勝產生的，軟弱是從過於強大自信產生的。「治」和「亂」，是組織編制產生的；「勇」和「怯」，是態勢優劣產生的；「強」和「弱」，是雙方力量對比產生的。

戰例

張遼破吳軍

公元215年，曹操領兵攻打劉備。孫權覺得這是個難得的好機會，率領十萬大軍準備向張遼、李典、樂進防守的合肥發起突襲。孫權的軍隊有十萬，合肥的守軍只有七千人，吳軍大兵壓境，曹軍的形勢十分危急。

曹操領兵出征前，給合肥護軍薛悌留下一封密信，並且關照他：必須到敵人前來之後才能打開。現在孫權領兵前來，他便將守城諸將找來，共同打開曹操留下的密信。守城主將張遼打開密信，只見上面寫道：若是孫權領兵攻來，可使張遼、李典出城迎戰，樂進留下守城，軍中文官不得出陣。

張遼看了默默不語，把信遞給其他人傳閱。眾人看了十分不解，莫非丞相沒能料到如此嚴峻的形勢，做出了此等安排？可是，丞相特地留下的鈞旨誰能不遵？眾人的心裏都有一本帳：守城官兵只有七千人，除去守城的部隊，能夠出城作戰的最多只有五千人，以五千人和孫權的十萬大軍對陣，豈不是拿雞蛋去砸石頭？

張遼思索了片刻，說道：「孫權得知主公領兵出征，乘虛而來，不把我等放在眼裏，即使固守城池，也難以堅持到丞相領兵返回之時。主公是要我等在孫權立足未穩時發起突襲，挫掉敵人的銳氣，然後再堅守合肥城。如此一來，合肥城可保。」

擊退孫權的十萬大軍如此容易？眾人心裏仍然沒底，一時間沒人接張遼的話茬。張遼等了片刻，見眾人沒有反應，激動地說：「丞相安排下的計謀決不會有錯，你們畏葸不前，待我一人領兵殺孫權一個冷不防。」

李典過去與張遼不和，此時大敵當前，拋開了個人恩怨，朗聲說道：「將軍決心應戰，我豈能違背丞相的旨意落於人後？在下不才，願助將軍一臂之力。」此言一出，眾人深受感動，一致表示按丞相留下的密計行事。

眾人計議了一番，決定由張遼從軍中挑選出八百名健卒，第二天出城與吳軍交戰，李典率領一些人馬悄悄出城，繞到敵人背後毀壞道路、橋樑，切斷敵人的歸路。

第二天清晨，張遼率領八百名勇士突然從城裏衝去，直向吳軍的大營撲去。孫權只想如何攻城，根本沒想到張遼會領兵出城交戰，因此沒有設防。張遼領兵旋風般殺到，嚇壞了的吳軍直往兩邊躲閃，躲閃得慢的成了刀下之鬼。張遼領兵直往，一直殺到孫權的大帳前面。孫權見張遼領兵殺到，吃驚不小，連忙操起長戟，帶領親兵跑上高崗，搶先佔領有利地形。

張遼追到高崗下，高聲嚷叫着，要孫權下來廝殺。孫權佔據在高處，見吳軍從四面湧來，不上張遼的當，站在高崗上等待救兵。張遼發現自己已經陷入敵人的包圍，大喊一聲「殺回去」，率領八百壯士往外衝。這些壯士知道不衝出去必死無疑，一個個大發神威，拼命廝殺。張遼終於殺開一條血路，從吳軍的陣營裏衝了出來。到了陣外他回頭一看，還有一些官兵身陷重圍，正在與吳軍進行殊死搏殺。張遼毫不猶豫，返身衝入敵陣，吳軍已經領教了張遼的神勇，看到張遼又衝了過來，連忙往後閃。經過一番激烈地廝殺，張遼終於將自己的人馬全部帶出敵陣。

張遼這番劫營，使他在兩軍官兵的心目中都有了神勇的威名，長曹軍的志氣，滅了吳軍的威風。守城官兵人人振奮，吳軍的士氣大大受挫。

孫權懊喪之極，迅速揮動大軍將合肥城緊緊包圍，恨不得立即活捉張遼，食其肉而寢其皮。孫權下令攻城，無奈將士個個心存畏懼，剛一交戰便後退。如此反覆多日，孫權知道攻克合肥無望，下令撤圍回軍。

想撤哪有這麼容易，大隊人馬剛到城東逍遙津，張遼率領一彪人馬殺了過來，吳軍已經喪失了鬥志，連連敗退。此時，埋伏已久的李典殺到孫權面前，吳將甘寧、呂蒙拍馬上前，截住李典廝殺；吳將凌統保護着孫權邊戰邊退。到了河邊一看，橋板已經被拆去一丈多。一名部將喊道：「主公拉緊韁繩，催馬跳過去！」部將來到他身邊，揚起馬鞭在孫權坐騎上狠狠地抽了一鞭，那馬跳上橋，縱身一躍跳了過去。

孫權過了河，終於脫離了險境，可是他仍然心驚肉跳，生怕曹軍追過來。幸好吳將賀齊領兵趕到，護送孫權返回吳地。

點評

孫子認為弱與強的關係不是一成不變的，相互可以轉換。

在戰場上，有時強者不強，遭到失敗；弱者不弱，取得了勝利，這就是強弱之間進行了轉換。要做到這一點，就要做到「紛紛紜紜，鬥亂而不可亂也；渾渾沌沌，形圓而不可敗也」。

曹孫合肥之戰，孫權兵力遠超曹軍，按常理，攻克合肥指日可待。曹操對孫權十分了解，對張遼的能力、經驗有充分信心，因此出征前留下密信，要張遼依計行事。張遼了解曹操意圖，出其不意向吳軍突襲。吳軍沒佈防，頓時一片混亂，使幾百人的隊伍能在吳軍大營縱橫馳騁。

吳軍士氣已衰，攻城不克，由強變弱。撤軍時孫權匆匆而返，沒做好阻擊追兵的防衛，以致張遼、李典領兵殺到，吳軍潰不成軍。

此番孫權領兵出征，戰時亂，退時亂，士氣全無，怎能不敗！

班超勇殲匈奴軍

東漢初年，著名史學家班彪生了兩個兒子、一個女兒。正所謂「龍生九子，其志各異」，長子班固潛心史學，專意著史，寫成《漢書》，名留青史；二兒班超投筆從戎，平定西域，立功邊陲，流芳百世；女兒班昭巾幗不讓鬚眉，守寡後完成《漢書》未成部分，傳為千古佳話。

班超自幼胸懷壯志，成年後曾在官府幫助抄寫公文。這樣庸庸碌碌的生活，與他的遠大志向完全不符。有一天，他抄完一份公文，把筆一扔，感慨地說：「大丈夫理當殺敵報國，怎能老死在書房裏！」他毅然放棄案頭工作，投奔大將軍竇固。

那時，西部邊境很不安定。自從王莽篡權，朝廷與西域各國斷絕來往，匈奴乘虛而入，控制西域一帶。到了東漢初年，原來與漢朝友好交往的小國，在匈奴的脅迫下，也跟東漢王朝對峙。那段時間，匈奴和西域各國經常騷擾西部邊境，給東漢的安全造成很大的威脅。

公元 73 年，漢明帝命竇固率軍攻打匈奴，班超隨軍出征。部隊到達敦煌時，竇固提拔他為假司馬，領兵數千，繞道前進，配合主力打擊敵人。他在戰鬥中屢立戰功，深得竇固信任。

為擴大戰果，鞏固邊防，東漢政府重新設立西漢時創立的西域都護府。竇固派遣班超和一名文官，率領三十六名士兵出使西域。

到了鄯善國（今新疆鄯善縣一帶），鄯善王對漢朝使者十分尊敬。沒過幾天，他的態度突然變得冷漠起來，班超不免起了疑心。他對當時的情況作了認真分析，斷定是匈奴的使者來了，鄯善王左右為難，舉棋不定。鄯善既想跟漢朝來往，又懼怕匈奴人的勢力，現在鄯善王一定是忙於招待匈奴使者，將自己冷置在一旁。

班超把招待他們的侍者叫進來，劈頭就問：「匈奴使者帶了多少人前來？現在住在哪裏？」侍者被班超唬住了，以為他真的知道這一情況，便將匈奴使者帶來的人的數目和居住的地點告訴了班超。

班超隨即將侍者扣下，把隨行的士兵都召來，說道：「我們到西域來，為的是要立功報國，現在匈奴使者來了才幾天，鄯善王對我們的態度就變了，萬一他變了卦，把我們抓起來送往匈奴，只怕連屍首都回不去，還立甚麼功、報甚麼國？現在情況如此，你們說怎麼辦？」士兵們知道情況危急，齊聲說道：「一切任憑大人定奪。」

班超環視一下周圍的士兵，說：「不入虎穴，焉得虎子，今夜用火攻突襲。只有這樣，才能斷絕鄯善王討好匈奴人的念頭。」隨後，他把計劃向士兵詳細說出。

天黑後，班超率領士兵到匈奴使者住處。他命十名士兵火起擊鼓，擾亂敵人軍心，其餘的人埋伏在營門兩旁，不讓一個漏網。一切安排妥當，他便順風放火，火光四起，把周圍照得通明。

匈奴人給戰鼓驚醒，看到大營着火，嚇得不知所措。匈奴使者慌忙外逃，班超身先士卒，一躍而起，衝向敵人，士兵立即跟上，奮力向敵人殺去。匈奴兵早嚇破了膽，喪失鬥志，班超親手殺死三個敵人，許多匈奴兵見大門封鎖，不敢逃出，與營寨一道化為灰燼。

第二天一早，班超放了那名侍者，要他把鄯善王請來。鄯善王已經知道匈奴來的一百多人全部被漢軍殺死，來到班超住處一看，漢軍士兵竟無一傷亡。鄯善王吃驚不小，對班超深深敬佩。他當即表示，一定與漢朝友好，願意把自己的兒子送到漢朝作為人質。

班超立大功，竇固立即派人向漢明帝報告，請求朝廷正式派使者到西域其他國家。漢明帝的答覆不久到了，命班超為軍司馬，代表朝廷往其他國家。以後，班超在西域出生入死奮戰二十二年，經過不懈努力，西域一帶終於安定，五十多個國家都和漢朝建立友好關係。朝廷為嘉獎他的非凡功績，封他為定遠侯。

公元 101 年，班超回到了他闊別三十一年的京都。一個月以後，他便因病去世。他為保衞祖國的安全，為促進漢朝與西域各國的友好往來，為我國逐漸趨向統一，貢獻出自己畢生的精力。

匈奴軍一百餘人，班超率領的漢朝士兵只有三十六人，力量對比強弱懸殊。

這次戰鬥取勝的關鍵，是憑着自己的浩然之氣，使敵亂而己不亂。敵亂便怯、便弱，以致喪失了戰鬥力；己不亂便勇、便強，才能徹底殲滅敵人。這次戰鬥還採用了火攻的戰術，孫子在《火攻》中說「故以火佐攻者明」，意思是：用火來輔助進攻可以立見功效。班超採取了正確的戰術，將比自己強大的敵人一舉殲滅。

故善戰者，求之於勢①，不責②於人。

故能擇人而任③勢，任勢者，其戰人④也，如轉木石。木石之性⑤，安則靜，危則動，方則止，圓則行。故善戰人之勢，如轉圓石於千仞⑥之山者，勢也。

注釋

① 勢：態勢。② 責：求。③ 任：擔負、駕馭。④ 戰人：指揮部隊作戰。⑤ 性：本性、特徵。⑥ 仞：古代八尺或七尺為一仞。

翻譯

所以善於作戰的人，要依靠有利的戰爭態勢取勝，卻不苛求將領的責任。

所以要選擇將領駕馭戰爭態勢。所謂駕馭戰爭態勢，就是正確指揮部隊作戰，這就像滾動木頭和石塊。木頭、石塊的特徵，放在安穩平坦的地方就靜止，放在險峻不穩的地方就會滾動，方的能夠靜止，圓的就會滾動，善於指揮作戰的人造成的戰爭態勢，就像將圓石從千仞高的山上滾下來那樣。這就是所謂的戰爭態勢。

司馬懿平遼

公元233年，魏國遼東太守公孫淵派校尉宿舒、郎中令孫綜攜帶表章到建業（今江蘇南京），向孫權稱臣。孫權喜出望外，接受了降表，並且為此大赦天下。孫權為了安撫公孫淵，派太常孫彌、執金吾許晏、將軍賀達，率領萬人大軍，帶大量金銀珍寶，渡海到遼東賞賜公孫淵，封他為「燕王」。

同年六月，公孫淵發覺吳國遙遠難以依靠，殺了許晏等人，將首級送往洛陽，表示對魏帝忠心不變。他兼併吳國軍隊，吞沒吳國攜來的金銀珍寶。孫權得到消息，怒氣沖沖地吼道：「我活了六十歲，想不到近日被鼠輩戲弄，栽在他的手中！」他想發兵攻打公孫淵，無奈路途遙遠，又為大海所阻，只得打掉了牙齒和血吞，就此作罷。

這一年的冬天，魏明帝曹叡為了穩住公孫淵，晉升他為大司馬，封他為「樂浪公」。反覆無常的公孫淵漸漸又對魏帝不滿，經常公開辱罵魏帝。

公元237年，魏明帝命毌丘儉率領朝廷大軍及鮮卑、烏桓等部落軍駐紮在遼東以南一帶，以此相威脅，徵召公孫淵入朝。公孫淵知道大事不妙，立即反叛，在遼隧（今遼寧海城北）迎戰毌丘儉。當時下了十多天大雨，遼河水漲，毌丘儉出戰失利，退回右北平（今河北東北部）。公孫淵自立為燕王，改年號為紹漢，設置文武百官，獨立於魏、蜀、吳三國之外，公然與魏帝分庭抗禮。

公元238年春，曹叡將司馬懿從長安召回洛陽，命他率領四萬人馬討伐公孫淵。司馬懿將要領兵出發時，曹叡將他召到宮中，問道：「愛卿這次出征，估計公孫淵會用甚麼辦法對付你？」司馬懿略一思索，答道：「公孫淵得知我軍征討的消息以後，如果望風而逃，這是上策；據守遼東抵抗我軍，這是中策；要是死守襄平（今遼寧遼陽北），那便是下策，只待我軍前去將他生擒了。」

曹叡接着問：「依愛卿之見，三策之中他會採取哪一策？」司馬懿道：「如果他是聰明人，一定會放棄眼前的利益，棄城而逃，待我軍疲乏時伺機攻擊我軍。公孫淵才薄智淺，一定不會使用上策。他認為我軍孤軍遠征，難以持久，必定會在遼水抵禦我軍，交戰失利後退守襄平，這就由中策轉為下策了。」

曹叡點了點頭又問：「愛卿此番遠征，約需多少時間？」司馬懿道：「前往遼東有四千里，前往約需一百天，打敗敵人約需一百天，再以六十日為休整日，返回約一百天，如此算來，約需一年時間。」曹叡聽了他的回答，非常滿意，命他及早率軍前往。

當年六月，司馬懿領兵抵達遼東。公孫淵命大將卑衍、許祚率領步兵、騎兵數萬人駐紮在遼隧，圍城挖了二十多里的壕溝準備堅守。

魏軍眾將見敵人嚴密佈防無意出戰，紛紛要求立即攻城。司馬懿對眾將說：「敵人堅守壁壘不肯出戰，是想拖延時間使我軍疲憊，等到我軍精疲力竭時，他們再來出擊。現在我們若是攻城，必定曠日持久，正好中了他們的詭計。現在敵人的主力都在這裏，公孫淵的老巢襄平必然空虛，我們若是乘虛直搗襄平，必能大獲全勝。」

眾將聽了司馬懿的分析，全都表示同意，司馬懿立即進行部署，眾將領命而去。魏軍在遼隧的南面張設了大量的旌旗，將戰鼓擂得山響，做出要從南邊向遼隧發動進攻的姿態，把卑衍等人率領的精銳吸引到南邊堅守。司馬懿率領大軍偃旗息鼓悄然而行，渡過遼河之後，直向襄平撲去。

卑衍發現敵人已經繞至自己側後，趕忙連夜撤退，魏國各路大軍到達首山時，公孫淵即命尚未站穩腳跟的卑衍出戰。

公孫淵的防守計劃已被打破，陣腳已亂。卑衍喘息未定，便領兵與魏軍廝殺，他一個疏忽，被魏將夏侯霸一刀劈於馬下。主將一死，遼兵大亂，公孫淵連忙退回襄平，緊閉城門死守城池。魏軍一擁而上，將襄平包圍起來。戰局的發展，果如司馬懿所料，公孫淵已由中策轉入下策。

七月間，正當魏軍準備攻打襄平時，偏偏天公不作美，連日下起了大雨。這場雨直下了一個月，遼河水暴漲，河水溢出壩堤，平地水深數尺。遼河裏的船隻，居然能夠行駛到襄平城下。魏軍的營壘陷於洪水包圍之中，有些將領想將營壘遷往無水高地。司馬懿下達嚴令：「襄平破在旦夕，營壘不可轉移，有人再提遷營之事，立即斬首！」都督令史張靜居然抗命，司馬懿立即將他斬首示眾。這下子原先動搖的人死了心，軍心這才得以穩定。

面對滔滔洪水，公孫淵好不得意，認為有神靈保佑，司馬懿也拿他無可奈何。襄平城中的敵人依仗洪水阻擋了曹軍，乘船出入自如。魏軍將領準備領兵把出城的敵人俘獲，司馬懿不許軍隊出動。

司馬陳圭道：「從前我們去攻打上庸（今湖北竹山），八路大軍日夜兼程齊頭並進，只用了十六天的時間就攻下堅城，這次遠道來到這裏，反而遲遲按兵不動，這究竟有甚麼奧祕？」

司馬懿說道：「當年孟達兵少，糧食卻很多，能在上庸堅持一年以上。我軍兵力四倍於孟達，卻只有不足一個月的用糧。我軍四個人攻打一個敵人，即使攻城時犧牲了一半仍佔優勢。這樣不顧傷亡進行強攻，是缺糧所逼，是用士卒的生命克服缺糧的困難。現在公孫淵糧少，我軍糧多，我擔心的不是敵人向我軍發起進攻，而是敵人棄城而逃。現在我故意讓他們的船隻通行，讓他們運輸糧食，這樣就堅定了公孫淵守城的決心。等到雨過天晴，我軍再去圍攻，到了那時候，他插翅也難逃了。」他的這番話不僅使陳圭心服口服，也使官兵們安下心來等待天晴。

公孫淵好不高興，派人用船搶運糧食進城。但他也不想一想，城中那麼多人馬，靠船運進去的糧食能解決甚麼大問題？搶運來的這麼點糧食，不過是杯水車薪。

雨終於停了，洪水很快退去，司馬懿一聲令下，魏軍立即將襄平圍個結實。他下令在地勢高的地方築土山，由於剛剛下過雨，土質疏鬆，土山很快築成。司馬懿命弓弩手登上土山，將箭像飛蝗般射入城中。城內士兵擁擠，往往躲閃不及，許多士卒中箭傷亡。

城頭上的守軍被壓得抬不起頭來，地面上的魏軍用盾牌、樓車掩護，用雲梯、衝車攻城。城內士兵拼命抵擋，傷亡慘重。司馬懿又派士卒挖地道，作出打算從地道中突入城內的樣子，司馬淵忙命士卒挖橫溝阻截，又分散了不少兵力。

日子一天天過去，沒有一天不發生戰鬥。城中糧食漸漸耗盡，士卒餓得兩眼發花，分給士卒的糧食，不夠他們充飢，兵士們為了糧食自相爭鬥，哪裏還有心思守城！就在這危急關頭，公孫淵的大將楊祚率部出城投降。這可真是雪上加霜，守城的形勢一天比一天危急。

公孫淵知道大勢已去，派人到魏軍大營求降，要求司馬懿領兵後撤，公孫淵自縛率部投降。司馬懿知道公孫淵是個反覆無常的小人，大軍一旦後撤他就會變卦，於是立即變了臉色，將來人推出去斬首。

公孫淵百般無奈，只得再派侍中衞演前往曹營，請司馬懿撤圍受降。司馬懿對衞演說：「軍事要領有五條：能戰則戰，不能戰就守，守不住就跑，其餘兩條，就是立即投降和死路一條了。公孫淵不肯立即自縛投降，那就是決心去死了。」

打又打不過，跑又跑不了，司馬懿又不接受自己的投降，公孫淵真的陷入絕境了，只有死路一條。

魏軍大舉攻城，飢餓不堪的守軍已經喪失了鬥志，公孫淵知道城池再也守不住，帶着兒子和幾十名騎兵突出重圍，向東南方向逃跑。襄平的守軍見公孫淵已逃，立即繳械投降。

司馬懿立即派出人馬，緊緊追趕公孫淵父子。公孫淵父子邊打邊跑，隨從越來越少，到了梁水上游，被追趕的魏軍團團包圍。他們還想投降，魏軍哪裏肯理睬，眾人一擁而上，將他們亂刀分屍。

點評

孫子在這裏提出一個極其重要的問題：如何選擇使用將領的問題。選擇的將領要善於駕馭戰爭態勢，採用正確的戰爭策略。

司馬懿無疑是一位足智多謀的帥才，被魏帝曹叡選中。司馬懿能根據不同的戰爭態勢，採用不同的戰術，使戰爭態勢朝着有利於自己的方向發展。攻打上庸時速戰速決，那是因為兵多糧少；攻打公孫淵時不忙於發起猛攻，等待敵人糧絕；最後發起猛攻，如同泰山壓頂一般，將公孫淵的勢力全殲。

戰例

馬謖失街亭

劉備去世以後，諸葛亮盡心盡力治理蜀國。他恢復了與吳國的聯盟關係；七擒七縱孟獲平定南中（今雲南曲靖），解除了後顧之憂；以法治國，聚集力量，準備北伐，實現劉備恢復漢統的遺願。

公元228年，諸葛亮覺得北伐的時機已經成熟，召集羣臣商量北伐大計。司馬魏延提出建議：交給他一萬人馬，以五千人馬衝鋒陷陣，五千人馬運輸糧草，大軍從褒中（今陝西褒城）出發，沿秦嶺南麓東行至子午谷，進入子午谷後即向北行，無需十天即可抵達長安；而諸葛亮率領另一路大軍自褒斜谷北上，二十天左右也能抵達長安，如此一來，咸陽以西地區可以一舉收復。

諸葛亮行事一向謹慎，認為這樣進軍危險性太大，不如從平坦的道路行軍，直接奪取隴右（今甘肅東部）。他認為沒有必要冒險，拒絕了魏延的建議。

北伐的方略決定以後，諸葛亮故意揚言，大軍將由褒斜谷直接進攻郿縣（今陝西郿縣），並讓鎮東將軍趙雲領兵前往箕谷（今陝西褒城北的箕山），佈下攻打郿縣的疑陣。魏明帝曹叡果然中計，派大將曹真率領大軍進駐郿縣佈防。

諸葛亮親自率領大軍，從西北方向攻打祁山（位於今陝西和縣西北）。他的這一聲東擊西的戰略部署立見成效，使魏軍的防守陷於混亂。

自劉備去世以後，諸葛亮忙於消除南方的後患，對北方的魏國沒有採取任何軍事行動。魏國以為蜀國無力北伐，對蜀國毫無防備。現在諸葛亮突然領兵攻來，朝廷內外一片恐慌。

蜀軍軍容整齊，紀律嚴明，兵鋒所及，無人能敵，很快就取得了一連串的勝利。天水（今甘肅甘谷）、南安（今甘肅隴西）、安定（今甘肅鎮原）三郡全都叛離了曹魏，向諸葛亮表示願意歸順；連魏國名將姜維，也向諸葛亮投降。關中（今陝西中部）一帶的官兵，聽到這個消息，如同五雷轟頂，上上下下驚恐萬分。

消息傳到魏都，朝廷一時不知所措。曹叡只好說大話安慰大家：「諸葛亮一向憑山高陵峻固守，將蜀國維持至今，如今他自投羅網，正是前來送死。」他讓右將軍張郃率領五萬人馬，迅速奔赴前線阻截蜀軍。曹叡仍然不放心，前往長安督陣，想御駕親征，鼓舞魏軍的士氣。

諸葛亮對眼前的形勢，周密地進行了分析，他知道張郃是位有經驗的大將，必定要佔領戰略要地街亭（今甘肅秦安東北）。若是佔領了街亭，就能取得戰場上的主動。現在街亭尚在蜀軍手中，那裏的守軍抵擋不了張郃的猛攻，必須派一員大將前往，扼守街亭這一要衝。

究竟派誰前去才好，諸葛亮心裏暗暗盤算，他忽然想到馬謖，決心讓他擔任這一重任。馬謖是名將馬良的弟弟，氣宇軒昂，才氣過人，談論起軍事來滔滔不絕，頭頭是道，諸葛亮對他甚為器重。

諸葛亮善於識才，這一次卻出了大錯。早在劉備在世時，曾對諸葛亮說：「馬謖言過其實，不可重用。」諸葛亮卻不以為然，認為馬謖是難得的人才。這次出征北伐，馬謖被任命為參軍。諸葛亮經常和他見面，往往從白天談到夜晚。馬謖談出的看法，常常得到諸葛亮的讚賞。

諸葛亮把馬謖召來，鄭重地對他說：「現在有項重任交給你，你可千萬不能出錯。」馬謖忙問：「不知丞相有何吩咐？」諸葛亮道：「你領兵前往街亭，守住那咽喉要道。街亭的得失，是攻魏成敗的關鍵，你需小心再小心，謹慎再謹慎，千萬不能有甚麼閃失。」馬謖激動地說：「丞相放心，末將一定不辜負丞相的信任，只要我馬謖在，街亭決不丟失。」

諸葛亮讓他坐下，詳細對他說明應該在哪裏佈兵，應該在哪裏紮寨，如何對付張郃，等等，最後說道：「守住了街亭，我軍就進退自如，萬一丟失，不僅阻斷了我軍的運輸線，還將丟失已經得到的隴右地區。你可千萬不能掉以輕心。」馬謖聽了一一答應。諸葛亮又叮囑道：「你到了那裏，一定要在要道口紮寨，堅固堡壘，多豎柵欄，使敵人不得通過。守住了街亭，我給你記頭功；萬一失守，我要按軍法嚴加懲處。」馬謖連連點頭，道別而去。

諸葛亮還不夠放心，召來王平，對他說道：「你的作戰經驗豐富，用兵甚為謹慎，你帶領張休、李盛、黃襲諸將，率領兩萬五千人馬，向街亭進發。你與馬謖固守街亭，不得有誤，切記，切記。」

馬謖到了街亭，察看了四周的地形，傳下命令：「全軍登上南山，埋伏在叢林裏，等到魏軍到來，打他個冷不防，將魏軍殺得片甲無回。」王平連忙阻攔道：「丞相臨行前吩咐，在要道口紮下營寨，我們應當伐樹築壘，不可在山上紮營。」

馬謖瞪了王平一眼，說：「我軍在山上，居高臨下，以逸待勞。敵人遠道而來，我軍屆時一起衝下山，打他一個措手不及。魏軍尚未站穩，哪能抵禦我們突襲？到時，我軍必能大獲全勝！」王平道：「我軍全都登上南山，敵人假如切斷水源，我軍數萬人馬，豈不是陷入絕境？」

馬謖不屑一顧地說：「兵法上說：『置之死地而後生。』敵人若是斷我水源，我軍官兵豈不要以一當十與敵人廝殺？丞相平時尚且要請教於我，哪要你多嘴多舌！」王平見馬謖堅持要在山上安營紮寨，要求分一部分人馬給他駐紮在街亭之西，待到魏軍到來時，可以互為聲援。馬謖也嫌他囉唆，便撥了一千人馬給王平。王平領兵到街亭西，連忙讓官兵們佈防紮寨。

張郃領兵匆匆向街亭趕去，快到街亭的時候探馬來報：「諸葛亮已經派大軍駐紮在那裏。」張郃長歎一聲，說：「諸葛亮真是料事如神，他已經搶先走了一步棋。」他讓探馬再去了解詳細情況，以便設法對付蜀軍。若是拿不下街亭，難以阻擋蜀軍的進攻。

不一會兒，探馬又來報告：駐守街亭的是馬謖、王平等人，馬謖率領大軍駐紮在山上，王平率領一千人駐紮在街亭西佈防。張郃聽了大喜，說：「這真是老天爺助我，使我能奪得街亭。諸葛亮這着棋雖然走對了，可惜派了個馬謖這個無能之輩！蜀軍要是在要道口紮下營寨，奪下街亭可不是一件容易事！如今駐紮在山上，豈不是自己走向絕路！」張郃催動大軍向街亭進發，將南山圍得水泄不通。魏軍截斷下山的一切通道，切斷了蜀軍的水源。

馬謖見魏軍已經到來，命令全軍衝下山與魏軍廝殺，哪知張郃領兵多年，部下訓練有素，任憑蜀軍如何衝擊，魏軍的陣腳始終沒有被衝動。經過一番激烈廝殺，蜀軍只得退回山上大營。馬謖暴跳如雷，手中揮舞着寶劍下令再衝，一連幾次衝鋒都被魏軍擊退，蜀軍丟下大量屍體，匆匆逃回山上。

魏軍切斷了蜀軍的水源，兩萬多人馬飢渴難忍，蜀軍不戰自亂，不少官兵下山向魏軍投降。再在山上堅持下去，必定全軍覆沒。馬謖心慌意亂，連忙點起人馬傳下命令：「突出包圍圈，放棄街亭。」

馬謖領兵悄悄下山，趁着夜色掩護衝出個缺口向王平的大營奔去，王平白天見魏軍將南山包圍，連忙領兵來救，無奈張郃已經分兵前來阻擋，王平僅有一千人馬，怎麼也衝不開魏軍大軍的阻攔，只得退了回去。入夜之後，他怕魏軍前來劫營，早已嚴陣以待。

張郃聞報馬謖突圍逃跑，連忙領兵追趕。到了王平大營跟前，只見營內燈火通明，只聽得營內鼓聲陣陣。張郃知道一時難以攻破，生怕另有蜀軍襲擊街亭，連忙領兵退回。他連夜命令官兵加強防衛，固守街亭。

再說諸葛亮身在中軍大營，總對街亭方面的戰事不夠放心。王平派人將佈防圖送到，他連忙展開細看。不看則已，看了倒吸了一口冷氣，跺着腳說：「馬謖誤我，這番攻魏前功盡棄。」他知道街亭必定失守，連忙佈置撤退。幸虧諸葛亮佈置得早，不然蜀軍有全軍覆沒之危。等到全軍撤回漢中，諸葛亮懸着的心才算落地。

馬謖、王平、李盛、張休、黃襲等奉命防守街亭的諸將返回以後，諸葛亮詳細問明了事情的前後經過，立即將臨陣退縮的李盛、張休當場斬首，並將馬謖打入死牢。

馬謖羞愧交加，自知性命難保。他在獄中寫信給諸葛亮，請求不要株連家人，諸葛亮答應了他的請求，第二天便將他處死。

軍士向諸葛亮報告，已將馬謖斬首。諸葛亮聽了，不禁失聲痛哭。文武官員紛紛上前安慰道：「馬謖咎由自取，丞相不必傷心太過。」諸葛亮道：「我不是為馬謖傷心，只是悔恨自己沒有牢記先帝的話。先帝早說過：『馬謖言過其實，不可重用。』我卻沒有按照先帝的話去做，以致鑄成大錯。」文武大臣聽了諸葛亮的話，紛紛落下感動的眼淚。

諸葛亮第一次出祁山攻魏，因為馬謖丟失街亭而早早失敗。

用兵作戰要善於用將，將領到了前線，要能採取正確的戰略、戰術。諸葛亮一生用人謹慎，任用馬謖鎮守街亭，是他一生犯下的最大錯誤。

劉備去世以後，諸葛亮一直為實現劉備的遺願做精心準備。公元228年，諸葛亮認為北伐的條件已經成熟，開始了北伐的征程。諸葛亮六出祁山，以第一次出祁山北伐最有取勝的可能。這一次出兵準備比較充分，曹魏又沒有甚麼防備，猛然間大舉進攻，取得了一系列的勝利，使得曹魏朝廷上下受到極大震動。

作戰的雙方都知道，要取得這一場戰役的勝利，就必須得到街亭這一軍事要衝。諸葛亮要死死守住，張郃要拼命拿下。諸葛亮不可說無備，只可惜用錯了人。馬謖泥古不化，只知道高談闊論，不知道務實。他領兵駐紮在山上，使全軍失去了汲道，完全喪失了戰鬥力，導致街亭失守。街亭一失，不僅將已經取得的戰鬥成果全部喪失，而且使蜀軍面臨全軍覆沒的險境。幸虧諸葛亮撤退得快，才使大軍安全撤回。

用兵打仗，選用將領不可不慎之又慎。

《虛實》主要談如何調動軍隊，最後以多勝少的問題。孫子指出，能先佔據戰場有利地形等待敵人到來的就安逸從容，後到達戰場倉促應戰的就疲勞急促。善於指揮打仗的人，能調動敵人而自己不被敵人調動，把主動權牢牢地抓在自己的手裏。孫子還指出，我軍發起進攻敵人無法抵禦，是因為攻擊它防禦空虛之處，我軍撤退敵人卻無法追趕，是因為我軍跑得快而無法追及。要集中優勢兵力，打擊敵人兵力空虛之處。孫子認為，運兵達到極致，敵人便看不到我軍的形跡，看不到形跡，敵人想不出應對的辦法。避實擊虛的作戰方法每一次戰役都會有所不同，能根據敵情變化而靈活用兵取勝的，人們便稱他用兵如神。

孫子曰：凡先處①戰地而待敵者佚②，後處戰地而趨③戰者勞。故善戰者，致④人而不致於人。能使敵人自至者，利之⑤也；能使敵人不得至者，害之⑥也。故敵佚能勞⑦之，飽能飢⑧之，安能動之。

|注釋|

① 處：處於，佔據。② 佚：同「逸」，安逸，從容。③ 趨：奔跑，奔赴。④ 致：招致，調動。⑤ 利之：以利益引誘它。⑥ 害之：以困難阻止它。⑦ 勞：使……勞。⑧ 飢：使……飢。

|翻譯|

孫子說：大凡能先佔據戰場有利地形等待敵人到來的就安逸從容，後到達戰場倉促應戰的就疲勞急促。所以善於指揮打仗的人，能調動敵人而自己不被敵人調動。使敵人能自動進入預定的戰場，是因為用小利去引誘它；使敵人不能到達預定戰場，是因為製造困難阻止它。所以敵人休息得好就設法使它疲勞，敵人糧草充足就設法使它挨餓，敵人駐紮下來就要設法使它移動。

官渡大戰

東漢末年，羣雄競起，各路人馬忙於爭奪地盤，擴大自己的勢力。經過一番弱肉強食的爭鬥，兩股勢力較為強大，一是「弟子門生遍及天下」的袁氏家族的袁紹，一是「挾天子以令諸侯」的曹操。公元199年，袁紹徹底擊潰了公孫瓚，解除了後顧之憂，便將矛頭指向與他隔黃河遙遙相對的曹操。

袁紹為了使曹操陷入四面楚歌的困境，派人勸說荊州的劉表，讓他從南面向曹操發起進攻，劉表便表面上答應了下來，實際上按兵不動。袁紹又派人到穰城（今河南鄧縣），要張繡對曹操發起側擊，豈料偷雞不成蝕把米，反而促成張繡投降了曹操。袁紹連下兩着臭棋，不得不推遲向曹操大舉進攻的時間。

曹操的一些將領得知袁紹要向許都發起進攻，不免驚恐。曹操對眾將說：「袁紹心比天高，智能低下；外表英勇，實際上膽小如鼠；軍隊雖多，卻不善指揮；佔領的土地遼闊，糧食充足，實際上那是為我們儲備的糧草。」眾將見曹操如此鎮定，心中稍安。

曹操率軍到達黎陽（今河南浚縣），命臧霸領兵駐守青州（今山東半島一帶），命于禁領兵沿黃河佈防。一切佈置妥當以後，曹操返回許都，派出一支部隊駐守官渡（今河南中牟東北）。正當曹操為抗擊袁紹做準備時，劉備佔領了徐州、下邳。曹操為了消除後顧之憂，親自領兵去攻打劉備。這正是向許都發動進攻的好機會，謀士田豐等人建議袁紹立即發兵進行攻擊，首鼠兩端的袁紹卻以兒子有病來推託，喪失了有利戰機。直到曹操打敗劉備返回官渡以後，他才向各郡發佈向曹操發起進攻的文告。

公元200年春，袁紹將十萬人馬集結在黎陽一帶，準備渡過黃河直搗許都。他先派出大將顏良，攻擊劉延的駐紮地白馬（今河南滑縣東）。沮授進諫道：「顏良雖然勇猛，但是性情暴躁孤僻，讓他獨當一面，只怕不妥。」忠心耿耿的沮授經常提一些反對意見，弄得袁紹很不高興，袁紹不聽他勸諫，命顏良領兵而去。

曹操聞顏良領兵攻打白馬，急忙領兵救援。謀士荀攸向曹操建議：「敵人兵多，我軍兵少，若是硬拼，難以取勝。只有分散敵人兵力，才能擊退。丞相領兵到延津，佯作準備過黃河，袁紹害怕後方有失，必派兵阻截，然後趁顏良不備急趨白馬，定能打敗顏良。」曹操採納了，到了延津便大張旗鼓地作出準備渡河作戰的樣子。袁紹得到情報，果然派兵前去阻截。曹操見袁紹已經中計，率軍日夜兼程向白馬撲去。距離白馬只有十多里時，顏良才知道曹操兵到，他匆匆忙忙作了一些部署，曹操的兵馬已到，他也顧不了多少，立即率軍應戰。

曹操命張遼和投降了曹操的關羽為先鋒，迎頭痛擊顏良。關羽遠遠看到顏良的帥旗，拍馬直衝過去，顏良見到關羽，心中已有怯意，關羽大發虎威，只消幾個回合就將顏良斬於馬下。袁紹軍驚恐萬分，四散而去。袁紹不僅攻克白馬的企圖就此告吹，還損失了一員大將。

前些日子，曹操以輜重作誘餌，引誘袁紹的大將文醜前來攻擊。曹操讓人登上山頂瞭望，瞭望的人報告說：「敵人的前鋒約有六七百名騎兵。」過了一會兒，瞭望的人又報告：「騎兵越來越多，步卒不計其數。」曹操說：「知道了，不必再報。」這時候，從白馬西遷的輜重已經上路。文醜率領一支騎兵，擊退曹軍護送輜重的部隊。袁軍官兵見到滿車的物資，爭先恐後進行搶奪，隊伍一下子亂了套。曹操命令騎兵立即出擊，一舉將亂成一團的敵軍擊潰。文醜急得大聲呼喊，企圖將潰散的騎兵重新聚集起來，他一個疏忽，被曹軍部將斬於馬下。

顏良、文醜是袁紹手下的兩員大將，兩次交鋒先後被斬，袁紹大軍軍心動搖，士氣低落下去。

經過延津、白馬兩次交鋒，雙方僵持了一些時日。袁紹軍尚有十萬人，曹軍不過三四萬；袁紹糧草充足，曹軍的糧草遠沒有那麼多。

沮授再次向袁紹進言：利用袁軍兵多糧足的優勢與曹軍作持久戰，消耗曹軍人力物力，時間一久，曹軍必敗。袁紹對沮授早有成見，拒不接受，反而命令主力部隊到官渡前線安營紮寨，準備隨時向曹軍進攻。

曹操也怕打持久戰，催動大軍向袁軍發起進攻，幾次戰鬥下來，沒能取得多大的勝利，反而耗費自己的兵力。他立即改變策略，固守陣地。雙方呈現膠着狀態，誰也不能一下子取勝。

曹軍的兵力太少，糧草不夠，曹操甚為苦惱，打算回兵許都。留守在許都的謀士荀彧寫信給曹操，要他堅持下去，等待戰機，若是撤退，戰局就要發生逆轉。曹操採納了荀彧的意見，決心堅持下去，捕捉戰機。

這一年冬天，袁紹的後方將更多的糧草送到前線。大將淳于瓊率領一萬多人馬保護，停留在離袁紹大營四十里處的烏巢（位於延津東南）。沮授建議多派官兵在外圍巡邏，袁紹對此置之不理。

謀士許攸建議派兵攻打許都，讓曹操首尾不能相顧。剛愎自用的袁紹也不採納，偏偏要說甚麼「定要生擒曹操」。在此時，許攸家中有人犯法，留守的官員將他的家人逮捕，許攸聞知後大怒，投奔到曹操那裏。

曹操聞報許攸來降，等不及穿鞋就光着腳跑了出來。他見到許攸，拍手大笑，說道：「先生前來，我的大事可以成功了。」

許攸單刀直入問曹操：「你的存糧還有多少？」曹操信口說道：「還有夠用一年的吧。」許攸說：「沒有那麼多，你再說一遍。」曹操又說：「可用半年。」許攸冷笑道：「你是不是不想打敗袁紹？為甚麼不以實相告。」曹操忙道：「剛才不過是說笑，其實只能支持一個月了。」

許攸這才露出笑容，對曹操說：「你的兵力不足，又缺糧草，事至如今，已經到了危急關頭。現在，袁紹有一萬多車糧車，停放在烏巢，那裏的戒備不算森嚴，如果派輕裝銳卒前去襲擊，燒掉那裏的糧草，不出三日，袁軍必定不戰自亂。」

曹操得到這個情報，欣喜若狂。他命曹洪、荀攸留守大營，自己親自率領五千人馬連夜前往。他讓部下打着袁軍的旗號，每人帶着一捆柴草，直向袁軍的屯糧地插去。沿途遇有袁軍查問，就回答「袁公讓我們去護衛糧草」，盤查的人信以為真，曹軍毫無阻礙地到達烏巢。

曹軍迅速將糧車團團圍住，立即順風放起火。霎時間，火光沖天，袁紹的護糧軍頓時大亂。袁紹的大將淳于瓊大驚失色，頓了片刻才回過神來，連忙將慌亂的官兵聚攏，向曹軍發起進攻。曹操揮軍猛攻，淳于瓊領兵回營堅守。袁軍的援兵到來以後，雙方又進行一番廝殺，最終淳于瓊被殺，袁軍的糧草全部化為灰燼。

一連串的失敗，讓袁紹的官兵驚恐萬分，全軍頓時大亂，官兵四處逃散。袁紹帶着兒子率領八百騎兵，惶惶然如喪家之狗，急急逃去。袁紹的七萬多官兵向曹軍投降，曹操因為無法進行看管，將他們全部活埋。

經過官渡一戰，袁紹的主力喪失殆盡。袁紹又急又惱，得了重病，不久病死。到了公元 206 年，曹操將袁氏的殘餘力量消滅乾淨。

點評

官渡之戰是東漢末年許多戰役中的一次重要戰役，是我國古代軍事史上以少勝多、以弱勝強的著名戰例。

曹操能夠取勝，有多方面的原因。他「挾天子以令諸侯」，使自己處於有利的政治地位；他招納賢才，虛心聽取他們的意見，使自己做出正確的抉擇，等等。

從軍事上看，曹操先退後一步，以逸待勞；處處調動敵人，自己不被敵人調動；用小利引誘敵人，製造困難阻擊敵人，讓敵人處處受挫；最後在烏巢焚燒掉敵人的糧草，最終將敵人徹底擊潰。

孫子說：「故善戰者，致人而不致於人。能使敵人自至者，利之也；能使敵人不得至者，害之也。故敵佚能勞之，飽能飢之，安能動之。」曹操不愧為古代著名兵家，官渡之戰就是這樣用兵作戰的典型戰例。

張方擊敗長沙王

晉代八王之亂時，有位草莽英雄叫張方，備受爭議。暫且不管評價如何，張方畢竟打過不少漂亮的勝仗，後人也可從中得到一些借鑒。

公元 301 年，趙王司馬倫廢了晉惠帝，自己登上皇帝的寶座。可是好景不長，同年三月，齊王司馬冏率先起兵反對司馬倫，得到了成都王司馬穎、河間王司馬顒的響應。司馬倫很快兵敗，晉惠帝復位，司馬倫和他的四個兒子一同賜死。

齊王司馬冏輔政以後，皇太孫司馬尚病死。按理，成都王司馬穎、長沙王司馬乂是晉武帝司馬炎的兒子，都有可能被立為皇太弟。哪知司馬冏為了能夠久專大權，立晉惠帝的姪子，年僅八歲的司馬覃為皇太子，這麼一來，司馬穎、司馬乂跟司馬冏結下了不解之仇。

公元302年，河間王司馬顒、成都王司馬穎聯兵討伐司馬冏，並且聯絡了在京的長沙王司馬乂，要他作為內應。

齊王司馬冏最忌京城先亂，得到了消息，忙派部將董艾領兵去殺長沙王司馬乂。司馬冏的行動晚了一步，司馬乂已經率兵進入皇宮，劫持了晉惠帝，並派部將宋洪攻打齊王府。

董艾沒有抓到長沙王司馬乂，得知他已經進入皇宮，於是領兵衝向皇宮。他見宮門緊閉，於是放火焚燒宮門。宋洪領兵到了齊王府，遠遠看到宮門火起，也放火焚燒齊王府。兩邊火光沖天，吶喊聲響徹京城。

齊王司馬冏派人偷出皇帝督戰的旗幟，在陣前揮動起來，宣稱長沙王司馬乂謀反作亂，企圖以此招降長沙王司馬乂的兵將。長沙王司馬乂的辦法更絕，把惠帝擁上城樓，傳下旨意，說是齊王司馬冏擁兵造反。齊王的部將董艾見勢不妙，命令部下放箭。一時間，矢如飛蝗，向城樓射去，皇帝身邊的大臣、侍從猝不及防，不少人中箭身亡。

京城裏的禁軍本來不知所從，現在看到齊王司馬冏的兵將放箭射皇帝、大臣，認定是齊王造反，一齊幫着長沙王司馬乂向齊王進攻。戰鬥進行了三天三夜，齊王的軍隊終於被打得大敗。齊王的部將趙淵見大勢已去，抓住了司馬冏，把他獻給長沙王。長沙王豈肯饒了他，立即將他斬首。

長沙王奪取了大權，使得河間王司馬顒、成都王司馬穎懊喪萬分，他們興師動眾討伐齊王，沒想到卻是為人作嫁。成都王司馬穎不願失去根基，領兵回到鄴城，河間王司馬顒本想進攻洛陽，忽聞流民李特率眾進攻成都，即將危及長安，連忙傳命撤回。

第二年，司馬顒、司馬穎以司馬乂論功不公為由，聯兵進攻洛陽。

司馬穎派陸機領兵二十萬，向洛陽發起進攻。陸機是一代文豪，賦詩作文是拿手好戲，但不善帶兵打仗；他的手下對他不服，內部不團結，結果兵敗，被成都王司馬穎所斬。

河間王司馬顒派張方領兵七萬，向洛陽推進。到了洛陽城下，長沙王司馬乂故技重演，要部下擁着惠帝到城樓督戰。張方的兵將看到黃羅傘蓋下的晉惠帝，不免氣喪；司馬乂的部隊剛剛打了勝仗，士氣正盛，聽到出擊的鼓聲，一個個猛撲過來。張方的部隊經不起猛烈衝擊，被打得大敗。

張方見軍心不穩，對部下說道：「勝負是兵家常事，古代名將往往因敗而勝。現在我們不能退，要設法向前推進。」張方思索了半晌，覺得一是不能讓官兵們一交戰就面對惠帝，使官兵們有所顧慮；二是要發起突然襲擊，打得敵人措手不及。他左思右想，想出了破敵之計。

半夜時分，張方率領官兵悄悄行進，向前推進了五里，並且連夜築好防禦工事。第二天一早，司馬乂聽說張方就在自己的眼皮底下構築了工事，惱怒萬分，命令部下出擊。誰知張方的軍隊久經沙場，又依仗工事固守，對方接連發起的幾次進攻都被張方的軍隊擊退。張方的官兵漸漸殺紅了眼，已經無所顧忌，不再管甚麼皇上不皇上。

中午時分，司馬乂的軍隊漸漸懈怠，冷不防張方軍衝出來反擊。司馬乂的軍隊毫無防備，頓時被衝亂了陣腳，給殺得潰不成軍。司馬乂急忙帶上晉惠帝，匆匆撤回城中。

司馬乂敗退，成都王司馬穎也領兵逼近京師，與張方軍會合，把洛陽城圍得水泄不通。洛陽城裏的物資漸漸耗盡，連大臣的家裏都缺米，在這種困難的情況下，勉強湊合在一起的洛陽城內的統治集團分裂了。東海王司馬越向外求和，並把長沙王司馬乂抓住交給張方。張方恨透了司馬乂，把他綁在大樹上活活燒死。

後來張方又將晉惠帝劫持到長安，張方的軍隊一度成為中原最強大的武裝力量。

點評

「致人而不致於人」，是重要的作戰原則。當時，誰都想打着皇上的旗號，使對方受制於己。齊王司馬冏與長沙王司馬在京城的爭鬥，是一場混戰，一方打着皇帝的旗幟，一方擁着皇帝作戰，亂打亂殺一氣，根本沒有章法可言。

張方與司馬交戰之初，官兵們因為對方簇擁着皇上而有所顧忌，被打得大敗。張方為此設下計謀，夜半行軍，首先搶佔有利地形，構築工事。此舉出乎敵人意料，不得不出戰。在與敵人鏖戰的過程中，官兵們終於破除了對皇上的顧忌。

張方軍在工事上以逸待勞，長沙王司馬的軍隊倉促應戰，勝負已顯端倪；長沙王故技重演，以晉惠帝為「法寶」，擁着他「督戰」，這種方法偶一用之尚可，此時已經失靈，張方軍在敵人疲憊時發起突襲，一舉將敵人擊潰。

原文

進而不可禦①者，衝②其虛也；退而不可追者，速③而不可及也。故我欲戰，敵雖高壘深溝④，不得不與我戰者，攻其所必救也；我不欲戰，畫地⑤而守之，敵不得與我戰者，乖⑥其所之⑦也。

注釋

① 禦：抵禦。② 衝：衝擊，攻擊。③ 速：快。④ 高壘深溝：築高壘挖深壕溝。⑤ 畫地：畫出地界。⑥ 乖：背戾、不順。⑦ 之：到……去。

翻譯

我軍發起進攻敵人無法抵禦，是因為攻擊它防禦空虛之處；我軍撤退敵人卻無法追趕，是因為我軍跑得快而無法追及。所以我軍要發起攻擊，敵人即使築好了防禦工事，也不得不與我軍交鋒，是因為攻擊的是它必須營救的要害處；我軍不準備交戰，在確定了的地方防禦，敵人無法與我軍交鋒，是因為那裏是難以抵達的地方。

越王勾踐滅吳

春秋時，吳、越兩國世代為仇，你攻我，我打你，沒休沒止。

有一次，吳王闔閭率領軍隊攻打越國，越國軍隊奮力抵抗，闔閭被亂箭射中，傷勢嚴重。臨死前，他對兒子夫差說：「你一定要打敗越國，為我報仇。」

夫差繼承王位以後，日夜操勞，加緊訓練軍隊，兵力一天天強大。越王勾踐想先發制人，卻被吳王夫差擊敗。夫差乘勝追擊，將勾踐包圍在會稽山上。這時候，越王勾踐只剩下五千人馬，沒有力量繼續抵抗，只好派文種去求和。吳王夫差一心要報仇，拒絕了越國的求和條件。

大臣文種想盡了辦法，買通了吳國太宰伯嚭，請他幫着說情。伯嚭一番花言巧語，終於使夫差接受了勾踐的投降條件。夫差把勾踐夫婦二人押回吳國，關在父親墓旁的石屋裏，要他們看守墳墓，飼養馬匹。

越王勾踐在那裏住了三年，處處小心謹慎，時時忍受恥辱。吳王夫差坐車出門，勾踐給他駕車拉馬，伺候得非常周到。有次，吳王夫差生病，勾踐殷勤服侍，像兒子一般。夫差病好之後，放勾踐夫婦回國。

回國以後，勾踐艱苦奮鬥，決心報仇雪恨。他睡覺時連褥子都不用，睡在柴草堆上，提醒自己不要忘了飼養馬匹時所過的苦難生活；他在住的地方掛着一枚苦膽，飯前或休息的時候都要嚐一嚐苦味，提醒自己不要忘了所受的痛苦和恥辱。

越王勾踐還制定了復興計劃，準備用十年時間發展生產、訓練軍隊。經過艱苦努力，不到十年工夫，越國就恢復、發展、強大起來。

公元前 482 年，吳王夫差率軍北上，要和晉定公爭奪諸侯盟主。夫差到了黃池（今河南封丘西南），與各國諸侯王相會。就在各國諸侯訂立盟約的時候，夫差和晉定公為了名次的先後吵了起來，鬧得不可開交。

夫差回到大營接到報告，被打敗的越王勾踐趁他領兵北上、國內空虛之機，大舉進犯吳國，攻破了吳國的首都，將吳國太子友俘獲。夫差大吃一驚，連忙把臣子們找來商量。

這可是左右兩難。立刻趕回去救援吧，不但霸主做不成，而且一撤兵就會走漏消息，弄不好各諸侯會對吳軍進行夾擊。要是不撤兵，越王勾踐志在報仇，吳國被他大肆燒殺擄掠，後果不堪設想。

王孫雒向他建議，先在盟會給晉定公一個下馬威，爭到盟主，然後立即回兵救援。吳王認為他有理，表示贊同。

晚上，吳王下命令，全軍吃飽喝足，穿指定顏色的鎧甲，帶指定顏色的裝備，等待命令準備出發。半夜，吳王領兵到晉軍大營附近，要官兵排三個方陣。每個方陣橫一百人，豎一百人，三個方陣共三萬人。

天亮後，諸侯到晉定公的大營。這時，吳王夫差親自擂起戰鼓，三萬官兵聽到士氣大振，雄赳赳地操演。只見中間方陣，打着雪白旗幟，官兵穿白鎧白甲，像一片開白花的茅草。左邊方陣，甚麼都紅，像一片火海。右邊方陣，甚麼都黑，像一片烏雲。與會的諸侯看到這種氣勢，驚呆了，只好讓吳王做盟主。

夫差匆匆忙忙領兵趕回，可是大軍在外已久，已經是強弩之末。官兵們十分疲憊，無力作戰。夫差於百般無奈中派出使者帶上厚禮，跟越王媾和。越王勾踐看到吳國實力尚存，一下子難以將吳國消滅，便同意了吳王夫差的請求，從吳國退兵。從此以後，吳國一蹶不振。

四年後，越國更加強大，再次向吳國進攻。伯嚭率領吳軍抵抗，根本不是對手，連戰連敗，最後投降。吳王夫差走投無路，只得自殺。

越王勾踐進入姑蘇城，大賞功臣，伯嚭還自以為有功，等待越王勾踐賞賜。越王勾踐怎能容得下此等奸佞，命人將伯嚭拖出去殺了。

點評

越王勾踐被吳王夫差打敗以後，臥薪嘗膽，勵精圖治，終於使越國強大起來。

孫子曰：「進而不可禦者，衝其虛也。」越王勾踐趁吳王夫差領兵北上，參加黃池盟會之機，向吳國首都發起猛攻。當時吳國國內空虛，不堪一擊，越軍不僅攻克了吳都，還俘獲了吳國太子。吳王夫差匆匆趕回營救，可是大軍經過長途跋涉，已經疲憊不堪，無力再戰，只得忍辱與越王勾踐媾和。

從此以後，吳國的實力日趨衰落，又過了四年，越王勾踐再度攻打吳都，吳王夫差無力抵抗，落得個國滅身亡的可悲下場。

戰例

西晉朝廷苦支撐

晉懷帝被俘以後，行台（代表朝廷辦事的機構）紛立，中原大地一片混亂。到懷帝遇害時，各地行台紛紛滅亡，唯有司馬鄴尚在。當時，司馬鄴的行台已經移至長安，由麴允、索綝輔政。國不可一日無君，麴允、索綝等商量了一番，認為司馬鄴是晉武帝司馬炎的孫子，即位為帝順理成章，便於公元 313 年，擁立司馬鄴為帝，他就是西晉王朝的最後一個皇帝晉愍帝。

當時，司馬睿擁兵坐鎮建康，南陽王司馬保擁兵坐鎮秦州，晉愍帝採納了謀臣的意見，封司馬睿為左丞相、大都督，掌管陜東諸軍事；封司馬保為右丞相、大都督，掌管陜西諸軍事。命司馬睿出兵攻打洛陽，命司馬保出兵保衛長安。他們接到詔書不予理睬，按兵不動，長安的形勢一天比一天危急。

匈奴漢中山王劉曜聞知司馬鄴即位，火冒三丈。怎麼又冒出一個晉帝？他立即領兵攻打長安，要將司馬鄴消滅。他以降將趙染為先鋒，驅兵疾進。

愍帝聞報漢軍攻來，以麴允為冠軍將軍，領兵抵禦。無奈寡不敵眾，晉軍屢屢受挫，更有劉曜率領大軍繼進，形勢十分嚴峻。愍帝又以索綝為征東大將軍，引兵援助麴允。

趙染向劉曜獻策道：「麴允、索綝先後領兵離開長安，長安必定空虛。我們繞道掩襲，定能拿下長安城。」劉曜聽了連連點頭，立即撥出五千精兵給趙染，讓他直趨長安城下。三更時分，趙染領兵掩至，幸喜城門緊閉，守軍同仇敵愾，死死防守，趙染未能攻破城池。

麴允聞報趙染偷襲長安，領兵飛速趕來，晉軍一陣猛衝猛殺，將已經疲憊的敵人殺退。忽然對面塵土飛揚，吶喊聲陣陣，原來劉曜領兵趕到。麴允只有五千人馬，抵擋不住，敗退遁去。

劉曜、趙染會合後，打算休息一夜，養精蓄銳，明日攻城。不料到了半夜時分，營帳四處火起，晉軍潮水般湧來，一陣砍殺，把漢營攪得大亂。漢軍毫無防備，有的未穿衣甲，有的未持武器，不是晉軍對手，四處逃竄。劉曜、趙染勒不住，只好隨着敗軍退去，奔還平陽（今山西臨汾西北）。

原來，麴允料定劉曜麻痺輕敵，沒有設防，於是連夜劫營，大獲全勝，暫時解了長安之危。

劉曜、趙染逃回平陽，休整了幾個月，又領兵向長安發起進攻。愍帝命索綝領兵抵禦，索綝行至新豐與趙染軍相遇。趙染深以上次失敗為恥，決心報仇，說：「上一次誤中麴允奸計，致使敗退。近日索綝前來送死，我一定要取了他的性命。」說完，就要領兵掩殺過去。長史魯徽勸道：「如今晉軍拼死抵禦，不可輕視；再說今日已晚，不宜出戰。」他好說歹說，總算將趙染勸住，住了一夜。

第二天一早，趙染為了表現自己的勇武，只帶了幾百名健卒前去挑戰，揚言道：「待我活捉了索綝，再回來吃早飯！」索綝見來敵不多，弄不清是怎麼一回事，只揮動前隊與其交鋒，大隊人馬待機而動。

雙方打了兩個時辰，不分勝負。趙染帶領的兵士沒有吃早飯，力氣漸漸不濟，落了下風。索綝抓住時機，催動大隊人馬上前廝殺，趙染軍抵擋不住，向後撤退。索綝領兵緊追不捨，將趙染包圍起來，趙染左衝右突，多處負傷，好不容易才殺出重圍。晉軍哪裏肯捨，緊緊追趕，眼看就要追及，魯徽引兵趕到，擋住了追兵，趙染這才得以逃脫。

愍帝接到索綝的捷報，十分高興，加封索綝為驃騎大將軍承制行事。沒料想幾天以後，漢軍又至。愍帝慌了手腳，趕緊派麴允率領幾千人迎敵。兩軍對壘，麴允的人馬敵不過漢軍的幾萬大軍，只得且戰且退。

自己只有幾千人馬，怎樣才能擊退匈奴大軍？麴允苦苦思索，終於想出一條妙計。他召來部將，如此這般地部署了一番。

當天夜裏，他避實就虛，乘着夜色掩護，掩至漢將殷凱的大營。屢經戰陣的晉軍衝進營門，到處放火，見漢軍就殺，把殷凱的大營攪得如同一鍋沸粥。殷凱在睡夢中被喊殺聲驚醒，一翻身跳了起來，來不及披甲，提起大刀衝了出去。他剛出營帳，迎面遇上一隊衝過來的晉軍，殷凱寡不敵眾，被晉兵亂刀砍死。

漢軍衣甲不整，匆匆應戰，不成隊形，又沒有人指揮，如同一羣無頭蒼蠅，到處亂竄。不消片刻，幾千人馬傷亡殆盡。

劉曜被衛士搖醒，跑出營帳一看，殷凱的大營一片火光，連忙點起人馬趕去營救。等到他趕到那裏，晉軍早已退去，只剩下燒毀的營帳和遍地屍體。他恨得直咬牙，卻又無可奈何。

麴允屢屢劫營，使劉曜吃了大虧，他怕劉曜再玩甚麼鬼花樣，移兵攻打其他城池。

趙染引兵攻打北地（今甘肅平涼西北），麴允率軍馳援。趙染屢次受挫，惱怒萬分，兩軍對壘時，拍馬直向麴允衝過去。麴允早有埋伏，見趙染馬到，將手一揮，埋伏的弓弩手一齊現身。只聽得弓弦聲齊響，眼見得羽矢齊飛，趙染如同刺蝟一般，渾身中箭倒地身亡。漢軍一時大亂，四處潰逃。

經過這一仗，長安小朝廷總算有了暫時的安寧，得以艱難維持下去。

晉朝小朝廷的兵力和匈奴漢軍相比，相差甚遠，兩軍交戰，並無勝算。小朝廷得以苟延殘喘，麴允功不可沒。

有備則實，無備則虛。麴允之所以頻頻得手，匈奴漢軍無法抵禦，就是「衝其虛」。可笑劉曜，只有匹夫之勇，屢屢受挫，卻不吸取教訓，以致屢屢敗下陣來。

西晉王朝將亡，這是不可逆轉的事實，在滅亡前夕，有這般可歌可泣的英勇事跡，亦可略略告慰後人。

故形①人而我無形，則我專②而敵分③。我專為一，敵分為十，是以④十攻其一也，則我眾而敵寡。

|注釋|

① 形：表現，暴露。② 專：集中。③ 分：分散。④ 以：用、憑藉。

|翻譯|

要使敵人暴露出它的情況而自己不暴露，那麼我軍的力量就可以集中而敵人的力量就不得不分散。我軍力量集中在一處，敵人的兵力分散在十處，這就等於用十倍的力量打擊敵人，我軍的兵力處於優勢而敵人的兵力處於劣勢。

鄧訓破迷唐

公元86年，西北邊境的西羌燒當部落反叛。公元87年，匈奴人和其他羌人投靠了燒當部落首領迷吾，與東漢朝廷對抗。護羌都尉傅育領兵出戰，遭到迷吾軍的突襲，在混戰中陣亡。

漢章帝任命張紆為護羌都尉，接替陣亡的傅育的職位。張紆雖然施計斬殺迷吾，但迷吾的兒子迷唐牢牢記下了殺父之仇，決心為父報仇雪恨。迷唐為了解除後顧之憂，主動與其他部落解除了昔日的仇恨，跟各方面鞏固友好關係，互相嫁娶，交換人質。

羌人據守在大小榆谷，與漢軍對峙。羌人眾多，實力強盛，不斷騷擾漢朝邊境。張紆左支右絀，陷入困境。邊患越來越嚴重，朝廷深深擔憂。公元88年，公卿推名將鄧訓為護羌校尉，接替張紆的職位。

鄧訓剛到任，燒當部落首領迷唐就率領一萬騎兵，逼近東漢邊塞，由於懾於鄧訓的威名，沒敢向鄧訓率領的部隊發起攻擊。迷唐轉而威脅祁連山下的小月氏部落，打算使它向自己臣服。

鄧訓聞訊，立即下令對小月氏部落進行保護，迷唐見漢軍，未敢立即進攻。官員不解，紛紛議論：「羌人與小月氏打鬥，漢軍可以坐收漁利，對於他們的戰爭，我們何必過問？」

鄧訓向他們解釋道：「迷唐經常侵入邊境燒殺擄掠，百姓的生命懸於一線。究其原因，就是因為朝廷恩德不厚，引起塞外各族的怨恨，故而歸順了迷唐。我們趁此機會向小月氏部落施恩，他們一定會感激我們，從此以後，我們也少了一個對手。」這話對啊，我們怎麼就沒有想到呢？官員們聽了鄧訓的分析，全都心悅誠服。

鄧訓下令打開城門，把小月氏的老弱婦孺全部接到城裏居住，鄧訓派兵四處巡邏，對他們嚴加保護。小月氏各部沒有了後顧之憂，加強防衛嚴陣以待。燒當部落掠奪不到物資，自己的給養漸漸耗盡，逡巡了些時日，只得退回大小榆谷。

鄧訓的這一舉動，使湟中（今青海東北部）各部落首領深受感動，紛紛說道：「過去漢軍總是希望我們相鬥，如今鄧訓卻如此厚待我們，他給了我們父母般的恩德，讓我們終身難忘。」他們一起去拜見鄧訓，表示願意聽從漢軍的號令。

鄧訓又對羌人各部落進行安撫，各部落的羌人無不為之高興。為了進一步瓦解羌人各部，他懸賞招降各部落的羌人士兵。羌人士兵來降以後，鄧訓就讓他們返回自己的部落，勸說其他人前來投奔。就連迷唐的叔父號吾也被感動，率領八百名部眾向鄧訓投誠。

迷唐的力量被大大削弱，鄧訓覺得進攻的時機已經成熟。他徵調湟中地區的四千人出塞，向據守在寫谷（今青海湟源東）的迷唐發起突然進攻。迷唐軍已經人心渙散，無法抵禦，被打得大敗。迷唐見這裏再也無法安身，率軍離開大小榆谷向西逃竄。逃竄的途中，部眾漸漸逃散。

迷唐不甘心自己的失敗，第二年春天率領本部人馬準備重返大小榆谷。消息傳來，護羌校尉鄧訓連忙做好禦敵準備。他立即徵調六千士卒，由長史任尚率領，準備渡過黃河，迎頭痛擊迷唐軍。

黃河奔騰而下，波濤洶湧，要渡過黃河，可不是件易事。乘船，船隻易翻沉；乘木筏，士卒易落水。鄧訓得知這情況，想來想去終於想出辦法。他讓人趕製許多羊皮囊，放在木筏上綁好，讓士卒坐在羊皮筏中。這個辦法確實有用，六千人渡過黃河。

迷唐在西部難安身，部眾思鄉心切，這番率軍前來，志在必得。迷唐領軍迅速前進，打算一舉拿下大小榆谷。

任尚將部隊埋伏好，只等迷唐軍前來。迷唐軍正在行進，突然聽到一陣戰鼓聲，埋伏的漢軍一下子從四面八方衝出來，將迷唐軍圍在當中。迷唐根本沒有想到漢軍會渡過黃河設伏，毫無戒備，漢軍一陣掩殺，迷唐軍一下子被衝散。

迷唐勒不住部眾，只得率領身邊的士卒匆匆應戰。漢軍人數眾多，銳不可當。迷唐左衝右突，好不容易才殺出重圍。經此一仗，迷唐的人馬幾乎被全殲。迷唐收拾殘部，馬不停蹄地向西逃竄了一千餘里，原來歸屬他的一些小部落，紛紛向漢軍投降。

鄧訓妥善安置了歸附的人眾，讓他們重建家園安心生活。從此以後，漢朝的威信廣為傳播，邊境的其他部落也不再來騷擾。

點評

孫子所說的「敵分」，有兩層含義，一是分散敵人的兵力，一是分化敵人。敵人被分化瓦解，力量就會被大大削弱。

燒當部落引起的邊患難以消除，主要原因有二：一是漢朝邊將只知平叛，不知施恩，引起各部落強烈不滿；二是迷唐用各種辦法籠絡人心，聯合各部落反叛東漢朝廷，故而迷唐軍力量逐漸強大，難以消滅。

鄧訓到任以後，一改前任的做法，施恩於各部落，這樣做不僅分化了敵人，而且壯大了自己。最後他派兵渡過黃河作戰，出奇兵將迷唐軍擊潰。

黃巾起義

東漢末年，宦官把持朝政，他們橫徵暴斂，百姓生活在水深火熱之中；豪強地主大肆兼併土地，大量農民破產流亡。

國家衰落到如此地步，漢靈帝卻只知道花天酒地。宦官們為了聚斂錢財，除了增加賦稅之外，還在西園開了個店鋪。這個店沒有甚麼貨物可賣，只賣令人垂涎的官爵。他們公開標價：買個太守兩千萬兩白銀，買個縣令四百萬兩；如果暫時付不出，還可以賒欠，等到任後加倍償還。這些官員一上任，就拼命榨取民脂民膏，弄得民不聊生，哀鴻遍野。

公元 172 年，會稽（今浙江紹興）人許生在句章（今浙江慈溪）率眾起義，斬殺了當地官吏，自稱「陽明皇帝」。朝廷驚恐不安，連忙派兵鎮壓，直到公元 174 年冬，才將起義軍鎮壓下去。

許生起義雖然被鎮壓下去，但是朝廷危機並沒有解除。宦官依然胡作非為，豪強依然欺壓百姓，農民武裝暴動不斷，更大的農民起義運動正在醞釀。鉅鹿（今河北平鄉）人張角以行醫為掩護，創立了「太平道」。他向人們宣揚「人無貴賤」的思想，提出要建立一個人人不愁吃、不愁穿的太平世界。張角和他的弟子到各地活動，吸取廣大農民參加太平道。大約經過十年的努力，太平道的信徒發展到幾十萬。為了將信徒們組織起來，張角將信徒分為三十六方，大方有一萬多人，小方有六七千人，每方設「渠帥」為首領，指揮所屬信徒。三十六位渠帥服從張角指揮，在張角的指揮下統一行動。

張角見起義的時機已經成熟，提出「蒼天已死，黃天當立，歲在甲子，天下大吉」的起義口號。「蒼天」指東漢王朝，「黃天」指起義軍建立的新天地，「甲子」指起義時間的甲子年，即漢靈帝中平元年（公元 184 年），「大吉」指起義將取得勝利。就在約定起義的前一個月，濟南出了一個名叫唐周的叛徒，向朝廷告密，義軍領袖馬元義被捕。朝廷為了恐嚇準備起義的人，將馬元義車裂處死；接着進行大搜捕，洛陽的一千多名太平道部眾慘遭殺害。

面對突然的變化，張角當機立斷，立即號令起義。三十六方的部眾早有準備，接到命令後立即行動，所有的義軍官兵都用黃巾裹頭作為標記，因此稱為「黃巾軍」。張角自稱「天公將軍」，弟弟張寶、張梁稱「地公將軍」、「人公將軍」，三人指揮行動。

黃巾軍每攻陷一座城池，就焚燒當地的官府；遇到負隅頑抗的地主，就攻克塢堡處死豪強。義軍打開監獄，釋放被囚禁的窮苦民眾；打開糧倉，賑濟窮苦百姓。不到十天，全國各地的百姓紛紛響應，起義風暴席捲中原大地。

黃巾軍迅速形成三支主力部隊，一直由張角親自領導，在河北一帶進行戰鬥；一支由張曼成領導，在宛城（今河南南陽）一帶進行戰鬥；一支由波才領導，在潁川（今河南禹縣）一帶進行戰鬥。

各地的告急奏章雪片般飛往朝廷，漢靈帝急忙召集大臣商量對策。經過一番商討，決定以何進為大將軍，率領羽林軍、北軍在洛陽附近佈防，護衛京都；左中郎將皇甫嵩、右中郎將朱儁率領四萬多人馬，分兵兩路向活動在潁川一帶的波才的義軍發起進攻。

波才率領的義軍與朱儁率領的朝廷軍進行會戰，朱儁的部隊被打得大敗而逃。皇甫嵩孤軍深入，進駐長社（今河南長葛）。黃巾軍乘勝將長社層層包圍，皇甫嵩的部隊人心惶惶，老奸巨猾的皇甫嵩發現黃巾軍的營帳一帶到處都是荒草，心中頓生惡計。

他派一部分官兵直撲黃巾軍的營地，縱火焚燒荒草。當時正颳大風，烈火迅速將黃巾軍的營帳燒毀。義軍官兵見四處火起，陷入了混亂。皇甫嵩乘機催動大軍，迅速向義軍發起猛攻。這時曹操領兵趕到，幫助皇甫嵩向義軍進攻。義軍受挫，波才連忙領兵轉移。

時隔不久，皇甫嵩、曹操與朱儁會合，三人合兵一處，再次向黃巾軍發起進攻，黃巾軍抵擋不住，被朝廷軍打敗，遭受重大傷亡。

從此以後，皇甫嵩名聲大振，朝廷因為他鎮壓起義軍有功，封他為「都鄉侯」。皇甫嵩趾高氣揚，乘勝追擊黃巾軍。波才部隊的軍心已亂，禁不起朝廷軍的衝擊，一敗再敗，終於全線崩潰。

另一支黃巾軍的主力部隊，在張曼成的率領下猛攻宛城，宛城久攻不下，在宛城下駐紮一百餘日。南陽太守秦頡乘黃巾軍兵疲，突然進攻，黃巾軍抵擋不住，連忙撤退。朝廷軍緊追不捨，張曼成在戰鬥中犧牲。

北中郎將盧植聞知其他兩路黃巾軍已經被消滅，指揮大軍向張角發起猛烈進攻。朝廷軍連連獲勝，張角領兵退守廣宗（今河北威縣）。盧植率軍將黃巾軍緊緊包圍，廣宗形勢危急。

這時候，漢靈帝派宦官左豐前來視察，有人勸盧植向左豐送禮。盧植一向看不慣宦官的所作所為，就是不向左豐呈送禮品。左豐懷恨在心，回京後誣告盧植作戰不力。漢靈帝勃然大怒，下令將盧植抓回洛陽處死。這麼一來，廣宗的形勢有所好轉。

黃巾軍最兇惡的對手是皇甫嵩。這一年的冬天，他率領部隊來到廣宗。那時候，張角已經病故，部眾由他的弟弟張梁、張寶指揮。皇甫嵩催動大軍發起進攻，黃巾軍不畏強敵，越戰越勇。朝廷軍的一次次進攻，都被黃巾軍擊退。

皇甫嵩命令大軍嚴守營壘，不許交戰，自己仔細觀察黃巾軍的情況，伺機再次發動進攻。他發現黃巾軍連日交戰，已經疲憊不堪；黃巾軍注重對陣廝殺，對營地的戒備甚為鬆懈。他連夜做出部署，在拂曉時發起進攻。

黃巾軍的官兵還沒有起牀，朝廷軍的戰鼓就擂得山響，黃巾軍連忙應戰，一開始就處於下風。雙方整整廝殺了一天，到了傍晚時分，黃巾軍漸漸支持不住，向後敗退。朝廷軍緊追不捨，張梁在激戰中陣亡，三萬黃巾軍官兵戰死，還有五萬名黃巾軍官兵不願投降，全部投河壯烈犧牲。張寶率領殘部逃走，皇甫嵩揮動大軍追趕。張寶和他的部下人困馬乏，被朝廷軍追及，他們返身再戰，都被朝廷軍殺死。

過了不久，張曼成的部下擁立趙弘為元帥，義軍迅速擴大到十萬。義軍攻克宛城，與朱儁率領的朝廷軍對陣。朱儁率軍與義軍苦戰了兩個月，方才攻克宛城，趙弘在戰鬥中陣亡。

朱儁正在高興，黃巾軍將領韓忠率領餘部攻入宛城。朱儁不甘失敗，再度將宛城包圍起來，由於朝廷軍人多勢眾，韓忠在與敵人廝殺時犧牲。

黃巾軍剩下的人馬再樹義旗，又擁立孫夏為統帥，孫夏趁敵人不備又攻下宛城。朱儁暴跳如雷，立即指揮大軍進行反擊。孫夏抵擋不住，棄城而去，朝廷軍緊緊追趕，追至西鄂（今河南南召）將黃巾軍擊潰，只有少數義軍逃脫。

黃巾軍的主力雖然被消滅，但倖存的黃巾軍官兵分散在各地堅持鬥爭了二十多年。

經過黃巾軍的衝擊，東漢朝廷走上了窮途末路。

東漢中期以後，宦官、外戚輪流專權，朝廷政治腐敗。豪強地主大肆兼併土地，社會矛盾尖銳。在這種情況下，農民起義必然爆發。

黃巾軍起義聲勢浩大，卻又很快失敗，失敗的原因很多，從軍事的角度來看，主要是兵力分散，缺乏統一的指揮。黃巾軍的主力有三支隊伍，但是三支隊伍之間缺乏聯繫，不能互為聲援，以致被朝廷軍各個擊破。

孫子曰：「我專為一，敵分為十，是以十攻其一也，則我眾而敵寡。」合則強，分則弱，此為一定之理。後世用兵者，當以黃巾軍的失敗為戒。

夫兵形①象水，水之形避高而趨②下，兵之形避實而擊虛。水因地而制流③，兵因④敵而制勝⑤。

故兵無常勢⑥，水無常形⑦，能因敵變化而取勝者，謂之⑧神。

|注釋|

① 兵形：作戰方法。② 趨：趨向，流向。③ 制流：制約流動方向。④ 因：根據。⑤ 制勝：決定取勝的方針。⑥ 常勢：固定的方式。⑦ 常形：固定的流動方向。⑧ 謂之：稱他。

翻譯

作戰的方法如同水，水的流動規律是避開高處流向低處，作戰的方法是避開敵人堅實之處攻擊敵人薄弱之處。水根據地形制約流動方向，作戰根據敵情決定取勝的方針。

因此作戰沒有固定的作戰方法，水沒有固定的流動方向。能根據敵情變化而靈活用兵取勝的，人們稱他用兵如神。

虞詡敗西羌

公元108年，西羌首領滇零擊敗東漢軍，在北地稱帝。他召集武都的參狼部落以及散佈在西北部的羌人，跟漢軍交戰。

面對日益強大的西羌軍，大將軍鄧騭束手無策。他想放棄西部的涼州一帶，集中力量對付北部的邊患。他將公卿們召集起來商量此事，並且說出自己的想法：「西部邊患和北部邊患好比是兩件破衣服，拆掉一件去補另一件，還有一件能夠保全；不然的話，兩件都不能保全。」大家覺得他的說法有道理，同意了他的意見。

郎中虞詡得知後對太尉張禹說：「大將軍鄧騭的意見貌似有理，實際上大謬不然。先帝歷經千辛萬苦開拓的疆土，我們決不可放棄，這是其一。一旦放棄了涼州，原先是腹地的長安，一下子就變成了邊塞，這是其二。俗話說『關西出將，關東出相』，猛士、良將很多出自涼州。現在羌人不敢佔據長安一帶，就是因為涼州在他們的背後，涼州軍民正與敵人艱苦奮戰，朝廷決不能將他們拋開不管，這是其三。大將軍用兩件破衣服作比喻，極不恰當。邊患如同惡瘡，如果不及時治療，會使全身潰爛。」

張禹聽了虞詡的分析，覺得他說得對，於是再次召開大將軍、太尉、司徒、司空四府會議，大家一致贊同虞詡的分析。大家當下做出決定：對待西羌不能手軟，必須將西部邊患消除。

雙方已經打鬥多年，互有勝負，漢軍總不能將西羌軍徹底打敗。當權的鄧太后聽說虞詡很有才幹，任命他為武都太守，領兵前去赴任。滇零得到這個消息，立即派出幾千人前往陳倉崤谷（即大散關），準備攔截虞詡。

虞詡到了崤谷附近，命令隨行的部隊停止前進，讓人向外宣稱：已經派人請求援軍，等到援軍到來後再行進。羌人得到假情報，分兵向附近的城池發動進攻。

虞詡見西羌軍已經中計，命令部隊迅速前進，第一天就奔馳了一百多里。他讓每名士兵造兩個灶，第二天每名士兵造四個灶，以後日日倍增。西羌軍尾隨在後，始終不敢發動攻擊。

有人對此迷惑不解，問虞詡：「孫臏當年曾用減灶的辦法大破魏軍，您卻每日增灶；兵法上說，每日行軍不超過三十里，以保持體力，現在我們每天行軍一百多里，這是甚麼道理？」

虞詡笑着說：「敵人兵多，我們兵少，走慢了敵人要追上，急速行軍敵人就摸不透我們的底細。西羌軍見我們的爐灶一天天增多，以為我們的援軍已經到來。他們見我們的人數多、行動快，所以不敢發起攻擊。當年孫臏故意示弱引誘敵人追擊，現在我是故意示強使敵人不敢發動進攻，由於形勢不同，採取的方法就不一樣。」眾人聽了，沒有一個不佩服。

虞詡到達武都時，兵員不足三千，西羌軍有一萬多人，雙方兵力懸殊。西羌軍圍城數十日，情況十分危急。虞詡傳下命令，只許用小弓，不許用硬弩。西羌軍誤以為漢軍硬弩的箭支用盡，集中兵力猛攻城池。虞詡命令每二十張硬弩組成一組，集中目標向敵人的軍官射擊。虞詡一聲令下，各組硬弩將箭支射出去，一些西羌軍官應聲倒地。這突然的打擊使西羌軍驚恐不已，軍官們紛紛指揮士兵撤退。虞詡乘勝領兵出擊，打得敵人陣腳大亂，丟盔棄甲敗下陣去。

第二天，虞詡命令全體官兵從東門出城，從北門入城。進城後改換服裝，再從東門而出，從北門而入。如此循環多次，西羌軍弄不清究竟有多少漢軍，更加惶恐不安。

虞詡估計西羌軍將要撤走，派出五百名官兵在河道淺水處設下埋伏，堵住西羌軍的退路。西羌軍果然撤退，來到漢軍的埋伏地，漢軍吶喊着突然殺出，已經成驚弓之鳥的西羌軍官兵拼命奔逃，漢軍緊緊追殺，敵人死傷無數。從此以後，西羌軍再也不敢進犯武都。

公元 118 年，朝廷終於將西羌部隊全部消滅，延續了十二年的西部變亂終於被鎮壓下去。

點評

孫子曰：「兵無常勢。」也就是說，戰術沒有固定的方法，不能泥古不化。將領要根據當時的實情，決定適當的作戰方針。

要做到這一點，必須要有大智大勇。虞詡前往武都，帶兵不多，要擺脫敵人，先假稱等待援軍，使敵人分兵。進入了險境，虞詡化孫臏「減灶」為「增灶」，以此示強來迷惑敵人，保全自己。此等戰法，自古未見，全靠將領的靈活運用，成為後世學習兵法的典範。到了武都的種種戰法，無一不是根據當時的實際情況而定，達到了出奇制勝的效果。

虞詡用兵打仗，確實達到了「用兵如神」的地步。

夜半吶喊唬劉曜

十六國前趙主劉曜，是個殺人不眨眼的魔頭。

他是東晉末年匈奴漢主劉淵的養子，自幼膽識過人。八歲時，他與眾人上山打獵，忽然間，電光閃閃，雷聲陣陣，瓢潑大雨從天而降。眾人連忙向一棵大樹跑過去，躲在大樹下避雨。「嘩」的一聲炸雷，震得大樹搖動，眾人嚇得掉了魂，一個個趴倒在地。只有劉曜紋絲不動，若無其事地站在那裏。回去以後劉淵知道了這件事，驚異地說：「這孩子是我家的千里駒。」他身材高大，臂力過人，尤精於射技。他拉滿硬弓，一箭射出去，竟然能夠射穿一寸厚的鐵板，在一旁觀看的人無不咋舌。

劉淵去世後，他的兒子劉聰繼位。公元311年，劉曜與石勒、王彌領兵攻下洛陽，生俘晉惠帝、羊皇后。劉曜獸性大發，殺死王公以及百官以下三萬餘人。隨後命人將屍體移到洛水邊，壘起十幾個高達數丈的屍堆，外面封上泥土，用來顯示他的戰功。

因為劉曜屢立戰功，此番又攻陷洛陽，被封為中山王，身居要職。接着奉命攻打關中，不久攻克長安，生俘晉愍帝。

公元318年，劉聰死，其子劉粲繼位。大臣靳准竊取了政權，不久發動政變，將居住在平陽的劉氏宗族無論老幼全部斬首。當時劉曜為相國，鎮守長安，聞訊後親自率領大軍趕赴平陽。行至赤壁（今山西河津西北），遇上從平陽逃出的太保呼延晏與太傅朱紀。他們勸劉曜登上帝位，以便名正言順地攻打靳准。劉曜就此即位，改年號為光初。劉曜一舉佔領平陽，將靳氏男女老少殺個罄盡。隨後將都城遷至長安，改國號為「趙」，史稱「前趙」。

公元320年，劉曜的部將尉尹車勾結巴氐酋長徐庫彭反叛。劉曜得到消息，先殺了尹車，又將徐庫彭等五千餘人殺得個雞犬不留。

劉曜如此兇殘，若是和他硬打硬拼，難以取勝，不過，只要略施小計，他被打敗了都不知道是怎麼敗的。

東晉蘇峻叛亂時，後趙石勒乘虛而入，攻佔了東晉大片土地。隨後又派部將石他深入前趙境內，擄走人口三萬戶、牲畜百萬頭。劉曜聞報石他入境擄掠，勃然大怒，立即派部將劉岳為先鋒，率眾追趕。劉岳領兵日夜兼程行進，在雁門附近趕上石他的部隊。兩軍交鋒，戰在一處，石他敵不過劉岳，被劉岳一刀劈於馬下。主將一死，後趙軍鬥志盡失，慌不擇路地四下逃散。劉岳大獲全勝，將被擄去的人口、牲畜全部截回。

消息傳到長安，劉曜大喜，立即派人傳命給劉岳，引兵繼續向後趙的洛陽攻去。洛陽守將石生得到消息，連夜派人到襄國，向石勒報告警情。石勒立即點起四萬人馬，派石虎領兵前去援救。石虎到了洛陽，和石生商量退兵之計。石生認為劉岳剛剛打了勝仗，不把後趙軍放在眼裏；再說他們遠道而來，已經師老兵疲，只要設下埋伏，發起突然襲擊，可以一鼓而勝。石虎認為石生的話對，便領兵在洛陽西面的險要之地埋伏好，只等劉岳到來。

那天傍晚，石虎、石生剛剛把隊伍埋伏好，劉岳的軍隊已到。劉岳看看天色已晚，官兵們已經疲軟無力，下令安營紮寨，好好休息一夜，明日向洛陽發起攻擊。士兵們正在埋鍋做飯，忽聞四處戰鼓擂得山響，霎時間，伏兵四面湧出，漫山遍野飛奔而來。劉岳軍毫無防備，匆忙間排不成隊形，被衝得七零八落，頓時失去了指揮。劉岳知道無法挽回敗局，率領殘兵敗將奮力突圍而去。

劉岳率領左右奔跑多時，方才跑到石梁鎮。他命令部下休息，並且着手整頓殘軍。漸漸逃來的敗兵匯攏起來還有一萬多人，他不敢再大意，趕緊進行部署，做好防衛。這裏才部署好，那邊石虎兵到。石虎見劉岳已經佈置好防衛圈，便指揮大軍將小鎮團團圍住，打算把劉岳軍困死。

劉曜聞報劉岳兵敗被圍，着實吃了一驚，立即率領五萬人馬，親自前去營救。石虎得到消息，不免心驚。劉曜這個瘋子打起仗來不要命，若是跟他硬打，難佔便宜。他思索了好一會兒，終於想出了一條妙計。

到了洛陽附近的金谷，劉曜傳令安營。誰知到了半夜時分，四處有人高聲吶喊：「石虎兵到！石虎兵到！」吶喊聲此起彼伏，令人心顫。原來，這是石虎派人混進大營，在夜深人靜時大聲喊叫擾亂軍心。這下子可炸了營，數萬人在黑暗中驚起奔竄，根本不知道敵人在哪裏。劉曜弄不清虛實，只好隨着大隊人馬後退。

第二天夜半，劉曜的官兵正在熟睡，突然間又有人驚叫：「石虎兵到！石虎兵到！」官兵們又是倉皇後撤。幾天下來，弄得官兵心驚膽戰，筋疲力盡。劉曜百般無奈，只得將大軍撤回。

援兵一走，劉岳成了甕中之鱉，石虎下令猛攻石梁鎮，一下子將它攻克，劉岳被俘，他的部下全部被後趙軍活埋。

點評

水無常形，戰無常法。於刀光劍影中打敗敵人是一種戰法，用吶喊聲嚇跑敵人何嘗不是一種更加高明的戰法！

對付劉曜這樣的殺人狂，硬打硬拼往往不是最好的戰法。當時，劉曜有五萬大軍，除了有一些猛將以外，劉曜本人也有萬夫不當之勇，在戰場上擺開陣勢廝殺，後趙軍未必能夠取勝。對付此等草莽，何不略施小計，不費一兵一卒將其擊退？

後世評論前趙：「其興也勃，其亡也速。」劉曜於公元 318 年即位，第二年改國號為「趙」，公元 329 被後趙所滅，確實是一個短命王朝。「興也勃」，因其勇；「亡也速」，因其昏，此為必然。

《軍爭》主要論述如何佔得作戰先機的問題。孫武認為：爭奪作戰先機是有利的，但是，盲目地爭奪作戰先機也會帶來危害。要爭奪作戰先機，必須了解各諸侯國的政治動向，必須熟悉地形；軍隊行動起來必須迅疾如風，舒緩起來如同樹林，攻擊起來如同烈火，不動之時如同山嶽。孫子指出，對付敵人的軍隊可以挫傷他們的銳氣，對付敵人的將領可以使他喪失信心，作戰時要「避其銳氣，擊其惰歸」。孫子提出用兵打仗的法則：敵人佔據了山地不要去仰攻，敵人背靠山地不要去正面攻擊，敵人假裝敗退不要去追擊，精銳的敵軍不要去攻擊，敵人的誘兵不要去攻打，潰退的敵軍不要去阻截，將敵人包圍了要留出一個缺口，敵人已經陷入絕境不要急於迫近。

孫子曰：凡用兵之法，將受命於君，合①軍聚眾，交和②而舍③，莫④難於軍爭⑤。軍爭之難者，以迂⑥為直，以患⑦為利。故迂其途，而誘之以利，後⑧人發，先⑨人至，此知迂直之計者也。

|注釋|

① 合：聚集、徵集。② 交和：兩軍相對稱「交和」。和，軍門。③ 舍：駐紮。④ 莫：沒有甚麼。⑤ 軍爭：爭奪作戰的先機。⑥ 迂：迂迴。⑦ 患：災禍，不利因素。⑧ 後：落在後面。⑨ 先：走在前面。

|翻譯|

孫子說：大凡用兵打仗的規律，將帥從國君那裏接受命令，徵集兵員編制成軍隊，出征後兩軍相對駐紮下來準備交戰，沒有甚麼比爭奪作戰先機更困難。爭奪作戰先機之所以困難，是要把表面上迂迴的彎路變為便捷的直路，把表面上的不利因素變為有利因素，所以故意使行進的道路迂迴，用小利引誘敵人，在敵人後面出動，在敵人前面到達，這就是懂得以迂為直計謀的將帥了。

周魴自髡誘曹休

三國時代中期，淮河以南、長江以北的地區，由魏、吳兩國分割佔領。孫權想擴大地盤、鞏固江東地區，企圖把魏軍趕到淮河以北。

魏國地域遼闊，實力強盛，如果進行強攻，吳軍有敗無勝。孫權想來想去，覺得只有以利誘敵方能取勝。孫權要番陽（今江西波陽）太守周魴去見江南土著首領宗帥，讓宗帥向揚州牧（州治在今安徽合肥）詐降，引誘曹休領兵前來，吳軍設下埋伏，將敵人一舉殲滅。

周魴聽了沉吟不語，過了一會兒說：「土著首領只不過是歸順了我們，不是我們的心腹，要宗帥去幹這種機密大事，恐怕靠不住。萬一透露了風聲，反為不妙。」孫權聽了有些不悅，說：「依你看來，該當如何？」

周魴說：「與其讓宗帥去詐降，不如讓我去詐降。以後，陛下可想盡辦法找我的錯處，一而再再而三地訓斥我，弄得我不知所措。然後我讓親信帶着親筆信去見曹休，說我在吳國屢遭責難，已經難以立足，打算獻上土地歸降魏國，請曹休派兵前來接應。屆時我軍在曹休的必經之路埋伏好，必定能大獲全勝。」孫權聽了大喜，決定按照周魴的辦法行事。

一天，孫權派朝廷裏的郎中到番陽，盤查各種事務。郎中百般挑剔，說這也不是那也不是，揚言回去要向孫權如實報告，懲治他的失職之罪。時隔不久，另一位郎中前來複查，挑出來的毛病更多。孫權聽了報告，派人前來狠狠地訓斥了周魴一頓，周魴跪在地上接旨，連聲說道：「罪臣罪該萬死，罪臣罪該萬死。」周魴還沒有安穩幾天，朝廷又派郎官前來，周魴誠惶誠恐地自施髡刑（古代剃掉男子頭髮的一種刑罰），跪在官府門口請求寬恕。郎中吆五喝六地大聲呵斥一通，揚長返回京師。

消息很快傳到曹休那裏，曹休萌發了乘隙奪取番陽之心。恰巧周魴派人來到，呈上了請降密信。曹休大喜，立即點起十萬人馬，南下皖城（今安徽潛山），準備接應周魴。

魏帝曹叡接到曹休的報告，也立即行動起來，派司馬懿領兵攻打江陵，派賈逵領兵攻打東關（今安徽含山西南）。三路大軍齊頭並進，準備把吳軍趕到江南。

得知魏國已經出兵，孫權親自前往皖城。他任命陸遜為大都督，又任命朱桓、全琮為左右都督，各率三萬人馬迎擊曹休。

曹休領兵行至半途，得到陸遜被任命為大都督的消息，知道已經中計，卻也滿不在乎。他自恃兵力強大，命令大軍繼續前進。魏國尚書蔣濟知曹休領兵攻打吳國，連忙上書魏明帝曹叡：「曹休在長江下游深入敵境，東吳大將朱然在上游。曹休的正面有敵人阻擋，背後有朱然伺機而動。這次出兵作戰，我看不出有甚麼有利之處。」

前將軍滿寵屢經沙場，作戰經驗豐富，他也上書給魏明帝：「曹休雖然勇猛，但缺乏實戰經驗。他的這次進軍路線，背靠巢湖，依傍長江，進軍容易，後退卻難。大軍行至無疆口（今安徽桐城北夾山東南），必須嚴加防備。」

滿寵的上書還沒有得到答覆，曹休的大軍已經越過無疆口，在吳亭（今安徽皖城東北）與吳軍展開激戰。魏軍匆匆而來，疲憊不堪，吳軍早有防範，以逸待勞。剛交鋒時，魏軍仗着人多，未落下風，忽然間，東西兩側塵土飛揚，朱桓、全琮兩軍從兩翼向魏軍發起進攻。曹休大吃一驚，連忙下令撤退。由於他指揮無方，大軍一窩蜂向後亂竄。吳軍緊追不捨，斬殺、生俘了一萬多人。

曹休事前在後面險要之處埋伏了一支部隊，以防不測。這一情況被吳軍偵察到，吳軍的人馬把他們從埋伏的地方趕了出來，殺得個七零八落。曹休的如意算盤全都落了空，率領殘兵敗將落荒而走。

到了夾石，山高路險，敗兵們爭先恐後地往前湧，狹隘的小路一時堵塞。魏軍官兵為了逃命，將所有的輜重全部丟棄，車輛、器仗堆在山間小路上，後面的魏軍在崎嶇的山路上更加難行。

當初曹休上書給魏明帝，要求接應周魴投降，魏明帝命令賈逵領兵向東進發，跟曹休的大軍會師。賈逵領兵到了東關，分析了當時的情況，說：「吳軍在東關沒有設防，說明全部人馬已經集中在皖城，曹休這番前往，必敗無疑。」他將自己的部隊重新作了部署，水陸兩路齊頭並進。進發了約二百里，得到了曹休戰敗、夾石的道路已被阻斷的消息。賈逵的部下十分驚慌，不知該怎麼辦才好。

賈逵說：「曹休潰敗，道路堵塞，進不能戰，欲退不能，眼下正處於生死存亡的緊急關頭，恐怕不能堅持到天黑。不過，吳軍沒有後繼部隊，不會對我們造成威脅。我們應當出其不意地趕往夾石，攻擊吳軍的後背。敵人見我們的人馬趕到，一定會退走。若是等待我軍援軍到來，曹休的軍隊只怕已經全軍覆沒。那時再去援救，為時已晚，兵多又有何用！」

賈逵領兵急速挺進，沿途插上旗幟作為疑兵。到了夾石，賈逵指揮大軍往前衝。果然不出賈逵所料，吳軍見到賈逵的人馬吃驚不小，他們吃不透曹軍的虛實，急忙撤了回去。賈逵連忙部署兵力扼守險要，做好一切防範措施；供應曹休部隊糧草，使潰退的官兵迅速恢復元氣。

過去，曹休曾在先帝曹丕面前說過賈逵的壞話，兩人的關係極為緊張。如今賈逵以國家的利益為重，不念舊惡，深入險境救了曹休一命，曹休對此感激不盡。

這一仗，由於曹休輕舉妄動，中計戰敗，使魏國受到很大損失。

點評

孫子認為打仗沒甚麼比爭先機更難。要得先機，往往要誘敵。

三國時，吳國的實力不如魏國。吳國要取得這場戰役的勝利，就必須以利引誘曹軍，使它上當受騙。周魴自髡詐降，就是用的這個辦法。

曹休接受詐降，領兵前來接應，吳軍已得作戰先機。曹休剛愎自用，行軍半途發覺中計仍前往；作戰時指揮無方，幾乎全軍覆沒。

曹軍的賈逵不失大將風範，不計前嫌，大膽深入險境救援曹休，化不利因素為有利因素，才使得曹軍不致全線潰敗。

戰場瞬息萬變，為將必認清形勢，正確決斷，這是獲勝的重要保證。

劉聰兵敗洛陽

公元304年，匈奴人劉淵在左國成（今山西離石東北）稱王，定國號為漢。公元308年，劉淵改稱皇帝，定都蒲子城（今山西隰縣），與晉廷分庭抗禮。第二年，遷都平陽（今山西臨汾西北），又向晉都洛陽逼近了二百餘里。

北方羣雄競起，西晉王朝岌岌可危，可是把持朝政的東海王司馬越卻只顧在朝中排除異己，擴充自己的實力，不把朝廷的安危放在心上。

劉淵見晉廷如此腐敗，心裏暗暗高興。公元309年春，他任劉景為滅晉大將軍，命他率領大軍沿着黃河向洛陽挺進。

劉景是個殺人魔王，沿途血洗無數村鎮。他迅速佔領了黎陽（今河南浚縣東北），在延津（今河南延津北）擊敗晉將王堪，俘獲百姓三萬餘人。嗜殺成性的劉景一聲令下，將三萬多百姓全部拉到黃河邊殺死。沿黃河幾十里，到處都是百姓的屍體。連殺人不眨眼的劉淵知道了這件事都覺得過於殘忍，將劉景貶為平虜將軍。

這一年的八月，劉淵改派劉聰率領大軍向洛陽攻去。晉懷帝司馬熾命曹武領兵抵禦，被劉聰一舉擊潰。劉聰領軍長驅直入，進抵宜陽（今河南宜陽）。漢軍剛紮下大營，忽有軍士向劉聰報告，晉弘農太守垣延前來歸降。劉聰大喜，連忙出帳相迎。

當天晚上，劉聰設下豐盛的酒宴款待垣延。劉聰得意洋洋地說：「識時務者為俊傑，將軍棄暗投明，乃是豪傑之舉，在下敬你一杯。」垣延連忙站起一飲而盡，說：「晉廷氣數已盡，漢帝如旭日東升！今蒙大將軍收容，在下感激不盡。」

劉聰志得意滿，左一杯右一杯喝得酩酊大醉，由部下扶回休息。他一上牀，便「呼嚕、呼嚕」沉沉睡去。夜半時分，侍衛一邊搖一邊喊：「大將軍，快醒醒，快醒醒！」劉聰終於睜開醉眼，咕嚕道：「甚麼事，這般大驚小怪。」

侍衛匆匆稟報：「垣延詐降，正領着晉軍在大營放火砍殺。」劉聰聽了不禁打了個哆嗦，酒意頓時消失，跑出帥帳一看，大營裏火光沖天，晉軍正揮舞着武器追殺從睡夢中驚醒的漢軍官兵。他急忙下令退軍，率領着衣甲不整的殘兵敗將撤了回去。

劉聰回到平陽不久，劉淵又命劉聰、王彌、劉曜、劉景率領五萬大軍，繼續攻打洛陽。並讓大司馬呼延翼率領步兵作為後援。

晉廷以為漢軍剛擊退，總會安穩一陣。沒想到才過一個月，漢軍捲土重來，勢如破竹，一下子攻到洛陽城下。大臣大驚，不知如何是好。北宮純挺身而出，領兵與匈奴兵一拼高低。涼州兵馬一向彪悍，可惜只有一千多人在京，現在是火燒眉毛，只得讓北宮純領兵抵禦一陣再說。

夜半，北宮純率領千多騎兵悄悄出城。劉聰一路未遇強敵，以為晉軍不堪一擊，上次兵敗，只是垣延詐降，上當而已。只等攻下洛陽，抓住垣延，千刀萬剮。沒想到晉軍中居然有勇夫，敢出城交戰。

北宮純一聲令下，一千多勇士風馳電掣般向漢軍大營衝去。巡邏的衞兵哪裏抵擋得住，涼州騎兵如同切瓜一般將漢軍的腦袋砍落在地。漢軍一片大亂，丟盔棄甲向北逃竄。逃到洛水邊，劉聰方才止住潰退的大軍。他恨得咬牙切齒，命漢軍沿着洛水結營，準備讓官兵稍稍恢復元氣，再向洛陽攻去。

半夜裏，軍營又是一片大亂。劉聰一躍而起，衣服也沒有來得及穿就跑出大帳。他順手抓住一個逃竄的士兵，喝問這是怎麼一回事。那名士兵告訴他，有人刺殺了大司馬投降晉軍。

劉聰放眼一看，四處都是亂軍，紛紛向北逃去。劉聰好不容易才勒住部下，不過已經有很多士兵逃離。劉淵得知這個情況以後，知道前線軍心不穩，命令劉聰班師。劉聰決心報仇雪恨，上書給劉淵：「晉室滅亡在即，不可因大司馬呼延翼遇刺就退兵。」劉淵批准了他的請求，讓他領兵繼續攻打洛陽。

劉聰十分迷信，認為自己屢屢失利，是因為不敬神明所致，正好嵩山離開駐地不算遠，他便留下劉厲、呼延朗防守大營，自己帶着一眾人馬，到嵩山去禮佛，祈求神靈保佑他早日攻陷洛陽。

消息傳到洛陽城，孫詢建議乘劉聰不在大營，發起突然襲擊。司馬越同意了他的建議，讓他率領三千人馬襲擊敵軍營寨。敢死隊迅速組織好，飛一般衝出宣陽門，向敵軍大營猛衝過去。漢軍無帥，不戰自亂，呼延朗倉促應戰，不及三合就被孫詢殺死；劉厲連忙拍馬過來應戰，被打得大敗而逃。他怕劉聰回來向自己問罪，一橫心跳水自盡。等到劉聰進香回來，看到這種情況，恨得牙癢癢的。他再也不敢逞強，接受了王彌的建議，領兵返回平陽。

點評

西晉經過八王之亂已是日薄西山，力量無法跟匈奴漢相比。劉聰領兵攻打，本應節節勝利，卻屢屢失敗，究其原因，因為屢屢喪失作戰先機。

劉聰第一次領兵攻打洛陽，被眼前小利迷惑，中了垣延的詐降之計，加上他自己過於託大，疏於防範，結果大敗而歸。

第二次領兵到了洛陽城下，由於狂妄輕敵，先是遭到北宮純夜襲，損兵折將。後來更是好笑，竟然祈求神靈幫助自己，神靈也幫不了他的忙，使他再一次鎩羽而歸。在戰場上求神無用，全靠自己。即使是敵弱我強，也不可輕敵，仍需爭奪作戰的先機。

原文

故軍爭為利，軍爭為危。舉軍①而爭利，則不及②；委軍③而爭利，則輜重捐④。

是故卷甲而趨⑤，日夜不處⑥，倍道兼行，百里而爭利，則擒三將軍⑦。勁者先，疲者後，其法十一⑧而至；五十里而爭利，則蹶⑨上將軍，其法半至；三十里而爭利，則三分之二至。是故軍無輜重則亡，無糧食則亡，無委積⑩則亡。

注釋

① 舉軍：帶着全軍所有輜重。② 及：及達，到達。③ 委軍：扔掉全軍的輜重。④ 捐：丟失。⑤ 趨：急速奔走。⑥ 處：休息。⑦ 三將軍：三軍將帥。⑧ 十一：十分之一。⑨ 蹶：跌倒，引申為受挫。⑩ 委積：物資儲備。

翻譯

爭奪作戰先機是有利的，爭奪作戰先機也會帶來危害。如果全軍帶上所有的輜重去爭奪作戰先機，就不能及時到達戰場；如果全軍扔掉所有的輜重去爭奪作戰先機，輜重就會丟失。

因此捲起盔甲輕裝疾進，日夜不停，一天走兩天的路程趕路，疾行百里爭奪作戰先機，三軍將領可能被敵人擒獲。隊伍中身體強壯的先到達，身體疲弱的後到達，這樣的做法只有十分之一的官兵能按時到達目的地；如果疾行五十里去爭奪作戰先機，就會使先頭部隊的將領受挫，這樣的做法只有一半的官兵能夠按時到達目的地；疾行三十里去爭奪作戰先機，三分之二的官兵能按時到達目的地。要知道軍隊沒有輜重不能生存，沒有糧食不能生存，沒有物資儲備不能生存。

孫臏擒龐涓

孫臏，是戰國時著名的軍事家，是《孫子兵法》的作者孫武的後裔。年輕時，孫臏曾經和龐涓一起學習兵法，後來龐涓在魏國做了將軍，生怕學識、才能比自己高出一頭的孫臏給自己帶來威脅，就把孫臏騙到魏國。魏王見到孫臏以後對他非常欣賞，使得龐涓對他更加妒嫉。龐涓假造罪名，將孫臏陷害。龐涓命人挖掉孫臏雙腿的膝蓋骨，並且在他的臉上刺字塗墨，想使孫臏從此以後再也不能出頭露面。

從此孫臏在魏國遠離塵世，含垢忍辱度日。有一天，他聽說齊國的使者到了魏國，便暗暗設法脫身。一天斷黑以後，他去拜見齊國使者，經過交談，齊國使者發現他是個人才，偷把他藏在車中，帶他到齊國。

到了齊國，孫臏得到大將田忌和齊王的賞識。公元前 353 年，魏國大將龐涓率軍攻打趙國首都邯鄲，趙國形勢十分危急。趙王向齊王求救，齊王以田忌為主將，以孫臏為軍師，率軍馳援趙國。田忌採用了孫臏「圍魏救趙」的計謀，在桂陵大敗魏軍，解救了趙國。

公元前 342 年，魏國攻打韓國，韓王向齊王求救。齊王把大臣們召來，商量這件事。大家眾說紛紜，莫衷一是。以相國鄒忌為代表的一派主張不去營救，認為讓魏韓兩國相鬥，齊國可以坐收漁利。以田忌為代表的一派主張前去營救，認為不去援救等於將韓國拋棄，而讓魏國獲利，如此一來，齊國就是魏國的下一個攻擊目標。

雙方爭執不下，齊王詢問孫臏的看法。孫臏說道：「依臣下之見，眼下救也不是，不救也不是。現在兩國剛剛交兵，我軍立即前去救援，變成我軍跟魏軍交戰，韓國反倒落得輕鬆。如果不去營救，田將軍所說的情況就會發生，這也不是我們所願意看到的。」

齊王一臉疑惑，問孫臏：「眼下該當如何？」孫臏說：「魏國此番出兵，意在滅韓。我們應當答應韓國的要求，促使韓國竭力抵抗。等到韓國危急之時，我們再出兵。援救了韓國，韓國一定會感激我們，如此一來，既能結韓之親，又能得韓之利，可謂一舉兩得。」齊王覺得孫臏說得有理，決定按照孫臏的辦法行事。

齊王對韓國的使者說：齊國很快就要發兵救韓，救兵未到以前韓軍要竭力抵禦。韓軍得知齊兵將至，軍心大振，擊退魏軍的一次次進攻。左等救兵不到，右等救兵不到，韓軍漸漸抵禦不住。韓王急紅了眼，連忙又派使者前往齊國。

這正是出兵的絕佳時機。齊王仍以田忌為主將，孫臏為軍師，率領十萬大軍援救韓國。兩人領兵不是前往兩國交戰的戰場，而是領兵攻打魏國的首都。

龐涓聞報齊軍攻向魏國的國都，連忙撤離戰場，火速回國馳援。孫臏得到龐涓返回的消息，對田忌說：「龐涓依仗魏軍強悍，一向看不起齊國軍隊。我們要因勢利導，讓他更加驕橫。魏軍越是輕敵，對我軍越有利。」

田忌問道：「該用甚麼辦法取勝？」孫臏說道：「兵法上說：疾行百里去爭利的，三軍將領可能被敵人擒獲；疾行五十里去爭利的，只有半數人馬能按時到達。為了使魏軍疾行爭利，我們可用此等計謀。」他將減灶之計細細說給田忌聽，田忌認為大妙，決定依計而行。

龐涓領兵回到魏國，齊軍已經越過邊界進入魏國境內了。龐涓不敢耽擱，急忙領兵追趕。他一面追趕，一面留意齊軍安營處的痕跡。追到齊軍第一天安營的地方，龐涓讓人數一數鍋灶的數目，推算出齊軍有十萬人。第二天，又發現齊軍安營的痕跡，數一數鍋灶的數目，推算出齊軍為五萬人。等到他追到齊軍第三天安營之處，細細一數鍋灶的數目，推算下來齊軍只有三萬人了。

龐涓大喜，喜滋滋地說：「我早就知道齊軍膽怯，現在看來一點兒不假。他們進入魏國境內時有十萬人，第二天為五萬人，第三天只有三萬人，逃亡的官兵已經超過一半了，這樣的軍隊自然不堪一擊！」他當即作出決定，丟下輜重和步卒，只率領精兵日夜兼程追趕齊軍。

他哪裏知道，這是孫臏的計謀，故意製造假象給他上當。孫臏計算一下龐涓的行程，魏軍當在傍晚時分趕到馬陵（今山東革縣西南）。馬陵那裏地勢險峻，道路狹窄，難以通行。孫臏讓官兵們砍倒許多大樹，堆放在路中央；把附近一棵樹的樹皮刮掉，在白色的樹幹上寫上幾個大字，然後在山坡上埋伏一萬名弓箭手，命令他們：「夜晚只要看到火光，一齊向火光處射箭。」一切安排妥當，只等龐涓前來受死。

天剛斷黑，龐涓果然領兵來到馬陵。忽然先頭部隊向他報告，齊軍在路上堆滿了砍倒的大樹，擋住了大軍的去路。龐涓來到被堵處，細細察看情況。他發現路邊的樹上彷彿有字，於是大步向前，讓士兵點起火把，細看上面寫的是甚麼字。不看則已，一看差點兒把他氣昏，上面赫然寫着：「龐涓死於此樹下！」

埋伏的一萬名弓箭手見到火光，一齊向火光處射箭，霎時間，矢如飛蝗，魏軍在狹窄的山道上擠成一團，根本沒法躲避，官兵們紛紛中箭身亡。忽然，埋伏着的齊軍如同猛虎下山，向魏軍直撲過來。龐涓知道敗局已定，拔出劍長歎一聲：「終於成就了這小子的名聲！」說完這句話，一狠心用劍自刎。

龐涓一死，魏軍更是一片混亂，很快就被齊軍殲滅。這一仗魏軍損失慘重，不僅損兵折將，連太子申也被齊軍生俘。

點評

齊魏馬陵一戰，是孫臏對孫武「軍爭」思想的典型運用。

為了使龐涓「百里而爭利」，孫臏使用了「減灶」之計。龐涓誤以為齊軍膽怯而逃亡過半，方才下定決心「卷甲而趨，日夜不處，倍道兼行」，導致最終魏軍全軍覆沒，自己身敗名裂的結果。

馬陵一戰具體說明了「故軍爭為利，軍爭為危」，也就是說，必須辯證地看待「軍爭」問題，清醒地認識它的「為利」、「為危」的兩個方面，不可盲目爭奪作戰先機。後人必須準確地理解孫子的戰略思想，在實戰中正確地加以運用。

武靈王胡服騎射

戰國時的趙武靈王，是趙國的第六位國君。他繼位以後，經常考慮如何富國強兵的大事。有一天，他在宮中閒坐，親信大臣肥義在一旁陪着他聊天。

武靈王深有感觸地說：「作為國君，要發揚光大先人留下的功業，作為臣子，要忠心耿耿地輔佐國君成就大業。現在，我想成就先人簡子、襄子開闢的事業，可是，有多少人能夠理解我的用心呢？」

肥義知道，武靈王說這番話，有他的緣由。前些日子，武靈王帶着文武大臣外出巡視，從房子（今河北高邑東南）經代地（今河北蔚縣一帶）抵達蒙古草原。回到都城以後，武靈王總是若有所思，曾經多次跟他說起過胡人身着短衣，腳蹬皮靴，英姿颯爽騎馬馳騁的事。

那時候，出兵征戰主要依靠步卒和戰車，當時的軍事單位叫「乘」。一個國家軍事力量的大小也是用「乘」來衡量，如「五百乘」、「千乘」。可是，戰車行動十分不便，它要四匹馬來拉，在崎嶇的小路上難以行駛。看看那些胡人，飛馬揚鞭，絕塵而去，行動自如，不被崎嶇的道路阻攔。武靈王想改變漢人軍隊的戰法，讓官兵們不再穿肥大的長衫，改穿窄袖短衣；不再使用戰車，改為騎馬作戰。過去武靈王曾經跟文武大臣提起過這件事，可是遭到大家的反對。唉，要進行改革實在是難吶。

肥義對靈王說：「大王決心改革軍隊，要官兵穿胡人服裝騎馬射箭，不要考慮世俗偏見。您認為這樣做對國家有利，那放手去做吧。」

武靈王又把大臣樓緩找來，商量這件大事。武靈王說道：「先王南征北戰，歷盡千難萬險，成就了一番事業。現在中山國位於我國之中，北有燕國，東有齊國，西有秦國，還有東胡、林胡、樓煩等在我國四周，我們四面被敵人包圍，要是不加強國力，那就危險了。我想從改革軍隊入手，先讓他們穿着胡人服裝，這樣行動起來方便得多；然後再讓他們練習騎馬射箭，使軍隊更有機動性，更有戰鬥力，你看如何？」樓緩不住地點頭，完全同意武靈王的意見。

這件事很快就傳了出去，人們議論紛紛，不少大臣認為，這樣做壞了祖宗留下的規矩，體統何在！這些議論傳到武靈王的耳朵裏，靈王又有些顧慮。他又把肥義找來，商量這件事。

肥義說：「自古以來，成就大事的人不怕別人非議，只考慮這樣做能不能有所成就。做事猶豫就不能獲得成功，馬上就要行動不能顧慮重重。大王打算這樣做，就要下定決心。」武靈王聽了這番話，堅定了改革的信心。

武靈王首先把自己的這個決定告訴叔父公子成，希望能得到他的支持。豈知公子成不但不同意，還發了一通謬論：「中原一帶都是受過聖賢教育的禮儀之邦，四方蠻夷都要向中原學習，而大王卻要我們仿效胡人，這豈不是本末倒置！在朝堂裏穿着胡人的衣裳，難道就不怕丟人現眼？自古以來的禮儀，豈可就此改變！」他索性裝病呆在家裏，不再上朝理事。

公子成是朝廷裏有威望的大臣，做通了他的思想工作，「胡服騎射」就能順利推行。武靈王決定親自登門，前去探望公子成。看到武靈王親自前來，公子成有些意外。武靈王先向公子成問候一番，隨後向他仔細說明「胡服騎射」的好處和這項改革的必要性。聽了武靈王的詳細說明，公子成終於明白過來，表示一定盡全力支持武靈王。武靈王見時機已經成熟，讓隨從把胡服拿過來，賜給公子成。

第二天上朝，武靈王、公子成、肥義、樓緩都穿着胡服走進朝堂，一個個神采奕奕。文武大臣見到這個場景，一個個目瞪口呆。武靈王在朝堂上發佈命令：從今以後，無論貴賤，無論貧富，一律改穿胡服。現在，連公子成都穿上了胡服，那些反對的人還有甚麼好說的！

隨後，武靈王挑選一批年輕力壯的士兵，組成一支騎兵部隊。他親自訓練這些士兵，讓這些士兵學習騎馬射箭。武靈王明白，胡人的騎兵雖然勇猛，但是他們也有缺點，那就是作風散漫。因此，武靈王除了要求他們嚴格習武，還對他們提出嚴格要求，使他們成為一支訓練有素的堅強隊伍。不到一年的功夫，一支嶄新的騎兵隊伍出現在趙國軍隊的行列中。

公元前306年，趙武靈王親自率領這支騎兵隊伍出征。兵鋒所及，無人抵擋，一舉擊敗中山國，又收服了胡人的一些部落，「胡服騎射」初見成效。趙國從此強大起來，一時成為可以與秦國一比高低的北方強國。

點評

趙武靈王「胡服騎射」，是我國軍事史上的一件大事，對當時和後世的政治、軍事都產生了巨大影響。

有了步兵以後，戰車的出現，對軍隊的發展、戰爭的勝負影響很大。有了戰車，部隊的機動性、戰鬥力都得到很大提高。春秋戰國時代，一個國家軍事力量的強弱，都以戰車的多少作為衡量的標誌。

隨着時代的發展，部隊的裝備、作戰的模式都要發生變化。在那個時代，首先做出改變的是趙武靈王。相對而言，騎兵的機動性要比步兵、戰車好得多，部隊的戰鬥力也得到提高。「軍爭」最大的隱患是「百里而爭利，其法十一而至，五十里而爭利⋯⋯其法半至」，騎兵的出現在很大程度上解決了這個問題。

軍隊裝備的變化、作戰模式的改變，一直是軍事史上的重大問題。戰國時的趙武靈王勇敢地邁出了這成功的一步，在我國古代的軍事史上留下了濃墨重彩的一頁。

原文

故三軍可奪氣①，將軍可奪心②。是故朝氣銳，晝氣惰③，暮氣歸。故善用兵者，避其銳氣，擊其惰歸，此治氣④者也。以治⑤待亂，以靜待嘩，此治心⑥者也。以近待遠，以佚⑦待勞，以飽待飢，此治力⑧者也。無邀⑨正正之旗⑩，勿擊堂堂之陳，此治變者也。

注釋

① 奪氣：挫傷銳氣。② 奪心：喪失信心。③ 惰：懈怠。④ 治氣：掌握士氣。⑤ 治：嚴整。⑥ 治心：掌握心理。⑦ 佚：同「逸」，安逸。⑧ 治力：掌握戰鬥力。⑨ 邀：邀擊，迎擊。⑩ 正正之旗：旗幟嚴整的隊伍。

翻譯

對付敵人的軍隊可以挫傷他們的銳氣，對付敵人的將領可以使他喪失信心。軍隊剛投入戰鬥時士氣旺盛，過了一段時間就懈怠了，到了後來士氣就衰竭了。所以善於用兵打仗的人，在敵人士氣正盛時避免與它交戰，在敵人懈怠思歸時攻擊它，這就是掌握敵人士氣的方法。以自己的嚴整等待敵人混亂，以自己的鎮靜等待敵人浮躁，這是掌握敵人將領心理的方法。以自己接近戰場等待遠來之敵，以自己的安逸等待敵人疲勞，以自己的飽食等待敵人飢餓，這是掌握戰鬥力的方法。不去迎戰旗幟嚴整的敵人，不要去攻擊陣容強大的敵人，這是掌握機動變化的方法。

秦晉崤之戰

春秋中期，西部的秦國再不是邊陲小國，已逐漸強大。秦穆公一心想向東擴張，可是道路為晉國所阻。公元前628年，機會似乎來了，鄭文公和晉文公相繼去世。協助鄭國守城的秦國大夫杞子向秦穆公密報：「鄭國人讓我掌管鄭都北門的鑰匙，這是好機會。假如秦國悄悄派兵，我在鄭都作內應，鄭都能夠輕而易舉地拿下。」

秦穆公有點拿不定主意。突襲鄭都，將鄭都拿下當然是天大的好事，可打開向東拓展的大門，但秦國鄭國相隔千里，當中還隔個晉國，這事成不成，似乎難判斷。秦穆公決定向老臣蹇叔討教，希望得到支持。

豈料蹇叔兜頭給了秦穆公一瓢冷水，說道：「出動大軍向千里之外的國家發起偷襲，這樣的事聞所未聞。經過千里行軍，我軍已經非常疲勞，再讓他們衝鋒陷陣，大概不行吧。請大王仔細想一想，秦軍跑到那麼遠的地方去打仗，怎能不讓別人知道？鄭國國君知道了這件事，一定做好了防備。這場戰鬥本來是偷襲，鄭國有了防備我軍必定無功而返。大軍辛辛苦苦跑了那麼遠的路，結果一無所獲，這麼一來，官兵必定會引起波動。到了那個時候，只怕會出現危險的情況。」蹇叔苦口婆心地說了半天，秦穆公卻越聽越氣。本來是想讓他給自己打氣的，沒料想他卻說出這麼些掃興話。他搖了搖頭，拒不聽從蹇叔的意見。

秦穆公召來孟明、西乞、白乙，任命他們為統帥，率領大軍前往鄭都。出兵之前，在東門外舉行閱兵儀式，秦穆公和大臣們到那裏為大軍送行，祝他們凱旋而歸。

就在這時，蹇叔突然痛哭起來，拉着孟明的手說：「孟子，今天我能看到大軍出發，日後卻不能看見你們回來啊！」

誰也沒想到蹇叔會在這種場合說出這種喪氣話，全都變了臉色，秦穆公更是怒不可遏，派人去痛罵蹇叔：「你這個老不死的東西，要是你短壽的話，你墓前的樹木已經能夠合抱了，怎麼會在現在說這種昏話！」

蹇叔的兒子也在出征的隊伍中，他便對兒子說道：「晉軍一定會在崤山（今河南陝縣東）那裏設下埋伏，攻打我們的部隊。那裏有兩座山陵，地勢險峻，難以對敵。你們一定死在那裏，以後我到那裏去收你的屍骨。」

鄭國有個商人名叫弦高，打算到外面去做生意。到了滑國，正好遇上秦國的軍隊。弦高感到奇怪，秦國軍隊怎麼會在這裏？細細一打聽，原來秦軍要對鄭都發起突襲。這該怎麼辦才好？弦高想了想，便有了主意。

弦高連忙買了四張熟牛皮和十二頭牛迎了上去，說：「我國的國君聽說你們行軍要經過鄭都，讓我等在這裏犒勞你們。我們鄭國不富裕，你的部下要是久住的話，住一天就供給一天的食糧；要是離開鄭國，我們就準備好那一夜的保衛工作。」這裏穩住了秦軍，弦高隨後立即向鄭國報告敵情。

鄭穆公得到敵人來襲的消息，立即派人去查看幫着守城的秦軍的住處。不看則已，一看嚇人一大跳，原來秦軍已經厲兵秣馬，做好戰鬥準備了。鄭穆公感到事態嚴重，讓皇武子去下逐客令：「你們在敝國居住的時間很長了，敝國東西很快要吃完了，現在你們也該要走了吧。」杞子一聽傻了眼：大事不好，密謀已經走漏了，這裏已經不能再呆下去，趕緊逃命要緊。杞子急急忙忙逃往齊國，另外兩名將領匆匆逃往宋國。

孟明得到消息，歎了一口氣說：「唉，鄭國已經有了防備了，再去攻打沒有辦法攻克，把鄭都包圍起來又沒有後援，我們還是回去吧。」既然已經來到這裏，也不能空手而回，於是順手牽羊把滑國消滅，然後登上了歸程。

晉國怎肯放過秦軍？這還得了，秦軍不僅在晉國遭遇國喪時把大軍開到晉國國門，而且滅掉了晉國的同姓國滑國，這分明是在示威。那時晉文公還沒有下葬，於是晉襄公把白色喪服染黑，領兵在崤山設下埋伏，一舉將秦軍全殲。秦軍統帥孟明、西乞、白乙沒能逃脫，做了晉軍的俘虜。

點評

在秦晉爭霸戰中，崤之戰是一場重要的戰役，這場戰役以秦軍全軍覆沒而告終。

從兵法上看，秦軍失敗為必然。首先，千里奔襲而不讓敵人知道是不可能的，其結果是「三軍奪氣」、「將軍奪心」。其次，蹇叔已經警告他們晉軍會在崤山設下埋伏，秦軍居然仍然沒有做好防備，可見何等輕敵。晉軍勝利也為必然。晉軍是在秦軍返回時發起進攻，此為「擊其惰歸」；晉軍先設好埋伏，等待秦軍到來，此為「以佚待勞」。如此種種，不勝而何！

戰例

周亞夫平叛

漢高祖劉邦奪取天下以後，分封了許多同姓王。劉邦想的倒是挺好，同姓王和皇上是一家子，那些同姓王在四周如同眾星拱月一般護衞着皇上，一旦皇上有難，八方藩王前來支援，如此一來，劉氏的天下就是鐵打的萬年江山。

事情並不像劉邦當初想像的那樣，兩三代以後，那些同姓王日以坐大，漸漸對朝廷構成威脅，朝廷已是尾大不掉，對那些王爺們無可奈何。

漢景帝即位以後，中央政府與各地藩王的矛盾日益激化。為加強中央政府的權力，漢景帝採納了晁錯的建議，決定「削藩」。同姓王對此強烈不滿，聯合起來反叛。公元前154年，吳王劉濞親自領兵二十萬，北渡淮河，會合楚軍，首先向梁國發起進攻。漢景帝只得殺了晁錯以平眾怒，可是那些藩王依舊不依不饒，繼續發動猛攻。叛軍氣勢旺盛，朝廷軍節節敗退。面對嚴峻的現實，漢景帝決心平叛。

景帝以周亞夫為統帥，率領大軍迎戰叛軍。當時叛軍正在全力攻打梁國，梁王向朝廷求救。景帝命令周亞夫火速馳援梁國，周亞夫上書給景帝：「眼下叛軍士氣正盛，難以與之爭鋒，希望梁國能夠自守。臣領兵繞到叛軍背後，截斷叛軍糧道，再予以痛擊。」他的這個作戰計劃，得到漢景帝的同意。

滎陽是扼守東西兩路的要衝，必須搶先控制。周亞夫率領大軍，向滎陽挺進。行至霸上，一個名叫趙涉的人攔住了周亞夫的去路，說：「將軍平定吳楚叛軍，勝則國家得以安定，敗則國家處於危險之中，我有條計謀，不知將軍願不願意聽一聽？」

周亞夫立即下車，向趙涉請教。趙涉說：「吳王聞報大軍已出，一定在東路的險要之處設下了埋伏。將軍何不繞道而行，走藍田，過武關，然後插向洛陽。按這樣的路線行軍，到達目的地只不過晚了一兩天，這樣的行動卻完全出於叛軍預料，能夠取得作戰先機。」

周亞夫採納了他的意見，命令部隊走藍田、武關一線。官軍到了洛陽，首先控制了武庫，然後直向滎陽奔去，搶先佔領了滎陽。各反叛諸侯得到消息，大吃一驚，不知官軍何以突然從天而降。

官軍然後兵分兩路，一路切斷叛軍糧道，另一路襲擊叛軍後方重鎮昌邑。佔領了昌邑之後，周亞夫下令加強防禦，堅守城池。

周亞夫的作戰計劃完全打亂了吳王的作戰部署。吳王萬萬沒有想到官軍不與自己交鋒，抄到了自己背後。幾個月過去了，由於叛軍的糧道被切斷，糧草漸漸不繼，大軍沒有飯吃，如何作戰？想退回吳國，又被朝廷軍截斷了退路，無法返回。

叛軍到了昌邑城下，向朝廷軍猛攻。周亞夫命令堅守城池，不許出戰。一天晚上，吳王劉濞揮軍直撲昌邑城下，吶喊震天動地。衛士連忙報告，周亞夫依舊在牀上，不理睬。過了一會兒，叛軍人馬呼嘯着奔向昌邑的東南角，周亞夫聽到報告，一躍而起，領兵向西北角直奔。原來叛軍虛張聲勢要攻打東南角，重兵卻趕到西北角，打算打一個冷不防。沒料想周亞夫識破了他們的詭計，在西北角等他們。一場惡戰下來，吳王劉濞打得大敗，叛軍銳氣全無。

劉濞知道已經無法取勝，惶惶然逃竄。周亞夫領兵緊追不捨，連敗叛軍，叛軍漸漸逃散，劉濞成了孤家寡人。罪魁禍首豈可放過，周亞夫以千金懸賞劉濞的人頭。一個月以後，越地的百姓誘殺了劉濞，把他的頭顱送到了周亞夫的面前。參加叛亂的其他諸侯王得知吳王劉濞已死，有的自殺，有的投降。

由於周亞夫採取了正確的作戰方針，只用了三個月就平定了這場叛亂。發動這次叛亂的首惡是吳王劉濞，參加叛亂的有楚王劉戊、趙王劉遂、濟南王劉辟光、淄川王劉賢、膠西王劉卬、膠東王劉雄渠，史稱「七國之亂」。

點評

「七國之亂」是西漢初年中央政府與地方藩王的一次爭鬥，最後以叛亂被迅速鎮壓下去而告終。

周亞夫不愧為一代名將，運籌帷幄，臨危不亂，始終主導着平叛的戰爭過程。叛軍初來時氣勢洶洶，周亞夫避其銳氣，不與之交戰，領兵繞道至其背後，切斷他的糧道，截斷他的退路，以達到挫其銳氣、亂其心志的目的。等到吳王準備退兵，叛軍官兵疲憊不堪、飢餓難忍時，周亞夫迅速發起反攻。這時叛軍已經是強弩之末，被周亞夫一舉擊潰。

原文

故用兵之法：

高陵勿向①，背②丘勿逆③，佯北④勿從⑤，銳卒勿攻，餌兵⑥勿食，歸師勿遏⑦，圍師必闕⑧，窮寇⑨勿追，此用兵之法也。

注釋

① 向：面對，指仰攻。② 背：背靠。③ 逆：攻擊。④ 北：敗退。⑤ 從：跟在後面，指追擊。⑥ 餌兵：誘兵。⑦ 遏：阻擋、阻擊。⑧ 闕：通「缺」，缺口。⑨ 窮寇：陷入絕境的敵人。

翻譯

用兵的法則：

敵人佔據了山地不要去仰攻，敵人背靠山地不要去正面攻擊，敵人假裝敗退不要去追擊，精鋭的敵軍不要去攻擊，敵人的誘兵不要去攻打，潰退的敵軍不要去阻截，將敵人包圍了要留出一個缺口，敵人已經陷入絕境不要急於迫近。這就是用兵打仗的法則。

耿弇連下兩城

王莽篡漢以後，天下大亂，經過多年紛爭，劉秀於公元 25 年在鄗（今河南柏鄉北）稱帝，東漢王朝建立。

當時，天下仍然很不穩定，許多豪強割地盤踞，對朝廷構成很大的威脅。山東的張步，也是其中的一個，他佔據齊地十二郡，與東漢朝廷對峙。那時候，劉秀還顧不上張步，便想採取懷柔政策，將張步收服。他派光祿大夫伏隆前往齊地，封張步為東萊太守。豈知張步將伏隆殺害，投靠了也在稱帝的劉永。

這可真是敬酒不吃吃罰酒，光武帝劉秀決心將張步除掉。年輕的建威將領耿弇主動請命，要求率軍前往齊地，剷除張步。劉秀認為屢立戰功的耿弇能夠勝任這一重任，答應了他的請求。

公元29年秋，耿弇率軍東進，渡過黃河，抵達洛水西岸。張步聞報朝廷派耿弇領軍前來，心裏有些發怵。這個小伙子雖然年輕，卻是劉秀手下的一員悍將，在戰場上立下了許多大功。他不敢怠慢，連忙派自己的親信費邑率領主力駐紮歷下（今山東濟南），抵禦朝廷軍；又分兵駐紮祝阿（今山東齊河），與歷下的駐軍遙相呼應。還在附近結營十餘座，互相策應。張步將一切部署完畢，總算放下心來，耿弇就算是天神下凡，他的三萬人馬也鬥不過自己的十幾萬大軍。

耿弇沒有馬上發動進攻，先派人偵察敵情。他將探馬報來的情報綜合後加以分析，認為祝阿的兵力最弱，要撕開敵人的防線，必須從祝阿下手。只要斷開一處，敵人就會全線動搖。

他率領大軍渡過洛水，以迅雷不及掩耳之勢來到祝阿城下，耿弇下令從三面猛攻城池，留下了一個缺口。朝廷軍發動一次次猛攻，敵人在守將的督促下抵禦，雙方打鬥了大半天，守軍漸漸抵禦不住，守軍漸漸發現，耿弇的部隊只從三面攻城，一面安然無事，既然還有地方跑，為甚麼還要在這裏拼命？

突然間，有人向沒有戰鬥的一面跑過去，逃出了刀光劍影的祝阿。這下子就像黃河決了口，守軍全向那邊湧過去，推推搡搡跑了個罄盡，剛才還吶喊聲響成一片的城頭，一下子安靜下來。有人要去追擊敗軍，被耿弇攔住。

祝阿城拿下來了，官兵們這才明白耿弇攻打三面的用意：特地留下的這一面，就是讓守軍逃竄，避免攻城時遭受更大的傷亡。有人覺得讓不少敵人跑了，甚為可惜，耿弇笑着說道：「哈哈，這些敗兵是我攻下鍾城（今山東禹城東南）的先鋒。」官兵們弄不清這是甚麼意思，耿弇笑着說：「到了鍾城城下便知。」

耿弇領兵迅速趕往鍾城。到了離開鍾城不遠處，有人突然叫了起來：「奇怪呀，怎麼城門洞開？莫非城裏有伏兵？」耿弇若無其事地說了一句：「只管放心大膽進城。」

進了鍾城一看，根本不見守軍的蹤影，兵器、輜重丟棄得到處都是。原來，從祝阿跑來的敗兵一個個心驚膽戰，把耿弇說成天神一般，鍾城的守軍聽得心驚肉跳，隨後聽說耿弇領兵就要殺到，守軍頓時作鳥獸散。

耿弇一日連破兩城，嚴重地打擊了張步官兵的鬥志。以後又經過多次戰鬥，終於將張步徹底擊潰，張步走投無路，只得向耿弇乞降。

點評

公元 60 年，漢明帝劉莊在南宮雲台閣命人畫了二十八位大將的人像，這二十八位大將都是開創東漢的功臣。其中，有幅畫像就是耿弇。耿弇在與張步戰鬥中，一日連破兩城，被後世傳為美談。這次戰鬥，是「圍師必闕，窮寇勿追」的典型戰例。

耿弇的高明之處在於，不僅在攻打祝阿時故意留下一個缺口讓敵人逃跑，避免自己的部隊遭受更大的傷亡；不去追趕逃兵，免得敵人無路可逃以死相拼，而且讓敗軍將恐懼心理帶到鍾城，使得鍾城的敵人望風而逃，兵不血刃地將鍾城拿下。

戰例

魏梁鍾離大戰

南朝梁天監年間，北魏企圖一統天下，不斷向梁發起進攻。公元 506 年，北魏宣帝為了奪取淮南地區，增派十萬大軍南下，由安樂王元詮督領。梁武帝不甘示弱，派他的弟弟臨川王蕭宏率領百萬大軍北上，迎戰北魏軍。

這一次梁武帝可是下了血本，北伐軍不僅兵多將廣，武器裝備也十分精良。大軍到達洛口，一舉攻克梁城（今安徽淮南古洛西）。梁軍諸將想乘勝推進，膽小如鼠的蕭宏卻止住了大軍。

九月二十七日夜間，忽然颳起了大風，不一會兒，又下起了暴雨，狂風呼嘯，大雨「嘩嘩」直下，如同千軍萬馬在奔騰。蕭宏以為敵人殺過來了，嚇得渾身發抖，臉色蒼白，呆了半晌，帶着親信呂僧珍和幾名隨從騎馬南逃。諸將有事稟報，到處找不到他的人，找遍了各軍各個營壘，就是不見他的蹤影。有人看見蕭宏冒雨逃跑，諸將這才知道他的下落。官兵們聞知蕭宏逃去，頓時大亂，一個個丟盔棄甲，一齊南逃。當時風急雨狂，眾將無法禁阻，眼睜睜地看着百萬大軍霎時散去。

魏兵不費一兵一卒，靠老天爺相助就將百萬梁軍嚇退，這真是千古奇聞，笑倒了魏軍官兵。

不過，梁朝也有不少英勇善戰的將領，豫州刺史韋睿就是其中一位，由於他的頑強抵抗，魏軍才未能將淮南地區佔領。魏軍官兵編了一首歌謠：「不畏蕭娘與呂姥，但畏合肥有韋虎。」他們把蕭宏和呂僧珍比作女人，稱他們為「蕭娘」和「呂姥」；視韋睿為虎將，稱之為「韋虎」。

公元 507 年，北魏中山王元英率領大軍長驅直入，一下子將鍾離層層包圍。梁軍將領昌義之駐守在那裏，率領三千官兵全力抵禦。北魏宣武帝知道昌義之英勇善戰，讓蕭寶寅領兵與元英會師。

鍾離的告急文書不斷地飛向朝廷，可是援軍卻遲遲未到，昌義之率領官兵苦苦支撐。鍾離城的北邊有淮水相阻，魏軍為了便於進攻，架起了橋樑溝通南北。元英在淮水南岸攻城，平東大將軍楊大眼在淮水北岸築起城堡，以便糧食運送的暢通。

鍾離的護城河很深，元英命令戰士用土填平。步兵在前面運土，騎兵在後面監督，城頭的飛矢不斷射下，許多士兵中箭身亡。元英不讓人將那些屍體運回，命令緊跟着的士卒連屍首帶土一起埋入護城河中。護城河填平以後，元英下令用衝車猛撞城牆。無奈鍾離城牆堅固厚實，只能撞碎些磚石，無法將城牆撞破。

元英見這個辦法不行，命令官兵架起雲梯攻城。北魏士兵由將領監督，不斷地爬上雲梯。上面的人摔下來，下面的人緊跟着爬上去；雲梯壞了，新的雲梯又架上去。魏軍輪流交替，每天都要跟守軍交鋒十多次。多日下來，魏軍損失了幾萬人，屍體堆得差不多跟城牆一般齊。

幾個月下來，魏軍沒能攻下鍾離城。北魏宣武帝下詔要元英撤軍，元英覺得自己率領幾十萬大軍，居然攻不下小小的鍾離城，實在臉上無光，便上書給宣武帝，請求寬限些時日，一定要攻下這座城池。

梁武帝聞報鍾離城危若累卵，下詔給豫州刺史韋睿，命他領兵與曹景宗的軍隊會合，援救鍾離城。韋睿為了儘快趕到前線，領兵從小路前往，途中遇到澗谷擋住了去路。韋睿仔細察看了一番，讓一名勇士像盪鞦韆一樣盪上對面崖頂，架起飛橋使大軍通過。只用了十天時間，韋睿就趕到了目的地。

跟曹景宗會合以後，韋睿迅速趕到前線。韋睿連夜派兵摸向前，在距北魏軍城堡僅百步遠的地方挖好戰壕，築起堡壘。天亮以後，北魏中山王元英見了大吃一驚，連連用手杖敲擊地面，説道：「這個韋睿真是名不虛傳，莫非有神靈在暗中護佑！」北魏官兵看到梁軍新築的陣地，個個心中畏懼。

魏將楊大眼勇冠三軍，所向披靡，他就是不服氣，率領一萬多騎兵向韋睿的陣地發起衝擊。韋睿命令官兵用戰車連起來佈成一條防線，組織了兩千名弓弩手用強弩集中目標射擊。強弩力足，雙方的距離又近，敵騎的鎧甲被射穿，紛紛落馬倒斃，楊大眼見一箭當胸飛來，趕緊側過身子一偏，箭射穿了他的右臂，手中的武器把握不住，「哐」的一聲墜落在地。楊大眼無力再戰，忍痛領兵退回。

第二天，元英親自領兵攻打韋睿的陣地。韋睿從容不迫，指揮若定，一日之內擊退北魏軍的多次攻擊。元英於心不甘，當夜又催動大軍攻擊韋睿軍的堡壘。魏軍的箭支如雨點般射來，韋睿的兒子請求他下去躲避，韋睿怒喝一聲，站在上面不肯離開。官兵們見了深受感動，奮力與敵人搏鬥。兩軍混戰了一夜，直到拂曉時分，元英方才恨恨領兵返回。

曹景宗見楊大眼不斷派兵前來騷擾，便在距他城堡幾里處修建堡壘。楊大眼親自領兵前來攻打，企圖不讓梁軍將堡壘建成。曹景宗領兵迎戰，雙方戰成一團。楊大眼箭傷未癒，力不從心，鬥不過曹景宗，只得領兵撤回。曹景宗命令士兵加速築建，很快就將堡壘建成。從此以後，楊大眼再也不能前來騷擾了。

雙方就這樣對峙着，誰也不再輕易發起進攻。北魏軍在淮水上建有兩座橋，兩岸的北魏軍來去自如。梁武帝接到戰報，命令曹景宗、韋睿攻打這兩座橋，曹景宗攻打北橋，韋睿攻打南橋。

那時正是三月，連日大雨，淮水暴漲。梁軍在船上裝滿草，草上澆上油，從上游順風縱船放火焚燒橋樑。許多火船飛速順流而下，不少船碰上橋柱就停下了，一時間火光沖天，煙塵蔽日，兩座橋樑被燒毀，淮水兩岸的北魏軍失去了聯繫。

這時候，梁軍發起反攻，將領們衝在前面，士卒緊隨其後。元英見橋被燒毀，棄軍脫身逃走，楊大眼見敗局已定，燒毀大營向北逃竄。淮水南岸的北魏官兵喪失了鬥志，紛紛跳水逃命。當時水流洶湧，被淹死的北魏官兵有十多萬人。還有十多萬人被斬殺，五萬多官兵被生擒。

率領三千多官兵堅守鍾離城的昌義之看到梁軍大獲全勝，激動萬分，他說不出別的話，只是不斷地說：「得以再生！得以再生！」

三將英勇奮戰，擊潰強敵，守住了淮南地區。從此以後，北魏軍不敢輕易南下。

梁魏鍾離之戰，是用堅城固守和外圍增援內外夾擊打敗敵人的典型戰例。

北魏軍之所以失敗，主要是犯了三個錯誤。一是拼命攻打城池堅固的鍾離，違背了「高陵勿向」的原則。因為是登高仰攻，對進攻非常不利，遭受重大傷亡。二是明知昌義之、韋睿軍是「銳卒」，偏偏還要主動與之交戰，違背了「銳卒勿攻」的原則，因此一敗再敗，挫傷了銳氣。三是戰術運用失當，沒能充分發揮自己兵多的優勢。三者有一已是致命的錯誤，何況三者俱全！

《九變》主要談用兵打仗時不可窮盡的變化方式，指揮作戰的人要根據不同的情況採取不同的戰略戰術。孫子指出，將帥領兵出征，險要難行的地方不要安營紮寨，處於絕地不要停留，處於容易被敵人包圍的地方要設法脫身，處於死地要拼死作戰。孫子認為，將帥必須精通各種地形的機變運用，有的道路雖然可走卻不走，有的敵人雖然可攻擊卻不攻擊，有的城池雖然可攻打卻不攻打，有的地方雖然可以爭奪卻不爭奪。孫子大膽提出，根據實際情況的需要，「君命有所不受」。考慮問題必須兼顧利、害兩方面，在有利的情況下要想到不利的因素，在不利的情況下要想到有利的因素。孫子特別指出，不能依賴敵人不來攻打，而要依靠我們有所準備嚴陣以待；不要寄希望敵人不進攻，而要依靠我們有敵人不能發起進攻的實力和策略。

孫子曰：凡用兵之法，將受命於君，合軍聚眾，圮地①無舍②，衢地③交合④，絕地⑤無留，圍地⑥則謀，死地⑦則戰。

|注釋|

① 圮地：山陵、水網、阻塞、險要等難於通行的地方。② 舍：駐紮，安營紮寨。③ 衢地：道路四通八達、幾國交界之地。④ 交合：與鄰國結交。⑤ 絕地：難於生存的地方。⑥ 圍地：進退困難易於被包圍之地。⑦ 死地：陷入絕境不戰則死的地方。

|翻譯|

孫子說：大凡用兵打仗的規律，將帥從國君那裏接受命令，徵集兵員編制成軍隊出征，險要難行的地方不要安營紮寨，在與多國交界的地方要和諸侯結交，處於絕地不要停留，處於容易被敵人包圍的地方要設法脫身，處於死地要拼死作戰。

望梅止渴

東漢末年，朝廷日趨腐敗，宦官、外戚激烈爭鬥，豪強地主大肆兼併土地，廣大勞苦大眾生活在水深火熱之中。公元 184 年，終於爆發了波及全國的黃巾起義。

在鎮壓農民起義的過程中，各地豪強乘機而起，割據自雄，驃騎將軍張濟就是其中之一。經過多年征戰，張濟的兵力越來越強大，成為中原屈指可數的人物之一。公元 196 年冬，張濟領兵攻打穰城（今河南鄧縣），不幸中箭身亡。羣龍豈可無首，部眾一致推舉張濟的姪子張繡接替領軍。

張繡為了站住腳跟，跟劉表結成了同盟。過了不久，曹操領兵南征，張繡首當其衝。為了保存自己的實力，張繡思慮再三，投奔了曹營。曹操得一大將，非常高興。

世事紛紜，變幻莫測。張繡的嬸嬸於張濟死後一直跟隨在軍中，她雖然徐娘半老，但風韻猶存，曹操看上了這位美貌徐娘，納她為妾。張繡怒火中燒：曹操公然將自己的嬸嬸收納為妾，將自己置於何地？

曹操知道張繡心懷怨恨，打算殺了張繡以除後患。不料消息走漏，張繡向曹營發起突然襲擊。張繡發起虎威，將曹營殺得人仰馬翻，曹操的長子曹昂前來抵擋，不消幾個回合，被張繡一刀斬於馬下。曹操的姪子曹安民拍馬趕來應戰，也被亂軍殺死。因為曹操的兒子、姪子拼命抵擋，曹操才得以逃脫。

曹操痛失子姪，悲痛欲絕。他決心報仇，殺了張繡以雪此恨。時隔不久，曹操領兵攻打張繡的駐地穰城。

那時節，正值三伏天，烈日當空，酷暑難當。士卒們身背沉重的武器，艱難地行走在崎嶇的小路上。將士們大汗淋漓，衣服都被汗水濕透，更要命的是，因為找不到水源，連一口水都喝不上，一個個口渴難當。士卒們喘着粗氣，舔着乾燥的嘴唇，拖着疲憊的步伐，行進的速度越來越慢。

曹操不免焦急起來，兵貴神速，千萬不能貽誤戰機！可是，天這麼熱，將士們沒有水喝，這可怎麼辦？看着又渴又累的士卒，曹操不禁皺起了眉頭。派出去找水的士卒紛紛回來了，他們帶回了壞消息：附近沒有小河，沒有山泉，根本就找不到水。曹操暗想：呆在無水的絕地時間越長，越有危險，不趕快走出這片要人命的荒原，未經戰鬥大軍就先遭到傷亡。

這麼眉頭一皺，一條計謀給他想出來了。他騎馬到高處，裝作眺望，突然，用馬鞭向前一指，高聲說：「你們看，前面有片梅林！這時節，樹上一定結滿果子。梅子酸甜，一定解渴。」

聽說前面有梅子，士卒們都來了精神，不用當官的催促，一個個加快了行進的步伐。曹操指揮部隊迅速往前趕，終於走出了這塊絕地，擺脫了困境。

這一仗，曹操仍然未能取勝。直到官渡大戰前，曹操聽從了孔融招安張繡的建議，派遣劉曄到張繡軍中說和，張繡仔細分析了形勢，才重新率眾歸附曹操。

點評

所謂「九變」，就是用兵打仗時不可窮盡的變化方式。說到「機變」，曹操在這方面可是個了不得的人物。「望梅止渴」，是他許多「機變」故事中最為著名的一個。

孫子曰：「絕地無留。」可是如何迅速離開絕地，這可不是一件易事。曹操領兵誤入無水荒原，可謂進入了「絕地」，曹操不愧為一世奸雄，眉頭一皺，計上心來，謊稱不遠處有梅林，讓士卒自動加快步伐，迅速脫離了險境。

韓信背水一戰

公元前204年，韓信、張耳接受漢王劉邦的命令，率領數萬人馬攻打趙國。趙王歇和成安君陳餘率領二十萬人馬，扼守在險要之處井陘口（位於今河北井陘），阻擊韓信率領的漢軍。

廣武君李左車向陳餘獻計：「韓信、張耳乘勝勢而來，鋒芒銳不可當。我聽說過這樣的話：『從千里之外給大軍運糧，部隊的官兵往往吃不飽肚子。』這裏山高路險，車輛不能並排而行，騎兵不能成列行進。漢軍的行軍隊伍拉開上百里，輜重一定落在後面。請您給我三萬人馬，抄小路去截斷對方的輜重糧草，您則深挖壕溝，堅守不出戰。這樣一來，他們欲進不能，欲退無路，大軍無糧，軍心必亂。這樣，無需十天，韓信、張耳的人頭就可以獻到您的面前了。」

這確實是一條毒計。要是按此計而行，大約韓信、張耳死無葬身之地。可是陳餘自稱「義兵」，不屑用此毒計；又仗着自己兵力強大，不愁打不敗韓信，於是說：「韓信勢單力薄，現在又已疲憊不堪，對這樣的軍隊還不敢打，以後諸侯們如何看我？」

韓信派人暗中打探消息，得知陳餘不採納廣武君的計策，暗暗高興。他立即率軍徑直前進，在距離井陘口三十里的地方停下紮營。

韓信知道，趙軍不僅人馬眾多，在數量上佔有壓倒優勢，而且搶先佔據了有利地形，以逸待勞，坐等自己領兵前來予以痛擊。若是硬打硬拼，肯定要被趙軍打敗，只有出奇兵，才能取得這場戰鬥的勝利。他左思右想，終於想出一條計謀。

決戰的前一夜，韓信挑選了兩千名精壯騎兵，讓他們每人帶上一面紅旗，從小路悄悄爬上敵人大營後面的小山埋伏下來，命令他們：「你們在那裏潛伏下來，不能讓敵人發現。等到雙方交戰以後，敵人全體出動衝向我們的時候，你們迅速飛馳而下，攻進敵人的大營，拔掉趙軍的旗幟，換上我們的紅旗。」韓信自己率領一萬人馬，背靠着滾滾大河，擺開了陣勢。

天亮決戰時，趙軍出營應戰。趙王看到韓信擺開的陣勢，有點不相信自己的眼睛。他細看了一下，忍不住「哈哈」大笑起來，說道：「這是佈的甚麼陣，簡直是來找死！」

趙王將手一揮，趙軍吶喊着衝了過來，漢軍官兵只得拼命抵禦。前面是強敵，後面是大河，不拼命殺敵，只有死路一條。趙軍人馬雖多，也久久不能取勝。趙王沒想到漢軍如此頑強，命令大營裏的趙軍全體出動，準備一舉殲滅漢軍。

大營裏的趙軍接到命令，立即奔向河邊的戰場。埋伏在山上的兩千名騎兵見敵人已經離開大營，飛一般衝下山，攻進趙軍的大營。他們一陣猛衝猛殺，把留守的敵人全部殺死，然後迅速把趙軍的旗幟全部拔掉，換上漢軍的紅旗。霎時間，大營裏紅旗招展，好不壯觀！

河邊的趙軍見大營裏都是漢軍的旗幟，以為漢軍的援軍到了，一個個驚恐萬分，一下子就亂了陣腳。韓信指揮軍隊趁機猛攻，兩千名騎兵又從大營裏衝出來，趙軍本已喪失了鬥志，又遭到漢軍前後夾擊，迅速崩潰，四處逃散。

戰鬥結束以後，有人問韓信，為甚麼要背水佈陣。韓信回答說：「這叫『置之死地而後生。』只有這樣，才能消除官兵們的僥倖心理，為求取生存而奮勇殺敵。不然的話，怎麼能以一萬多人馬擊敗二十萬趙軍！」

井陘之戰，趙軍本已佔盡先機，但陳餘不懂「兵不厭詐」的道理，迂腐不化，自以為是義兵，不屑用計；趙王、陳餘又不能正確運用自己兵多的優勢，痛失取勝良機。

韓信是一代名將，能根據戰場上千變萬化的戰局作出大膽、正確的部署。雙方力量對比懸殊，按照常理漢軍無法取勝。但是韓信深知「死地則戰」的道理，做出大膽抉擇：背水佈陣。他先讓漢軍陷入死地而奮戰，再讓埋伏的騎兵發起突襲，終於攪亂了敵人的軍心，取得了這場戰役的勝利。

塗①有所不由②，軍③有所不擊，城有所不攻，地有所不爭，君命有所不受。

|注釋|

① 塗：道路。同「途」。② 由：經由。③ 軍：指敵軍。

|翻譯|

有的道路雖然可走卻不走，有的敵人雖然可攻擊卻不攻擊，有的城池雖然可攻打卻不攻打，有的地方雖然可以爭奪卻不爭奪，國君的命令應當接受有時卻不接受。

毛寶戰場逞威

東晉明帝在位，任用賢臣，行事果斷，東晉王朝有了一段短暫的安寧。可惜好景不長，年方二十七歲的明帝突然得了重病，幾天後他知道自己的大限已到，召王導、庾亮、卞壼等進宮接受遺詔，要他們輔佐太子司馬衍。

可憐晉明帝，在位三年便撒手西去。太子司馬衍六歲，便繼位為帝，他是晉成帝。六歲當然不能親理朝政，庾太后臨朝稱制，庾亮、王導輔政。庾亮是庾太后的哥哥，大權獨攬，王導等人僅為擺設。

庾亮為了鞏固自己的地位，將南頓王司馬宗改任驃騎將軍。司馬宗失去了大權，對庾亮十分不滿。歷陽（今安徽和縣）內史蘇峻曾為東晉王朝立下赫赫戰功，如今庾亮不把他看在眼裏，暗暗生恨。兩人一拍即合，決定待機而動，共同對付庾亮。

誰知消息走漏，庾亮來了個先下手為強，派兵捕捉司馬宗。司馬宗不肯坐以待斃，率部奮力抵抗，結果兵敗被殺。司馬宗的親信卞闡逃脫，慌不擇路直奔歷陽，向蘇峻哭訴司馬宗被殺的經過。蘇峻聽了歎息不已，對庾亮更有戒心。

庾亮得知此事，跟蘇峻討要卞闡，蘇峻哪裏肯依，就是不給人。庾亮知道他日後必反，打算改任蘇峻為大司農，削去他的兵權，以除後患。王導認為這樣做不妥，現在應當穩住蘇峻，以後再設法處置。庾亮大權在握，別人的意見根本聽不進，王導只好歎口氣，任憑庾亮處置。

蘇峻怎肯入京擔任大司農？他終於按捺不住，起兵向京城挺進。庾亮這才後悔沒有聽從王導的勸告，弄成了現在這個局面。

江州刺史温嶠聽到蘇峻起兵反叛的消息，要求回去保衛京城。庾亮回信說：「你一定要全力固守江州，千萬不要越過雷池一步。」

由於庾亮低估了蘇峻叛軍的力量，温嶠又在江州按兵不動，蘇峻攻打建康（今江蘇南京）沒有受到多少抵抗，京城很快落入蘇峻的手中。庾亮見大勢已去，帶着一些親信逃往尋陽。

蘇峻領兵殺入建康，放縱士兵燒殺擄掠，京城內哀號聲驚天動地。王導聞知叛軍入城，飛馳入宮，扶起嚇壞了的成帝，登臨太極前殿，與光祿大夫陸曄、荀崧共登龍牀，護衛幼主。

蘇峻入皇宮，見王導大義凜然挺立於成帝後，暗暗佩服他的膽量。蘇峻懾於王導威名，只得給成帝跪下。王導好言撫慰，蘇峻一一稱是。

蘇峻離開皇宮以後，只讓士兵包圍宮禁，不讓部下傷害成帝和王導。他對百官進行清洗，安置親信。自此，朝廷的政事都由他處置。

庾亮逃至尋陽，想以温嶠為盟主，討伐叛軍。温嶠搖搖頭，認為由荊州刺史陶侃為盟主更為合適。陶侃過去與庾亮有矛盾，此時以朝廷的安危為重，拋棄前嫌，領兵前往尋陽。公元 328 年夏，陶侃、温嶠率領四萬大軍，水陸並進，浩浩蕩蕩向建康進發。

大軍臨近建康，温嶠為嚴肅軍紀發佈命令：「現已抵達前線，所有官兵一律堅守在船，不得擅自登岸，違令者斬。」命令一經發佈，官兵們一個個老老實實呆在船上，誰也不敢上岸找樂子送了性命。

前鋒毛寶忽然聞報，有敵軍送糧草路過附近，於是打算領軍去攔截。左右連忙勸阻：「温大人剛剛發佈嚴令，萬萬不可相違。」毛寶大聲說：「戰場形勢瞬息萬變，怎可墨守成規坐失戰機！將在外，君命有所不受，一切有我來擔待。」大家聽他說得有理，一致同意。

毛寶迅速點起人馬，追上了敵人的運糧隊伍。毛寶一聲令下，官兵們便向敵人衝殺過去。叛軍毫無防備，又不知朝廷軍虛實，扔下糧車四處逃命。毛寶讓士兵點燃火，把這些糧車燒掉。

毛寶回去後向温嶠請罪，温嶠說：「將軍能根據實情隨機應變，為王師立下了頭功，何罪之有！」隨即提拔毛寶為奮威將軍，讓他率領前軍向敵人逼近。

蘇峻聞報陶侃、温嶠領兵攻來，自知難以抵禦，於是率領人馬闖入皇宮，要把成帝強行劫持到軍中。成帝方才八歲，哭着不肯登車，王導不畏強暴，與蘇峻力爭。蘇峻已經鐵了心，以刀相逼，口舌怎能敵得過刀槍，成帝被抱上車，忠心耿耿的將軍劉超、侍中鍾雅步行相隨。這裏剛將成帝劫走，那裏朝廷軍已經攻至建康城下。幾經交鋒，叛軍失利，退回城中固守。

這裏戰事正緊，那邊傳來警報，叛將祖渙領兵趕來，形勢危急。毛寶自告奮勇，願意領兵抵禦。陶侃立即撥與他五千人馬，讓他領兵前去。

經過一夜急行軍，與祖渙軍相遇。祖渙趁他們疲憊不堪、立足未穩，立即發起攻擊，毛寶的前軍損失慘重。毛寶也被流矢射中大腿，血流如注。他咬緊牙關將箭拔出，領兵後退，退出一里多，方才穩住陣腳。

大家以為毛寶順大路領兵而退，沒料想他下令沿原路殺回。敵人打敗毛寶軍正在埋鍋燒飯，沒想到毛寶率軍風馳電掣般衝殺過來，敵人來不及列隊佈陣，衝得四處逃散。祖渙知道敗局已定，帶殘兵匆匆逃去。

回到駐地毛寶又向陶侃獻計：「句容（今江蘇句容）、湖熟（今江蘇江寧東南）是敵人的屯糧之地，若是奪了他們的糧倉，叛軍的士氣必然瓦解。那時再去攻打石頭城，定能一舉攻破。」

陶侃聽了大喜，立即又撥給他五千人馬，要他馬上行動。句容、湖熟的敵軍早已聽說毛寶的威名，見他領兵攻到，哪裏還敢抵抗？毛寶未經大戰，輕而易舉地拿下敵人糧倉。

消息傳到石頭城，叛軍官兵人心惶惶。蘇峻一面部署兵力抵禦，一面叮嚀諸將：「保護好幼主和王導，萬一戰事不利，可拿幼主做擋箭牌，讓王導從中斡旋。」

蘇峻的部將匡孝甚為驍勇，見一隊人馬前來攻城，率領幾十名心腹拍馬衝了出去。這幫亡命之徒兇神惡煞般廝殺，朝廷軍連連後退。蘇峻在城樓上見了雄心勃發，說：「匡孝能破敵，我就不如匡孝麼！」說完，也率領一哨人馬衝了出去。

可巧，朝廷大軍及時趕到，截住蘇峻廝殺。蘇峻身邊只有數十人馬，自知不敵，撥馬便走。陶侃的部將彭世忙將手中長矛擲出，正中蘇峻後背，他在馬上晃了幾晃，終於落馬墜地。彭世縱馬上前，割下了他的首級。

蘇峻一死，樹倒猢猻散，叛亂很快平定。

點評

陶侃平叛，立下赫赫戰功的大將毛寶不可不提。

毛寶有勇有謀，能夠根據戰場上的瞬間變化捕捉戰機。温嶠發佈嚴令：官兵一律堅守在船，不得擅自登岸，違令者斬。毛寶為了阻截叛軍的運糧車隊，以「將在外，君命有所不受」為由，公然抗命率軍阻截，為平叛立下了頭功。與敵人作戰身負重傷敗退，他卻出其不意地又從原路返回，一舉打敗敵軍，可謂「塗有所不由」，出奇制勝。大軍攻城正急，他卻出謀劃策攻打敵人的糧倉，瓦解了敵人的士氣。這又可謂「軍有所不擊，城有所不攻」，捨近去遠，前去攻打敵人致命處。有了此等大將，何愁不能取勝。

原文

是故智者之慮，必雜①於厲害。雜於利而務②可信③也，雜於害而患④可解也。是故屈⑤諸侯以害⑥，役⑦諸侯以業⑧，趨⑨諸侯以利。

|注釋|

① 雜：兼顧。② 務：事務，要做的事。③ 信：伸展，達到。信，通「伸」。④ 患：禍患，災禍。⑤ 屈：使...屈。⑥ 害：傷害。⑦ 役：驅使。⑧ 業：事業，功業。⑨ 趨：使...奔走。

|翻譯|

因此聰明的將帥考慮問題，必須兼顧利害兩個方面。兼顧了利害兩個方面，所做的事才能得以實現，兼顧了利害兩個方面，可能發生的災禍才能得以消除。因此，要用諸侯受到傷害的辦法使它不能伸展，要用諸侯必須做的事來驅使它，要用諸侯想要得到的利益來使它疲於奔走。

慕容氏建燕

前燕慕容氏，本為鮮卑一支。東漢末年，鮮卑檀石槐為大汗，把他的領地分為中、東、西三部，慕容氏屬中部，宇文氏屬東部，拓跋氏屬西部。慕容氏比其他鮮卑人皮膚白，所以被稱為「白部鮮卑」。

曹魏初年，慕容氏居住在遼西，曹魏中葉遷至遼東北。公元294年，「白部鮮卑」酋長慕容廆率眾遷徙至大棘（今遼寧義縣西南），開始了定居農耕生活。

晉朝初年，朝廷封慕容廆為鮮卑大單于。他接受了這一封號，表面上尊晉帝為帝，實際上以此擴充自己的勢力。當時，他的羽毛未豐，只得借此為名，提高自己的地位。

公元333年，慕容廆去世，他的兒子慕容皝繼位，不久，他自稱燕王，但表面上仍然尊奉東晉朝廷。公元338年，後趙石虎與慕容皝聯兵，攻打鮮卑的另一個首領段遼，打敗段遼以後，石虎掉過頭來攻打前燕，企圖將它一舉殲滅。石虎依仗自己兵力強大，命令部下輪番攻城，燕軍日夜作戰，弄得疲憊不堪。一連十幾天下來，形勢更加危急。

是投降，還是繼續抵抗，慕容皝必須做出抉擇。若是投降了石虎，可能得以苟全性命，但是先人創下的基業也就毀於一旦；若是激勵官兵竭力抵抗，也許還有守住城池的可能，也許還能守住「大單于」的勢力、地位。他思慮再三，決心繼續抵抗。

一位謀士對慕容皝說：「石虎為人兇殘，一旦城破，玉石俱焚。若是投降了他，將來還可伺機再起。與其白白送了性命，不如暫且投降為是。」

慕容皝聽了冷笑兩聲，說：「正欲奪取天下，遇小挫投降，怎能成大事！」說完，手起刀落。他看看眾人，朗聲說：「大家必須同心同德，死守城池。不然，將成為羯人的奴隸。」說完，他率領左右上城頭，一邊勞軍，一邊和官兵並肩作戰。

官兵們的鬥志被重新激起，拼死保衛城池。又過了些日子，石虎見久攻不下，傷亡慘重，下令撤軍。

公元342年，慕容皝遷都龍城（今遼寧朝陽）。經過一番休整，慕容皝打算收服鮮卑各部，擴充自己的勢力範圍，但又怕石虎乘機前來騷擾，一時難作決斷。他召來相國封弈、建威將軍慕容翰等，一起商量大計。

封弈想了想說：「石虎新敗，尚有畏懼，眼下還不敢來，應集中力量，先除去高句麗、宇文。」慕容翰表示同意。慕容皝採納了他們的建議，先後打敗了高句麗、宇文兩部，闢地千里，增民十萬餘。

燕國的人口不斷增多，解決他們的衣食住行成了最迫切的問題。慕容皝幾經考慮，頒佈命令：開放過去圈為苑囿、牧場的土地，由移民自行耕種。沒有耕牛的，由國家發給，所得收成，朝廷得八成，個人得兩成。若用自己的耕牛，朝廷得七成，個人得三成。

封弈上書切諫：「聖王治國，輕徭役、薄賦稅。古時候，私人耕種官田，公家只取十分之一的稅收，使農戶生活有餘。如此，雖遇天災不為災，百姓得以安居樂業。到了魏晉之世，稅收也只有十分之四五。當今，應大力勸民農耕，此為富國強兵之道，陛下聖明，必能擇善而從。」

慕容皝看了封弈的奏章，覺得很有道理，於是重新發佈命令：將公田全部分給百姓，若用官牛耕種，所得收穫六四分成，若用私牛耕種，所得收穫對半分。命令頒佈後，深得民心，農業生產發展起來，燕國成為東北的強國。

公元 348 年，慕容皝去世，他的兒子慕容儁繼位。第二年，後趙石虎死去。石虎一死，他的兒子為了爭奪帝位互相殘殺，國內一片混亂。慕容儁認為大展宏圖的時機已到，決心領兵南下，兼併後趙，入主中原。他以慕容恪為輔國將軍、慕容評為輔弼將軍，挑選了精兵二十萬，加強訓練，待時而動。

第二年春天，他親自率領大軍南征。燕軍鬥志昂揚，所向披靡。不消多久，燕軍就席捲了幽州、薊州、并州、冀州的廣大地區。

公元 352 年，慕容儁在中山（今河北定縣）稱帝，自此，不再向東晉稱臣。

前燕是北方的一個強國，在「五胡十六國」中有着重要的地位。在燕的發展過程中，慕容皝是最重要的人物。

慕容皝之所以能打下一片天下，最主要的就是他行事能夠充分考慮利害兩方面，趨利而避害。石虎進攻時燕處下風，是投降還是繼續抵抗，慕容皝在做了充分考慮後做出正確抉擇。在發展農耕這一問題上，一開始他考慮不周，做出錯誤的決定，但他能納諫，認識到封弈的意見對朝廷更加有利，便迅速加以改正。正因為如此，他「務可信，患可解」，成就了一番大業。

靳準引火燒身

匈奴漢劉粲在位時，最有權勢的當為靳準。靳準得勢不是因為血統高貴，也不是因為戰功顯赫，靠的是三個傾國傾城的女兒。

當年劉聰在位時，他把一個女兒送進宮，後來做上了皇后；他仍怕耳邊風不勁，又將一個女兒送進宮，當了貴嬪。有兩個女兒受到皇上的寵愛，靳準自然大權在握。

劉聰去世以後，他的兒子劉粲繼位，靳準故技重施，將如花似玉的小女兒送到宮中，被封為皇后。當今的皇太后、皇后都是他的女兒，他怎能不權焰熏天。靳準的野心越來越大，做國丈哪有做國君威風？他要篡奪劉氏天下，自己登上皇帝的寶座。

為了掃除篡權的障礙，靳準誣告劉氏宗族即將造反，劉粲本不相信，卻禁不住皇太后、皇后在枕邊哭訴。劉粲一怒之下讓太監帶領親兵，把在京的劉氏親王殺了個罄盡。

公元 318 年秋，靳準見時機已經成熟，率領精兵衝進光極殿，將劉粲抓起來，然後一一數說他的罪行將他殺掉。為了斬草除根，靳準下令將「劉氏男女，無少長皆斬東市」，凡在京的劉氏宗族，無一漏網。靳準又讓人放了一把火，把劉氏的宗廟燒掉。靳準自稱大將軍，漢天王。為了取得外援，靳準派使者到晉廷，向晉廷稱藩。

身在長安的劉曜得到消息，心如刀絞，立即點起人馬，向平陽（今山西臨汾西北）攻去。他發誓要殺了靳準，為全家報仇。駐紮在襄國（今河北邢台西南）的石勒聞得平陽兵變，也急急領兵前去征討。石勒早有異志，如今被靳準輕輕巧巧奪取漢室，豈能不讓他氣惱！

靳準也怕劉曜、石勒會師後兵力強盛，難以抵禦，打算各個擊破。他派兵向石勒挑戰，石勒不予理睬；他又派兵前去罵陣，石勒只當耳邊風。老辣的石勒堅守不出，以此挫傷靳準軍的士氣。

劉曜領兵行至赤壁（今山西安澤南），遇到從平陽逃出的太傅朱紀、太保呼延晏等人。朱紀等人見到劉曜，如同見到了父母一般，失聲痛哭。朱紀跪倒在地說：「目下第一件大事，就是誅除叛逆，報仇雪恨。要報得大仇，須得統一號令。國不可一日無主，事急從權，殿下可即日稱尊。」

眾人聽了，轟然稱是。劉曜即於赤水設壇。祭天即位，改元為光初。隨即發佈詔令，任朱紀為司徒，呼延晏為司空，以下官員各就原職。他派使者到石勒那裏，任他為大司馬、大將軍，晉爵為趙公。他又命人到征北將軍劉雅、鎮北將軍劉策那裏，要他們領兵進駐汾陽（今山西靜樂喜），與石勒形成掎角之勢，互為聲援。

靳準聞報各路兵馬漸次逼近，知道自己兵力薄弱，難以取勝，焦急萬分。想來想去，覺得自己與劉氏有血仇，難免決一死戰，與石勒沒有多少利害衝突，還是先與石勒講和為好。

他派卜泰為使者，前往石勒大營，要求修和。石勒看穿了靳準的用心，根本不買帳，命人將卜泰五花大綁捆起來，送到劉曜那裏。

劉曜聽了謀臣的意見，強壓心頭怒火，滿臉堆笑，給卜泰鬆了綁。卜泰本來準備一死，見劉曜如此對待自己，感激萬分，當即跪倒行大禮。

劉曜雙手將他扶起，笑道：「先帝登基後實在昏瞶，與母後亂大倫，濫殺無辜，死不足惜。司空靳準仿效古人誅除暴君之先例，才使朕得以登上大位。如此看來，靳準不僅無罪，還有大功。司空若能使朕返回平陽，朕一定將朝政相委。卿回平陽以後，可向司空轉述此意。」

早先，靳準聽說卜泰押往劉曜那裏，認為他必死，如今平安歸來，不免有些驚訝。聽卜泰的講述，靳準滿腹狐疑。他暗想：我殺了劉曜滿門老小，難道這樣饒了我？不可能吧。若不答應劉曜，平陽城早晚會攻破，自己更難免一死。他思慮再三，難作決斷。

靳準的部下聽了卜泰的話，未免心動。眾人私下紛紛議論道：事情是靳準幹下的，為甚麼大家陪着他去送死！大將喬泰、王騰、靳康尤為激憤，立即行動，殺了靳準，推舉靳明為首領，再讓卜泰為使者，帶上從晉都搶來的傳國玉璽，前往劉曜大營，商談投降事宜。

劉曜得到玉璽，欣喜萬分。他設下酒宴，款待卜泰。席間，劉曜對卜泰說：「朕能得到傳國玉璽，多賴愛卿之力。有了玉璽，朕定能開創千古帝業。至於平陽逆臣，朕準許他們投降便是。」消息傳到平陽，文武們額手稱慶，總算放下心來，一齊去做投降準備。

石勒聽說卜泰將傳國玉璽獻給了劉曜，怒火中燒。他不辭勞苦前來鎮壓靳準兵變，為的就是混水摸魚，如今卻讓劉曜撿了便宜，這口氣他如何咽得下去！他一怒之下領兵向平陽殺去，平陽危在旦夕。

城內，文武百官驚慌失措。這邊向劉曜投降，那邊石勒殺過來，這可如何是好？靳明立刻寫了書信，派人送到劉曜那裏，請他派兵援救。豈料劉曜得到傳國玉璽，於心已足，此時不願跟石勒撕破臉，不肯派兵援救，只是派人捎上口信，要靳明到他那裏去歸降。靳明百般無奈，只得帶着文武及百姓一萬多人，慌慌張張逃往劉曜大營。

靳明一見劉曜，立即跪下請罪。此時，靳明已經是喪家之狗，沒了一點兒用處，劉曜將臉一板，喝道：「逆賊，你知罪麼？」靳明大驚失色，不住地磕頭，戰戰兢兢地說：「臣下知罪，臣下知罪！」

劉曜「哼」了一聲，狠狠地說：「逆賊，你死有餘辜！左右，將他推出去斬首示眾！」殺了靳明不解恨，他又大喝一聲，看到三個哭得梨花帶雨般的美女，劉曜狠狠地「呸」了一聲，罵道：「禍水！禍水！快快拖出去斬了，以祭先帝之靈！」

他又命人將靳家老幼全部捆起來，押到他面前。那些老老少少面無人色，唯有一女子有沉魚落雁之貌，神態安然，大有視死如歸之態。一問左右，原來是靳康之女。劉曜暗暗稱奇，要娶她為皇后，不料她決意不從，願隨家人一同去死。他命手下殺了靳家滿門，卻將她放了，隨她自行離去。

公元 319 年，劉曜遷都長安，改國號為趙，是歷史上的前趙。

點評

靳準發跡，走的是左道旁門。他能做到了朝廷裏的司空，大權在握，似乎應當心滿意足。但是他野心太大，竟然想篡位，這就絕不是「智者之慮」，沒有「雜於厲害」，只想到「利」，沒有充分考慮「害」。

靳準篡位不能成功，首先在於他不像劉曜、石勒那樣手握重兵；其次，他沒有一羣可以左右大局的死黨。靠三個女兒得寵，只能騙得昏庸的劉粲，無法在殺了劉粲之後鞏固奪得的政權。正因為如此，他「務不可信」，「患不可解」，只能落得個身首異處，滿門抄斬的可悲下場。

原文

故用兵之法，無恃①其不來，恃吾有以②待也；無恃其不攻，恃吾有所不可攻也。

注釋

① 恃：依靠，依賴。② 有以：有所。

翻譯

所以用兵的法則，不能依賴敵人不來攻打，而要依靠我們有所準備嚴陣以待；不要寄希望敵人不進攻，而要依靠我們有了使敵人不能進攻的實力和策略。

盱眙城下敗魏軍

劉裕去世以後，少帝劉義符繼位。劉義符是個地地道道的昏君，父親屍骨未寒，便將樂工歌伎召至宮中，恣意尋歡作樂。有些正直的臣子直言相諫，哪知忠言逆耳，劉義符竟然操起皮鞭，狠狠地抽打進諫的大臣。大臣們對國家的前途深為擔憂，經過一番密謀，廢去了宋少帝劉義符，擁立了劉裕的第五個兒子劉義隆為帝，他就是宋文帝。

北魏見劉宋政局不穩，趁火打劫。拓跋燾揮軍南下，佔領黃河以南大片土地。宋文帝即位以後，念念不忘收復國土，經過一段時間精心治理，劉宋經濟日益繁榮。那時，拓跋燾統一北方，也想領兵南下奪取劉宋土地。兩國如同伺機搏鬥的老虎，時時準備向對方猛撲。

公元 450 年，拓跋燾再也按捺不住，親自率領十萬大軍，向懸瓠城（今河南汝南）撲去。懸瓠城的宋軍守軍不到一千人，拓跋燾認為攻取懸瓠城是件易如反掌的區區小事。

事出拓跋燾之預料，宋將陳憲率領軍民拼死守城。十萬大軍居然攻不下守軍不滿一千人的小小的懸瓠城，豈不要貽笑於天下！拓跋燾怒不可遏，命令大軍日夜攻城，務必要拔掉這顆硬釘子。

拓跋燾急火攻心，揮動大軍拼命攻打。陳憲身先士卒，手持大刀，站在城頭猛砍企圖攀登城頭的魏軍，官兵們深受鼓舞，拼死進行抵禦，城牆下的屍體越堆越高，幾乎跟城牆一般齊。四十二天過去了，懸瓠像一座金城，屹立在魏軍的層層包圍之中。這時宋軍的援軍已到，拓跋燾只得望城興歎，恨恨地引兵而歸。這一仗，魏軍損失了七萬多人，一無所獲；守城的宋軍雖然陣亡了一大半，卻捍衛了懸瓠城。

魏軍撤退以後，宋朝軍民極為振奮。盱眙太守沈璞很有遠見卓識，知道拓跋燾不會就此罷手，一定還會南侵。他暗暗想道：盱眙城小，朝廷沒有在這裏部署甚麼兵力；城牆年久失修，不夠牢固，萬一敵人大軍攻至城下，如何抵禦？懸瓠城跟盱眙差不多大，它之所以能夠堅守得住，是因為城池堅固，城內軍民同仇敵愾，拼死抵禦。

沈璞立即動手，動員全城百姓加固城牆。為保衛自己的家園，全城百姓全力以赴，只花了幾個月的時間，就把城牆修整得如同鐵桶一般。他又招募了兩千名壯士，抓緊時間嚴格訓練，沒過多久，訓練出一支能征善戰的部隊。

時隔不久，宋文帝調兵遣將，準備北伐。他任王玄漠為主將，率領主力攻打滑台（今河南滑台東）。拓跋燾聞訊滑台被圍，親自領兵前去援救。他命令大軍搶渡黃河，過河以後便擂起戰鼓，向宋軍陣地發起猛衝。鮮卑騎兵直衝過來，宋軍官兵抵擋不住，連連潰退。王玄漠這個草包，穩不住大軍的陣腳，跟着敗軍向後逃竄。拓跋燾指揮大軍窮追猛打，將王玄漠率領的軍隊全部殲滅。

拓跋燾指揮大軍乘勝前進，一下子將彭城層層包圍。魏軍奮力攻城，遇到宋軍的頑強抵抗。一則彭城守軍多，一則拓跋燾生怕重蹈攻打懸瓠城的覆轍，領兵繞開彭城南下。

到了盱眙附近，遇到宋將臧質的抵禦，由於宋軍只有兩千人，無法抵禦魏軍的強攻，臧質只得領軍邊戰邊退。沈璞連忙打開城門，臧質率領宋軍退入城中。拓跋燾領兵到了城下，下令將盱眙城包圍起來。

城中原有的守軍和臧質的軍隊合在一處，有四千人左右，沈璞知道臧質的作戰經驗豐富，請臧質統一指揮軍隊守城。雖說沈璞是這裏的主人，但畢竟是文官，不善用兵，眼下大敵當前，臧質也未多推辭，立即指揮守軍戰鬥。

拓跋燾下令架起雲梯攻城，城頭的守軍將石塊、滾木使勁砸下。攻城的士兵被石塊、滾木砸中，非死即傷，紛紛跌落在地。一連幾次進攻，都被守軍擊退。拓跋燾大怒，調來撞車撞擊城牆，沒想到這裏的城牆厚實堅固，撞了半天只撞落些泥土碎磚；城頭的守軍不斷地射箭，又使攻城的魏軍遭到很大傷亡。拓跋燾不禁想起了攻打懸瓠城的教訓，下令停止攻城，繞開宋軍堅守着的盱眙城，直抵長江邊的瓜步（今江蘇六合）。

宋文帝立即命令大軍封鎖長江，加強江防。拓跋燾面對滔滔江水，一籌莫展。前有長江天塹阻攔，後有宋軍堅守城池，萬一腹背受敵，連個退路都沒有。他思索再三，下令撤軍返回北方。

撤軍的途中，魏軍又經過盱眙。拓跋燾依恃自己兵力強大，派使者到盱眙城中向宋將臧質索要美酒勞軍。臧質讓人在酒罈子裏灌了一罈子尿，讓使者帶回。

拓跋燾見到酒罈，心裏好不高興，以為臧質畢竟害怕自己，向他索要美酒他不敢不給。拓跋燾美滋滋地拍開泥封，一股腥臊氣直衝腦門，他忙不迭捂住鼻子，還是忍不住打了幾個噴嚏。

怒不可遏的拓跋燾覺得遭受了奇恥大辱，下令全力攻打盱眙城。他要生擒臧質，將他碎屍萬段。三十天下來，魏兵的屍體堆得幾乎跟新築的城牆一般高，魏軍仍然沒有攻克盱眙城。

這時候，魏軍軍中流行瘟疫，不少官兵染病而死。探馬前來報告，建康的宋軍已經泛海北上，彭城的宋軍也將出動。拓跋燾不得不害怕起來，只得忍辱領兵返回。

點評

孫子曰：「無恃其不來，恃吾有以待也。」這裏，孫子強調了用兵打仗的一個重要原則：有備而無患。「凡事預則立，不預則廢」，這句千古名言說的也是這個意思。

盱眙太守沈璞想到可能發生的危險，事前加固城牆，招募、訓練軍隊，做好了防禦的準備。拓跋燾以數十萬兵力攻打盱眙，沈璞和輔國將軍臧質一起，率領不到四千名將士，堅守孤城，擊退了敵人一次又一次的強攻。拓跋燾攻至長江邊引兵北還，又來攻打盱眙，連月強攻，死傷過半，也未能將盱眙城攻下，被迫退兵。

在這場兵力懸殊的戰役中盱眙守軍之所以能夠取得勝利，盱眙太守沈璞事前做好了防禦準備功不可沒。另外，臧質指揮有方，全城軍民同仇敵愾英勇奮戰，也是取勝的重要原因。

劉曜醉酒亡身

前趙主劉曜擊潰了石虎大軍，自以為不可一世。他領兵繼續南下，浩浩蕩蕩朝洛陽開去。洛陽守將石生一面派人向石勒告急，一面加強防守，準備全力抵禦。劉曜來到洛陽城下，揮軍一連發動幾次進攻，都沒能將洛陽攻下。

石勒聞警，十分焦急，立即招來文武商量大計。眾人各抒己見，莫衷一是。最後由石勒作出決斷：迅速馳援洛陽，擊潰劉曜的大軍。

當時是寒冬，凜冽的朔風呼呼直吹，漫天的大雪翻滾飛舞。石勒領兵到黃河邊，急得直跺腳：河面上結了一層冰，渡船無法行駛，軍隊過不了河。正在石勒一籌莫展時，第二天天氣驟然轉暖，冰雪迅速融化。石勒以手加額，口中念念有詞：「天助我也！天助我也！此番必滅劉曜！」

再說劉曜，一輩子做事沒有長性，有時心血來潮，也會發奮苦幹一下，熱火勁一過，依然醉生夢死，沉湎於醇酒婦人。目前戰事正緊，他覺得雖然一下子攻不下洛陽城，洛陽城的守敵插翅也難飛，於是在大帳內左擁右抱，終日飲酒作樂，需要警戒的地方不警戒，應當設防的地方不設防，把打仗當作兒戲一般。

石勒領兵通過地勢險要的成皋關，心上的石頭總算落地，以後一路無阻，領兵直向洛陽插去。他滿臉得意之色，對左右說：「劉曜真是昏庸透頂！他要是移兵成皋關，據險拒我，此為上策；若是依洛水為營，以水相阻，那是下策，像他那樣呆在洛陽城下，束手待斃，便是無策了。」

到了洛水邊，發現劉曜軍連營十餘里，石勒「哈哈」大笑道：「劉曜如此無能，我軍必勝無疑！」

第二天黎明，石勒軍向劉曜軍發起猛攻。劉曜宿酒未醒，匆匆披甲上馬。他只覺得頭暈，疑是酒力未足，命人拿酒來，牛飲一般灌下幾大斗。

石勒軍能征慣戰，士氣又盛，頓時將失去指揮的劉曜軍擊潰。劉曜已經爛醉如泥，一會兒闖向東，一會兒奔向西，左右侍從隨着他竄來竄去。石勒部將石堪見劉曜搖搖晃晃地騎在馬上東逃西竄，拍馬緊緊追趕。距離越來越近，他取下弓，搭上箭，連連射過去。劉曜的坐騎中箭，不辨高低，發瘋似地狂奔，一下子跌進石渠。劉曜身中數箭，疼痛難忍，在泥漿中拼命掙扎。石堪騎馬趕來，命人用撓鈎將劉曜鈎起，五花大綁捆個結結實實。

前趙軍像無頭的蒼蠅四處亂竄，石勒的部下打算乘勝追擊，石勒道：「劉曜已經被俘，前趙已經敗亡，其他人就由他逃命去吧。」

石勒命人將劉曜押來，劉曜此時已經清醒過來，只是低頭不語。石勒要劉曜寫信給他的兒子劉熙，要他趕快投降。劉曜提筆寫了幾句話，石勒拿過來一看，只見上面寫道：你要與大臣匡維社稷，不要把我的生死放在心頭。石勒看了大怒，立即命人將劉曜處死。

點評

孫子強調有備無患，劉曜卻不如此，別說是「無備」了，簡直是把打仗當作兒戲。如此作戰，怎能不枉送性命！

劉曜打仗，勇則勇矣，可惜反被英勇誤。大敵當前，劉曜居然依然醇酒婦人，醉生夢死，對敵人毫無防備，難怪連石勒都譏笑他昏庸無能。最可笑的是上了戰場不去組織官兵作戰，還要痛飲美酒，真是千古奇聞！糊里糊塗打仗，糊里糊塗被俘，自然也就要糊里糊塗亡國了。

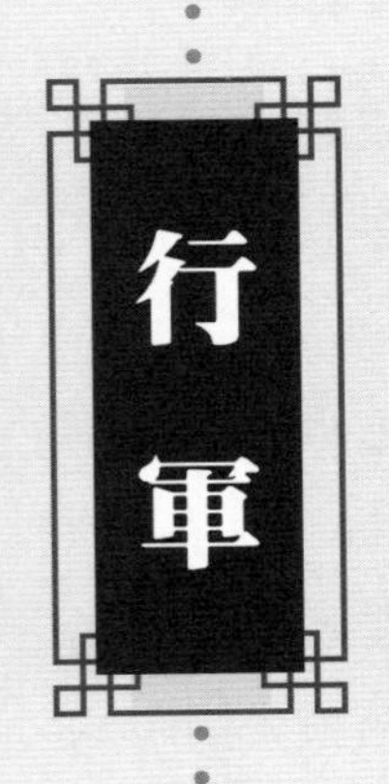

《行軍》主要談在行軍途中如何宿營，如何觀察敵情，以做出正確的戰術安排。孫子論述了軍隊在山地、江河、沼澤地、平原等四種不同地形上的不同作戰方法：在高地作戰不要去攀登仰攻，在江河作戰不要在水中迎擊敵人，要在敵人渡過一半時攻擊它；渡過沼澤地要迅速離開不要逗留，如果與敵人相遇就必須靠近有水草之處並背靠樹林；在平原上應當佔領開闊地帶，主力應當依託高地。孫子還論述了軍隊遇到絕澗、天井、天牢、天羅、天陷、天隙等特殊地形的處置辦法，並且提出了許多觀察、判斷敵情的方法。孫子指出，不要被敵人的假象迷惑，敵人言辭卑謙卻加緊做好戰備，這是準備發起進攻；敵人言辭強硬並且擺出前進的態勢，這是準備後退。最後，孫子提出了「令之以文，齊這以武」治軍原則：既要用道義來教育士兵，又用法紀來統一步調，這樣訓練出來的軍隊必定能獲勝。

孫子曰：凡處軍①、相敵：絕②山依谷，視生處高③，戰隆④無登。此處山之軍也。絕⑤水必遠水，客絕水而來，勿迎之於水內，令半濟⑥而擊之，利；欲戰者，無附於水而迎客；視生處高，無迎水流⑦，此處水上之軍也。絕斥澤⑧，唯亟⑨去無留，若交軍於斥澤之中，必依水草而背眾樹，此處斥澤之軍也。平陸處易而右⑩背高，前死後生，此處平陸之軍也。凡此四軍之利，黃帝之所以勝四帝也。

注釋

① 處軍：處置軍隊。② 絕：通過，越過。③ 視生處高：即「處高視生」，駐紮於高處使視野開闊。④ 隆：高地。⑤ 絕：橫渡。⑥ 半濟：半渡，即渡河的軍隊一半上了岸，一半在水中。⑦ 迎水流：面對着淌下的水流，即處於下游之地。⑧ 斥澤：鹽城沼澤地。⑨ 亟：迅速，趕快。⑩ 右：指主力或主要側翼。

翻譯

孫子說：大凡處置軍隊、跟敵人交戰必須注意：越過山地要靠近山谷，駐紮在高處使視野開闊，不要去攀登高地仰攻敵人。這是在山地處置軍隊的方法。橫渡江河之後必須遠離江河，敵人渡水而來，不要在水中迎擊敵人，要在敵人渡過一半時攻擊它，這樣才有利。想要進行決戰，不要緊靠水邊攻擊敵人；駐在高處使視野開闊，不要處於下游，這是在江河水流處置軍隊的方法。渡過鹽城沼澤地，要迅速離開不要逗留，如果在鹽城沼澤地中與敵人相遇，就必須靠近有水草之處並背靠樹林，這是在鹽城沼澤地處置軍隊的方法。在平原上應當佔領開闊地帶，主力應當依託高地，前面低是死地後面高是生地，這是在平原上處置軍隊的方法。掌握這四種處置軍隊的有利方法，這就是黃帝戰勝其他四周部落首領的原因。

濰水之戰

公元前207年底，項羽領兵進咸陽。進城之後，他先殺只做四十六天皇帝的秦王子嬰，接着下令屠城。楚軍大開殺戒，不僅將秦朝皇親國戚文武百官殺得一乾二淨，而且殺了無辜百姓。楚軍將秦宮的金銀財寶劫掠後，項羽下令焚燒秦宮，大火燒了三個月，將秦宮燒成焦土。

第二年二月，項羽自封為西楚霸王，分封了十八個諸侯王，其他諸侯王都要聽從他的指揮。劉邦首先攻入咸陽，按過去的約定應為「關中王」，項羽藉口「巴蜀也是關中之地」，把他分封到巴蜀為漢王。當時項羽的力量最為強大，劉邦敢怒而不敢言，只得領兵前往。

時隔不久，劉邦採用韓信的計謀，明修棧道，暗度陳倉，打開了向東發展的通道。從此以後，戰局發生了變化，劉邦領兵向東挺進，拉開了與項羽爭奪天下的帷幕。

公元前204年秋，韓信率軍向東攻打齊王田廣，以完成對楚軍的翼側迂迴。次月，韓信擊敗齊軍，進佔齊都臨淄（今山東淄博東北）。田廣敗走高密（今山東高密西南），向楚求救。

項羽聞報齊王兵敗，大吃一驚，連忙派龍且領兵二十萬，前去援救齊王。有人勸龍且：「漢軍遠道攻來，鋒芒銳不可當。為將軍計，應當深溝高壘，不與漢軍交戰，時間一久，漢軍的士氣必衰。再讓齊王派遣心腹大臣，到各處招撫被打敗的齊軍。如此一來，何愁不能將漢軍擊敗！」

龍且聽了，不以為然，說道：「韓信那小子沒有甚麼了不起，我一定能夠輕而易舉地將他打敗。要是不經交戰就使他投降了，我還有甚麼戰功可言！要是跟他打上一仗並將他徹底擊敗，我的威名就可遠揚，齊國的土地的一半就會成為我的封地。」龍且率軍繼續前進，與漢軍隔濰水相望，雙方各自擺開了陣勢。

韓信看着楚軍的大營，暗暗思量道：楚軍人多勢眾，擺開陣勢交戰難以取勝，現在雙方都駐紮在濰水邊，必須依靠水攻取勝。他考慮再三，連夜派出一些人馬，開赴到上游處，用大量的袋子裝滿黃沙，把濰水堵住。

第二天一早，韓信親自帶領一彪人馬前去挑戰，臨行前命令上游處的漢軍：「看到我軍敗退，楚軍追趕過來，立即決壩放水！」

漢軍吶喊着衝到楚軍大營前，龍且立即領兵應戰。楚軍人多，漢軍抵擋不住，一直後退。到了濰水邊，急忙渡過濰水，向自己的大營逃去。

龍且見了「哈哈」大笑，說道：「我早就知道韓信是個膽小鬼，現在看來果然如此！」他立即揮動大軍，追趕渡河逃去的漢軍。

上游的漢軍看到楚軍渡河追擊，立即扒開堤壩，頓時，洪水傾瀉而下。這時候，楚軍一大半還沒有渡過濰水，正在渡河官兵被滔滔洪流捲走，後面的楚軍嚇得目瞪口呆，看着滾滾激流不敢渡河。

大營裏的漢軍也迅速衝了出來，韓信立即返身與楚軍作戰。已經渡過河的龍且知道中計，但被滔滔洪水擋住了退路，只得硬着頭皮跟漢軍交戰。渡過河的楚軍不多，而且早已嚇壞了，被迅速殲滅，龍且沒能逃脫，死於亂軍之中。

東岸的楚軍受到洪水驚嚇，亂成一團，大軍沒人指揮，更是炸了營。還沒等到漢軍攻來，二十萬大軍已經作鳥獸散。漢軍乘勝挺進，迅速佔領了齊國全境。

濰水之戰，是漢軍在北方戰場取得的重大勝利，直接威脅項羽統治的中心地區，為漢軍轉入反攻奠定了基礎。

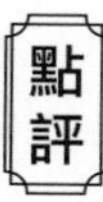

這場戰役楚軍之所以慘敗，除了龍且狂妄輕敵之外，另一個重要的原因，就是韓信運用了正確的戰術。

孫子談到在江河水流處置軍隊的方法時說：「視生處高，無迎水流」，無迎水流因下游處易受敵人蓄水灌我的威脅。韓信神不知鬼不覺地搶佔上游蓄水，龍且居然渾然不知，以致自涉險地。韓信用「半濟而擊之」的戰術，使敵人喪失鬥志，使自己在兵力上佔絕對優勢，一鼓而勝。

濰水之戰，是以弱勝強、以少勝多的運用水攻的著名戰例。

宋襄之仁

春秋時的宋國，是個不大的國家，可是它的國君宋襄公，野心卻也不小，想在中原稱霸。

宋襄公有這樣的念頭，也自有他的道理：用當時正統的眼光來看，爵位有五等，公、侯、伯、子、男，宋國國君的封爵就是第一等的「公」。齊桓公稱霸的時候，他就老大不服氣。周天子才是天下第一，下面就要數宋國國君，晉國算甚麼，晉國國君的爵位比他矮一頭，爵位是「侯」。至於秦國國君，更是差多了，爵位是「伯」；齊桓公去世以後，連等而下之、居於蠻荒之地的楚國國君居然也想稱霸中原，這可把宋襄公氣壞了，楚國國君的爵位算甚麼，只不過是等級最低的「子」而已。

楚國逐漸強大以後，不想偏居一隅，也想染指中原。齊桓公在世時，就因楚王不服號令，率領諸侯聯軍打算教訓一下楚王，楚王不買帳，派軍抵禦。結果雙方都作了讓步，最終簽訂了盟約作罷。現在齊桓公已經命歸黃泉，楚王還懼怕誰！

宋襄公一心要奪得霸主的地位，但是沒有那麼強大的實力，他想舉起「仁義」的大旗，號令其他諸侯國跟楚國抗衡。在那弱肉強食的年代，正統的等級觀念，所謂的「仁義」，都被置於腦後，大家看重的是實力。宋襄公宣揚的那一套，得不到諸多國家的支持。

公元前639年，宋楚兩國準備在盂地（今河南睢縣西北）會盟。臣子子魚對他說：「大王前往盂地，要多帶兵車，楚王不講信譽，要預防不測。」這個建議被宋襄公拒絕。豈知楚成王根本不講甚麼「仁義」，不僅將宋襄公抓了起來，還挾持着他攻打宋都商丘（今河南商丘縣）。幸虧子魚有所防備，率領軍民奮力抵抗，使得楚軍圍攻宋都數月而未能攻克，楚王的陰謀才未能得逞。後來在魯僖公的調停下，楚成王才將宋襄公放回。

宋襄公遭此奇恥大辱，既痛恨楚成王不守信義，又恨其他諸侯國為虎作倀。宋襄公為了出一出淪為楚囚的惡氣，首先把矛頭指向臣服於楚國的鄭國。子魚勸宋襄公不要出兵伐鄭，被執拗的宋襄公一口拒絕。

鄭文公得知宋國大軍攻來，連忙向楚國求救。楚成王不禁惱怒起來，宋襄公這個老小子怎麼沒有記性，剛剛給了他教訓，又來挑起事端！他迅速起兵，攻打宋國以援救鄭國。宋襄公又是一驚：這個楚成王怎麼總是不按規矩行事？要援救鄭國前來對陣就是，為甚麼去攻打我們宋國！他連忙下令撤軍，趕回去抵禦楚軍。

楚軍和宋軍在泓水相遇，雙方準備進行決戰。宋國軍隊迅速擺好了陣勢，這時候楚國的軍隊還沒有完全渡過泓水。子魚連忙對宋襄公說：「敵人兵力強大，我軍力量薄弱，趁敵人正在渡河，我們馬上出擊，還能取得勝利。」宋襄公卻搖了搖頭，說：「我的一貫主張都是以仁義為本，怎能這樣不擇手段地打擊敵人。」

過了一會兒，楚軍全部渡過泓水，忙着排列戰陣，子魚忍不住催宋襄公：「快點兒出擊吧，再不出擊，我們就危險了！」宋襄公依然搖搖頭，根本聽不進子魚的意見。

很快，楚軍排好了戰鬥隊形，向宋軍衝來，宋襄公這才下令擊鼓迎戰。宋軍雖然英勇奮戰，但人數比楚軍少得多，終於抵擋不住，紛紛敗退。衞士們為了保護宋襄公，拼命衝殺，最終全部陣亡。宋襄公雖然逃脫，但腿部受了重傷。

戰鬥結束以後，宋軍官兵紛紛埋怨宋襄公，宋襄公卻自以為是地說：「講仁義的人作戰，不去殺害已經掛了彩的敵人，不去俘虜年紀大的敵兵。人家還沒有擺好陣勢，我們就發起攻擊，就是勝了也沒有甚麼光彩。」

子魚氣憤地說：「您一點也不懂得打仗！楚軍很強大，卻還沒有擺好陣勢，這是攻擊敵人的最好時機。我們卻將這個大好時機輕易放過，哪能不敗！打仗嘛，我們不殺死敵人，敵人就要殺死我們，有的敵人掛了彩，有的敵人年紀大，只要他們不放下武器，我們就要將他們殺死、俘虜。要是愛護敵人，那就不要打仗，既然在你死我活的戰場上打仗，還能講甚麼仁義！」

宋襄公由於傷勢過重，不久就死了。

點評

宋楚泓水之戰，宋軍的兵力弱，楚軍的兵力強，但是宋軍並不是沒有戰勝楚軍的機會。楚軍「半渡」，正是攻擊楚軍的最佳戰機，宋襄公不聽從子魚的正確意見，講求甚麼「仁義」，將戰機貽誤。楚軍尚未列好陣，宋軍先發制人發起進攻，仍然有取勝的可能，可是宋襄公依舊以「仁義」為由，按兵不動。宋軍最終遭到慘敗，為必然之事。所謂「宋襄之仁」，終被天下人恥笑。

後世的孫子，總結了春秋戰國時各國軍隊作戰的經驗和教訓，提出「處水上之軍」的原則：「客絕水而來，勿迎之於水內，令半濟而擊之，利。」實為不刊之論。

原文

凡地有絕澗①、天井②、天牢③、天羅④、天陷⑤、天隙⑥，必亟⑦去之，勿近也。吾遠之，敵近之；吾迎之，敵背之。

軍行有險阻、潢井⑧、葭葦⑨、山林、翳薈⑩者，必謹覆索之，此伏姦之所處也。

注釋

① 絕澗：兩邊是峭壁，中間有澗流。② 天井：四周為峭壁，溪流都流向那裏，如天然水井。③ 天牢：三面被羣山環繞，易進難出，如天然牢獄。④ 天羅：草木叢生，行動困難，如同天然羅網。⑤ 天陷：地勢低窪，道路泥濘，如同天然陷阱。⑥ 天隙：溝坑眾多，又深又長，如同天然縫隙。⑦ 亟：趕快。⑧ 潢井：積水池，泛指沼澤水網地帶。⑨ 葭葦：蘆葦。⑩ 翳薈：草木茂盛的地方。

翻譯

大凡行軍遇到兩邊是峭壁、中間有澗流的地方，四周為峭壁、溪流都流向那裏的地方，三面被羣山環繞、易進難出的地方，草木叢生、行動困難的地方，地勢低窪、道路泥濘的地方，溝坑眾多、又深又長的地方，要趕快離開，不要迫近。我軍應當遠離這樣的地形，而讓敵人去靠近它；我軍應當面對着這種地形，而讓敵人去背靠着它。

行軍時遇上道路險阻之處、沼澤水網之處、蘆葦叢生之處、山林茂密之處、草木茂盛之處，都要謹慎反覆搜索，這些地方都是敵人可能暗藏伏兵的地方。

沙苑西魏敗東魏

北魏政權分裂為東魏、西魏以後，東魏的大權掌握在高歡手中，西魏的大權掌握在宇文泰手中，他們為了擴大地盤，增強實力，不斷地發動戰爭進行爭鬥。

潼關是西魏的重要關隘，東魏高歡發兵向潼關發起猛烈進攻，結果東魏兵敗，西魏也由此由弱變強。

高歡為人兇殘，不肯認輸，於公元537年十一月，親自率領二十萬大軍捲土重來。那時候，宇文泰領兵駐守恆農（今河南靈寶），部署的兵力不滿一萬，跟東魏的兵力相比，相差太懸殊。宇文泰聞報東魏軍將至，急忙領兵退入潼關。

高歡發誓要報仇，不聽部下的勸告，從蒲津（今陝西朝邑東黃河渡口）強行渡過黃河，向西魏境內殺去。

高歡派軍使威脅華州刺史王羆，要他乖乖投降，王羆義正詞嚴地對來使說：「老羆我在道中臥，狗貛哪裏能通過！」高歡領兵到了馮翊（今陝西大荔）城下，向威風凜凜站在城頭的王羆喊道：「王刺史，你為甚麼不投降？只要你開城投降，我高某決不虧待你。」

王羆高聲笑道：「你們攻打這座城池，我就把這座城池當作我的墳墓。我王某決心生在此，死在此，哪一個不怕死，就來攻城與我一拼高低。」高歡見馮翊城池堅固，防衛嚴密，知道難以攻取，於是繞過馮翊渡過洛水，在許原（今陝西大荔南）紮下營寨。

宇文泰領兵從恆農退到渭水南岸，徵調的增援部隊都還沒有趕到。宇文泰決定不再後撤，與高歡進行決戰。

西魏軍這麼點人馬跟東魏軍開戰，豈不是驅羊攻虎？諸將勸宇文泰繼續後撤，等到援軍來到以後再捕捉戰機。宇文泰以堅定的口吻說：「不能再撤了！如果撤到長安，軍心一定動搖，現在應趁逆賊遠道而來，還沒有緩過氣，立即發起進攻。」

他命令在渭水架設浮橋，讓官兵們攜帶三天的乾糧，北渡渭水，輕裝前進。所有的輜重集中在渭水之南，繼續向西運送。十月初一那一天，宇文泰領兵抵達沙苑（今陝西大荔南），距離東魏大軍只有六十里。他心裏清楚，西魏軍人少，東魏軍勢強，不摸清敵人的情況就去硬拼，沒有取勝的可能。他命令部將達奚武，設法弄清敵人的虛實。

夜幕降臨以後，達奚武帶領三名騎兵去偵察敵情。他們穿上東魏軍的軍服，在距離敵營只有幾百步的地方下馬，趁黑摸近敵人的軍營。他們偷偷聽到了敵人的口令，然後騎上戰馬大搖大擺地前進。他們一行四人裝作執行夜間警戒任務，遇上不守軍紀的士兵就用馬鞭抽打，四個人走遍了所有的大營，沒有引起任何人的懷疑。詳細了解了敵情以後，達奚武帶着三名騎兵安全返回。宇文泰聽了達奚武的彙報，心中大致有了數，做好各種應急準備。

高歡聞報宇文泰領兵前來，仗着自己兵力強大，指揮大軍向西魏軍猛衝過去。宇文泰得知敵軍將到，在渭水彎曲處背靠渭水東西列陣。他讓李弼指揮左翼，趙貴指揮右翼，命令他們一律手持長兵器隱藏在蘆葦叢中，聽到戰鼓聲響一齊躍起奮戰。自己率領中軍，直接面對敵人。

東魏軍來到渭水彎曲處，發現那裏蘆葦叢生。部將斛律金對高歡說：「宇文黑獺（對宇文泰的蔑稱）把全部精鋭都帶到這裏來了，想跟我軍決一死戰，他就像一條瘋狗，弄不好就要被他咬上一口。憑他的實力，無法跟我軍一決勝負，不過，這裏蘆葦多，污泥深，我軍難以發揮威力，小心他設下埋伏。」

高歡略一沉思，說：「說得不錯。」隨後問諸將：「採用火攻怎麼樣？把這些逆賊統統燒死！」

部將侯景連連搖頭，說：「不好，不好。把他們全部燒死，屍骨難辨，誰會相信宇文黑獺真的死了？我們應當將他生擒，讓大家看看他的嘴臉！」部將彭樂更是氣盛，說：「我軍人多勢眾，敵軍沒有幾個人，就算我們幾十個人活捉一個，也能將他們全部俘獲。」

高歡聽了膽氣立壯，放棄了火攻的打算，指揮大軍向敵人發起攻擊。西魏軍雖然人少，可是站好了隊形，看着敵人前來，一個個紋絲不動；東魏軍深一腳、淺一腳地在污泥地裏行走，很快就亂了隊形。兩軍交鋒時，西魏軍個個手持長兵器，發揮了威力，不等東魏軍近身就能打擊敵人；東魏軍在污泥裏歪歪扭扭地行走，還沒有走到敵人面前跟敵人進行搏鬥，就遭受重創。東魏軍一下子亂了陣腳，將領們怎麼也喝止不住。

宇文泰見攻擊的時間已到，親自將戰鼓擂得山響，埋伏的西魏軍一躍而起，跟東魏軍展開了激烈戰鬥。東魏軍雖然人多，但是混亂不堪；東魏軍多持短兵器，格鬥時又吃了大虧。

戰鬥正在激烈進行，早已摸清地形的李弼率領鐵騎，在污泥不算深的地方踏着泥水趕來，攔腰將東魏軍截為兩段。騎兵在馬上用長兵器進攻，更是發揮了威力。東魏軍抵擋不住，大軍的首尾又不能相顧，更是亂成一團。

李弼的弟弟李標身材雖然矮小，卻是英勇非凡，手持長槍屢次衝入敵陣，左刺右戳，殺敵無數，敵人見到他衝過來，紛紛亂嚷：「當心這個小鬼！」宇文泰見了歎息道：「膽量如此，何必八尺身軀！」

征虜將軍耿令貴奮勇殺敵，鎧甲、戰袍都被鮮血染紅，宇文泰見了連聲喝彩，說：「光看他身上的鮮血，就知道他何等英勇，何必再數他殺死的人數。」

高歡在隨從的護衛下逃回大營，打算集結殘兵敗將進行反撲。他暗暗想道：我有二十萬大軍，就算損失了一半，還能跟宇文泰一決高低。高歡派張華拿著名冊到各營去點名，不一會兒張華就回來了，垂頭喪氣地對高歡說：「大軍潰散，軍營已空。」

部將斛律金勸高歡前往河東（今山西永濟），高歡呆呆地騎在馬上不肯動。如此慘敗，已是欲哭無淚，他為沒有採取火攻而深深後悔，不然的話，宇文泰這個老小子已經被燒成一堆灰！斛律金生怕高歡有所閃失，向高歡的戰馬抽了一鞭子，高歡一咬牙，帶着一班人離開了戰場。

宇文泰追擊到黃河邊，這才領兵返回。到了渭水南岸，徵調來的援軍剛剛到達。他下令每人在沙苑戰場種植一棵柳樹，以示他的輝煌戰功。

點評

沙苑之戰，宇文泰憑着極少的兵力，擊敗了比自己強大得多的東魏軍，為以少勝多的典型戰例。

宇文泰下了險棋。這裏可能有埋伏，高歡已猜到，只是狂妄認為有埋伏也不要緊，鑄成大錯。高歡原先的想法是正確的，火攻可將敵人擊潰，可是一念之差，沒有採用，不然將是另一種結局。

孫子說：「軍行有險阻、潢井、葭葦、山林、翳薈者，必謹覆索之，此伏姦之所處也。」在這樣的地形下設伏兵，最好是將敵人引到這裏，出其不意突襲。像宇文泰這樣，必須慎之又慎，不到萬不得已不要採用。

洛口倉大捷

隋煬帝是我國殘暴、奢侈的皇帝之一。他在位十七年，曾經三次下江南、四次北巡、三次出兵東征，弄得民不聊生、民怨沸騰。

公元 611 年，王薄率先在山東長白山（今山東章立、鄒平、長山交界處）率眾起義，拉開了隋末農民大起義的帷幕。以後，各地農民起義風起雲湧，席捲了整個中原大地。

各地的義軍逐漸彙合起來，有三支起義軍的隊伍最為強大：一是翟讓領導的瓦崗軍，一是竇建德領導的河北起義軍，一是由杜伏威領導的江淮起義軍，其中尤以瓦崗軍的力量為最。

李密出身於貴族家庭，繼承父親的爵位為蒲山公。他原在禮部尚書楊玄感的手下為將，楊玄感起兵反隋失敗，李密在逃亡的途中被擒獲。在押解前往高揚（今河北高陽）的途中，他設法逃脫了魔掌。

當時天下大亂，羣雄競起，李密仔細留意各地的起義軍的情況，認為只有翟讓領導的瓦崗軍力量最大。那時候，李密已經走投無路，狠了狠心上山落草進了瓦崗寨。

李密出身將門，身份自然比別人高貴些；曾在朝廷軍中為將，作戰經驗比其他義軍將領豐富些。他不願屈居人下，雖然給翟讓出謀劃策，卻不委身起義軍，只是以賓客的身份寄居於翟讓的大營。

公元 616 年冬，朝廷軍猛將張須陀向瓦崗軍發起猛烈進攻。翟讓與張須陀交戰數十次，勝少敗多，對張須陀心存畏懼。李密卻認為張須陀有勇無謀，可以一舉將他擊潰。李密讓翟讓先和張須陀交戰，然後將他誘入佈置好的埋伏圈，這一仗義軍終於大獲全勝，張須陀無路可逃，被義軍殺死。

令瓦崗軍懼怕的張須陀居然被李密設計殺死，李密的名聲大振，威望迅速提高。翟讓知道李密不是等閒之輩，讓他自己建立大營。以後，李密的軍隊迅速發展起來，與翟讓的義軍比肩而立。一山容不下兩虎，不久兩人就分道揚鑣，翟讓率軍東行，李密領兵西進。翟讓隨後就後悔了，掉轉身子追隨李密。

第二年春荒季節，李密對翟讓說：「如今百姓深陷於水火，而洛口倉的糧食卻堆積如山。洛口倉距東都洛陽有百里之遙，如果向那裏發起突襲，朝廷軍一定來不及援救；洛口倉位於朝廷腹地，防衛鬆懈，奪取它易如反掌。我們將洛口倉奪到手，放糧救濟貧苦百姓，遠遠近近的百姓誰不前來歸附？如此一來，百萬大軍很快就能集結。我們有了糧食，便可養精蓄銳，以逸待勞，如果敵人前來進犯，定能打得它有來無回。我們再發出文告號召四方，招攬天下英雄豪傑，推翻隋王朝指日可待。」

翟讓猶豫了片刻，說：「如此大事，在下恐怕不能勝任，但在下願意聽從將軍指揮，竭盡全力與敵人作戰。請將軍領兵先行，在下擔任將軍的後衛。」

二月九日，李密、翟讓率領七千精兵從陽城（今河南登封北）出發。為了避免敵人察覺，他們從偏僻的小路進軍。大軍翻過了方山，迅速向洛口倉附近的羅口（今河南鞏縣西南）插去。

李密將義軍組織好，立即向洛口倉發起迅雷不及掩耳的進攻。洛口倉守軍少，又沒有防備，一下子被突然殺到的義軍擊潰，義軍迅速佔領了洛口倉。洛口糧倉的大門打開了，由百姓任意取糧，消息迅速傳遍了四面八方，各地飢民紛紛扶老攜幼前來，道路上到處都是面綻笑容的運糧百姓。

李密的這一次軍事行動深得人心，許多貧苦百姓前來參軍，一些英雄豪傑也紛紛前來投奔，義軍的隊伍迅速得到壯大。

留守東都的越王楊侗聞訊大驚，立即派大將劉長恭等率領二萬五千人馬前去鎮壓。東都的一些官員認為李密的義軍不過是竊米賊，乃是一羣烏合之眾，現在由劉長恭領兵前去剿匪，定能旗開得勝，馬到成功。

劉長恭命令河南討捕大使裴仁基率領自己的部下迅速出動，攻打義軍的後背，自己從正面向義軍發起攻擊。他打算前後夾擊義軍，一舉將義軍全殲。

劉長恭率領大軍日夜不停地趕來，於黎明時分抵達洛口倉附近。部將向他詢問道：「賊人就在附近，是否等到裴仁基領兵到來後再發動攻擊？」劉長恭不屑一顧地說：「擊潰這些竊米賊，只不過是舉手之勞，不必等裴仁基他們。裴仁基領兵來到，讓他們打掃戰場便是。」

部將又問：「是不是先讓官兵吃早飯，然後再渡河作戰。」劉長恭喝道：「兵貴神速，怎可遲疑！打敗了蟊賊再吃早飯，那是何等快事！」

劉長恭立即揮動大軍渡過落水，迅速在石子河（河南鞏縣東南）以西佈陣。數萬名官兵南北鋪開，陣地綿延十餘里。

李密、翟讓挑選出勇猛善戰的健兒，把他們分成十隊，命令四隊健兒埋伏在橫嶺，等到裴仁基的軍隊進入埋伏圈後殺出；命令六隊健兒挺進到石子河以東，與朝廷軍對陣。

劉長恭來到陣前，看到義軍人數不多，「哈哈哈」地大笑片刻，說：「這幾個蟊賊，居然也敢造反，簡直是拿雞蛋碰石頭，自己找死！」他揮動大軍，向義軍掩殺過去。

翟讓領六隊健兒應戰，雙方打得難分難解。打了大半個時辰，義軍似乎落了下風，慢慢後退。劉長恭見狀大喜，命人使勁擂響戰鼓，催動將士前衝。朝廷軍追進山谷，忽然聽到鑼鼓齊鳴，埋伏山林的義軍突然衝出來，將朝廷軍攔腰截為兩段。朝廷軍首尾不能相顧，立即亂了套。這時，退卻的義軍又返身殺了過來，與敵人戰在一處。

朝廷軍一夜行軍，未得休息；又沒有吃早飯，餓得頭暈眼花；經過一番廝殺，已經筋疲力盡；現在遇上義軍的埋伏，更是心慌意亂。朝廷軍漸漸不能抵禦，又無法逃脫，亂成一團。義軍卻越戰越勇，終於將敵人的陣腳徹底衝亂。朝廷軍失去了指揮，士卒一個個扔下武器抱頭鼠竄，義軍緊緊追殺，將敵人的官兵殺死一半以上。

劉長恭逃向東，遇上義軍的堵截；逃向西，被義軍殺退，只聽得四處在吶喊：「不要放跑了劉長恭！不要放跑了劉長恭！」劉長恭嚇得魂飛魄散，不知如何是好。抵抗吧，士卒已經逃散；逃跑吧，四面遭到義軍的圍追堵截。

忽然間，有人在高聲呼喊：「那個穿錦緞戰袍的是劉長恭，千萬不能放跑了他。」劉長恭突然明白過來，由於自己穿着與眾不同的戰袍，所以才到處被追殺。他急忙脫下戰袍，往地上一扔，混入潰逃的士卒中，才算逃脫義軍的圍堵。他沒命地往後跑，好不容易才逃離戰場，看看自己的身邊，只剩下寥寥數人。他惶惶然如喪家之犬，垂頭喪氣逃回洛陽。

敵人將武器、輜重扔得遍地都是，義軍花了好長時間才將這些軍用物資收拾乾淨。李密、翟讓徹底擊潰朝廷軍的消息不脛而走，他們的威名傳遍中原大地。

翟讓等人共推李密為盟主，給李密上封號為魏公。二月十九日，義軍設了高壇，李密登壇即位。他任命翟讓為上柱國、司徒，單雄信為左武侯大將軍，徐世勣為右武侯大將軍，各自統領自己的隊伍。

從此以後，趙、魏（今河北、河南一帶）以南，江淮以北的義軍，全都服從他的號令。前來歸附的人絡繹不絕，隊伍迅速擴大到幾十萬人。

點評

隋朝末年的瓦崗軍，是舉事較早、發展最快、力量最強大的一支起義軍。瓦崗軍之所以能夠得到迅速發展，與洛口倉大捷有着很大的關係。

論兵力，當時義軍只有一萬人，而朝廷軍有兩萬多；論裝備，義軍更不如朝廷軍。義軍能夠以少勝多，靠的是巧施計謀。

孫子說：「軍行有險阻、潢井、葭葦、山林、翳薈者，必謹覆索之，此伏姦之所處也。」凡是這樣的險地，都是設下埋伏好去處。但是，敵人對這樣的地方，也必定產生戒心。設下埋伏之後，關鍵是如何將敵人引到這裏予以痛擊。

實際上，朝廷軍已經有前車之鑒。張須陀就是中了義軍的計謀，送掉了性命。劉長恭認為自己兵力強大，不把義軍放在眼裏。義軍連連後退，將朝廷軍往埋伏裏引，劉長恭卻誤以為義軍被自己擊退，揮動大軍追擊，進入義軍的包圍圈以後，劉長恭所率領的朝廷軍就難逃全軍覆沒的命運。

原文

辭卑①而益備②者，進也；辭強而進驅③者，退也。輕車先出居④其側者，陳⑤也；無約⑥而請和者，謀也；奔走而陳⑦兵車者，期⑧也；半進半退者，誘也。

注釋

① 辭卑：言辭卑謙。② 益備：進一步做好戰備。益，更加。③ 進驅：向前進發。④ 居：處在、位於。⑤ 陳：列陣。陳，同「陣」。⑥ 約：約定。⑦ 陳：陳列，擺開。⑧ 期：期望。

翻譯

敵人言辭卑謙卻加緊做好戰備，這是準備發起進攻；敵人言辭強硬並且擺出前進的態勢，這是準備後退。輕車先出動部署在側翼，這是在列陣；事前沒有約定卻來請求和談，這是另有圖謀；敵人急速奔走並且擺開戰車，這是想和我們決戰；敵人一會兒進一會兒退，這是引誘我們進擊。

侯景以退為進

侯景本來是東魏丞相高歡手下的一員大將。別看他左腿長，右腿短，走起路來一跛一跛的，但是他老謀深算，詭計多端，是高歡的膀臂。他控制黃河以南地區達十四年之久，如同築起了阻止南朝北伐的銅牆鐵壁，有了侯景駐守黃河以南，高歡才能放心大膽地領兵討伐西魏。

高歡臨終前，對兒子高澄說：「侯景野心勃勃，只有我能夠將他管束，至於你嘛，難以將他駕馭。我死了以後，暫且不要發喪，等你做好準備以後，再發佈我已經死去的消息。」

正月初八，高歡去世。高澄聽從了老父的遺言，對父親去世之事祕而不宣，迫不及待地以父親的名義寫信給侯景，想把他調離老巢，安置在自己身邊。一旦侯景進了京，一無兵，二無權，還怕他翻得了天！

高澄想得倒是挺好，沒料想侯景一下子就把他的心思看穿。原來，高歡和侯景怕遭受別人的暗算，雙方曾經作出約定，高歡寫的信都在信箋上加上一個墨點作為暗記，現在這封信沒有墨點，侯景斷定是高澄冒充他老子的口氣寫的。

侯景與高澄一向不和，根本不把高澄放在眼裏。有一次，他公開揚言：「高王功高蓋世，我侯景不敢有二心；要是高王仙去，在下決不跟高澄那小子共事。」現在高澄居然想釜底抽薪，要他去京城，他怎肯俯首聽命！

正月十三，侯景在洛陽反叛，潁州刺史司馬世雲立即響應，隨同侯景向西魏投降。侯景一不做，二不休，準備大幹一場。他設計將豫州刺史高元成、廣州（州治位於今河南魯山）刺史暴顯、襄州刺史李密誘捕，還想奪取西兗州（州治位於今河南滑縣），一併獻給西魏。

傍晚時分，侯景派出的兩百名士卒裝扮成老百姓，將滿載武器的車子推進西兗州，打算夜半時分發起突襲，奪取城池，捕獲西兗州刺史邢子才。守城的士兵見這羣大漢推着的車子用布幔遮着，一個個鬼頭鬼腦四處察看，不禁起了疑心，立即向邢子才報告。邢子才已經知道鄰近諸州的刺史被誘捕，命令部下做好戒備，聞報後立即召來大隊人馬，將那羣大漢團團包圍。那羣大漢見四周都是全副武裝的守軍，不敢抵抗。守軍掀開布幔一看，裏面全是武器，便一擁而上，將那兩百名士卒全部捕獲。邢子才一面暗稱「好險」，一面向東方各州發出警訊。侯景見事已敗露，只得作罷。

高澄聞報侯景反叛，本打算對他進行安撫，讓他回心轉意，由於眾將堅決反對，這才派韓軌率領各路人馬討伐侯景。

歸降了西魏，並已接受西魏官爵的侯景見朝廷大軍將要開來，不免產生了怯意。他想來想去，決定腳踩兩頭船，又派丁和為使者前往南梁，說是願意獻上十三個州的土地歸附。

梁武帝立即召來大臣，商議這件大事。有人表示反對，認為梁與東魏已經和平相處了十多年，收容他們的叛徒會再起戰端，國無寧日。梁武帝既想接受侯景的歸降，又怕因此引起烽火，猶猶豫豫，不敢貿然做出決定。

大臣朱異猜透了他的心思，說：「陛下聖明無比，南北人心仰慕。如果現在不接納侯景，想來歸降的也會望而卻步。依臣之見，還是接受侯景歸降為是。」梁武帝終於下定決心接納侯景，任命他為大將軍，都督黃河南北諸軍事；封他為河南王，代表朝廷便宜行事。

那一年三月，梁武帝派司州（州治位於今河南信陽）刺史羊鴉仁，帶領土州刺史桓和之、仁州（州治位於今安徽靈璧）刺史湛海珍，率領三萬大軍，運送糧草供應侯景。

那一年五月，東魏武衞將軍元柱率領數萬人馬，日夜兼程急急南下，準備向侯景發起突襲。數萬人行軍，哪能將消息封鎖得住？侯景得到情報，在潁川北佈好陣勢，等待元柱領兵到來。侯景雖然不善騎射，卻善於用兵，元柱不是他的對手，被打得大敗而逃。侯景知道東魏大軍就在後面，不敢追擊，急忙退回潁川，加強戒備，固守城池，等待南梁羊鴉仁的援軍。

左盼援軍不來，右盼援軍不來，來的卻是韓軌率領的東魏各路大軍。東魏軍迅速將潁川包圍起來，侯景甚為畏懼。他急忙派使者到西魏，表示願意再獻上東荊州（州治位於今河北棗陽）、北荊州（州治位於今河南嵩縣）、荊州（州治位於今河南魯山）、潁州（州治位於今河南許昌）的土地，換取西魏的援軍。

西魏大將於瑾認為侯景詭計多端，不可信賴，不如只封給侯景高官顯爵，不派出援軍援救，讓東魏跟侯景拼鬥，待到形勢明朗以後再作決斷。荊州（州治位於今河南鄧縣東南）刺史王思政持有不同意見，他認為西魏、東魏為領土征戰多年，如今有了這麼好的機會怎能放棄？他立即率領本州一萬人馬，向翟陽（今河南禹縣）挺進。宇文泰聞報王思政已經出兵，容不得他再猶豫，立即授侯景為大將軍，派太尉李弼領兵一萬前往潁川，協助侯景抵禦東魏軍。

侯景又怕梁武帝責怪他投降西魏，派中軍參軍柳昕呈上奏章進行解釋。奏章上說：臣已到了生死關頭，陛下的援軍卻遲遲不到，臣於百般無奈中向關中求援，挽救臣所面臨的生死危機。獻給宇文泰的四個州，只是引敵人上鈎的誘餌，以後一定設法收回。從豫州到齊海（今黃海）的土地，現在仍然在臣手中，請陛下派人前來接收。另請陛下向邊境發佈命令，讓他們各置重兵，與臣互為聲援，互相之間不要發生誤會。

梁武帝立即下詔對他進行安撫：「大夫離開國境，尚可見機行事，何況將軍始創奇謀大業，更應隨機應變。將軍忠心耿耿，無需多做解釋。」

侯景吃下了這顆定心丸，終於將懸着的心放下。現在好了，西有宇文泰的援兵，南有梁武帝相助，高澄這小子又奈我何！

東魏韓軌聞報西魏李弼、趙貴領兵將到，吃驚不小。過去丞相高歡都吃過他們不少苦頭，自己只怕不是他們的對手，屆時侯景再從城中殺出，自己勢必受到內外夾攻。與其戰敗而歸，不如撤兵離去。他下令解除對潁川的包圍，班師鄴城。

李弼、趙貴領兵進了潁川，侯景心裏很不是滋味。前門趕走狼，後門進了虎，自己受制於人，哪一天才出得了頭！他左思右想，想出一條毒計，以酬勞他們領兵相助為名，在軍中設下盛大宴席，只要他們一到，立即將他們殺掉，吞併他們的隊伍，壯大自己的力量。

趙貴一向對侯景懷有戒心，婉言謝絕了他的邀請，反倒打算邀請侯景到自己的大營赴宴，將侯景生擒。李弼認為這樣做不好，留下侯景可以牽制東魏的大軍，要是除去侯景，反而幫了東魏的大忙。趙貴聽從了李弼的勸告，打消了生擒侯景的念頭。

這時候，南梁援軍在羊鴉仁的率領下向潁川進發，先鋒鄧鴻已經領兵挺進到汝水，將與西魏軍對陣。李弼不願與南梁軍再起戰端，領兵返回西魏首都長安。

西魏大將王思政不肯無功而返，領兵直入潁川。侯景對王思政更是懼怕，藉口攻打其他州郡，帶領軍隊一溜煙出了潁川城，駐紮在懸瓠（今河南汝陽）。

宇文泰聽從了王悅的建議，徵召侯景入京。侯景哪敢把腦袋往老虎嘴裏送，於是打算背叛西魏。鎮守潁川的王思政發覺侯景又在玩弄花招，立即派兵駐守侯景交出的州鎮。侯景的真面目立即暴露出來，拒絕到長安去朝見，寫信給宇文泰道：「我以跟高澄並肩而立為恥，又怎肯與老弟比肩而坐？」宇文泰早已料到侯景不肯前來，收到他的信並不感到驚奇。他命令先後出發的援軍全部撤回，任憑東魏軍去攻擊他，自己在一旁坐山觀虎鬥，樂得坐收漁人之利。

侯景與西魏決裂後勢單力薄，只得暫且向南梁稱臣。

點評

孫子說：「無約而請和者，謀也。」南梁與東魏已經十幾年無大戰，狼子野心的侯景卻突然主動向梁武帝稱臣，這裏面必有陰謀。南梁君臣考慮的只是和東魏之間的關係，對侯景的狼子野心卻防備不足。

侯景朝三暮四，是因為他已經走投無路。南梁與西魏相比較，西魏採取的策略正確得多。梁武帝只考慮眼前的利益，被侯景耍弄得團團轉。後來侯景攻入建康，將梁武帝軟禁起來活活餓死，這是梁武帝咎由自取，怪不得別人。

周齊洛陽大戰

公元 564 年，北周丞相宇文護動員了二十萬大軍出征。他領兵抵達潼關後，派尉遲迥率領十萬精銳為中路，前去攻打洛陽；派權景宣率領荊州、襄州兵為南路，前去攻打懸瓠（今河南汝南）；派楊標領兵為北路，前去攻打軹關（今河南濟源境內）；他自領大軍跟在中路軍後，作為尉遲迥的後援。

楊標曾任邵州（州治位於今山西垣曲）刺史，與北齊軍纏鬥二十餘年，從未失利，根本不把北齊軍放在眼裏。領命攻打軹關後，他率軍長驅直入，孤軍深入北齊境內。由於楊標過於託大，沒有做好戒備，結果被北齊太尉婁睿打了個冷不防，被徹底擊潰。楊標英雄一世，最後成了狗熊，乖乖地向北齊軍投降。

權景宣率領的南路軍卻捷報頻傳。北周軍包圍了懸瓠後，豫州（州治在懸瓠）刺史太原王高士良嚇破了膽，獻出城池投降。永州（州治位於今河南信陽北）刺史見敵軍壓境，學了太原王的樣，打開城門投降了北周軍。

中路的北周軍，遇到北齊軍的頑強抵抗。北周軍猛攻了三十天，又是堆土山，又是挖地道，就是攻不下洛陽城。

宇文護派兵切斷了河陽（今河南孟縣）通往洛陽的道路，阻止北齊軍增援洛陽，自己領兵與尉遲迥會合後，全力攻打洛陽城。

齊武帝高湛見洛陽危急，派蘭陵王高長恭、大將軍斛律光領兵前去援救。兩人領兵到了洛陽附近，見北周軍力量強大，不敢繼續前進。洛陽之危解不了，急壞了齊武帝。他將并州（州治位於今山西太原）刺史段韶召來問道：「現在洛陽危急，朕打算派你前去營救，可是突厥在北邊蠢蠢欲動，朕又放心不下北部邊境。依卿之見，該當如何？」段韶說：「突厥南侵，不過是癬疥之疾，西方逆賊逼近，才是心腹大患。末將願領兵南下，解除洛陽燃眉之急。」

齊武帝聽了段韶一席話，下定了全力對付北周軍的決心，命令段韶率領一千鐵騎先行，自己從晉陽率軍跟進。

段韶率領鐵騎飛馳了五天，渡過了黃河。正巧那幾天連降大霧，北周軍又只注意東方援軍，對於段韶的逼近，毫無所知。十二月八日，段韶已經到達洛陽附近。他率領三百名騎兵登上邙山，觀察北周軍的陣地。他們一直挺進到洛陽附近的太和谷，才與北周軍相遇。北周軍見北齊的援兵突然到來，大吃一驚。過去與北齊軍作戰的慘痛教訓，使得北周軍官兵心有餘悸，眼下突然見到從天而降的北齊軍，難免又產生畏懼之心。

原先前來援救洛陽的官兵見段韶飛馬趕來，士氣大振。段韶派人傳令各營緊急集結，段韶在左翼，蘭陵王高長恭在中路，斛律光在右翼，擺好陣勢嚴陣以待。

段韶騎馬來到陣前，遠遠地大聲斥罵北周軍。北周軍讓步兵在前，迎戰北齊軍。段韶為了消耗敵人的體力，命令騎兵不得隨便進退，一切聽從自己的指揮。騎兵與北周步兵交戰片刻，段韶就下令後撤。距離稍一拉開，段韶又命令騎兵返身與之交戰。北周兵仗着人多，緊追不捨。如此反覆多次，漸漸將敵人引向山地。北周步兵一邊作戰，一邊攀登山峯，一個個累得大氣直喘，筋疲力盡。

段韶見攻擊時機已到，命令騎兵進行反擊。累垮了的北周步兵抵擋不住北齊軍居高臨下的攻擊，霎時間土崩瓦解，有的墜落谷底，有的滚下山坡，傷亡極其慘重。

居中的蘭陵王高長恭不甘人後，率領五百鐵騎突入敵人陣地，北周軍沒想到他敢領兵殺入陣來，一時嚇得不知所措。高長恭殺開一條血路，直抵洛陽城的西北角金庸城。高長恭扯開嗓門喊道：「城頭守軍聽着，我是蘭陵王高長恭，趕快放條繩索下來，把我吊入城內。」

城頭上的北齊官兵登時愣住了，莫非望眼欲穿的援軍真的到了？只是城下的將領究竟是誰，他們一時難以辨認。有人大着膽子問道：

「來人真的是蘭陵王殿下？」高長恭大吼一聲：「哪還有假的！」說完，脫下頭盔，讓城頭守軍看個清楚。城頭的守軍看清楚了，一齊歡呼起來，連忙放下繩索，把蘭陵王吊進城。

宇文護害怕受到內外夾擊，連忙下令撤退。被打怕了的北周官兵一聽「後撤」，只恨爹娘給自己少生了兩條腿，把營帳、輜重全都扔了，爭先恐後地往後跑。幸虧齊公宇文憲、同州刺史達奚武、庸忠公王雄領兵斷後，邊打邊撤，北周軍的中路軍才沒有全軍覆沒。

中路軍一敗，權景宣率領的南路成了孤軍。他連忙放棄豫州，領兵撤退。

這一場周、齊大戰，以北周軍慘敗而告終。

點評

周、齊洛陽大戰，北周的兵力佔優。北齊軍之所以能獲得勝利，從軍事的角度來看，一是出奇兵，二是作戰時戰術的正確運用。

段韶率領鐵騎到了洛陽城下，北周軍居然渾然無知；段韶運用了正確的戰術，讓騎兵邊戰邊退，將北周步兵拖得筋疲力盡，然後發起反擊，一舉將敵人擊潰。

孫子說：「半進半退者，誘也。」北周軍也算身經百戰，激戰時不及思索，居然沒有想到這一點，實在可悲。

《地形》主要說明如何利用地形發揮戰鬥力。孫子認為，地形有通、挂、支、隘、險、遠。我軍可前往，敵人也可前往，叫通；我軍能前進，難後退，叫挂；我軍攻擊不利，敵人攻擊也不利，叫支；有隘口的地域叫隘；險要的地域叫險。孫子還論述不同地形如何作戰。軍隊作戰有走、馳、陷、崩、亂、北，六種情況。力量相當，卻去以一擊十，叫走；士卒強軍官弱，叫馳；軍官蠻橫士卒軟弱，叫陷；部將桀驚不馴不聽指揮，叫崩；將帥要求不嚴，官兵行動無常，列隊雜亂無章，叫亂；將帥不能判斷敵情，以少擊多，以弱攻強，用兵不選精銳，叫北。六種情況是失敗的原因。孫子還提出，將帥必須視卒如嬰兒、愛子，但不能使士卒成為驕子，「譬若驕子，不可用也」。

原文

孫子曰：地形有「通」者，有「挂」者，有「支」者，有「隘」者，有「險」者，有「遠」者。我可以往，彼可以來，曰「通」。「通」形者，先居高陽①，利②糧道，以戰則利。可以往，難以返，曰「挂」。「挂」形者，敵無備，出而勝之；敵若有備，出而不勝，難以返，不利。我出而不利，彼出而不利，曰「支」。「支」形者，敵雖③利④我，我無出也，引⑤而去之，令敵半出⑥而擊之，利。「隘」形者，我先居之，必盈⑦之以待敵；若敵先居之，盈而勿從⑧，不盈而從之。「險」形者，我先居之，必居高陽以待敵；若敵先居之，引而去之，勿從也。「遠」形者，勢均，難以挑戰，戰而不利。凡此六者，地之道也，將之至任⑨，不可不察也。

注釋

① 高陽：地勢高並向陽之處。② 利：使...便利。③ 雖：縱然，即使。④ 利：利誘。⑤ 引：退。⑥ 半出：敵人出擊時剛出動一半兵力。⑦ 盈：充盈。⑧ 從：跟在後面，指攻擊。⑨ 至任：重大責任。

翻譯

孫子說：地形有「通」，有「挂」，有「支」，有「隘」，有「險」，有「遠」。我軍可以前往，敵人也可以前往，這樣的地域叫「通」。在「通」這種地域作戰，應當先佔據向陽的高地，使糧道便利運輸，這樣作戰就有利。能夠前進，卻難以後退，這樣的地域叫「挂」。在「挂」這種地域作戰，如果敵人沒有防備，就可以發起攻擊戰勝它；如果敵人有了防備，發起攻擊不能取勝，而且難以回師，這就不利了。我軍發起攻擊不利，敵人發起攻擊也不利，這樣的地域叫「支」。在「支」這種地域作戰，即使敵人利誘我軍，我軍也不要發起攻擊，應當退兵離開那裏，在敵人出擊剛出動一半兵力時回師反擊敵人，這樣就有利。在「隘」這種地域作戰，我軍要搶先佔領隘口，以足夠的兵力等待敵人到來；如果敵人搶先佔領了隘口，要是他們的兵力充足就不要攻打，要是他們的兵力不夠就攻擊他們。在「險」這種地域作戰，我軍要搶先佔領險要，要先佔據向陽的高地等待敵人到來；如果敵人先佔領了險地，應當退兵離開那裏，不要去攻擊他們。在「遠」這種地域作戰，如果雙方勢均力敵，不宜挑戰，打起來往往不利。以上六條，是利用地形的原則，是將帥的重大責任，不能不認真研究。

王全斌力克劍門

劍閣，又稱劍門關，位於四川省劍閣縣北，是夾在大、小劍山之間的一條狹窄棧道。別小看了這條細小陡峭的棧道，它可是古代由中原通往四川盆地的必經之路，是入蜀的門戶。因此，這裏歷來是兵家的必爭之地。

公元960年，後周大將趙匡胤在陳橋兵變中奪取了政權，建立了宋王朝。那時候，中原大地就像一個剖開的大西瓜，除了宋王朝外，還有建都荊州的南平、建都成都的後蜀、建都晉陽的的北漢，建都廣州的南漢，建都臨安的吳越，建都金陵的南唐，等等。面對四分五裂的中華，胸懷大志的趙匡胤日夜謀劃統一大業。

公元963年，趙匡胤把攻取的目標指向西南，出兵攻打荊湘。南平皇帝高繼衝迫於北宋的強大軍事壓力，無可奈何地將自己統轄的荊（湖北）湘（湖南）地區三州十七縣全部拱手送給宋太祖趙匡胤。

佔領荊湘以後，趙匡胤開始籌劃進攻後蜀。他深知入蜀之路山高水深，地勢險峻，易守難攻，因此對諸事的安排格外小心在意，不敢有絲毫大意。經過長時間深思熟慮和周密部署，各項準備工作都已經完成，但是，有一個關鍵問題使得宋太祖遲遲不得出兵，那就是以甚麼口實討伐後蜀。師出必須有名，師出無名則為無義，行無義則難以服天下人心。這可難煞了趙匡胤。

這道難題不久竟自行解開了。原來，蜀王孟昶見宋太祖對自己磨刀霍霍，接受了大臣王昭遠的建議，派出三位使者身藏臘書趕赴北漢，準備聯絡沙陀人一齊向宋發起進攻。沒料想一位使者在途經宋朝時偷走了蠟書，投奔了宋朝廷，將密信呈獻給宋太祖。宋太祖看了密信，如獲至寶，「哈哈哈」地大笑，說：「這真是天遂人願，孟昶這小子自掘墳墓！」他隨即命令大將王全斌和劉光義率領六萬人馬，兵分兩路進擊後蜀。

大將劉光義率部由峽路（又稱峽西路，位於今四川三台）出發，一路過關斬將，戰事較為順利。大將王全斌率領的一路，因蜀軍得到宋軍攻來的消息，砍斷了棧道，大軍一時無法推進。王全斌為此大傷腦筋，打算全軍繞道，由羅川路（位於今甘肅正寧）入蜀。

部將康延澤提出建議：「羅川那裏山高嶺峻，道路狹窄，大部隊難以通行。不如兵分兩支，一支轉道羅川，一支留下來修復棧道，兩支人馬約定時間在深渡（今四川廣元境內）會合。這樣，既可以爭取時間加速前進，又可以兩面夾擊敵軍。」王全斌接納了這個建議，兵分兩路按計而行。

後蜀主孟昶得知使臣降宋、宋軍來犯的消息，不禁發出一聲驚歎：「哎呀呀，天不助我！」他慌忙召來王昭遠，命令他火速率領軍隊前去抵擋，惱怒地說：「宋軍是你招引來的，你得將他們擊退。」

這個王昭遠，一向自視甚高，自以為智慧超羣，猶如諸葛亮再世。此時孟昶把大軍交給他，他倒十分高興。在宰相李昊為他舉行的送行宴會上，他竟然忘乎所以地捋起袖子，向在座的文武誇下海口：「現在就是讓我去踏平中原，也易如反掌！」

就在此時，宋將王全斌的兩支人馬已經在深渡會合，一路攻堡奪寨挺進。狂傲輕敵的王昭遠領兵趕到，也不察看地形，貿然下令從速出擊。

那裏是一片山丘，宋軍已經佔領了向陽高坡，只等蜀軍到來。王昭遠下令進攻，官兵們無疑是送上鈎的魚，結果被打得大敗，部隊傷亡過半。這不啻是當頭一棒，打得王昭遠暈頭轉向，連忙落荒而逃。宋軍乘勝追擊，一舉攻下利州城（今四川廣元）。王昭遠帶着殘兵敗將，慌忙渡過桔柏津（今四川廣元西南嘉陵江與白龍江合流處），燒毀浮橋，退守劍門關，企圖憑藉劍門天險阻遏宋朝追兵。

王全斌率領宋軍一路追殺過來，來到了益光。這一天恰是正月初一，王全斌讓全軍在這裏紮營歇腳，飽餐一頓。他自己帶上幾名衛士攀上一座山頭，放眼瞭望不遠處的天下雄關劍門關。但見千山萬嶺，高聳雲霄；溝溝壑壑，深不見底；峯迴路轉處，一條棧道好似一根細繩曲折盤繞在山中。王全斌看得出神，不知不覺吟誦起李白的詩句：「劍閣崢嶸而崔嵬；一夫當關，萬夫莫開……」

這雄關必須打開！但是，正面進攻傷亡一定很大，成功的機會也很渺茫。能不能迂迴包抄？有沒有其他小道可以到達劍門的側翼或後背？

他急忙返回軍中，命令將士們四處打聽有沒有通往劍門的其他道路。沒過多久，一個投降過來的蜀兵來報：沿着益光江邊的小道而上，翻過幾座大山，便有一處村寨，名叫來蘇，那裏水勢較緩，可以渡江。上岸後奔十多里小路，便可到達青強店（今四川劍閣南），青強店就在劍門的南面，有官道和劍門相通。

王全斌聽罷大喜，說：「劍門可破，滅蜀指日可待！」他準備讓全部人馬即刻輕裝出發，又是康延澤向他提出建議：「蜀軍連戰連敗，士氣全無。最好留下一部分兵力發起正面攻擊，以吸引蜀軍的注意力，另派一部分精銳悄悄取道來蘇，直逼劍門，如此一來，形成兩面夾擊之勢，劍門便成了我們的囊中之物。」王全斌再次接受了他的建議，命令部將史延德率領五千精兵趕赴來蘇，包抄劍門。

正月初二，退守劍門的王昭遠因昨夜歡度新春佳節開懷暢飲酩酊大醉，直到日上三竿方才翻身起牀。正在穿戴之時，一名士兵撞進門，氣急敗壞地向他報告：宋軍攻關來了！王昭遠聽罷並不在意，反而責罵了來報的士兵一通。他仔細穿戴完畢，望一眼站在身邊渾身發抖的士兵，把手一揮，說：「這裏一夫當關，萬夫莫開，何況我有萬餘之眾！宋軍來攻，是來找死，我叫他們有來無回！」

他不慌不忙來到關前，俯視着下面的棧道，只見大批宋軍握刀持盾，吶喊着往上攀登。他從鼻子裏「哼」了一聲，隨即發出命令：「全軍將士開弓放箭！」霎時，數不清的箭矢像瘋狂的羣蜂向宋軍飛去。

宋軍官兵一起舉起盾牌，奮力抵擋，無奈箭密如雨，流矢呼嘯，宋軍抵禦不住，只得後退。王昭遠見狀笑彎了腰，說道：「哈哈哈哈，能攻下劍門的人還在他娘的肚子裏呢！」

他的笑音未落，一匹戰馬飛奔而至，一名士兵飛身下馬，驚慌失措地向他報告：「將軍，宋軍攻下了青強店，向這邊直殺過來！」王昭遠的臉色一下子變得煞白，但還有些不相信：「胡說！他們從哪裏來的？」士兵顫抖着回答道：「從來蘇小路過來。」王昭遠這下子晃了幾晃才勉強站直了身子。他知道劍門再也守不住了，留下一名副將抵擋，自己率領大隊人馬一溜煙逃往漢原坡（今四川劍閣東）。主將臨陣脫逃，留下的副將和士卒無心再戰，稍作抵擋便四處潰散。

天下雄關劍門終於被攻克，入蜀的道路就此被打通，王全斌揮師乘勝追擊，一鼓作氣又在漢原坡大敗蜀軍；不久，宋軍又攻克了劍州城（今四川劍閣），並在一戶尋常百姓家活捉躲藏在那裏的王昭遠。

蜀王孟昶得知劍門已破、兵敗如山倒的消息，只得接受宰相李昊的建議，向宋王朝投降。正月十三日，王全斌在魏城（今四川綿陽魏城鎮）接受了孟昶的降表。

喜訊傳到趙匡胤那裏，他興奮不已。屈指一算，王全斌領兵出發至今，不過六十六天，卻獲取蜀地四十六州二百四十縣，可謂速戰速決，戰果輝煌！大量戰利品和戰俘，使宋軍兵力大增。這時，宋太祖趙匡胤又開始謀劃消滅南漢、南唐、吳越、北漢等的大計。

趙匡胤建宋以後，開始謀劃、實施統一中國的大業。消滅南平之後，便着手滅蜀，第一場大仗，就是劍門之戰。

孫子論述了六種不同地形，它們是軍隊賴以發揮戰鬥力的重要條件。劍門關，自古以來就是「一夫當關，萬夫莫開」的險要。即使是險要，也需有智有謀的人把守，否則，險關不但起不了防守的作用，反而成為防守的疏漏，造成兵敗如山倒，無法挽回敗局。

王昭遠搶先佔據劍門，將它攻克似乎已經不可能。王全斌之所以能夠攻克劍門，並不是強攻，而是分兵繞道夾擊。這無論對進攻者或防守者都有啟示：對於險要之處，進攻者要考慮如何避免強攻而取勝，防守者要特別注意容易疏忽的側翼和後背。正因為如此，劍門之戰成為經典戰役之一。

和尚原之戰

陝西寶雞西南，有一片蒼蒼茫茫的高原，叫「和尚原」。和尚原背靠大散關，下臨渭河，俯瞰寶雞城，地勢險要，易守難攻，歷來是兵家必爭之地。

公元 1130 年，金國大將宗輔、兀朮、婁室等率部在陝西會合，與南宋大將張浚統帥的宋軍在富平（今陝西富平）形成對壘之勢。

九月二十四日，兩軍在富平開戰。宋軍陣前是一片開闊的沼澤地，宋將認為金人的騎兵在這裏沒法發揮作用，沒把金人的騎兵放在心上。豈知金人偏偏派出三千騎兵，每人帶上一隻裝滿泥土的大口袋，硬是在泥濘的沼澤地上鋪出了一條便道，風馳電掣般突然殺進宋軍大營。宋軍毫無防備，頓時大亂，一下子被金兵擊潰。富平一戰以後，戰事對宋軍極為不利。

宋將吳玠、吳璘兄弟身經百戰，目光遠大。吳玠對弟弟吳璘說：「金兵入陝，目的只有一個，那就是打通通道入川。現在我們必須做好準備，迎擊來犯之地，否則的話，將會一敗塗地而不可收拾。」他們收拾被敵人衝散的士卒，退至和尚原一帶設防，修建、加固堡壘，儲備糧草，日夜操練，積極備戰。

不出他們所料，第二年十月，十多萬金兵在兀朮的率領下氣勢洶洶撲來，打算一舉將宋軍擊潰。金軍佔領了寶雞以後，在渭河上搭起了浮橋，於十月十日渡河，向駐守在和尚原的宋軍發起進攻。

金兵人馬眾多，嚎叫着一窩蜂往前衝，宋軍毫不畏懼，一個個摩拳擦掌，準備與金兵一拼高低。數千名訓練有素的硬弩手在吳玠的指揮下瞄準敵人，發出一輪又一輪齊射，一時間，飛矢如蝗，向敵人射去。金兵一批批倒下，頃刻間損失了幾千人馬。兀朮大驚，連忙領兵後撤。

詭計多端的兀朮思量片刻，心生一計，命令已經止住的部隊撤退。宋軍將士見金兵打算逃跑，準備立即追擊，只等吳階發出命令。吳階看着逃跑的敵軍，說：「敵軍撤退得有條不紊，不像是被打敗後潰逃。金兀朮詭計多端，不可不防。」他讓大軍堅守陣地，靜觀敵軍行動。金兵後撤了幾里，果然停下了。宋軍官兵嘴裏說着「好險」，心裏對吳玠佩服不已。

吳玠略一思索，派一支精銳騎兵立即出發，命令他們繞至敵後，截斷敵人的糧草通道；又派出一支精銳，在金兵的必經之路設下埋伏。

後撤了的金兀朮遲遲不見宋軍追來，反倒弄得自己進也不是、退也不是，於百般無奈中只得命令大軍就地休息。忽然間，一匹戰馬從後面奔來，士兵驚慌失措地向金兀朮報告，糧道被宋軍截斷，糧草也被宋軍全部劫走。兀朮聞報大吃一驚：沒了糧草怎生得了，大軍沒有飯吃怎麼作戰！他也來不及多想，急急忙忙下令退兵。

十多萬金兵匆匆後撤，沒料想一頭紮進宋軍的包圍圈。只聽得吶喊聲震天，戰鼓聲動地，宋軍猶如神兵天降，突然從西面八方殺了出來。金兵被打個措手不及，四處潰散。金兀朮好不容易將身邊的敗兵喝止住，打算收拾殘軍作最後的拼搏。正在這時，和尚原的追兵趕到，宋軍一個個如同下山的猛虎，一下子又將敵人殺得抱頭鼠竄。金兀朮也被流矢射中，血流如注，連鎧甲都被鮮血染紅。他再也顧不得甚麼了，緊催胯下的戰馬落荒而逃。

點評

糧草，是軍隊的生命；糧道，是軍隊的生命線。孫子一再強調糧草對於軍隊的重要性，這裏又說：「我可以往，彼可以來，曰『通』。『通』形者，先居高陽，利糧道，以戰則利。」也就是說，只有保證糧道暢通，才能取得戰爭的勝利。

和尚原之戰，金兵數十萬，宋軍僅幾千人，金軍獲勝本無懸念。吳玠兄弟有勇有謀，先指揮大軍擊退敵人的進攻，然後截斷敵人的糧道，劫取敵人的糧草。金兀朮雖然久經沙場，失去糧草後方寸大亂，以至於退軍時進入宋軍的包圍圈，遭到慘敗。

和尚原戰役，金軍死傷數萬人，被俘萬餘，受到重創。宋軍挫敗了敵人迂迴包抄南宋朝廷的企圖，南宋朝廷的危局得到了緩解。

原文

故兵有「走」者，有「弛」者，有「陷」者，有「崩」者，有「亂」者，有「北」者。凡此六者，非天之災，將之過也。夫勢均，以一擊十，曰「走」；卒強吏①弱，曰「弛」；吏強卒弱，曰「陷」。大吏②怒③而不服④，遇敵懟⑤而自戰，將不知其能，曰「崩」；將弱不嚴，教道不明，吏卒無常，陳兵縱橫⑥，曰「亂」；將不能料⑦敵，以少合⑧眾，以弱擊強，兵無選鋒⑨，曰「北」。凡此六者，敗之道也，將之至任，不可不察也。

注釋

① 吏：指軍官。② 大吏：指部將。③ 怒：桀驁不馴。④ 服：從。⑤ 懟：怨恨，不滿。⑥ 縱橫：雜亂，不成隊列。⑦ 料：估量，判斷。⑧ 合：交合，對陣。⑨ 鋒：精鋭。

翻譯

所以軍隊有「走」，有「弛」，有「陷」，有「崩」，有「亂」，有「北」。這六種情況，不是天災，是將帥的錯誤。敵我雙方的力量相當，卻去以一擊十，叫做「走」；士卒強橫軍官軟弱，叫做「弛」；軍官蠻橫士卒軟弱，叫做「陷」；部將桀驁不馴並且不聽從將帥指揮，遇到敵人因心懷不滿而擅自出戰，將帥不了解他要幹甚麼，叫做「崩」；將帥懦弱要求不嚴，教導的方法不恰當，官兵們行動無常，列隊雜亂無章，叫做「亂」；將帥不能判斷敵情，以少擊多，以弱攻強，用兵不選擇精鋭，叫做「北」。以上六種情況，是導致失敗的原因，是將帥防止它們發生的重大責任，不能不認真研究。

高平之戰

公元954年，後周太祖郭威去世，他的養子郭榮繼位，他就是後周世宗。

消息傳到北漢，北漢主劉崇欣喜萬分，過去，他曾屢屢向後周發起進攻，都被後周擊退。現在，郭威這個老東西死了，除去了他積壓多年的一塊心病；郭榮乳臭未乾，少不更事。他要乘郭榮新立之機揮戈南下，徹底擊垮後周軍，出一出這口惡氣。

為了確保這次出征能夠取勝，劉崇派使者前往大遼，請求契丹人出兵相助。二月間，遼主耶律璟派大將楊袞率領一萬騎兵前往北漢。看到大遼的鐵騎，劉崇心裏更是樂開了花。他親自率領三萬大軍，與楊袞合兵一處，浩浩蕩蕩直奔潞州（今山西長治）。

後周世宗郭榮心裏明白，劉崇是想乘自己剛剛繼位大局未穩時將自己一舉擊潰，若是讓敵人長驅直入，江山難保。他不顧臣子的勸說，親自領兵從大梁出發，日夜兼程快速前進。

趙晁、鄭好嫌兩人私下裏埋怨道：「賊寇氣勢正盛，我軍理應持重緩進。」郭榮聞知後大怒，說他們藉口「理應持重緩進」，實為畏敵，立即將他們關進監獄。

北漢主劉崇本以為郭榮剛剛繼位，無力出兵抵禦，這才放心大膽地率領大軍徑直南下，聞報郭榮領兵抵禦，心頭一驚。三月十八日，漢軍抵達高平（今山西高平）城南，當晚就在那裏駐紮下來。同一天，郭榮領兵抵達澤州（今山西晉城）東北，在那裏紮下大營。

郭榮知道離開敵人已經不遠，命令各軍做好戒備，時刻準備投入戰鬥。第二天早晨，北進的前鋒部隊與南下的北漢軍遭遇，後周前鋒立即掩殺過去，將毫無準備的北漢軍擊退。郭榮擔心敵人逃遁，催動大軍急速前進。

劉崇見前軍敗退下來，立即命令全軍停止前進。他親自率領中軍在巴公原擺開陣勢，命大將張元徽領兵為左翼，讓遼軍大將楊袞領兵為右翼。後周軍來到北漢軍陣前，只見北漢軍鎧甲鮮明，陣容嚴整；而後周軍隊的裝備，比北漢軍差了許多。這時候，大將劉詞率領的後繼部隊尚未到達，後周的一些官兵產生了怯意。

強敵在前，無論如何也不能後退。郭榮立即傳下命令：白重進等率領左路軍在西，樊愛能、何徽率領右路軍在東，向訓等率領精銳騎兵居中。郭榮騎着戰馬，在張永德的護衛下親臨陣前督戰。皇上就在陣前，一下子鼓起了後周官兵的鬥志。

劉崇見後周兵少，心裏暗暗後悔：當時怎麼就給糊塗油抹了心，去請遼兵來幫忙，賊人這麼點兵力，打敗他們還不是易如反掌！現在請來了遼兵，擊敗了後周軍倒要跟遼國分取利益。

他對眾將說：「寡人用自己的兵就可擊潰敵軍，用不着遼軍幫忙。今天我要將敵人徹底擊潰，讓契丹人心服口服。」

久經沙場的遼將楊衮打馬來到陣前，仔細觀察後周軍的動靜。他見郭榮指揮若定，親自在陣前督戰，便縱馬跑到劉崇的面前，好心地說：「周軍是支勁敵，不可輕易冒進。」

不料劉崇捋了捋長鬚，毫不在意地說：「機不可失，時不再來，眼下正是消滅賊人的良機，萬萬不可失去。將軍無需多言，在一邊觀戰，看我軍如何擊潰賊兵！」

楊衮聽他口出狂言，心裏老大不高興，不再想跟他說甚麼，拍馬回到右翼冷眼觀戰。

一切佈置妥當以後，劉崇命令左翼的張元徽率領一千多騎兵首先向後周軍的右路軍發起攻擊。

軍中將多，良莠不齊，一經仗陣，優劣立見。後周的右路將領樊愛能、何徽見北漢軍兵力強大，早就產生怯意，現在首當其衝，更是驚惶不已。交戰不多時，兩人帶着騎兵轉身就跑，一千多步卒見主將帶着騎兵跑了，立即喪失了鬥志，一個個扔下武器，嘴裏喊着「萬歲」，向北漢軍投降。劉崇大喜過望，立即催動大軍全面出擊。

郭榮見右路軍潰敗，形勢危急，打馬奔向前，冒着飛矢督戰。後周將士見皇上親自上陣浴血奮戰，士氣大振，人人奮勇，個個當先，奮不顧身地與敵人拼殺。

後周親軍將領趙匡胤對張永德說：「賊人氣焰囂張，必須全力奮戰，將敵人的囂張氣焰壓下去！將軍率領兩千人馬到左翼，登上高處向敵人猛發箭支，居高臨下地出擊；我率領兩千人馬到右翼，抵擋猖狂進攻的賊兵。國家的安危存亡，全在今日一戰，我輩需勇猛拒敵，擊潰敵兵！」

張永德點了點頭，立即領兵而去。趙匡胤和張永德一個在右，一個在左，領兵突入敵陣，一陣猛衝猛殺，擊退了敵軍，穩住了陣腳。

郭榮身先士卒，打馬衝向北漢軍的前鋒，率軍反擊。將士見皇上衝上去，一擁而上，齊向敵人殺去。部將馬任瑀振臂向將士高呼：「陛下衝在前面受到攻擊！」說完飛馬上前，連連拉弓放箭，不消片刻，射殺敵軍數十人。將士愈加振奮，高聲呼喊着殺入敵陣。

北漢軍漸漸地擋不住，開始敗退。後周將領馬全乂縱馬上前，拉住了郭榮戰馬的韁繩，說：「賊兵氣勢將盡，很快就要被我軍擒獲，陛下只管放心觀戰，看看將士們如何英勇破敵。」他見郭榮停下了，立即率領幾百名騎兵衝入敵陣。

北漢主劉崇聞報郭榮親自上陣，前軍抵擋不住，立即將張元徽招來，給予他重賞，命令他率領左路軍出擊，抵住後周軍的攻勢。

張元徽是北漢有名的猛將，領兵到了陣前，便與後周軍展開激戰。哪知天有不測之風雲，他的戰馬突然馬失前蹄，張元徽被重重地掀翻在地，還沒等他爬起，一擁而上的後周兵將他砍死。北漢將士見他如此倒運，未免氣喪；後周軍除去了強敵，鬥志更盛。

有道是禍不單行，這時候偏偏颳起了強勁南風，戰場上揚起的塵土直向迎風作戰的北漢兵的臉上撲去。北漢將士被風沙迷住了眼，只得掉轉身來向後逃，後周官兵哪裏肯捨，順風向北漢兵追殺過去。

北漢主劉崇見大軍潰退，還想挽回敗局，親自高舉紅旗收集敗軍，北漢兵已經喪失了鬥志，跑到紅旗下的寥寥無幾。劉崇長長歎了口氣，收拾起少數殘兵敗將向後逃去。

右翼的遼將楊袞既恨劉崇口出狂言，不把他放在眼裏，又怕後周軍兵力強盛，自己的軍隊會受到損失，只是觀戰，不去參加戰鬥，等到劉崇兵敗，他也不去援救，只顧保全自己的軍隊，連忙向後撤退。

後周敗將樊愛能、何徽率領幾千騎兵南逃，只以為大軍已經潰敗，大肆搶劫運往前線的軍用物資。郭榮聞報後大怒，連派身邊的大臣及貼身軍校前去制止他們的胡作非為。軍使到了那裏，竟然沒有人接詔，有的軍使甚至被他們殺死。劉詞率領後繼部隊開赴前線，遇上了這些敗兵，樊愛能、何徽說是大軍已敗，勸劉詞不要領兵前往。劉詞對他們的話置之不理，領兵繼續前進。

劉詞率領的生力軍一到，後周軍更是如虎添翼。這時候，劉崇的餘部尚有一萬多人，他還想做最後拼搏。劉崇也是急昏了頭，讓部隊背靠山澗擺開陣勢。日落時分，劉詞率軍與其他各軍一起發起進攻，北漢軍抵擋不止，又沒了退路，有的滾下去摔死，有的乖乖投降，逃脫的沒有多少人。

後周軍奮起追擊，一直追到高平。北漢軍甚麼都不要了，只顧逃命。僵臥的屍體布滿山野，丟棄的物資遍地都是。劉崇穿着粗布衣裳，戴着斗笠，騎着契丹人給他的馬匹，率領僅存的一百多名騎兵，幾經周折才疲憊不堪地返回晉陽。

自後周初立，北漢就不斷地向後周發起進攻，均被後周軍擊退。劉崇賊心不死，在郭榮剛剛繼位時又向後周發起了進攻。

孫子曰：「將不能料敵，以少合眾，以弱擊強，兵無選鋒，曰『北』。」孫子在這裏強調，領兵作戰必須正確判斷敵情，不然的話就要遭致失敗。

北漢的實力並不比後周強，出兵遠征本應慎之又慎。可是北漢主劉崇驕矜輕敵，領兵南犯；後來聞報郭榮親征，未戰而心驚；看到後周兵力不多，卻又驕傲輕敵；遇上挫折，茫然不知所措，最後竟然背靠山澗佈陣，落得個全軍覆沒的下場。

這一仗，周世宗郭榮不僅保衞了中原的領土，而且粉碎了劉崇恢復沙陀政權的企圖，對恢復中國的統一，有着積極的推動作用。

李存勖的興亡

後唐莊宗李存勖，是一個傳奇式的人物。他於興旺時，如同秋風掃落葉一般，打遍天下無敵手，建樹了莫大功業；等到他衰亡時，於一夜之間垮台，身死國滅，被天下人恥笑。

李存勖是沙陀人李克用的兒子。李克用自幼瞎了一隻眼，人稱「獨眼龍」。這個「獨眼龍」李克用可不是等閒之輩，十五歲就隨父出征，因鎮壓戍卒起義有功，被唐朝朝廷授予官職。他在近四十年的戰鬥生涯中，開創了一片天地。

李克用臨終前把兒子李存勖叫到身邊，將三支箭交到兒子手上，叮囑他說：「梁王朱全中，是我的仇敵；燕王劉仁恭，是我把他扶持起來的，後來他竟背叛了我；契丹首領原本跟我結拜為兄弟，後來居然不顧兄弟之情，跟梁通好。這三件事，是我的遺恨。現在我給你三支箭，每一支箭都代表我的一件恨事，希望你能報仇雪恨，完成為父的遺願。」

李克用去世以後，李存勖繼承了晉王的爵位，開始了實現父親遺願的征途。將門出虎子，李存勖的勇敢善戰更勝其父。每次出征前，他都要派人到太廟裏去取出那三支箭，征戰時用錦囊時時背在身上，等到凱旋而歸，再將那三支箭放回太廟。

公元 908 年夏，李存勖率領大將周德威等從太原出發，直向潞州（今山西長治）撲去。

梁軍在睡夢之中驚醒，被突然到來的晉軍打得暈頭轉向，一盤散沙般的梁軍無法抵禦，大敗而逃。

敗軍逃回幽州城（今北京），連朱全忠也不得不對李存勖刮目相看，說：「生子當如李亞子（李存勖的小名），李克用可以瞑目了。」

公元910年，梁晉爆發了「柏鄉大戰」，晉軍又將梁軍擊潰。經此一戰，李存勖軍威大振，後梁的勢力不得不退至魏博（今河北大名、山東聊城地區）以南。

公元912年，李存勖派大將周德威從太原出發，聯合王鎔、王處直，直逼幽州。晉軍長驅直入，獲得節節勝利，燕境大部分被晉軍佔領。劉仁恭的兒子劉守光見守城無望，向晉軍乞降。

晉軍立志報仇，對他的乞降要求置之不理。晉軍攻破了幽州城，將劉仁恭、劉守光父子生擒。晉軍將劉仁恭父子押回晉陽以後，李存勖把仇人父子獻於太廟，告慰先父在天之靈。

公元921年，契丹主耶律阿保機南侵，攻取涿州（今河北涿縣）以後，又包圍了定州（今河北定州）。李存勖聞警後，親自率領五千精兵前去相救，第二年正月，把契丹軍打得大敗，契丹人馬損失慘重，撤至塞外。

公元923年，李存勖領兵攻破大梁（今河南開封），梁末帝朱友貞（朱全忠之子）心裏發了毛，若是落在這個魔頭手裏，豈不要受盡他的折磨？他狠了狠心，拿起劍想自刎，可是幾次把劍揚了起來，都下不了這個手。這時候，正好皇甫麟跑了過來，朱友貞把劍遞給皇甫麟，命令他立即把自己殺了。皇甫麟猶豫了片刻，猛地把劍刺進了朱友貞的心窩。皇甫麟跪在他的屍體前拜了幾拜，隨後舉劍自刎。

李存勖攻進皇宮，看到朱友貞和皇甫麟的屍體，恨得直跺腳。難道死了就能算完了？沒有這麼便宜的事！他將朱友貞和皇甫麟的腦袋砍下來，裝在匣子裏帶回去，供在太廟裏告慰先父。

滅梁以後，統一了北方。公元923年，李存勖在魏州（今河北大名西）稱帝，國號為唐，不久遷都洛陽，史稱後唐。

李存勖認為父仇已報，功業已成，便花天酒地開始享樂。他有個看戲的嗜好，看得興起便自己登台吼上一通，看看藝人都有藝名，他也給自己取了個藝名叫「李天下」。有一次上台演戲，他連喊兩聲「李天下」，一個伶人（演員）疾步走到他面前，摑了他個耳光。不得了，這個伶人是不是吃了豹子膽，連皇上也敢打！李存勖問他為甚麼打人，那個伶人一本正經地說：「李（理）天下的只有皇上一人，你倒叫了兩聲，還有一人是誰呀？」李存勖聽了「哈哈」大笑，認為他說得有理，馬上給予他賞賜。

李存勖寵用伶人，讓他們做了大官。那些伶官仗着有皇上撐腰，胡作非為惹是生非，把個朝廷弄得烏煙瘴氣。大臣們窩了一肚子的氣，卻敢怒而不敢言。

公元926年，駐紮在貝州（今河北清河）的官兵閒來無事，晚上便在一起聚賭，軍人皇甫暉手氣不好，把錢輸了個精光。他有氣沒處出，氣沖沖地拿起武器高喊「我要造反」，沒料想就這麼一聲呼喊得到了大家響應，軍人們紛紛拿起武器，一窩蜂衝進鄴城（今河北臨漳）。烈火一下子燃燒起來，邢州（今河北邢台）、滄州（今河北滄州）的駐軍也發起兵變。

消息傳到洛陽，李存勖連忙派養子李嗣源領兵前去鎮壓。行至半途，又起事端，官兵們擁立李嗣源為帝，與鄴城的亂兵合兵一處，向京都洛陽發起進攻。

李存勖得到這個消息，立即驚呆了。過了好一會兒，他點起人馬向東進發，剛到萬勝橋，聞報李嗣源已經佔領了大梁，知道大勢已去，只得領兵折回。在返回的路上，官兵們紛紛逃離，回到洛陽，留下的官兵所剩無幾。

李嗣源領兵攻到洛陽，李存勖率領殘兵抵抗。可是這時已是眾叛親離，伶人出身的禁衛軍首領郭從謙也乘機作亂。這時的李存勖仍做困獸之鬥，拿起武器追殺反叛的官兵。這頭老虎一旦發威誰也不敢近身，官兵們只得遠遠地朝他放箭，一支利箭正中他的咽喉，這位曾經讓敵人聞風喪膽的皇上倒地身亡。可憐李存勖，就這樣國滅身亡，被天下人恥笑，實在可悲。

點評

孫子曰：「故兵有『走』者，有『弛』者，有『陷』者，有『崩』者，有『亂』者，有『北』者。凡此六者，非天之災，將之過也。」孫子認為，軍隊的六種不利情況，都是將領自己造成的，此言非虛。李存勖的軍隊原先是一支攻無不克的精兵銳卒，後來竟成了聚眾賭博、不服從號令的散兵遊勇，究其根源，全在李存勖自己。

一支軍隊在不同人的手裏戰鬥力就會有所不同，在同一個人的手裏也會因時局的變化、人的變化而發生根本變化。李存勖大功告成以後沉湎於酒色，最終導致國滅身亡，是他自食苦果。

歐陽修在《五代史伶官傳序》中寫道：「一夫夜呼，亂者四起。」寫的就是皇甫暉夜賭輸錢發起兵變的事。歐陽修就李存勖的盛衰、興亡、成敗進行對比，總結出「憂勞可以興國，逸豫可以亡身」的至理名言；探究李存勖悲劇的根由，歐陽修得出「皆自於人」的結論，發人深省。

原文

視卒如嬰兒，故可與之赴深溪①；視卒如愛子，故可與之俱死。厚②而不能使，愛而不能令，亂而不能治，譬若驕子，不可用也。

注釋

① 赴深溪：比喻進入險境。② 厚：厚愛，厚待。

翻譯

把士卒看作是自己的孩子，就能夠帶着他一同進入險境；把士卒看作是自己的愛子，就能夠帶着他一同赴難。厚待士卒卻不能使用他們，撫愛他們卻不能使他們服從命令，違犯軍令卻不能懲治他們，這些士卒就像驕子一樣，不能用他們去作戰。

戰例

李廣愛兵如子

唐代詩人王昌齡塞下詩：「秦時明月漢時關，萬里長征人未還。但使龍城飛將在，不教胡馬度陰山。」龍城飛將，是漢代名將「飛將軍」李廣。

李廣，出身於習武世家，家裏人都擅長射術。他的先人李信秦時為大將，曾經捕獲燕太子丹。公元前166年，匈奴人大舉入侵，李廣決心為國效力，毅然從軍抗擊匈奴。從軍後因為作戰勇敢，奮力殺敵，升為侍衛皇上的侍從官。漢文帝曾經發出這樣的感歎：「李廣沒能遇上好機遇，要是他身處高帝（劉邦）平定天下時，取得一個萬戶侯的封爵不在話下。」

李廣帶兵愛兵如子，遇到困境，士卒沒有喝足水，李廣不會去喝一口；士卒沒有吃飽飯，李廣不會去吃一口。若是有所賞賜，李廣就全部分給部下，他身居高官四十多年，家裏卻沒有餘財。官兵們深深愛戴李廣，即使跟着他去肝腦塗地也在所不惜。

李廣任上郡（今陝西西部和內蒙古南部部分地區）太守時，匈奴人曾大規模入侵，漢景帝派一位太監跟隨李廣，幫着約束、訓練部隊。有一天，那位太監帶着幾十名騎兵縱馬馳騁，好不得意！突然，他們遇上了三個失去戰馬的匈奴人。幾十個騎兵對付三個匈奴人又算得了甚麼？騎兵們拍馬上前，打算一舉將三個敵人擒獲。沒料想那三個匈奴人挽弓射箭，箭無虛發，騎兵紛紛落馬墜地，太監也中箭受傷，帶着殘存的騎兵逃回。

李廣聽了驚魂未定的太監的敘述，說：「這三個人一定是匈奴射雕人。」隨即帶着一百名騎兵，追趕那三個匈奴人。追趕了數十里，終於趕上了他們。匈奴人見漢軍又追上來了，打算重施故技，李廣眼疾手快，「刷刷」連射兩箭，兩個匈奴人應聲倒地，還有一個知道遇上了強手，不敢再反抗，被李廣生擒。

李廣正打算領兵返回，遠遠地看到幾千名匈奴騎兵。匈奴騎兵也看到了李廣他們，非常吃驚，以為李廣他們是引誘他們攻擊的誘兵，立即奔上山頭擺開陣勢。

李廣的部下驚慌失措，打算調轉馬頭往回跑。李廣立即將他們制止，說：「我們離開大軍有幾十里，如果打馬往回跑，匈奴大軍一定會追趕我們，用箭射我們，不消多時，我們就會被全部殺死。現在我們留下來，匈奴人一定會認為我們是故意引誘他們，必定不敢向我們發起攻擊。」

李廣下令道：「驅馬往前！」大家騎馬向前，到了距離敵人陣地約二里，李廣下令道：「全都下馬解鞍！」有人悄悄地說：「敵人又多又近，如果向我們發起突襲，怎麼辦？」李廣堅定地說：「敵人以為我們會逃跑，現在我們下馬解鞍表示我們就是不跑，以此堅定敵人認為我們是大軍誘兵的想法。」

李廣他們下馬解鞍以後，匈奴騎兵果然不敢攻擊他們。過了一會兒，一個騎白馬的匈奴將領出陣監護他的士兵，李廣帶領十餘名騎兵飛馬上前，射殺那位白馬將，返身回到隊伍中。李廣又解下馬鞍，命令騎兵們都躺下。那時天色將暮，匈奴人對他們的舉止感到奇怪，始終不敢出擊。夜半時分，匈奴人以為有漢朝大軍埋伏在他們附近，悄悄地離開。天亮以後，李廣才領着部眾回到大營。

漢武帝時，李廣領四千、張騫領一萬騎兵出擊匈奴，走的不是同一條路。行了幾百里，匈奴左賢王領四萬騎兵將李廣軍層層包圍。

為了穩定軍心，李廣命令兒子李敢率領幾十名騎兵衝一衝敵陣。李敢率領部下飛馳過去，從毫無防備的匈奴騎兵隊伍中直穿過去，然後分成兩隊從左右兩翼返回。李敢對父親李廣說：「這些匈奴人沒甚麼，容易對付他們。」官兵們聽了，全都安定下來。

李廣佈下圓形的陣勢，讓官兵們一律臉朝外。匈奴人漸漸逼近，向漢軍發起攻擊，落下的箭支如同下雨一般，漢軍遭受極大傷亡。激戰了一天，漢軍的箭支快要用盡。李廣命令大家拉滿弓，不要把箭射出去，李廣親自用硬弓射箭，一連射殺敵人數名副將，敵人的攻勢這才緩了下來。這時候正好天色將晚，李廣神色自如，極大地振奮了官兵們的鬥志。第二天，漢軍依然跟敵人奮戰，正在危急之時，張騫的隊伍趕到，左賢王知道取勝無望，領兵撤圍而退。

李廣身先士卒，率領部隊打了無數勝仗。公元前 119 年，大將軍衞青率軍出擊匈奴，那時候，李廣已經六十多歲了。他主動請求出征，擔任前將軍之職。出塞後，衞青從俘虜口中得知了單于的駐地，想自己獨得大功，令李廣的前鋒部隊併入右翼，他自己率中軍追擊單于。由於道路難行又無嚮導，李廣迷了道路，使得漢軍沒能合圍，單于得以逃遁。

李廣不願連累部下，把責任全攬在自己身上，他不願受審，拔出佩劍自刎。一代名將，就這樣含冤身亡。

孫子說：「視卒如嬰兒，故可與之赴深溪；視卒如愛子，故可與之俱死。」李廣帶兵，正是如此。

打仗，運籌帷幄主要靠將領，衝鋒陷陣、對陣廝殺主要靠士卒。將領只有愛護士卒，士卒才會心甘情願地與將領同生死。李廣之所以能成為「飛將軍」，不僅是因為他英勇善戰，還由於他愛護士卒，帶出了一支能征善戰的英勇隊伍。再看看所有留名青史的將領，沒有一個不是如此，由此可見愛護、關心士卒的重要性。

梁犢戍卒起義

公元333年夏，後趙石勒病逝，石勒的姪子石虎多年帶兵征戰，大權在握。他脅迫太子石弘剷除異己，讓自己的兒子石邃入宮宿衞，對太子進行監控。

太子石弘懼怕石虎，情願讓位。哪知石虎絲毫也不領情，說道：「若是太子不能擔當重任，天下人自有公論，天下豈可私相授受！」接着，石虎又逼迫太子即位，他自任丞相，朝廷各部門都換上自己的心腹。當年，石虎雖然沒有篡位，但與國君無二，國君石弘成為名副其實的傀儡。

到了第二年，石弘實在忍受不了仰人鼻息的滋味，授意尚書省上書石虎，請求按照古代禪讓的舊例，由石虎登上帝位。不料石虎勃然大怒，說：「石弘昏庸無能，怎能君臨天下？如此無用的皇帝，理當廢去才是，為甚麼還要說甚麼禪讓不禪讓的？」

臣子們聽了石虎的話，馬上會意，立即上表勸進。石虎說道：「皇帝的尊號，我石虎實不敢當，現在暫且稱為居攝趙天王，以孚眾望。」他立即廢去趙主石弘，自己做了「居攝趙天王」。過了一年，石虎將都城遷到鄴城（今河北臨漳），改元為建武；立自己的兒子石邃為太子，總揆朝政。

太子石邃繼承了石氏的門風，酗酒貪色，殘忍無比。一日，石邃有事向石虎稟報，石虎嫌他攪了自己的興頭，怒喝道：「這等小事也值得大驚小怪麼？你自行處置便了，何必多此一舉！」石邃受此呵斥，以後一應大事小事都不稟報，石虎察知，將他狠狠訓斥一頓。

石邃心中不服，說：「日前有事稟報，陛下訓斥我，現在我自行處置，難道又錯了麼？不知怎樣行事，才能使陛下稱心。」石虎見他竟敢頂撞自己，頓時火起，命人將他按倒，狠狠鞭笞。這一頓直打得他皮開肉綻，臥牀多日方才痊癒。

石邃的弟弟石宣深得石虎寵愛，被封為河間公，石邃將他視為眼中釘、肉中刺。偏偏石虎對此毫無察覺。現在石邃被父親痛打，疑心石宣在父親面前說了自己的壞話，企圖殺了石宣以泄心頭之恨。不料行事不密，陰謀敗露，石虎得知後勃然大怒，將石邃幽錮起來。

石虎火頭一過，本打算放了石邃，誰知他桀驁不馴，這無疑是火上澆油，石虎一怒之下殺了石邃和他的妻小，隨後立石宣為太子。

石宣做了太子，發現老子偏愛兄弟石韜，由妒生忌，派人將他殘害。又鑒於石虎將太子石邃殺死，生怕自己重蹈覆轍，便想弒父自立。結果密謀泄露，被捕幽禁。

石虎恨極，用鎖將他鎖起，然後點上火，將他燒為灰燼。為了斬草除根，石虎又命人殺了石宣的親信數百人。

石虎父子相殘，東宮的衞隊十幾萬人也跟着遭殃。石虎認為這些人跟隨太子日久，早有反骨，必須將這十幾萬人剷除。

石虎心裏明白，這十幾萬人是朝廷部隊的精銳，把他們全部殺掉是不可能的，但是任由他們下去也不行。他對東宮衞隊進行清洗，另外委派心腹到東宮衞隊為將，將這些官兵監視起來。

東宮衞隊的日子一天比一天艱難，連豬狗食也吃不飽，動不動就要受到鞭笞，稍稍有錯，性命不保。官兵的怨恨越來越大，卻都敢怒而不敢言。現在連太子都送掉了命，誰還再敢說半個「不」字，只得忍氣吞聲苟全性命。

石虎總覺得讓這些人留在京城早晚是個禍害，下令將他們全部發配到涼州戍邊。其中有一萬多人不甘任人奴役，推舉梁犢為首領，在半途起事。梁犢自稱征東大將軍，鼓行東進，義軍一路行去，到了長安附近，已經有了十萬人眾。

石虎的兒子石苞鎮守長安，聞報義軍攻來，領兵迎戰。一則義軍士氣正盛，一則後趙軍不肯跟原先的兄弟交戰，雙方一經交鋒，後趙軍便自行敗退。石苞從來沒敗得這麼窩囊，卻也萬般無奈，只得退回城中，死守城池。

義軍浩浩蕩蕩出潼關，繼續向東攻去，在新安與阻截他們的後趙軍相遇，將十萬後趙軍打得望風披靡。行至洛陽，與後趙大軍會戰，又大獲全勝。

石虎為了挽救搖搖欲墜的政權，不得不向羌族部落的姚弋仲、氐族部落的苻洪求救。姚弋仲、苻洪領兵前來，終於將義軍鎮壓下去。

梁犢戍卒起義，動搖了後趙政權的根基。從此以後，後趙一天天衰落下去。

點評

將帥愛護、關心士卒，士卒就會與將帥同心同德，軍隊就會有強大的戰鬥力，反之，不僅士氣渙散，指揮失靈，還會給自己造成極大的威脅。

石虎父子相殘，是加速後趙滅亡的重要原因。石虎有子十三人，其中八人自相殘害，另外五人先後被石虎的養孫冉閔殺死，無一倖存。石氏家族互相殘殺，本與外人無關，石虎卻疑心東宮衞隊與之有牽連，虐待東宮衞隊，後來發配他們戍邊，導致了戍卒起義。

這一次戍卒起義，幾乎使後趙政權滅亡，教訓不可謂不深刻。但石氏子孫不以為戒，繼續互相廝殺，不亡而何待！

《九地》依照深入敵方的程度，劃分九種作戰環境，還有相應的戰術。孫子認為，戰地有散地、輕地、爭地、交地、衢地、重地、圮地、圍地、死地。在本國境內作戰，叫散地。進入別國境內不深，叫輕地。我軍佔了有利，敵軍佔了也有利，叫爭地。我軍能往，敵人也能來，叫交地。與幾個諸侯國毗鄰，叫衢地。進入別國腹地，叫重地。要在山林、險阻、水網、沼澤、湖泊等難於通行的地方行軍，叫圮地。進入的道路狹隘，返回的道路迂迴，敵人用少量的兵力可以攻擊我軍大部隊，叫圍地。迅速奮戰能生存，不迅速奮戰要死亡，叫死地。孫子論述在這幾種戰地的作戰原則。孫子特別提出，要軍隊如同「率然」。「率然」，是恆山的蛇，打牠的頭尾巴來救應；打牠的尾巴頭來救應；打牠的中段頭尾都來救應。

原文

孫子曰：用兵之法，有「散地」，有「輕地」，有「爭地」，有「交地」，有「衢地」，有「重地」，有「圮地」，有「圍地」，有「死地」。

諸侯自戰其地①，為「散地」。入人之地而不深者，為「輕地」。我得則利，彼得亦利者，為「爭地」。我可以往，彼可以來者，為「交地」。諸侯之地三②屬，先至而得天下之眾③者，為「衢地」。入人之地深④，背城邑多者，為「重地」。行山林，險阻、沮澤⑤，凡難行之道者，為「圮地」。所由入者隘，所從歸者迂，彼寡可以擊吾之眾者，為「圍地」。疾⑥戰則存，不疾戰則亡者，為「死地」。是故「散地」則無戰，「輕地」則無止，「爭地」則無攻，「交地」則無絕⑦，「衢地」則合交⑧，「重地」則掠⑨，「圮地」則行，「圍地」則謀，「死地」則戰。

注釋

① 自戰其地：在自己的境內作戰。② 三：形容多。③ 眾：多。④ 入人之地深：進入別國腹地。深，深入。⑤ 沮澤：水網、沼澤、湖泊等。⑥ 疾：快，迅速。⑦ 無絕：不要失去聯絡。⑧ 合交：通過外交結交諸侯。⑨ 掠：掠奪敵方的軍需物資。

翻譯

孫子說：用兵的原則，戰地有「散地」，有「輕地」，有「爭地」，有「交地」，有「衢地」，有「重地」，有「圮地」，有「圍地」，有「死地」。

諸侯在本國境內作戰，這樣的戰地叫「散地」。進入別國境內不深，這樣的戰地叫「輕地」。我軍佔領了有利，敵軍佔領了也有利，這樣的戰地叫「爭地」。我軍能夠前往，敵人也能夠前來，這樣的戰地叫「交地」。地處幾個諸侯國相毗鄰，先到達結交能夠得到眾多諸侯支持，這樣的戰地叫「衢地」。進入別國腹地，背後有很多敵人城邑，這樣的戰地叫「重地」。要在山林、險阻、水網、沼澤、湖泊等難於通行的地方行軍，這樣的戰地叫「圮地」。進入的道路狹隘，返回的道路迂迴，敵人用少量的兵力就可以攻擊我軍的大部隊，這樣的戰地叫「圍地」。迅速奮戰能夠生存，不迅速奮戰就要死亡，這樣的戰地叫「死地」。因此處於「散地」不要跟敵人作戰，處於「輕地」不要停留，處於「爭地」不要發起進攻，處於「交地」不要失去聯絡，處於「衢地」要通過外交結交諸侯，處於「重地」就要掠奪敵方的軍需物資，處於「圮地」就要迅速通過，處於「圍地」就要設計脫身，處於「死地」就要拼死一戰。

楚漢彭城之戰

公元前206年，九江王黥布奉項羽之命殺了義帝芈心。消息傳出，舉國上下無不震驚。

新城（今河南洛陽南）的三老董公對領兵東進的劉邦說：「項羽殺了義帝，人神共憤。如果大王和全軍將士都穿上孝服，為義帝發喪，借此機會討伐亂臣賊子項羽，天下諸侯一定會響應。」

劉邦認為此計大妙，決定依計而行。他先築起祭壇，放聲大哭祭祀義帝，命令全軍哀悼三天，然後發佈討伐項羽的文告，派出使者送到各諸侯國那裏。一些諸侯早就對項羽不滿，可以趁此機會泄憤，紛紛派兵援助劉邦。劉邦率領五十六萬大軍，浩浩蕩蕩向楚都彭城（今江蘇徐州）殺去。

那時候，項羽正與齊人打得不可開交。楚軍銳不可當，齊軍望風披靡，到了城陽（今山東莒縣），與齊王田榮率領的齊軍相遇，楚軍一陣猛衝猛殺，齊軍徹底崩潰。田榮逃到平原（今山東平原），被當地百姓殺死。

項羽為人殘忍，嗜殺成性，將投降過來的齊軍官兵全部活埋，放縱部下燒殺擄掠。齊國百姓房屋被燒，財物被搶，無法生活下去，紛紛奮起抵抗楚軍。當地百姓利用熟悉地形之便，四處出擊，楚軍四處追殺，收效甚微。

楚國的精銳都在齊國打仗，留在國內的都是些老弱殘兵，劉邦長驅直入，不費吹灰之力就拿下了楚都彭城。劉邦志得意滿，認為大局已定，只顧在楚宮收羅金銀財寶，每天大擺宴席慶祝勝利。

項羽聞報彭城失陷，又驚又怒，恨不得馬上飛回彭城，將劉邦碎屍萬段。如今楚軍陷入齊國的泥潭，難以抽身；若是不立即趕回去擊退劉邦，楚國很快就要滅亡。

兇悍的項羽略一思索，做出了誰也不敢相信的決定：大軍留在齊國繼續掃蕩，自己只率三萬精銳趕回彭城攻擊幾十萬漢軍。

楚軍穿過胡陵（今山東魚台），直抵蕭縣（今安徽蕭縣），拂曉時分，向漢軍發起猛烈攻擊。楚軍官兵惦念故土家小，早就心急如焚，一上戰場，如同一頭頭猛獅，直向漢軍撲去。漢軍萬萬沒有想到楚軍這麼快就趕到，毫無防備，急急忙忙起身，還沒有排成列，楚軍官兵已經衝到面前。只聽得楚軍戰馬狂嘶，喊殺聲震天動地，漢軍抱頭鼠竄，紛紛成為刀下之鬼。

漢軍亂了一陣，漸漸聚攏，企圖仗着人多，將楚軍層層包圍。殺紅了眼的楚軍官兵毫不畏懼，無不以一當十，看到哪裏人多就朝哪裏衝去猛砍猛殺，漢軍始終無法聚集。一盤散沙的漢軍嚇破了膽，直向彭城敗退。

石虎恨極，用鎖將他鎖起，然後點上火，將他燒為灰燼。為了斬草除根，石虎又命人殺了石宣的親信數百人。

漢軍越過彭城附近的谷水、泗水兩條河流時，未免行動遲緩，被斬殺及淹死的共有十多萬。逃脫的漢軍如同被獵人追捕的兔子，沒命地向南狂奔，企圖竄入山區的密林，躲避楚軍的追殺。

到了靈壁（今安徽靈壁），滔滔的睢水擋住了漢軍的退路，劉邦急忙清點一下殘兵敗將，還有十多萬人。不待漢軍佈好陣，楚軍已經殺到面前，漢軍早已喪失了鬥志，紛紛後退。在楚軍的強攻下，漢軍前隊擠後隊，官兵們紛紛落入睢水。層層堆積的屍體擋住了河道，竟然造成睢水泛濫。

楚軍立即將劉邦層層包圍，殘存的兵將拼死抵禦。劉邦料想插翅也難飛，嚇得臉色煞白，身子直打顫。可煞作怪，西北方忽然颳來一陣颶風，大樹被連根拔起，屋頂被捲入空中。一時間，天昏地暗，不辨東西，沙石正好落入楚軍陣中，楚軍的陣腳亂了起來。這真是天賜良機，劉邦急忙帶着幾十名隨從落荒而走。

劉邦催促馬夫打馬飛馳，直向老家沛縣奔去，準備接了家小，一同向西逃竄。到了沛縣老家，劉邦驚得目瞪口呆，屋子裏除了雜亂的傢俱，一個人影也沒有。原來家人聞訊項羽準備派兵前來捉拿他們，已經逃出家門避難。劉邦無法可想，只得再向西奔。沒跑多遠，只見他的一雙兒女迎面跑來，劉邦連忙把兩個孩子拉上車，帶着他們一同逃跑。

車上多了兩個人，速度頓時變慢。楚軍尾隨趕來，距離越來越近。劉邦一咬牙，將一雙兒女推下車，車子變輕了，又飛一般向前奔馳。部將夏侯嬰心中不忍，一手挾着一個孩子趕上劉邦，劉邦無奈，只得將兩個孩子帶上車。沒跑多遠，楚軍又追近了，劉邦下了狠心，又將兩個孩子推下車。夏侯嬰急了，又挾着兩個孩子追上去。孩子一會兒被推下，一會兒被夏侯嬰送上車，弄得劉邦暴跳如雷，恨不得立即宰了夏侯嬰。夏侯嬰就是不肯扔下兩個孩子，一手挾着一個，緊隨在劉邦的車後。劉邦的座車風馳電掣般向前飛奔，一直逃到他哥哥劉澤屯兵的營地。

劉邦的父親劉嘉、妻子呂雉從小路追趕劉邦，怎麼也追不上。他們慌不擇路亂跑，迎面遇上楚軍。一個是老漢，一個是婦女，跑又跑不快，拼又沒法拼，被楚軍捕獲。項羽見了大喜，把他們扣下作為人質。彭城一戰，劉邦幾乎全軍覆沒。戰局立即發生逆轉，所有諸侯王又重新歸附項羽。劉邦又一次陷入困境，楚漢之間的爭鬥從此變得更加劇烈殘酷。

點評

彭城之戰是劉邦「明修棧道，暗度陳倉」以後進行的一場大戰役。這場戰役爆發時，項羽明顯佔劣勢：齊國尚未平定，回師救楚，兩線作戰；各諸侯背叛，陷於孤立；劉邦的軍隊有五十六萬，項羽僅率三萬騎兵，兵力過於懸殊。

劉邦之所以戰敗，除了項羽有過人的膽識，充分發揮騎兵的優勢外，很重要的一個原因就是漢軍深入楚國腹地作戰，楚軍將士為了保衛自己的家園，奮不顧身地奮戰。劉邦卻沒有認識到這一點，「收其貨寶美人，日置酒高會」，沒有做好應有的防備。

孫子曰：「入人之地深，背城邑多者，為『重地』……『重地』則掠。」所謂「掠」，就是爭奪敵人的軍用物資，積極做好防衛。劉邦未能如此，遭到這樣慘敗也就不足為奇了。

李陵兵敗降匈奴

公元前99年，駐紮在酒泉、張掖一帶的李陵，突然接到漢武帝的詔令，要他立即領兵進京，聽候調遣準備北伐。

李陵是名將李廣的孫子，騎馬射箭無所不精。他本以為漢武帝會派他領兵攻打匈奴軍，沒想到漢武帝讓他在貳師將軍李廣利的手下負責後勤。他殺敵報國心切，要求獨當一面攻擊匈奴軍。漢武帝最終答應了他的要求，讓他率領五千步卒向匈奴境內挺進。

漢武帝又下詔給路博德，要他接應李陵，為李陵斷後。路博德曾任伏波將軍，看不起李陵這位年輕將領，如今李陵與他平起平坐，他心裏十二分不樂意。路博德考慮再三，向漢武帝上奏：「眼下正值秋季，匈奴境內草長馬肥，正是匈奴人兵力強盛之時。望陛下命李將軍暫止行軍，待到明年春天一同北進。」

漢武帝看了路博德的奏章，頓時起了疑心。是不是李陵後悔了，讓路博德出面提出緩進？他越想越氣，決定把他們兩個人分開。漢武帝立即下詔：命路博德領兵與公孫敖會師，赴河西攻打匈奴軍；命李陵九月從遮虜障（居延海北，是漢軍修建的防禦城堡）出發，深入東浚稽山南麓龍勒水（今土拉河）一帶搜索，如果不見敵蹤，撤回居延海北休整待命。

李陵按時從居延出塞，三十天後抵達浚稽山，在兩座山峯間找到一片有水草處，在那裏紮下大營。他命人將沿途山川地形繪成地圖，派騎兵陳步樂送回京城。

突然間，匈奴單于領兵三萬來到，將漢軍團團包圍，李陵命令用戰車圍成營寨，親自率領精兵鋭卒在營外修築工事、布列軍陣。陣列的前排士兵手持戟、盾，後排的士兵手持弓弩埋伏下來。

匈奴單于見漢軍的人數不多，命令大軍發起衝鋒。李陵身先士卒，與匈奴軍展開肉搏，敵軍受挫後稍稍後退，漢軍便迅速返回戰壕。匈奴軍又一起衝上來，埋伏的弓弩手突然放箭，敵人猝不及防，紛紛中箭倒斃。匈奴單于見勢不妙，連忙領軍退到山上駐紮，李陵指揮漢軍追擊，斬殺數千名匈奴軍。

匈奴單于原以為可以一舉殲滅漢軍，沒想到自己的軍隊反而受到慘重損失，他急忙徵調左右翼的八萬騎兵趕來增援，圍攻李陵率領的部隊。

李陵發現敵人二十倍於己軍，率領部隊且戰且退，幾天之後，退至一座山後，匈奴軍緊追不捨，李陵下令反擊。匈奴軍人多勢眾，漢軍遭受巨大傷亡。李陵下令道：「凡受傷三次的，坐在車上休息；受傷兩次的，坐在車上當馭手；受傷一次的，堅持參加戰鬥。」官兵們個個奮勇殺敵，匈奴軍一片片倒下。李陵趁着敵人驚魂未定，率領部隊繼續後撤。

四五天後，漢軍退至一片沼澤蘆葦叢中。匈奴單于見狀大喜，下令順風縱火，打算將漢軍燒死。不多時，只見烈焰沖天，濃煙滾滾。李陵急中生智，下令放火自救，等到敵人放的火燒到面前，他們已經退到自己放火燒光蘆葦之處。匈奴單于無奈，只得等大火熄滅後繼續追擊。

漢軍退到山嶺地區，匈奴大軍也隨後趕到。匈奴單于親自登上南山眺望，命令太子率領騎兵發起猛烈攻擊。漢軍退至茂密的山林中，與敵人進行周旋。戰馬被樹林所阻，匈奴的騎兵發揮不了威力，漢軍趁機反擊，又殺死幾千名匈奴軍。李陵下令用連弩（一種能一弦發射數箭的強弓）向南山上的匈奴單于射擊，一時飛矢如雨，紛紛從單于的身邊飛過，嚇得單于連忙退到山下。

匈奴軍輪番發起進攻，漢軍的處境越來越不利。這一天雙方交鋒十多次，又有兩千多匈奴軍斃命。單于有些氣餒，總覺得李陵的這支部隊像是誘兵，引誘他們追到漢朝邊境。匈奴單于思量再三，打算撤軍離去。

偏偏就在這時候，一個名叫管敢的軍侯向匈奴軍投降，向單于說出漢軍實情：李陵的部隊是支孤軍，後面沒有大軍埋伏。現在漢軍箭支已將用盡。士兵多已受傷，只有李陵的警衛部隊和成安侯韓延年的八百名士兵在前面開路，傷員和輜重在後面相隨。單于聽了大喜過望，命令全軍一起發起猛攻，同時命人大聲呼喊：「李陵，韓延年，你們跑不了啦，只有出來投降，才會有生路。」單于又派騎兵包抄過去，截斷漢軍的退路。

李陵的部隊被圍困在山谷中，四面八方都是匈奴軍。匈奴軍也不過於迫近，只是一個勁地射箭。漢軍拼死突圍，不斷向南退卻。快要到達鞮汗山（距遮虜障約九十公里的一座山）時，漢軍的箭支已經用盡。李陵下令放棄輜重車輛，全軍輕裝繼續後撤。

這時漢軍還有三千多人，喪失了武器的砍根車軸拿在手中，就是文職人員也武裝起來，手持短刀參加戰鬥。

漢軍退入一個峽谷，單于親自領兵截斷了漢軍撤退的道路。李陵指揮部隊往外衝，匈奴軍將巨石推下山谷，漢軍官兵往往躲閃不及，喪生於巨石之下。漢軍傷亡慘重，又被巨石擋住了道路，難於繼續行進。

天黑以後，李陵命令官兵砍倒所有的旗幟，把值錢的東西埋於地下，然後仰天長歎，對部下們說：「如果還有幾十支箭，我們還能藉着夜色的掩護衝殺出去。現在不僅沒有一支箭，武器也多已折損，無法繼續進行戰鬥。天亮以後，我們只有坐以待斃，與其如此，不如大家於夜間分散了往外衝，或許有人能僥倖逃脫，回去以後向天子報告戰鬥經過。」

他讓全體將士每人帶上兩升乾糧和一塊冰，約定逃脫後在遮虜障會合。夜半時分，李陵下令擊鼓，號令官兵一齊向外衝，可是戰鼓已破，怎麼也敲不響。李陵和韓延年躍上戰馬，十幾名精壯士兵緊緊相隨。其他官兵三五成羣，分散開來向外突圍。

漢軍的聲響驚動了匈奴軍，幾千名騎兵循着馬蹄聲追趕李陵等人。韓延年和戰士們都在激戰中身亡，只剩下手無寸鐵的李陵一個人。敵人一擁而上，將李陵俘獲。他的部下各自逃命，逃回邊塞的只有四百多人。

漢武帝聞報李陵兵敗，希望他能為國捐軀，後來聽說李陵投降了匈奴，勃然大怒。滿朝文武大臣都歸罪李陵，只有司馬遷為他辯護。漢武帝認為司馬遷故意藉機詆毀貳師將軍李廣利，下令將他關進大獄。幾經審問，司馬遷被處腐刑（割去生殖器的酷刑）。漢武帝又下令逮捕李陵的全家，把他們全部斬殺。

李陵投降匈奴以後，儘管受到單于的器重，但他愧憤交加，心裏十分痛苦，最後病死在匈奴。

李陵率軍與匈奴大軍奮戰，英勇悲壯。李陵兵敗，怪不得李陵。他率領孤軍深入匈奴腹地，遇上的敵人有十餘萬人，力量對比過於懸

殊。再則，李陵在撤退的途中，沒有平坦的道路，在沼澤地、山谷中抵抗敵人的追擊，遭受的傷亡更大。最終全軍覆沒，為必然結果。

孫子說：「入人之地深，背城邑多者，為『重地』。行山林，險阻、沮澤，凡難行之道者，為『圮地』。所由入者隘，所從歸者迂，彼寡可以擊吾之眾者，為『圍地』。疾戰則存，不疾戰則亡者，為『死地』。」這些兵家所忌的戰地，李陵幾乎全佔上了，遇一即險，何況如此！

所謂古之善用兵者，能使敵人前後不相及①，眾寡②不相恃③，貴賤④不相救，上下⑤不相收，卒離而不集⑥，兵合⑦而不齊。合於利而動，不合於利而止。

注釋

① 相及：相互聯繫、策應。② 眾寡：人員多少，指主力部隊和小部隊。③ 恃：依恃，依靠。④ 貴賤：指官兵。⑤ 上下：指指揮部與作戰部隊。⑥ 集：聚攏。⑦ 合：集合。

翻譯

人們所說的古代善於用兵打仗的人，能使敵人前面的部隊和後面的部隊不能策應，主力部隊和小部隊不能相互依靠，官兵不能相互救應，指揮部與作戰部隊不能相互收容，士卒離散不能聚攏，部隊集合卻不整齊。對我軍有利就出擊，對我軍不利就停止行動。

楊諒首鼠兩端

隋文帝楊堅曾驕傲地對羣臣說：「前代君王往往寵愛姬妾，從而導致嫡（大老婆生的兒子）庶（小老婆生的兒子）之爭，有的因此亡國，有的因此亡身。我沒有小老婆，五個兒子都是一母所生，是真正的骨肉手足，我也從來沒有這方面的憂慮。」他又鑒於北周各親王的力量太弱，命五個兒子分別據守軍事要地，親王們獨當一面，權利幾乎與皇帝相等。

到了文帝晚年，父子、兄弟你猜疑我，我猜疑你，你防備我，我防備你，結果沒有一個能夠壽終正寢。

公元600年，晉王楊廣利用父親對哥哥楊勇的不滿，施展了一系列的詭計，讓父親楊堅廢了太子楊勇，立他為太子。公元604年，隋文帝楊堅病危。侍奉在身邊的楊廣寫信給心腹楊素，詢問應該怎樣處理隋文帝的後事；他居然弄得陳夫人到楊堅那裏哭訴。他做的壞事都被父親聞知，楊堅又驚又怒，捶着牀吼道：「畜牲！畜牲！怎能讓他繼承大位！」他將侍從叫來，起草復立太子楊勇、廢去楊廣的詔書。

楊廣得到消息，兇相畢露，用毒藥將楊堅毒死。為了斬草除根，他又假傳聖旨，將哥哥楊勇殺害。楊廣登上帝位以後，他的幼弟楊諒惴惴不安，當年太子楊勇被誣，楊諒一直悶悶不樂。過了兩年，他的四哥蜀王楊秀遭受楊廣陷害被廢為庶人，他更為恐懼。

漢王楊諒一直受到父親楊堅的寵愛，轄區大，權力大。他身為并州（治所在今山西太原）總管，西至崤山，東至大海，南至黃河，北至邊界，全都歸他管轄；他還得到楊堅的許可便宜行事，不受朝廷的約束。他對楊廣早有戒心，招募了許多亡命之徒安置在他的衛隊中。楊堅曾經警告他：「你這小子，一旦沒了我你就別輕舉妄動，人家（指楊廣）要抓你，就像抓籠子裏的小雞一樣，你的那些心腹有甚麼用！」

楊廣早知道楊諒對自己不滿，打算將幼弟楊諒除去，他假傳楊堅的詔書，要楊諒即刻進京。楊諒看出假詔書的破綻，知道楊廣容不下自己，他決心拼個魚死網破，起兵造反！

王對楊諒說：「如果殿下打算奪取京師長安，就用關西兵作主力，如果殿下打算割據昔日北齊的疆域，就應重用關東將領。」楊諒既要造反，又不知道究竟該怎麼辦才好，最後只是宣稱左僕射（官名）楊素謀反，自己起兵清君側。

他本以為自己振臂一呼，所管轄的五十二州全都會響應，沒料想響應的只有十九個州，大部分地區依然效忠楊廣。

箭在弦上，不得不發。他命令余公理領兵從太谷（今山西太原）出發，向河陽（今河南孟縣）攻打過去；命令綦良領兵從滏口（今河北武安西南）出發，向黎陽（今河南浚縣）攻打過去；命令劉健領兵從井陘（今河北井陘西）出發，奪取燕趙（今河北一帶）之地，命令裴文安、紇單貴、王聃率軍直指京都長安。

蒲州（今山西永濟）城池堅固，攻打不易，楊諒聽取了謀士的計謀，讓幾百名健卒穿着婦女服飾，戴着面罩，進入蒲州城。守軍上前一問，原來是宮女返回路過這裏，畢竟是男女有別，守軍沒有多加盤問。到了州衙門口，這些健卒將長衣面罩一脫，手持銳利的武器衝了進去，蒲城刺史見勢不妙，急忙從後門逃出，趁着混亂跑到城外，急急忙忙逃往京城。長史高義明、司馬榮毗沒能逃脫，被健卒生擒。

裴文安領兵挺進到距離蒲津關（今山西永濟西）還有十多里時，楊諒突然改變了主意，命紇單貴毀壞黃河大橋據守蒲州，將裴文安召回。裴文安回到晉陽對楊諒說：「出兵作戰必須行動迅速，現在將未將召回，敵人便有了喘息的機會。唉，大好機會就這麼喪失！」楊諒聽了一聲不吭。

時隔不久，楊諒發佈命令：任王聃為蒲州刺史，裴文安為晉州（州治位於今山西臨汾）刺史、薛粹為絳州（州治位於今山西新絳）刺史、梁菩薩為潞州（州治位於今山西長治）刺史、韓道正為韓州（州治位於今山西襄垣）刺史，張伯英為澤州（州治位於今山西晉城）刺史。按照剛出兵時的架勢來看，是準備直搗京都長安；按照新的任命來看，是準備割據自守，如此首鼠兩端，怎麼能夠取勝！不少將領都為此搖頭歎息。

楊諒派部將劉嵩領兵攻打代州（州治位於今山西代縣），代州總管李景領兵抵禦，兩人交鋒沒有幾個回合，劉嵩就被李景斬於馬下。楊諒再也不敢小覷李景，派大將喬鍾葵領兵向代州發起進攻。代州官兵奮力抵抗，楊諒軍久攻不克，士氣漸漸低落，攻勢慢慢減弱。

隋煬帝楊廣聞報幼弟漢王楊諒造反，派楊素率領五千精銳騎兵攻打蒲州。傍晚時分，楊素領兵到達黃河西岸，決定趁敵人不備發起突襲。他收集了幾百條商船，在船上鋪上厚厚的草，人馬踩上去沒有一點聲響。朝廷軍於夜間悄悄渡過黃河，於拂曉時分向蒲州發起攻擊。楊諒軍在睡夢中被驚醒，抵擋不住猛攻城池的朝廷軍，紇單貴戰敗逃走，王聃獻出城池投降。

形勢對楊諒越來越不利，他派出的各路大軍紛紛敗退。喬鍾葵包圍代州已經有一個多月，沒能將代州攻克。楊廣命令朔州（州治位於今山西朔縣）刺史楊義臣援救代州總管李景，楊義臣立即領兵向代州進發。喬鍾葵聞報敵人援軍來到，集中所有的兵力準備迎戰。

楊義臣知自己兵力薄弱，硬打硬拼難以取勝。他集中了軍中幾千頭牛、驢，命令幾百名士兵手持戰鼓，悄悄將牛、驢趕到山谷間。傍晚時分，兩軍交戰，楊義臣命那幾百名士兵將戰鼓敲響，幾千頭牛、驢一起飛奔。一時間，塵埃滿天，戰鼓齊鳴，楊諒軍以為朝廷軍伏兵出動，嚇得四處奔逃潰散。楊義臣揮兵追擊，將喬鍾葵部隊徹底擊潰。

這時候，晉州、絳州、呂州（州治位於今山西霍縣）等仍然在楊諒軍的手中。楊素為了切斷他們之間的聯繫，向每座城池派出兩千人馬牽制。楊諒的守軍只顧守城，相互之間失去了呼應。

楊諒見形勢危急，派趙子開率領十萬大軍，用柵欄堵住所有的山間小路，在山中佈陣，擺開的陣勢長達五十里。楊素見敵人憑險固守，命令眾將領兵對陣，擺出一副準備全力攻打的架勢，自己率領一支部隊暗中潛入霍山，攀登懸崖峭壁行進。出了谷口之後，立即就地安營紮寨。

他命令留下三百人駐守，其餘的都跟隨他前進。士卒們見楊諒的部隊兵力強盛，不願前去對陣，爭着留守營寨。過了許久，才將留守的人員確定下來。楊素見部隊遲遲不能集合，將有關軍官找來，問為何行動遲緩，有關官員據實報告，楊素立即虎起了臉。他下令立即緊急集合，讓留守的士卒都站出來。他瞪大了眼睛看着留守的士兵，嚇得那些士兵不敢抬頭。他突然吼了一聲：「將這些膽小鬼統統斬了！」斬了三百名士卒，楊素又問：「願意留守的站出來！」士卒們嚇壞了，誰也不敢留守，情願隨軍作戰。楊素嚴厲地說：「有人畏敵不前，定斬不饒！」隨即領兵疾進，很快插到敵人的北面。

楊諒軍再也想不到朝廷軍能夠繞到自己的背後，一見朝廷軍攻來，嚇得不知所措，未戰先亂；南面的楊諒軍距離北面有五十里，不知北面發生了甚麼事，一下子也跟着亂了起來。

南面的朝廷軍見敵人陣腳動搖，立即發起攻擊。南北的出路已經被堵死，小路早就被自己切斷，十萬楊諒軍在山中無路可逃，人馬自相踐踏，死傷無數。朝廷軍緊緊追殺，將楊諒軍全殲。

兵敗的消息傳到洛陽，楊諒驚懼萬分。事至如今，後悔也沒有用，只得硬着頭皮率領十萬大軍，在蒿澤（今山西介休北）抵禦楊素。不料老天爺也不幫忙，突然間下起了傾盆大雨，官兵們個個成了落湯雞。楊諒心灰意冷，打算領兵撤退。王頍勸阻道：「楊素率領的是一支孤軍，已經人困馬乏，殿下率領十萬精銳抵禦，一定能夠取勝。」楊諒對他的話不理不睬，率軍退守清源（今山西清徐）。楊素揮師向清源發起進攻，將楊諒打得大敗。楊諒急忙逃回晉陽，楊素隨後領兵趕到，楊諒已經無力抵抗，只得投降。

楊諒被押回京師，朝廷裏的文武大臣一齊上奏，說是楊諒該殺。隋煬帝楊廣故作仁慈，將他從宗室名冊中除名，貶為平民。時隔不久，楊諒死於囚禁之處。

點評

這是一場皇室成員之間的爭權奪利的鬥爭，但是一些戰術的運用值得借鑒。

楊諒首鼠兩端，朝令夕改，弄得軍心渙散。各路人馬之間沒有甚麼配合，各自為戰。如此造反，焉能取勝？楊諒軍到了防守的最後階段，真正是「前後不相及，眾寡不相恃，貴賤不相救，上下不相收，卒離而不集，兵合而不齊」。大軍混亂到如此地步，必敗無疑。

楊素領軍進攻，巧妙地運用了各種戰術。智取蒲州以後，他分出少量兵力到各處騷擾，使楊諒的軍隊相互之間失去了聯繫。霍山一戰更是出奇兵，將南北兩頭的出路堵住，使敵軍成為甕中之鱉。楊諒的軍隊首尾不能呼應，頓時亂成一團，朝廷軍取得了決定性的勝利。以後的戰事如同秋風掃落葉一般，將想造反而沒有本事造反的楊諒生擒。

戰例

輔公祏叛唐

亂世出英雄。隋末唐初輔公祏，就是當年的草莽英雄之一。

隋朝末年，爆發了轟轟烈烈的農民起義。輔公祏與杜伏威一起聚眾起義，進軍淮南。杜伏威在歷陽（安徽和縣）稱總管，輔公祏擔任長史之職。

公元 619 年，杜伏威向唐高祖李淵投降，輔公祏被奪去兵權，唐高祖李淵為了安撫他，委任他為淮南道行台左僕射，封舒國公。

杜伏威與輔公祏當年雖然生死與共，但一旦榮華富貴便互相猜忌。杜伏威表面上對輔公祏十分尊敬，卻讓自己的養子闞峻、王雄誕擔任左右將軍掌握兵權，輔公祏名為行台左僕射，卻沒有一點兒實權，心裏十分不快。

公元 622 年，杜伏威被調往長安任職，義子闞峻隨行。為了制約輔公祏，他將義子王雄誕留下來統領大軍。山中無老虎，猴子稱霸王，輔公祏認為時機已到，和老友左遊仙密謀反叛。一切準備妥當以後，他們為了掃清障礙，將王雄誕殺害。

公元623年，輔公祏偽稱杜伏威知道自己將要被扣留在長安，無法返回江南，臨行前留下書信，要他起兵造反。他隨即在丹陽（今江蘇南京）稱帝，該國號為「宋」；任命左遊仙為兵部尚書，越州總管，坐鎮會稽（今浙江紹興），鎮守吳越一帶。

唐高祖李淵聞報輔公祏在丹陽起兵反唐，立即下詔派兵鎮壓：命趙郡王李孝恭率軍開赴江州（今江西九江），命嶺南道大使李靖率軍向宣州（今安徽宣城）進發，命懷州（州治位於今河南沁陽）總管黃君漢、齊州（州治位於今山東濟南）總管徐世勣領兵進入泗水，各路大軍一起向輔公祏發起進攻。九月十九日，唐高祖李淵又任命秦王李世民為江州道行軍元帥，領兵討伐輔公祏。

唐軍銳不可當，取得節節勝利。李孝恭、李靖率領水軍抵達舒州（今安徽灊山），徐世勣率領一萬步兵渡過淮河攻克壽陽（今安徽壽縣），進抵硤石（壽縣北）。輔公祏早在當塗佈下了大軍，築好防禦工事。他派馮慧亮率領三萬水軍駐紮在博望山（安徽當塗西南江畔），派陳正通率領三萬步騎兵駐紮在青林山（當塗東南），並在梁山那裏的長江江面上拉起鎖鏈，切斷江中航道，沿江建造卻月城（堡壘），綿延十餘里，又在長江北岸構築工事，抵禦唐軍。

第二年三月，李孝恭率領唐軍到達當塗附近，馮慧亮憑險固守，拒不出戰。有馮慧亮這員猛將駐守咽喉要地，想攻克卻也不易。

李孝恭得知敵人軍糧不多，派兵發起突襲，切斷了敵軍的運輸線。沒有糧食運來，馮慧亮的軍糧一天比一天少，軍心開始動搖。為了鼓舞士氣，馮慧亮於夜半時分派兵下山，逼近李孝恭的大營。

唐軍發現敵人逼近，全都緊張起來，左右侍從連忙去向李孝恭報告。李孝恭躺在牀上聽了報告，依然躺着不動，官兵們見他如此鎮定，又都安下心來。

過了一會兒，李孝恭從牀上爬起，把眾將召來，共議破敵大事。多數人認為，馮慧亮身經百戰，作戰經驗豐富，又手握重兵，建有堅固的防禦工事，想要攻克他所據守的水路險要，不是一天兩天的事。不如繞過馮慧亮的駐地，直接向敵人的巢穴丹陽發起攻擊。攻克了丹陽，馮慧亮自然會投降。李孝恭聽了大家的意見，點頭稱是。

李靖提出反對意見，認為連馮慧亮的大營都不能攻破，要想攻克丹陽談何容易。要是輔公祏固守丹陽，馮慧亮從背後發起攻擊，唐軍將腹背受敵，陷於危險的境地。如果我們直接攻向馮慧亮的大營，激怒馮慧亮等人，馮慧亮一定會派兵出戰，我軍可以乘機擊敗敵軍。李孝恭聽了李靖的一番分析，覺得很有道理，決定按照李靖提出的方案作戰。

李孝恭命令一些老弱殘兵向馮慧亮的大營發起進攻，派出精銳部隊埋伏在後面嚴陣以待，讓進攻的部隊把敵人引到埋伏地點，由精銳部隊將敵人圍殲。馮慧亮見敵人吶喊着衝向大營，按捺不住心頭的怒火，命令精銳部隊前去迎戰，準備一舉擊潰唐軍。那些老弱殘兵哪是敵人的對手，一經交鋒轉身就逃，馮慧亮揮軍緊緊追趕，一直追下幾里地。

忽聞路邊戰鼓齊鳴，埋伏着的唐軍一起殺出。杜伏威的養子、朝廷軍左領軍闞畯脫下頭盔，大聲向敵人喝道：「你們難道不認識我了，現在竟然和我作戰！」敵人官兵定睛一看，原來是他們原先的首領，他們一下子喪失了鬥志，一哄而散，有些士卒甚至跪在地上，不斷地口稱「死罪」。馮慧亮再也勒不住，大軍頃刻崩潰。

李孝恭、李靖乘勝追擊，馮慧亮狼狽逃回丹陽。輔公祏怎麼也沒有想到馮慧亮一下子兵敗如山倒，嚇得魂飛魄散。自己的這些士卒很多是闞畯的舊部，上了戰場倒戈怎麼辦？他再也不敢跟唐軍交戰，帶着妻小和心腹西門君儀、吳騷等人，率領數萬人馬，放棄城池向東逃跑。他想和據守在會稽的左遊仙合兵一處，日後再作打算。

輔公祏倉皇逃竄，發覺後面跟隨的部隊發出的聲音越來越小，回頭看一看，長長的隊伍短了許多；過一會兒再回頭看看，大軍的人數越來越少；到了幾十裏外的句容（今江蘇句容）一點人數，幾萬人馬只剩下五百。他不禁發出長長地歎息，知道一切全完了。不管怎麼樣，先逃到會稽再說。逃至常州（今江蘇常州），天色已晚，人困馬乏的輔公祏讓大家歇息。

惶惶如喪家之犬的輔公祏怎麼也睡不着，躺在牀上輾轉反側。忽然，他聽到隔壁房間發出竊竊私語，便躡手躡腳地爬起來，走到窗前聽部屬在說些甚麼。不聽則已，聽了如同五雷轟頂，原來部下正在商量，殺了他向唐軍投降。這可不得了，僅僅剩下五百人也要自己的命！

他急忙把西門君儀叫醒，把部下的密謀告訴他。西門君儀聽了也膽戰心驚，略一思索，要他拋棄妻小，趕快逃命。輔公祏悄悄喊醒跟隨自己多年的幾十名心腹衛士，砍開城門，急急向東逃去。

一行逃到武康（今浙江德清西），一羣農民手持武器攔住了他們的去路。西門君儀見勢不妙，企圖率領衛士殺開一條血路逃命，沒想到憤怒的農民毫不畏懼，衝上來跟他們拼命。西門君儀心慌意亂，一個疏忽被農民殺死。衛士們大驚失色，丟下武器四處逃散。

農民們將輔公祏生擒，五花大綁捆起。大夥兒將他押赴丹陽，獻給了唐軍。李孝恭大喜，厚賞了那些農民，立即將輔公祏斬首。李孝恭下令全力搜捕輔公祏的餘黨，將他們殺了個罄盡。

點評

輔公祏叛唐，是逆時代潮流而動，失敗是必然的。自兩晉南北朝至隋，中原大地經過幾百年的戰亂，國家已經千瘡百孔。那時候，社會生產急待恢復，人們希望能有安定生活的環境，再也不願看到烽火連天，戰亂不止。

輔公祏失敗得這麼快，是這麼一個結局，是人們沒有想到的。李孝恭最高的一着，是讓闞睃與自己的舊部對陣，那些官兵一見舊主，知道自己上當受騙，頓時作鳥獸散。以後輔公祏領兵逃往會稽，沒行幾十里，數萬大軍只剩下五百人，可謂兵敗如山倒，「卒離而不集」。行至常州，不僅僅是「貴賤不相救」，而是要他的命！

不義而動，勢必遭到人們的反對，結局一定是可悲的。

原文

故善用兵者，譬如「率然」①。「率然」者，常山②之蛇也，擊其首則尾至，擊其尾則首至，擊其中則首尾俱至。敢問：「兵可使如『率然』乎？」曰：「可。」

夫吳人與越人相惡③也，當其同舟而濟④，遇風，其相救也，如左右手。是故方⑤馬埋輪，未足恃⑥也；齊勇⑦若一，政之道也；剛柔⑧皆得，地之理也。故善用兵者，攜手若使一人，不得已也。

注釋

①「率然」：古代傳說中的一種蛇。② 常山：即恆山，漢時為避漢文帝劉恆諱，改稱常山。③ 相惡：互相仇恨。④ 濟：渡河。⑤ 方：縛。⑥ 恃：依靠、依恃。⑦ 齊勇：同樣勇敢。⑧ 剛柔：能力強能力弱。

翻譯

善於用兵打仗的人，能使軍隊如同「率然」那樣。「率然」，是恆山那裏的一種蛇，打牠的頭尾巴就來救應；打牠的尾巴頭就來救應；打牠的中段頭尾都來救應。請問：「可以使軍隊像『率然』嗎？」回答說：「可以。」

吳國人和越國人本來互相仇恨，當他們乘坐同一條船渡河，在水面上遇上大風，他們互相援救就像一個人的左右手。所以把馬捆起來，把車輪埋入地下，防止士卒逃亡還是靠不住；要使士卒同樣勇敢，在於發佈的軍令正確；要使能力強的能力弱的都能發揮作用，在於充分利用合適的地形。所以善於用兵的人，使全軍攜起手來如同一個人，這是客觀形勢所迫不得不如此。

皇甫遇勇戰契丹軍

公元944年，契丹主耶律德光再次領兵大舉南侵，打算教訓一下不肯稱孫的後晉皇帝石重貴。「兒皇帝」石敬瑭剛死，石重貴就想造反不成？後晉皇帝石重貴準備親自領兵迎戰，恰巧這個時候得了重病不能成行。朝廷於是派大將張從恩、馬全節、安審琦等領兵拒敵。

張從恩等領兵到了前線，朝廷聞報契丹軍兵力強盛，下令給張從恩等，要他們領兵稍稍後撤以避其鋒。諸軍接到後撤的命令，爭相丟盔棄甲往後跑，撤到河南時，隊伍已經亂得無法整頓。

第二年正月，義成節度使皇甫遇、濮州刺史慕容彥超領兵前來，和張從恩、馬全節、安審琦等合兵一處，幾萬人駐紮在河南安陽，沿河列陣。看看新來的兵勇，一個個雄赳赳氣昂昂，全不像撤下來的士卒那般模樣。安審琦看看自己的部下，實在不像個樣子，於是着力整頓兵馬，他率領的部隊很快就出現了新氣象。

正月十五那天，皇甫遇和慕容彥超率領幾千騎兵到前方，探察契丹軍的虛實。兩人領兵直到鄴縣（今河北臨漳）境內，未見敵軍蹤影，到了漳水邊，準備過河巡察一番便回。

忽然，側面揚起了塵土，數萬名契丹兵飛馳而來。慕容彥超忙問皇甫遇：「賊兵蜂擁而來，是戰還是退？」皇甫遇連忙說：「一旦命令後撤，部眾立即往後逃，勢將潰不成軍，契丹兵在後面追殺，我軍會有滅頂之災。將軍趕快命令官兵佈陣迎敵，同仇敵愾，邊戰邊退。」慕容彥超應了一聲，領命而去。

契丹軍衝到後晉騎兵面前，後晉騎兵已經列好方陣嚴陣以待。敵軍掩殺過來，後晉軍官兵已經抱成一團，竭力抵禦，敵人發起幾次猛烈衝擊，都沒能將後晉軍的陣腳衝動。後晉軍的方陣在統一的指揮下邊戰邊退，絲毫不亂；契丹軍仗着人多，不顧傷亡，緊緊咬住纏鬥。

退到榆林店，遠方旌旗蔽天，塵土蔽日，契丹軍的大隊人馬潮水般湧來。慕容彥超看看皇甫遇，說：「若是契丹兵僅此數萬人馬，我們完全能夠抵禦；如今敵人大軍已到，下面的戰鬥只怕更加慘烈。」

皇甫遇當機立斷，說：「敵人大軍一到，勢必將我軍團團包圍，截斷我軍的退路。失去了退路，軍心難穩。趕快趁敵人大軍尚未來到，命令全軍停止退卻，改換陣形，迎戰敵軍。」

隨着慕容彥超一聲令下，後晉軍立即停止前進，迅速改陣。不消片刻，新的陣勢已經佈好。這時候，契丹軍又追了上來，皇甫遇、慕容彥超立即率軍迎戰。

一路戰來，後晉軍不斷後退，如今不退反進，契丹軍始料未及。後晉軍官兵一陣衝殺，將毫無防備的契丹軍擊退。不一會兒，契丹大軍來到。慕容彥超向官兵們大聲喊道：「返身後退，沒有一個能夠活着回去。要想活命，大家必須同仇敵愾奮勇殺敵，死裏求生。」後晉官兵見情勢如此，向後逃跑必死無疑，堅定了拼死一戰的決心。官兵們豪氣頓生，奮不顧身地列隊向敵人衝過去。

契丹兵雖然勇猛，但是缺乏戰術訓練，騎兵列隊衝鋒，這種陣勢契丹兵從來沒有見過。後晉騎兵方陣前面的倒下一個，後排的立即上來一個補上。這個方陣就像一塊堅硬的巨石，怎麼也打不破。經過一番惡戰，契丹軍被打得大敗而逃。後隊的契丹軍見前軍敗退，數萬人一齊堵截，這才阻住了後晉軍的攻勢。

不可一世的契丹軍再也不敢小覷這支幾千人的騎兵隊伍，整好隊形又一次向後晉騎兵發起衝鋒。後晉官兵剛剛擊敗敵人，士氣大振，又列隊衝入敵陣，將契丹軍殺得潰不成軍。

敵將大怒，下了嚴令：後退者斬！這下子敵軍官兵傻了眼，只得拼死力戰。戰場上塵土飛揚，吶喊聲震天，前隊敵軍抵禦不住，後隊敵軍又衝了上來。從中午打到傍晚，雙方交戰，直殺得日光失色，天愁地慘。

皇甫遇身先士卒，衝在最前。敵將見他英勇無比，命令士卒用長槍刺他的戰馬。皇甫遇策馬左躲右閃，戰馬躲避不及，多處受傷，最後支撐不住，倒地死去。

皇甫遇持刀步戰，情勢危急。他的侍衞杜知遇趕到身邊，飛身下馬，把韁繩遞到他手裏，說：「太尉身為主帥，不可無馬指揮全軍。」皇甫遇激動地拉了拉他的手，飛身上馬繼續指揮戰鬥。

契丹軍傷亡無數，後晉軍也遭受重大傷亡，日暮時分，敵人攻勢稍緩。皇甫遇尋找杜知遇，不見他的蹤影，再朝敵人那邊看去，敵人正押着他往陣後走。皇甫遇對慕容彥超說：「杜知遇是個勇猛的義士，我不能捨他而去。」他與慕容彥超又衝入敵陣，直向杜知遇衝去。敵人見皇甫遇返身入陣，大吃一驚，紛紛逃避。衝到杜知遇面前，兩人殺死押解着他的敵軍，皇甫遇奪過一匹戰馬，讓杜知遇騎上，與慕容彥超一起合力殺出敵陣。

這時候，敵人的生力軍來到，又向後晉軍衝了過來。皇甫遇看看身邊的士兵，個個塵土滿面，渾身血污；略略估摸一下人數，剩下約半數。他對大家說：「大家奮力作戰，或許還有生路，否則只有死路一條了。」官兵們紛紛說道：「太尉放心，我等決心以死報國！」皇甫遇點了點頭，指揮大家跟敵人作殊死搏鬥。

據守在安陽大寨的諸將得到皇甫遇被敵人包圍的消息，安審琦立即跑出大帳，率領騎兵準備前去營救。張從恩步出大帳，對安審琦說：「假如契丹大軍真的將皇甫太師包圍，即使我軍全體出動，也不一定能夠擊敗敵軍救回太師，你率領這些騎兵前往，又有何用？」安審琦朝他怒視着，激憤地說：「謀事在人，成事在天。如果救不出太師，那也沒有辦法；如果不去援救，我們於心何安！」說完，率領騎兵飛馳而去。

契丹軍正在圍攻後晉軍，忽見遠處塵土飛揚，知道後晉援軍已到。契丹軍打了半天，已經筋疲力盡，他們不敢再戰，連忙領兵退去。

安審琦來到皇甫遇、慕容彥超身邊，看到他們戰袍上全是鮮血，已經如同血人一般，敬佩萬分，說：「在下來遲，有驚太師。」他們緊緊地拉住安審琦的手，激動地說：「不是將軍來救，我等將戰死在這裏。」他的部下聽了，紛紛落下英雄淚。正是大家不畏強敵，團結奮戰，安審琦前來援救，大家才得以生還。

皇甫遇、慕容彥超率軍英勇奮戰，擊敗強敵的英勇事跡迅速傳遍了全軍，大大鼓舞了後晉官兵的士氣。契丹軍如同驚弓之鳥，自相驚擾地說：「晉軍已經全部出動，打到這裏來了！」耶律德光聽部眾都這麼說，信以為真，立即領兵向北逃去。他害怕被晉軍追上，途中不敢過夜，一直退到安全的地方才駐足休息。

點評

「兒皇帝」石敬瑭在位期間，後晉官兵受盡屈辱，皇甫遇、慕容彥超率軍抗敵，一舒多年積壓在心頭的激憤。

這是一場遭遇戰，「兩軍相遇勇者勝」。正因為皇甫遇不畏強敵，激勵官兵同仇敵愾英勇奮戰，才擊敗了十數倍於自己的強敵。

孫子在談到「率然」時特別強調了軍隊團結的重要性。團結就是軍隊的戰鬥力，在戰場上具體表現為行動的統一、思想的統一。只有這樣，才能大大提高部隊的凝聚力，全軍才能「攜手若使一人」。這樣的軍隊，才是戰無不勝、攻無不克的勁旅。

周盤龍父子逞威

公元 480 年，北魏出兵南下，他們的步兵、騎兵號稱二十萬，步步南逼。南齊豫州（州治位於今安徽壽縣）刺史巧施計謀，率軍英勇奮戰，將來勢洶洶的強敵徹底擊潰。

第二年，不甘心失敗的北魏主元宏又派出大軍，向淮陽（今江蘇清江西）發起進攻。那時候，北魏軍新敗，軍紀渙散，只是仗着人多，一路燒殺擄掠。敵人所經之處，無數百姓無辜被殺，許多村落被夷為平地。到了淮陽城下，敵人一窩蜂將淮陽包圍。南齊軍軍主（官名）成買率軍拼死抵抗，兵力佔絕對優勢的北魏軍遭受巨大傷亡，未能將淮陽攻克。

南齊高祖蕭道成聞報淮陽危急，任領軍將軍李安民為都督，與軍主周盤龍等領兵援救淮陽。大軍行至半途，北境傳來噩耗，軍主成買終因寡不敵眾，力盡陣亡。

周盤龍的兒子周奉叔血氣方剛，聞訊後立即向父親請命，要求作為先鋒，領兵殺入敵陣，為成買報仇雪恨。周盤龍沉吟了半晌，說：「孩兒，不是父親不肯答應，只是人馬太少，撥不出兵力給你。」

周奉叔慷慨激昂地說：「父親大人，孩兒不要多少人馬，只要幾百名騎兵就行。」周盤龍正色道：「軍旅之事，豈可兒戲！幾百名騎兵，怎能敵得過幾萬敵兵！」

周奉叔見父親不答應，說道：「孩兒並不是要以幾百人馬擊退敵人，只是衝入敵陣。孩兒衝入敵陣廝殺一番，見好就收，立即回營。再說孩兒理應為國效力，即使馬革裹屍又有何憾！」

周成龍見兒子決心要打頭陣，便撥給他兩百騎兵，再三囑咐道：「敵兵人多勢眾，不可掉以輕心。你領兵前往，不可戀戰，略略挫去敵人銳氣便可回營。」

周奉叔率領兩百騎兵，風馳電掣般向敵人衝去，敵人未見南齊軍佈陣，沒有防備，周奉叔領兵殺到，立即將敵軍的防線衝開一個缺口。周奉叔自幼練就一身好武藝，這時大發神威，遇上一個敵人殺一個，遇上兩個敵人殺一雙，敵人紛紛落馬，見到周奉叔殺來只顧後退避讓，沒人敢上前廝殺。

敵將見周奉叔勇猛，派出一萬騎兵從左右兩側包抄。敵人的騎兵見到氣勢如虹的這支隊伍，如同老鼠見了貓咪一般只顧躲避。這支騎兵隊伍就像一艘乘風破浪行駛的船隻，衝到哪裏哪裏的敵人就像破浪一般向兩邊分開。敵將指揮一萬騎兵四處堵截，居然沒能將周奉叔率領的一彪人馬攔住。

正在觀戰的周盤龍見敵人像潮水一般湧過去，心裏暗暗着急，忽然有人向他報告：「軍主大人，周奉叔已經為國捐軀。」周盤龍心如刀絞，猛喝一聲，單槍匹馬衝入敵陣。

敵軍剛剛被一員小將攪得亂成一團，現在又有一位武藝更高強的老將殺了進來，還沒有緩過氣來的敵人陣腳大亂，無論敵將怎麼猛喝，都沒能將周盤龍圍在垓心。周盤龍一會兒殺向東，一會兒殺向西，四處尋找兒子。

其實周奉叔並沒有戰死，他怕父親擔心，已經趁亂衝回自己的大營。有人告訴他，他的父親為了尋找他已經衝入敵陣。周奉叔心裏一驚，立即調轉馬頭再次衝入敵陣。

敵將正在為包圍老將調遣兵力，沒想到小將又殺了進來，他費了九牛二虎之力才穩住的陣腳又被衝亂。周奉叔只管往人多的地方衝，終於見到老父。他為了救出父親，越戰越勇；父親見到兒子，鬥志越發昂揚。父子倆終於會合在一處，合力殺向敵人。敵軍連一員猛將都圍不住，哪裏圍得住兩頭猛虎？他們衝到哪裏，哪裏就自行讓出一條路。敵人的千軍萬馬成了一盤散沙，被周盤龍、周奉叔父子殺得潰不成軍。敵人被嚇破了膽，忙不迭向北逃竄。

都督李安民見魏軍潰退，指揮大軍猛追上去。敵將知道越跑越糟，喝令官兵返身應戰，官兵哪裏肯聽，一個勁地往後逃。敵將揮劍連殺幾名後退的軍官，這才止住了退兵。兩軍又在孫溪渚（今江蘇清江西南）進行決戰，魏軍又被擊潰。

周盤龍父子力克數萬敵軍，一時傳為美談。只是因為南齊是個不爭氣的短命王朝，他們父子的英雄事跡才未被史家大書特書。

淮陽一戰，數萬敵軍居然被周盤龍父子二人攪亂潰退，簡直是個奇跡。他們父子倆的英雄氣概自不必言，難道合數萬人之力居然敵不過他們父子二人？絕非如此。關鍵在於敵人如同一盤散沙，聚不成一股合力。

這從反面證明了軍隊團結一心的重要性，沒有凝聚力的軍隊決不會有戰鬥力。

是故不知諸侯之謀①者，不能預交②；不知山林、險阻、沮澤之形者，不能行軍；不用鄉導③者，不能得地利。四五者④，不知一，非霸、王⑤之兵也。

注釋

① 謀：心思，打算。② 預交：預定外交方針。③ 鄉導：向導。鄉，通「向」。④ 四五者：泛指這幾個方面。⑤ 霸、王：稱王、稱霸。

翻譯

因此，不了解諸侯的打算，就不能預定外交方針；不了解山林、險阻、水網、沼澤、湖泊等地形，就不能行軍；不用向導，就不能得地利。這幾個方面，有一個方面不了解，就不能成為稱王、稱霸的軍隊。

孟知祥吞併東川

公元930年，東川節度使董璋反叛朝廷，消息傳到京師，後唐主李嗣源深感不安。一波未平，一波又起，西川節度使孟知祥隨之反叛，朝臣議論得沸沸揚揚。李嗣源派石敬瑭領兵前去鎮壓，結果大敗而歸。從此以後，蜀地成了董璋的天下。

一山哪能容得下二虎。擊敗朝廷軍以後，董璋、孟知祥便反目為仇，虎視眈眈地注視着對方，隨時準備撲上去將對方撕碎。論起兵力，董璋強盛些；說起智謀，孟知祥略勝一籌。兩人雖是兒女親家，但已撕破了臉，雙方明爭暗鬥，不斷發生摩擦。

公元932年，東川節度使董璋再也按捺不住，將文武官員召來，共商討伐西川大事。眾將七嘴八舌地說：「太尉勇冠三軍，無往而不勝。」「小小西川，哪是太尉的對手，定能一舉掃平！」董璋聽了，不禁拈鬚微笑。

部將王暉突然說：「西川有萬里土地，兵力不弱，不可小覷。再說現在正值夏季，烈日當空，不宜征戰。何況眼下出兵，師出無名，勝負難料。」董璋聽了，臉色立即陰沉下來，兩眼直瞪瞪地看着王暉，王暉若無其事地站在那裏，不再開口說話。

眾將力主出兵，你一句我一句說個不停。董璋當下做出決定，立即發兵攻打孟知祥。

董璋領兵進入西川境內，一舉攻破白楊林鎮，不僅全殲了那裏的守軍，而且生擒了守將武弘禮。東川軍旗開得勝，聲威更盛。消息傳到成都，孟知祥愁容滿面。

大將趙季良說：「董璋雖然勇猛，對待部下卻刻薄寡恩，將士對他又懼又怨，多有二心。如果他憑險據守，難以攻克；如果進行野戰，他便難以號令全軍。現在董璋領兵前來，對我軍有利，眼下雖遇小挫，無礙大局。」孟知祥聽了，愁容稍斂，問：「依將軍之見，如何對付東川軍？」

趙季良想了想說：「董璋用兵，總是將精銳部隊作為前鋒。我軍應用弱兵誘之，以驕其心。等到敵軍懈怠時，催動精銳發起反擊，必能大獲全勝。」他頓了頓接着說：「董璋威名遠播，我軍將士見了他未免驚恐，令公須親自領兵抵禦，才能穩定軍心。」孟知祥考慮再三，決定派趙廷隱率領三萬大軍抵禦董璋。

說董璋無謀倒也委屈了他，他的點子也還不少，只是不能使孟知祥中計，達到他預訂的目的。董璋知道孟知祥身邊的趙季良、趙廷隱、李肇等不好對付，便使出了離間計。他寫信給三人，詐稱自己按照他們的計謀領兵攻打西川，要他們做內應；他又故意讓孟知祥將這三封信截獲，想使孟知祥猜忌他們三人。

孟知祥看了這三封信，一眼就識破了董璋的詭計。趙廷隱領兵出戰前向孟知祥辭行，孟知祥把董璋的信拿給他看，趙廷隱接了過來，看也沒看就扔在地上，說：「這是董璋使的離間計，是想讓令公殺了我等而已。」說完，鄭重地拜別登程。孟知祥深有感慨，說：「有部將如此，何愁不能擊敗董璋！」

孟知祥把來信交給李肇，李肇便問這信是誰寫的，孟知祥告訴他這是董璋的信，李肇立即說：「這一定是董璋誣陷我等反叛。」

董璋使出的離間計沒能得逞，便揮動大軍向成都攻去。到了漢州（今四川廣漢）附近，與守將潘仁嗣在赤水畔展開激戰。潘仁嗣不是董璋的對手，被生擒過去。部眾見主將遭擒，軍心大亂，被打得潰不成軍，頓時星散。

漢州就在成都附近，失去了漢州成都便失去了屏障。孟知祥再也坐不住了，留下趙季良鎮守成都，親自率領八千人馬奔往漢州。到了彌牟鎮，與趙廷隱合兵一處。

五月初三，天剛麻麻亮，趙廷隱便領兵在雞蹤橋擺開陣勢，命令張公鐸率領精兵強將在他後面埋伏下來，等到大軍退到埋伏處，張公鐸率領精銳殺出。

不久，董璋領兵到了雞蹤橋。他見西川軍旌旗鮮明，兵勢盛大，不敢貿然作戰，領兵退據武侯廟。中午時分，烈日難當，曬得士卒揮汗如雨。帳下士卒鼓噪起來，有些亂叫亂嚷：「怕他怎的，還不衝上去！」董璋怕亂了軍心，連忙騎上戰馬，率領部眾向西川軍殺過去。

哪知到了陣前，右廂馬步都指揮張守進一面高喊「投降」，一面縱馬逃入敵陣。張守進見了孟知祥，把東川軍的底細和盤托出：董璋的人馬都在這裏，後面沒有援軍。

董璋見張守進陣前倒戈，氣得臉色發紫，率領帳下驍勇直向雞蹤橋撲去。孟知祥的部將毛重威、李塘守衛雞蹤橋，率軍拼死抵禦，董璋拍馬衝上前，與他們戰在一處。董璋力戰二將，毫無懼色，不消多時，二人只有招架之功，沒有還手之力。二人忽見自己的部下被擊潰，頓時慌了神，董璋一刀劈死毛重威，回手一刀斬殺李塘。

這時候，趙廷隱領兵衝了上來，與東川軍戰在一處。東川軍銳不可當，迅速將西川軍擊退。董璋領兵追了過去，趙廷隱命令後退的西川官兵返身再戰，沒過多久，西川軍又被擊敗。如此戰戰退退，將東川軍引到張公鐸埋伏之處。

突然一陣鼓響，張公鐸率領西川軍的精銳突然殺出。東川軍本以為勝負已定，沒想到東川軍於敗軍之際還有驍勇殺出。東川軍力戰多時，已經疲乏，又是乘勝追擊之時，毫無防備，突然遇上勁敵，一下子亂了起來。張公鐸身先士卒，大聲呼喊着與敵人廝殺，將士們勇猛上前，殺入東川軍陣內，東川軍被打懵了，一個勁地往後跑。董璋勒不住，被敗兵裹挾着後退。這下子兵敗如山倒，東川軍被殺得大敗而逃。趙廷隱見埋伏的精銳得手，懸着的一顆心終於落下，他立即揮動大軍緊緊追殺，不讓董璋有機會集結敗軍。

西川軍緊追不捨，生俘敵將八十多人，兵眾七千餘。董璋看看身邊，只剩下幾個騎兵，帳前驍勇喪失殆盡。他突然捶着胸悲痛地喊道：「老天爺，我的親近都沒有了，今後我依靠誰啊！」

趙廷隱領兵收復了漢州，四處找不到逃回城內的董璋。原來，士卒們進城之後只顧爭奪東川軍扔下的軍需物資，使得董璋得以乘隙逃脫。

董璋逃回梓州（今四川三台），已經筋疲力盡，連馬也不能騎，讓人用肩輿抬着回去。王暉迎上前去，故作驚訝問道：「太尉率領全軍出征，怎麼只帶了幾個人返回？」董璋淚流滿面，只是搖頭，說不出一句話來。

董璋回到府第正在吃飯，王暉率領三百士兵呼喊着衝了進來。董璋見勢不妙，拉着妻子登上城頭，他的兒子董光嗣知道性命不保，拔刀自殺。董璋逃到北門城樓，呼喚部將潘稠，要他率軍鎮壓亂兵。潘稠應了一聲，帶領十名士兵登上城頭，到了董璋面前，一刀砍下董璋的人頭，董璋糊里糊塗做了刀下之鬼。潘稠提着董璋的人頭，奔入董璋的府第，斬下已經自殺的董光嗣的首級，一併獻給王暉。西川兵隨即到了城下，王暉立即打開城門向趙廷隱投降。

孟知祥吞併了東川，力量日益增強。公元 934 年，孟知祥在成都稱帝，史稱「後蜀」。

點評

孫子在這裏再一次提出了解敵情的重要性，不了解敵情，就不能取得戰爭的勝利。「知己知彼」，是孫子一再強調的戰略思想。

這場戰役雙方戰鬥之前，西蜀趙季良對董璋的分析可謂鞭辟入裏：董璋對部下刻薄寡恩，部下多有二心；如果進行野戰，董璋難以號令全軍；董璋用兵，總是將精銳作前鋒，可用誘兵之計。稍後，董璋使用反間計，又被孟知祥識破，只得硬打硬拼。作戰時，戰局果然像趙季良預料的那樣，敵將陣前倒戈，挫傷了敵軍的銳氣；用伏兵將敵軍擊潰，取得最後的勝利……董璋的一切都在對方的掌控之中，雖然兵力佔有優勢，但不能挽回失敗的命運。

崔延伯擊敗莫折

北魏孝明帝元詡在位時，西北一帶的各族人民在貪官污吏的壓榨下，生活在水深火熱之中。各族人民紛紛揭竿而起，西北的局勢極不穩定。公元524年，秦州百姓在莫折大提的率領下起義。莫折大提自稱秦王，帶領大家反抗北魏朝廷的統治。沒過多少時日，莫折大提患病暴死，他的兒子莫折念生繼位。不久，莫折念生自稱天子，設置百官，改年號為天建，繼續與北魏朝廷鬥爭。

同年八月，莫折念生派他的弟弟莫折天生迎戰北魏都督元志。元志認為義軍不過是一羣烏合之眾，領頭的又是個乳臭小兒，根本不把義軍放在眼裏。哪知義軍的士氣正盛，一鼓作氣將毫無防備的朝廷軍打得大敗，元志丟下部眾狼狽逃竄，馬不停蹄地逃至岐州（今陝西鳳翔南）自守。

莫折天生乘勝追擊，將岐州層層包圍。元志的部隊已經喪失乾淨，命令該州的守軍抵抗。義軍奮不顧身地攻城，於十一月初二將岐州攻陷，都督元志及岐州刺史裴芬之沒能逃脫，做了義軍的俘虜。莫折天生把他們送到莫折念生那裏，莫折念生立即將他們斬首示眾。

莫折天生領兵駐紮在黑水，兵力越來越強盛，朝廷任命崔延伯為征西將軍、西道都督，領兵三萬征討莫折天生。崔延伯與行台（在地方上代表朝廷行事的官員）蕭寶寅會合，駐紮在馬嵬（今陝西興平馬嵬鎮）。

崔延伯是北魏的一員猛將，治軍嚴格，膽識過人。他率領大軍屢經沙場，作戰經驗甚為豐富。蕭寶寅恨不得一下子就將義軍消滅，催促崔延伯盡早出戰。崔延伯說：「今日天色已晚，明天清晨我去試探一下叛賊的虛實。弄清了他們的底細，便可設法將他們殲滅。」

第二天一早，他率領挑選出來的數千騎兵渡過黑水，排着整齊的隊伍，列好作戰方陣，向莫折天生的軍營進發。蕭寶寅率領大軍駐紮在黑水以東，遠遠的作為崔延伯的後援。

崔延伯領兵到了莫折天生的大營前，準備耀武揚威一番，嚇唬住對方，然後領兵徐徐撤回。沒想到義軍見來敵人少，爭相打開營門，向崔延伯的部隊衝過來。崔延伯的部眾見衝出來的義軍十倍於己方，不免有些慌張。崔延伯下令：「全部舉起武器，做好戰鬥準備。」義軍衝到崔延伯部眾方陣不遠處一個個都停下了，他們弄不明白，這些官兵鎧甲鮮明，隊形整齊劃一，一個個拿着武器站着不動，究竟耍的是甚麼鬼花樣？

莫折天生來到陣前，見敵人絲毫不亂，不免起了疑心：莫非來敵是誘兵，引我們陷入他們的圈套？他將馬鞭高高揚起，高聲喊道：「跟他們對峙，沒有命令不許衝！」

崔延伯下達嚴令：「準備緩緩向後撤！不許策馬奔跑，不許亂了方陣，有誰違反，格殺勿論。」官兵們久經沙場，知道陣腳一亂必敗無疑，於是嚴格遵守命令，緩緩向河邊移動。

崔延伯的軍隊徐徐後撤，義軍緊緊相隨。朝廷軍人人心裏發毛，若是義軍猛衝過來，傷亡必定慘重。有人偷眼看看崔延伯，只見他行若無事，騎在馬上緩緩而行。

到了黑水邊，崔延伯命令部隊按部就班地渡河，自己掉轉馬頭，與義軍相對。莫折天生不懂這是甚麼花招，猜測：莫非河谷埋伏有朝廷軍？他命令大家不許動，想仔細看看。只見朝廷軍有條不紊地渡過黑水，崔延伯才不慌不忙渡河。莫折天生畢竟年輕，沒有弄懂崔延伯耍的陰謀。

蕭寶寅在對岸親眼看到崔延伯所處的險境，暗暗為他捏把汗，看到他不損一兵一卒地返回，高興地說：「崔君如此勇武鎮定，只怕關羽、張飛也趕不上您。有了崔君，叛賊何患不平！」崔延伯聽了，微微一笑，說：「大人謬讚了，只不過是叛賊無勇無謀而已。這幫叛賊不是老夫的對手，大人只管安心穩坐，末將一定一舉擊潰叛賊。」

第二年正月初八，崔延伯率領精銳騎兵為先鋒，蕭寶寅率領大軍緊隨其後，向敵人發起進攻。崔延伯依然率領軍隊緩緩而行，到了敵人大營前站立不動。義軍官兵又爭相打開營門一擁而出。崔延伯一聲令下，騎兵立即飛馳過去。義軍沒想到朝廷軍一反上一次的做法猛衝過來，沒有列好隊形的義軍頃刻之間便被衝散。

莫折天生漸漸緩過神來，打算收拾敗軍列陣。經驗豐富的朝廷軍看到哪裏人多就往哪裏衝，不讓義軍重新集結。義軍列不成陣，只得人自為戰。朝廷軍大開殺戒，不留活口，打算把義軍斬盡殺絕。幸好朝廷軍取勝後紛紛掠奪物資，莫折天生才帶着殘存的人馬逃脱。

經過這一仗，義軍元氣大傷，損失了十多萬人馬，輜重全部丟失。

點評

與敵人作戰，必須了解敵情，這包括敵人的兵力，敵人的裝備，敵人的戰鬥力，敵人的計謀等等。

莫折天生敗就敗在不了解敵情。他不知道敵人有多少兵力，不了解來的是一支戰鬥力極強的精銳部隊，更不了解敵人的想法、計謀。敵人前來示威，沒有多少兵力，他卻弄不清敵人的意圖，坐失戰機；等到敵人真的發起進攻，他卻毫無防備，及至被擊潰。

對敵情缺乏正確的估計，缺乏戰爭經驗，這是農民起義軍的通病，也是農民起義失敗的重要原因之一。

《火攻》論述火攻的功效和注意事項。孫武將火攻分為五種：一是燒人馬，二是燒糧草，三是燒輜重，四是燒倉庫，五是燒補給線。實施火攻有必要條件：器材和天時。孫子指出，火攻必須靈活使用，並且用兵力配合。孫子還談到水攻，認為用水輔助進攻可以加強攻勢，可以切斷敵人與外界的聯繫，但不能奪取敵人的物資。

孫子曰：凡火攻有五：一曰火①人，二曰火積②，三曰火輜，四曰火庫，五曰火隊③。行火必有因④，煙火必素具⑤。發火有時，起火有日。時者，天之燥也；日者，月在箕、壁、翼、軫⑥也。凡此四宿⑦者，風起之日也。

|注釋|

① 火：焚燒。② 積：指糧草物資。③ 隊：運輸線。隊，通「遂」。④ 因：原因，條件。⑤ 素具：平時就備齊。素，平時，平常；具，具備。⑥ 箕、壁、翼、軫：古代星宿的名稱，二十八宿中的四個。⑦ 宿：星宿。

|翻譯|

孫子說：大凡火攻有五種：一是焚燒敵人的人馬，二是焚燒敵人的糧草，三是焚燒敵人的輜重，四是焚燒敵人的倉庫，五是焚燒敵人的補給線。實施火攻必須要有條件，火攻器材必須平時準備好。放火要看天時，實施火攻要看日子。所謂天時，指氣候乾燥；所謂日子，指月亮行經「箕」、「壁」、「翼」、「軫」這四個星宿的日子。月亮經過這四個星宿的日子，就是起風的日子。

鄱陽湖之戰

元朝末年，朝綱廢弛，社會一片混亂，廣大人民羣眾生活在水深火熱之中，一場轟轟烈烈的農民起義正在醞釀。

韓山童、劉福通利用白蓮教作掩護，發動羣眾進行反對蒙古統治者的鬥爭。1351 年，韓山童、劉福通等人在潁上縣的白鹿莊聚集了三千教徒，準備舉行起義，不料機密泄露，被敵人包圍，韓山童在戰鬥中犧牲。劉福通突圍後把部眾組織起來，以紅巾裹頭，發動起義，被稱為「紅巾軍」。義軍攻城略地，迅速壯大起來。公元 1355 年，劉福通率領義軍攻下亳州，迎立韓山童的兒子韓林兒為「小明王」，國號為「大宋」，改元「龍鳳」。

明太祖朱元璋，濠州鍾離（今安徽鳳陽東）人。少時因為家貧，在皇覺寺出家為僧。紅巾軍起義爆發後，朱元璋參加了郭子興領導的義軍隊伍。郭子興見他儀表堂堂，把他留在身邊。

朱元璋在義軍裏充分發揮了他的才能，率軍作戰每戰必勝，郭子興將他視為心腹，並將自己的養女馬氏嫁給他為妻。郭子興病故以後，他的兒子郭天敍成為這支義軍隊伍的首領。不久郭天敍戰死，朱元璋成為這支起義軍的領袖。這年五月，朱元璋率軍渡過長江，攻佔太平（今安徽當塗）。第二年，又率領水陸大軍攻下集慶（今江蘇南京），並將集慶改名為應天。

陳友諒，湖北沔陽人，年輕時曾為縣吏。紅巾軍起義爆發後，他參加徐壽輝、鄒普勝、倪文俊等人領導的天完紅巾軍，不久便以戰功升為元帥。公元 1357 年，倪文俊想謀害徐壽輝奪取大權，結果陰謀敗露逃竄至黃州，陳友諒乘機殺死倪文俊，吞併了他的部眾，掌管了天完紅巾軍的大權。公元 1360 年，陳友諒殺死徐壽輝，自稱皇帝，建國號為大漢，改元大義，控制了長江中游地區。

張士誠，本為鹽販。公元 1353 年，張士誠率領鹽丁起兵反元，第二年正月，在高郵稱王，國號為「大周」。不久，張士誠由通州（今江蘇南通）渡江南下，攻佔常熟、平江（今江蘇蘇州）、松江、常州等地，定都平江。

朱元璋要平定江南，勢必要消滅陳友諒、張士誠。陳友諒要奪取江南，勢必要消滅朱元璋、張士誠。張士誠要在江南站穩腳跟，勢必要消滅朱元璋、陳友諒。昔日同一戰壕裏的盟友，現在已經成為不共戴天的仇敵。

公元 1360 年，陳友諒向朱元璋發起進攻，結果被朱元璋打得大敗。陳友諒丟棄巨艦一百餘艘，乘小船逃回江州（今江西九江）。公元 1363 年，張士誠派呂珍領兵圍攻「小明王」韓林兒的據點安豐（今安徽壽縣），劉福通戰死，韓林兒向朱元璋求援。安豐是應天的屏障，不能拱手讓給張士誠，朱元璋思慮再三，於三月領兵渡江救援安豐。

陳友諒見報仇的機會來了，趁江南空虛之機，打算收復江西的地盤。他親自率領六十萬的大軍，向洪都（今江西南昌）攻去。陳友諒雖於不久前被朱元璋擊敗，但是力量仍然不能小覷。為了收復洪都，他做了精心準備，別的不說，光是巨艦就打造了數百艘。這種巨艦有好幾丈高，上下共有三層，簡直就是水面上的巨無霸。陳友諒率軍登陸以後，向洪都發起了猛攻。朱元璋的守軍緊閉城門奮力抵抗，傷亡慘重。

朱元璋聞報陳友諒率軍攻打洪都，吃驚不小，這可真是螳螂捕蟬，黃雀在後。他急忙下達命令，要正在圍攻廬州（今安徽合肥）的徐達、常遇春回師援救。他親自領兵跟他們會合，率領水軍二十萬，火速前往洪都。如果這一次不能斬草除根，日後會有更大的麻煩。朱元璋下定決心，一定要把陳友諒圍殲於鄱陽湖。為了達到這一目的，朱元璋進行了嚴密部署：派出一支部隊駐紮在涇江口（今安徽宿松南長江邊），派一支隊伍駐紮在南湖嘴（今江西湖口北），派一支隊伍駐紮在武陽渡（今江西南昌東南），徹底切斷陳友諒的逃路。他親自率領水軍進入鄱陽湖，與陳友諒進行決戰。

陳友諒久攻洪都不下，部眾的士氣低落，聞報朱元璋領兵前來援救，只得撤除對洪都的包圍，率領水軍進入鄱陽湖，迎戰朱元璋的水師。他暗暗想道：洪都憑着城池堅固，堅守至今不足為奇；若是水戰，朱元璋的小舟豈能跟我的巨艦對陣！這番擊敗了朱元璋，再來攻打洪都，到了那時候，洪都的守軍必定氣喪，定能一鼓而下。

雙方的艦船迎頭相駛，在康郎山（今江西鄱陽湖內康山）水域遭遇。看到陳友諒水軍的巨艦，朱元璋的官兵面露畏色。朱元璋氣閒神定，對諸將說：「敵人的船隻雖然很大，但是不便進退；他們首尾相連，給了我們可乘之機，我們一定能將敵人擊潰！」聽了朱元璋的這番話，官兵們重新鼓起了鬥志。朱元璋又告誡諸將：「兩軍相遇勇者勝。敵軍久攻洪都不下，正窩着一肚子氣，他們仗着艦船體大，勢必要作困獸之鬥，你們必須英勇作戰，奮勇殺敵，必須做到有進而無退。」眾將聽了，轟然應命。

朱元璋略一思索，把水軍分隊。每隊配備各種火器和弓弩。他命令各隊艦船：接近敵艦時先發火炮、火銃、火箭、大小火槍等，待到敵艦着火後再發射弓弩，與敵艦貼近後短兵格鬥。

雙方交戰後，朱元璋水軍的火器、弓弩發揮了巨大威力。湖面上炮聲隆隆，飛矢如雨，喊殺聲驚天動地，百里之內湖水都被火光映紅。陳友諒的水軍被打得大敗。時隔不久，朱元璋的軍隊乘勝發起第二輪進攻，部將俞通海率領戰船乘風破浪靠近敵艦，用火器再敗陳友諒軍，又焚毀陳友諒水軍戰船二十餘艘。

經過一番激戰，朱元璋水軍的火器漸漸用盡，這下子陳友諒軍不再畏懼，依仗巨艦向朱元璋軍發起反攻。敵將張定邊認出了朱元璋的戰船，疾駛過去要把它撞翻。朱元璋的戰船見勢不妙，連忙打舵規避，不料戰船擱淺，沒法動彈。敵人的戰艦趁機圍了過來，向朱元璋的戰船發起猛攻。朱元璋的水軍戰船急忙飛駛而來，許多將士拼死相救，朱元璋這才得以脫險。

雙方休戰了一天，第三天再戰。陳友諒的巨艦全部駛出，各艦相連擺開了陣勢。那些巨艦就像一座座小山，朱元璋的戰船就像巨人腳下的孩童，即使衝到了敵艦跟前，官兵們也無法仰攻。激戰了一天，陳友諒佔了上風。朱元璋雖遇小挫，但仍然不失擊敗陳友諒的信心，為了防止陳友諒趁機逃脫，朱元璋指揮大軍繼續與之纏鬥。可是戰船太小，無法打敗敵軍。第四天，朱元璋遭到敵艦的猛烈攻擊，逼得連連後退。

這樣下去怎麼行？難道沒法取勝？朱元璋和各位將領眉頭緊皺，苦思破敵之計。現在雖有不少火藥，可是來不及造火器，沒有火器難道無法打敗這些龐然大物？部將郭興提出建議，將火藥裝在船上，一引火火勢更猛。朱元璋採納了這一建議，繼續火攻。

老天幫忙，黃昏吹起東北風。朱元璋大喜，選擇水性好的勇士，駕駛七艘裝滿火藥、柴草的漁船，向敵艦迫近。到了附近，勇士將船點燃，然後躍入水中逃回。漁船一下子猛烈燃燒，順風衝向敵艦。敵艦艘艘相連，根本沒法躲避，迅速燃燒起來，順風蔓延，越燒越旺，一時烈焰飛騰，火光映紅天空和湖面。無需多時，燒毀了陳友諒的數百艘巨艦。陳友諒的兩個兄弟、大將陳普略都燒死，陳軍官兵傷亡過半。

陳友諒為了挽回頹勢，揮軍發起反攻。陳友諒認準朱元璋的戰船，揮動大軍四面圍攻。親兵將領韓成挺身而出，換上朱元璋的冠服迷惑敵軍。韓成見敵人逼近，「撲通」一聲投水自溺，陳友諒喜出望外，以為朱元璋已死，領軍後退。朱元璋見敵人遠去，趕緊登上別的船隻逃命，他的前腳剛剛離開，他的坐船後腳便被炮火擊中。朱元璋真是命大福大，又一次逃脫了鬼門關。朱元璋回到陣中，隨即揮軍發起反擊，敵軍先頭部隊的戰艦由於艦體太大，機動性太差，遭到圍攻，全部被毀。

陳友諒企圖依賴殘存的巨艦，跟朱元璋作最後的拼鬥。朱元璋的水軍殲滅了陳友諒的大部分戰艦，鬥志正旺，部將俞通海、廖永忠、張興祖、趙庸等分乘六艘快船，突入敵軍的船隊，在敵軍巨艦間縱橫行駛，巨艦對他們無可奈何。朱元璋軍膽氣陡增，向敵艦發起猛烈攻擊。敵人已經喪失了鬥志，無法抵擋，大敗而退。

陳友諒戰又不能戰，逃又沒處逃，陷入了絕境。他的一些將領見大勢已去，紛紛向朱元璋投降。朱元璋寫信給陳友諒，要他趕快投降，並且把俘虜全部釋放，以此瓦解敵人的士氣。陳友諒心存僥倖，執意頑抗到底。

陳友諒的逃路已經被全部堵死，已經成了甕中之鱉。他又頑抗了一個多月，糧食將盡。八月二十六日，陳友諒率領一百餘艘戰艦企圖突圍。行至湖口，陷入朱元璋大軍的層層包圍。陳友諒的官兵爭相逃命，陷入一片混亂。最後陳友諒中箭而死，部將陳榮率五萬餘人投降。

點評

鄱陽湖之戰是一場大規模的水戰，為日後大規模水戰在各方面提供了經驗，如大小艦船的合理配置，火力的配備，艦船的陣形等等。這次戰役最重要的經驗，就是水戰時火攻的運用。

自古以來，火攻的戰例甚多，最著名的有「赤壁之戰」，焚燒敵人的兵馬，「官渡之戰」，焚燒敵人的糧草，等等。「鄱陽湖」之戰，主要在大規模水戰中如何實施火攻焚燒敵人的艦船，如何消滅敵人的生力軍等方面，為後世提供了寶貴經驗。

要實施火攻，必須要準備好充足的火攻器材，如果器材不充足，不能達到預期的效果；火攻要看風向，須順風縱火，讓火勢迅速蔓延；火攻可以使用火器，也可以使用焚燒的戰船；實施火攻的船隻要機動靈活，易於掌控。大型艦船容易遭受敵人火攻，不能緊緊地連接在一起，等等。

鄱陽湖之戰，是朱元璋與陳友諒為爭奪江南而進行的一場決戰。消滅了陳友諒，為朱元璋平定南方、進行北伐奠定了基礎。

王琳反陳兵敗

陳霸先平定了侯景之亂，又在抗齊的戰爭中立下赫赫戰功，聲望日隆，大權在握。在那動亂的年代，權臣篡位的事屢見不鮮，陳霸先也想風風光光地登上帝位，在青史上留下自己的英名。

王琳當年與陳霸先共同討伐侯景，陳霸先自任丞相以後，王琳產生了戒心。王琳佔長江中下游的廣大地區，兵精糧足，何嘗沒更大野心？

公元557年，陳霸先以朝廷的名義徵召王琳入京，王琳豈是傻子，肯把自己的性命讓陳霸先握在手裏？他不僅拒絕了徵召，而且大量打造戰船，擺出一副與陳霸先相對抗的架勢。

陳霸先正愁沒有理由對他進行征討，王琳拒絕徵召正好為他提供了口實。當年六月，他任侯安都為西道都督，周文育為南道都督，率領水軍兩萬，約定在武昌會師，聯兵向王琳發起進攻。王琳部將樊猛見來敵氣勢洶洶，不敢應戰，棄城而逃。侯安都順利抵達武昌；周文育自豫章（今江西南昌）出發，到達武昌與侯安都會合。

這時候，傳來陳霸先在建康稱帝的消息，侯安都仰天而歎，說：「我們是因王琳不服梁朝朝廷的調遣才去討伐他的，現在丞相已經代梁自立，梁朝朝廷不復存在，討伐他已是師出無名。理不直則氣不壯，只怕我軍難以取勝。」

兩軍雖已會師，卻沒有統一指揮，部下時常爭吵，誰也不服誰；侯安都和周文育免不了袒護自己的部下，弄得兩軍人和盡失。

大軍來到郢州，遇上王琳的部將潘純陀的頑強抵抗。軍心不穩、互相埋怨的部隊，當然攻不下城池堅固、防衛嚴密的郢州。王琳聞報敵軍攻打郢州，立即親自領兵前去營救。侯安都、周文育得知王琳領兵將到，連忙解除對郢州的包圍，退至沌口（今湖北漢陽西南），由進攻轉入防禦。

幾天以後，王琳率軍與敵軍決戰，失盡天時、地利、人和的朝廷軍一觸即潰。連王琳自己都沒有想到打敗敵人這麼容易，取得的戰果如此輝煌，侯安都、周文育沒能逃脫，做了王琳的俘虜。王琳大喜過望，用一條長鎖鏈像拴螞蚱一樣將二位都督拴在一起。他得意洋洋，心中有說不出的暢快。

本來，王琳對陳霸先心存畏懼，自此以後不再把他放在眼裏。第二年正月，王琳以誅除篡國奸賊為藉口，率領十萬大軍，向陳霸先稱帝的建康（今江蘇南京）攻去。

北江州魯悉達一直遲疑觀望，既不得罪任何一方，也不向任何一方歸服。王琳深知魯悉達起着舉足輕重的作用，任命他為鎮北將軍；陳霸先趁他主意未定，任命他為征西將軍。

王琳怕他改變主意，連忙給他送去一隊鼓吹彈唱的女樂；陳霸先聞訊後趕緊搜求會鼓吹彈唱的美女給魯悉達送去。這可難煞魯悉達了，不知倒向那一邊才好。幾經考慮，他來了個美女全收，可是兩邊的官職都不接受，依然保持中立。

陳霸先見他耍滑頭，又惱又恨，便派安西將軍沈泰領兵攻打魯悉達，打算先消滅魯悉達再對付王琳。魯悉達久經沙場，又有相當的實力，沈泰竭盡全力發動進攻，遲遲未能取勝。王琳見有機可乘，又派人向魯悉達勸降，魯悉達自有他的打算，始終不肯歸順。

那時候，東魏高歡的兒子高洋篡權建立了北齊，西魏宇文泰的兒子宇文覺篡權建立了北周。王琳覺得自己的力量還不夠強大，便向北齊求援，並請求送回被陳霸先送去做人質的南梁永嘉王蕭莊，重建南梁朝廷。北齊皇帝高洋見王琳前來投靠，滿心歡喜，立即答應了他的請求。那一年三月，高洋派兵護送蕭莊到江南；隨後，王琳擁立蕭莊為南梁皇帝，自己做丞相，把持了小朝廷的朝政。

南梁的帝位已給陳霸先奪去，現在又冒出一個南梁傀儡皇帝，如此，中原大地像一個剖開的西瓜，陳、南梁、北齊、北周四國並立。

公元559年，陳霸先去世。王子陳昌於七年前在江陵陷落時俘到長安，國內沒有王子繼承帝位。章太后和大臣趕緊商量，決定封鎖陳霸先去世的消息，將陳霸先的姪子臨川王陳蒨從南皖緊急召回。

大敵當前，烽煙四起，國不可一日無君。可是章太后因王子陳昌還活着，下不了讓陳蒨繼位的決心。大臣們議論紛紛，誰也不敢明確表態。曾被王琳俘虜、以後又設法逃回的大將侯安都挺身而出，大聲說道：「眼下烽火四起，怎能再猶豫！臨川王為國家立有大功，不立他又立誰？」

他手持利劍走上大殿，請章皇后交出玉璽。章太后這才下旨，由陳蒨繼承帝位。

陳蒨於動亂之秋登上皇帝的寶座，肩負着千鈞重擔。他決心完成陳霸先未竟之業，消滅王琳建立的南梁朝廷，統一江南地區。

那一年，王琳趁陳朝皇帝新立、國內局勢不穩之機，抵達柵口。陳朝大將侯瑱領兵抵禦，在蕪湖駐紮下來。兩軍劍拔弩張，相持了一百多天。

公元560年春天，王琳見春潮水漲，戰船可以暢行無阻，認為機不可失，立即率領大軍東下。侯瑱見敵人已經出動，立即率軍向虎檻洲（蕪湖江中的小島）挺進。王琳命令水軍將戰船停泊在長江西岸，與侯瑱的水軍遙遙相對。

第二天，兩軍進行會戰，王琳略佔下風，退回西岸自保。斷黑以後，突然颳起東北大風，一時間，狂風呼嘯，波浪滔天，泊在長江西岸王琳水軍的戰船受風襲擊，互相碰撞。直到第二天清早，狂風才停息。膽子幾乎被嚇破的水兵官兵看看自己擱了淺的戰船，已經被撞得遍體鱗傷，他們花了好大的力氣對戰船進行修理。侯瑱見王琳的水軍無法出戰，率領船隊退回蕪湖。

北周人見王琳領兵東下，防務空虛，乘機發兵攻打郢州。王琳得到消息，憂急萬分，自己的老巢在郢州，部眾多是那裏的人，再不抓緊時間攻下建康，回師援救郢州，軍心就會不穩，弄不好部眾就會逃散。他立即率領船隊東下，在距離蕪湖十里處停泊。

這時候，北齊大將劉伯球率軍一萬多，幫助王琳作戰；慕容子會率領兩千騎兵，駐紮在蕪湖對岸，作為王琳部隊的聲援。有了北齊的援兵，王琳膽氣更壯。

那天，侯瑱一早讓官兵吃了早飯，佈好陣勢等待王琳率軍前來進犯。那天西南風颳得正勁，王琳暗叫「天助我也」，率軍徑直向建康進發。侯瑱見王琳水軍還沒有跟自己交戰，直逼建康，心中暗喜：只要前面有軍隊阻截，自己的水軍從後面發起攻擊，王琳軍受到前後夾擊，必敗無疑。

王琳見侯瑱的船隊尾隨而來，命令水軍調轉船頭與侯瑱的水軍決戰。雙方戰船漸漸靠近，王琳求勝心切，一時糊塗油蒙了心，竟然下令扔出火把焚燒侯瑱的船隊。這可是大錯特錯的一着，哪有逆風施行火攻的道理？大火沒有燒着敵人的戰船，反而燒着了自己的船隊。王琳的水軍亂了套，一個個忙着滅火；王琳自己也傻了，簡直弄不懂自己怎麼會發出這麼糊塗的命令！

侯瑱不失時機地立即下令向王琳的船隊發起總攻。他命令部分官兵用拍竿撞擊燃燒着的敵船，命令一些官兵讓火勢燒得更旺。王琳的水軍徹底崩潰，溺死的有十分之二三，其餘的丟下戰船逃到岸上，幾乎被陳朝軍隊殺了個乾淨。

王琳乘坐小船突出戰場，直到湓城才登岸歇息。他還打算集結殘兵敗將再作拼搏，可是沒有人再聽他的。王琳百般無奈，只得如同喪家之犬，悽悽惶惶帶着妻妾和十幾個隨從投奔北齊。

孫子提出了火攻的五個目標：「人」、「積」、「輜」、「庫」、「隊」，同時提出了實現這五個目標的條件：「素具」、「天時」。

水火無情，不可亂用，使用不當，不僅不能傷害敵人，反而害了自己。王琳打算實施火攻，不失為一條妙計，可惜他犯了糊塗，居然逆風放火，留下了千古笑柄。

像王琳這樣做傻事的畢竟屬離奇個案，但還是給了我們警示：實施火攻必須慎之又慎，特別不能城門失火，殃及池魚。

故以火佐①攻者明②，以水佐攻者強③。
水可以絕④，不可以奪⑤。

注釋

① 佐：扶助，幫助。② 明：功效明顯。③ 強：加強。④ 絕：切斷。
⑤ 奪：奪取物資。

翻譯

用火來輔助進攻可以立見功效，用水來輔助進攻可以加強攻勢。
水可以切斷敵人與外界的聯繫，但是不能奪取敵人的物資。

戰例

潁川大戰

東魏名將慕容紹宗一舉擊潰侯景叛軍，高澄要多高興有多高興。他對父親高歡佩服得五體投地，不僅有知人之明，而且留了一着棋，讓自己重用慕容紹宗對付侯景。

公元548年四月，高澄命高岳、慕容紹宗、劉豐生率領十萬大軍，攻打西魏名將王思政從侯景手中接收的潁川，打算讓慕容紹宗再立新功。

王思政聞報東魏軍遠道而來，決定先給東魏軍一個下馬威。他讓守軍偃旗息鼓，好像是守軍已經望風而逃。

高岳等人領兵來到潁川城下，不見守軍蹤影，不免疑惑起來。要是王思政已經領兵退走，就可以兵不血刃地拿下潁川，那是再好也沒有的事；要是王思政還在城中，這是玩的甚麼鬼花樣？高岳將牙一咬，不管王思政在不在，總要進潁川城，即使他耍甚麼花招，自己有十萬大軍，還怕打不過王思政！他立即下令從四面向潁川發起進攻，企圖一舉拿下潁川城。

大軍吶喊着向各個城門衝去，冷不防王思政的守軍從城裏衝了出來。訓練有素的西魏軍隊形整齊，如同緊握的拳頭猛地向對方擊去。東魏軍依仗人多，一個勁地往前衝，已經亂了隊形，又被西魏軍打了個伏擊，亂哄哄的隊伍無法抵禦，損失了不少人馬，連連後退。

高岳、慕容紹宗好不容易才喝止住退軍，向潁川城反撲。這時城門緊閉，城頭全變了樣，只見戰旗迎風招展，官兵鎧甲鮮明，王思政威風凜凜地站在城頭，如炬的雙目怒視高岳、慕容紹宗、劉豐生等人。

東魏各將久經沙場，知道他領兵居高臨下地堅守，一下子難以攻破城池。高岳等領兵稍稍後退，思量攻城之策。根據以往的攻城經驗，他們指揮大軍築起土山，一面由弓弩手從土山上向城裏射箭，一面催動步卒日夜不停地攻城。守城畢竟比攻城容易，東魏軍攻城多日，傷亡累累；王思政讓守軍輪番固守，也有一些傷亡。

拂曉時分，攻城的土山已經被西魏軍佔領，還在土山上築起了防禦工事。土山失守，不僅失去了居高臨下攻打城池的據點，還讓西魏軍在城裏城外形成了掎角之勢。自己築起的土山，反讓敵人佔領了攻打自己，高岳等人真是越想越懊喪，越想越來氣！

潁川久久不能攻克，高澄憋足了氣不斷派兵前去增援，務必要拿下潁川城，活捉王思政。他想一振雄風，完成統一中原的大業。高澄想得倒是挺美，可是事與願違。王思政不僅驍勇，而且多謀，潁川像一座金城，屹立在如同汪洋大海的敵軍中。

一年過去了，潁川依然巋然不動，三位東魏將領整日愁眉不展。兵力遠超敵軍，卻鬥不過王思政，再拿不下潁川，有何面目再言戰事！

劉豐生突然有了主意，在洧水上築一道攔水壩，提高洧水的水位，然後扒開攔水壩引水灌城，讓潁川成為一座水城。高岳、慕容紹宗聽了，連稱「妙計」。他們立即行動起來，命令大軍在上游處築起攔河壩，同時開溝挖渠，準備把洪水引向潁川城。

洧水被阻，水位不斷上升，劉豐生一聲令下，洧水大壩被扒開，滔滔洪水沖向潁州城。城牆經受不住洪水的沖擊，倒塌多處。城中一片汪洋，水波粼粼，官兵們只得將爐灶懸掛起來，才能燃火煮飯。時間一長，城中的條件越來越惡劣，軍民的生活越來越艱苦。

西魏太師宇文泰聞潁川危急，忙派大將軍趙貴前往支援，到長社以北，只見汪洋，勉強涉水到達穰城（今河南鄧縣），無法再向前進。

東魏軍攻城，也被洪水所阻，步卒行動十分不便。高岳組織了一批弓弩手，乘坐戰船逼近潁州城，不斷地向城中發箭。守軍漸漸抵擋不住，眼看城池就要陷落。高岳等人喜不自勝，劉豐生、慕容紹宗親自到攔河壩巡視。兩人看看攔河壩，再看看孤舟似的潁川城，相視而笑。突然，東北方向颳來一陣大風，塵沙撲面而來，迷得人睜不開眼。兩人見壩上風沙太大，便到壩下戰船上躲避。

霎時間，烏雲四合，暴風突起，大地一片昏暗，水面波濤洶湧。劉豐生、慕容紹宗乘坐的戰船在水面上劇烈顛簸，忽然間「嘣」的一聲，纜繩被大風颳斷。這下子可糟了，狂風吹着戰船直向潁川城漂去。城上的守軍見敵船順風漂來，用長鈎扯住船，飛矢像雨點般向船射去。慕容紹宗見勢不妙，「撲通」一聲跳入水中，結果被活活淹死；劉豐生跳下水，奮力向土山遊去，城上的守軍豈肯放過他，一陣亂箭直射過去，將他活活射殺。

這消息像一聲晴天霹靂，驚得高岳目瞪口呆，東魏軍一天損失兩員驍將，士氣頓時低落下去。高岳不敢再向潁川發起進攻，潁川的形勢趨於穩定。高澄聞報慕容紹宗不幸身亡，十分痛惜。父親特意留給他的大將，沒用上多久就意外陣亡，真是老天沒眼，不給他留下猛將。他於心不甘，於公元 549 年夏親自率領十萬人馬前往潁川，繼續向潁川發起攻擊。

他一到潁川城外，便親自監督民夫、士卒修整洧水水壩，沒料想水勢過猛，一連修整了三次都倒塌了。兇殘無比的高澄勃然大怒，命人將民夫和他們運來的泥土一起填到缺口處填塞。

東魏官兵見了高澄，如同貓咪見了老鼠一般，個個心驚膽戰。高澄下令攻城，哪一個敢落在後面？官兵們一擁而上，又將潁川層層包圍。

潁川被圍一年多，城中被淹，許多官兵和百姓患上了水腫病。六月間，忽然颳起狂風，城牆在水中浸泡日久，經不起巨浪的沖擊，終於倒塌。高澄立即傳令：「誰生擒了王思政，就封給誰侯爵；誰弄傷了王思政，他的親信、侍從全部斬首！」

王思政知道潁川城再也堅守不住，率軍登上土山。他望着失陷的潁川城，心中無限悲痛，長長地歎了一聲，對部屬們說：「我竭力守城，如今已是智窮力竭，唯有一死，報效國家。」說完之後，他跪倒在地，向西方拜了兩拜，拔出佩刀準備自刎。都督駱訓說：「如今高澄已經發佈命令，不許有人傷害將軍，難道您就不哀憐您的左右侍從，讓他們遭受屠戮？」眾人一擁而上，奪下他的佩刀，求他不要自殺。

王思政欲死不成，只得聽天由命。高澄派趙彥深上山，把王思政拉到高澄的住地。高澄不要他下拜，請他坐在上座，向他表示了欽佩之意。

王思政初到潁川時，手下將士有八千人，到了潁川陷落時，只剩下三千人。他們頑強抗敵，沒有一個人叛變投敵。高澄將這些人拆散，發配到邊遠地區。

點評

孫子在這裏同時提到了水攻，認為火攻可以立見功效，水攻可以加強攻勢，這一觀點無疑是正確的。

水攻和火攻一樣，使用它必須慎之又慎。水攻不僅傷及對方官兵，無辜百姓也要跟着遭災。相對而言，水攻造成的傷害面積更大。運用水攻雖然能夠使敵人陷入絕境，弄不好對自己也會造成傷害，劉豐生、慕容紹宗意外身亡，就是自己害了自己。

魏軍兵敗豫州

南齊是南朝統治時間最短的一個朝代，公元479年立國，公元502年滅亡，享國僅二十三年。

公元493年，齊武帝蕭賾去世，在以後不到十年的時間裏，蕭氏的不肖子孫們走馬燈似的換了五個皇帝。不過，齊高帝蕭道成、齊武帝蕭賾，倒也將國家治理得像個樣子。

公元480年，北魏趁南齊初立，出兵南侵。他們的步兵騎兵號稱二十萬，步步南逼。南齊豫州刺史垣崇祖，得知魏兵已經南下，在治所壽春（今安徽壽縣）召集文武官員共議抗敵大事。

垣崇祖首先提出自己的看法：整治外城，加強防禦，築起堤壩，堵截淝水，時機一到，決開堤壩水淹敵軍，如此雙管齊下，定能戰勝兵力遠遠超過自己的強敵。

文武官員聽了他的意見，無不感到詫異。自古以來這裏就是兵家必爭之地，從來沒有人用這種辦法抵禦敵人。有人說：「當年拓跋燾領兵南下，南平王劉鑠領兵在此抵禦。劉鑠的軍隊兵精將勇，士氣高昂，兵力比現在多出幾倍，他尚且認為外城範圍太大，防守外城便分散了兵力，因而退守內城，集中力量進行防禦。現在我們兵力不多，反而加強外城的防禦，豈不是更加分散了兵力？敵軍攻打過來，我們顧此失彼，如果一處被攻破，全城難以堅守。如此看來，還是退守內城較為穩妥。」

有的說：「前人固守壽春，從未有過堵截淝水施行水攻的戰例，如果派人築壩堵截淝水，恐怕是徒勞無益，白白浪費人力物力。」

垣崇祖說：「時間、條件不同，作戰的方法也應有所不同。一味墨守成規，怎能出奇制勝？照眼下的情況來看，我們的兵力不足，就是固守內城，勝負也難預料。再說我們放棄了外城，敵人一定會將外城佔領。敵人在外城上築起高樓，在城內築起高牆，他們居高臨下向內城射箭，我們只得束手待斃。你們說說看，如果出現了這種情況，應當怎麼辦？」眾人面面相覷，無言以對。

垣崇祖用堅定的口氣說：「防守外城，修築堤壩，是我思慮再三做出的決定。請各位不要多言，按照我的命令行事。」

眾人說服不了垣崇祖，再說已經下了命令，不得不執行。回過頭來再仔細想想，他說得也有道理。文武官員雖有疑慮，但也想不出更好的禦敵之策。

垣崇祖一面派人在壽春西北築壩，一面在堤壩北面築起一座小城，並在小城四周挖了深深的壕溝，小城建好、壕溝挖好以後，派出幾千名官兵到小城防守。文武官員對此迷惑不解：敵軍號稱二十萬，防守小城的只有幾千人，這豈不是驅羊攻狼，白白送了他們的性命？

垣崇祖向大家解釋道：「敵人大軍來到以後，看到這座小城，一定會全力攻打，企圖一舉將它攻克；看到淝水築有堤壩，一定想毀壞它。到了那時候，我們決開堤壩水淹魏軍，敵人一定會成為水中屍體。」眾人聽了，半信半疑，不知敵人會不會中計。如果敵人不來上這個當，豫州必失無疑。

敵軍到來之後，果然首先攻打這座小城。敵人蜂擁般衝去，打算一舉殲滅那裏的守軍。

垣崇祖見敵人已經中計，心中暗喜。他頭戴白色紗帽，乘坐輕便的轎子，從容不迫地上了城頭。黃昏時分，城頭上的令旗揮舞起來，大壩上的守軍看到令旗飄舞，立即決開堤壩放水。霎時，滾滾洪流奔騰而下，呼嘯着向小城沖去。

攻城的魏兵看見洪水排山倒海席捲而來，立即慌了神，想跑跑不掉，想躲躲不了，被滔滔洪水捲入深深的壕溝活活淹死。沒有去攻城的魏兵看到洪水直沖過來，大驚失色，踏着齊膝深的大水向北逃竄。

這一仗打得實在漂亮，南齊軍未損一兵一卒，便將來勢洶洶的魏兵徹底擊潰。

出其不意地攻擊敵人，是取勝的法寶之一。豫州地處要衝，歷來為兵家必爭之地。自古以來，這裏經歷過許多戰事，歷數以往戰例，未曾用過水攻，正因為如此，巧施計謀實施水攻，出乎敵人意料，才使敵人毫無防備，稀里糊塗地中計。

為了實施水攻，垣崇祖作了一系列的精心準備：淝水築壩，準備蓄水灌敵；建築小城，吸引敵人前來進攻；深挖壕溝，打算將敵人沖入壕溝淹死。戰前考慮周密，做好方方面面的準備，是水攻得以成功的保障。由此可見，實施水攻和其他的進攻方法一樣，不是一件簡單的事，為將者必須仔細謀劃。

《用間》主要說明「用間」的威力巨大，它的作用絕不亞於千軍萬馬，至於如何運用，可謂「運用之妙，存乎一心」。孫子首先說明使用間諜偵察敵情在作戰中的重要作用，接着說明使用間諜有五種：有「因間」，有「內間」，有「反間」，有「死間」，有「生間」。所謂「因間」，就是利用敵方的本土人做間諜。所謂「內間」，就是利用敵方的官員做間諜。所謂「反間」，就是利用敵方間諜為我所用。所謂「死間」，就是讓我方的間諜把假情報傳給敵方間諜。所謂「生間」，就是我方能夠活着回來報告敵情的間諜。這五種間諜，前三種間諜是利用敵方人員，後兩種是我方間諜，要對敵方人員加以利用。孫子最後指出，使用間諜在用兵中非常重要，國君、將帥不能不重視它。

故用間①有五：有「因間」，有「內間」，有「反間」，有「死間」，有「生間」。五間俱起，莫知其道②，是謂神紀③，人君④之寶也。「因間」者，因⑤其鄉人而用之。「內間」者，因其官人⑥而用之。「反間」者，因其敵間而用之。「死間」者，為誑⑦事於外，令吾間知之，而傳於敵間也。「生間」者，反⑧報也。

|注釋|

① 間：情報人員，間諜。② 道：規律。③ 神紀：神妙的方法。④ 人君：國君。⑤ 因：依憑，利用。⑥ 官人：官員。⑦ 誑：欺騙。⑧ 反：返回。反，同「返」。

|翻譯|

使用間諜有五種：有「因間」，有「內間」，有「反間」，有「死間」，有「生間」。如果五種都使用，沒有人能夠明白其中的規律，這就是神妙的方法，是國君的制勝法寶。所謂「因間」，就是利用敵方的本土人做間諜。所謂「內間」，就是利用敵方的官員做間諜。所謂「反間」，就是利用敵方間諜為我所用。所謂「死間」，就是在外面利用某事進行欺騙，使我方的間諜知道，並且傳給敵方間諜。所謂「生間」，就是能夠活着回來報告敵情。

陳平施計除范增

想當年，項羽叱咤風雲，勇冠三軍。及至被圍垓下，悲歌泣下，最後自刎烏江，實在可悲。

項羽作戰勇不可當，卻胸無城府。他的真正好謀士只有一個，那就是范增。可就這麼一個范增，最後還被他逼死，以致連他的老對手劉邦都說：「項羽這小子有一個范增卻不能使用，這就是他失敗的原因，他又怎能不死在我手上呢？」

范增，居巢（今安徽巢湖）人。公元前209年，陳勝、吳廣率領九百名戍卒揭竿而起，一場轟轟烈烈的農民起義爆發了。各地的英雄豪傑也乘機而起，加入到推翻秦王朝統治的隊伍中。在這逐鹿中原的豪傑中，就有項梁、項羽叔姪。他們本是楚國貴族的後代，一心要為先輩報仇。陳勝起義爆發以後，他們殺死了會稽郡守，佔領了會稽郡，起兵響應陳勝。那時候，范增已經是七十歲的老翁，可是他老當益壯，參加了項梁領導的起義軍隊伍。

別看范增年老，可不是等閒之輩，他為人機敏，足智多謀，參加了項梁領導的義軍後，積極為義軍出謀劃策。為了增強義軍的號召力，范增向項梁提出建議，設法尋找楚王的後人，以他作為號召。功夫不負有心人，楚王的後代真給他們找到了，他就是流落在民間牧羊的羋心。他們擁立羋心為楚王，以恢復楚國為號召，名正言順地高舉反秦大旗，並設法將各路人馬統一在楚王的旗下。

項梁戰死以後，范增忠心耿耿地為項羽籌謀大計。項羽對他也很尊敬，稱他為「亞父」。

攻克咸陽以後，項羽不想當統一中國的皇帝，只要做諸侯霸主。他自封為西楚霸王，做各國諸侯的首領。韓生等人認為：關東一帶地勢險要，能夠憑藉險要牢牢守住，不能輕易放棄。再說，這裏土地肥沃，物產豐富，要想成就霸業，在這裏建立首都最為合適。

項羽看看咸陽秦王宮，燒得殘破不堪；再說，自己也想念故鄉，於是說：「富貴不回家鄉，像夜裏穿着華麗衣服在外行走，沒人能看見。」於是領兵回楚，去做西楚霸王。

當初楚漢相爭時，項羽率領四十萬大軍，駐紮在新豐鴻門，劉邦領兵十萬，駐紮在距鴻門不到二十里的霸上。項羽下達命令：「明天一早讓將士們吃個飽，準備擊潰劉邦的軍隊。」

不料項羽的叔叔項伯把這件事告訴了張良。得到了這個消息，劉邦十分焦急，自己區區十萬人馬，根本不是項羽四十萬大軍的對手。

他用各種手段籠絡項伯，要他為自己說情，答應第二天一早便到項羽軍中請罪。

清早，劉邦如約到了鴻門，項羽沒為難他，設宴請他入席。范增知劉邦志在天下，今後一定是項羽的強勁對手，現在不除掉他，後患無窮。他屢次舉玉玦向項羽示意，要他下決心把劉邦殺掉，可是項羽發起善心，對范增示意不理不睬。范增把項羽堂弟項莊叫到跟前，吩咐他道：「大王心太軟，下不了殺死劉邦的決心。你進去說舞劍給他們助興，乘機把劉邦殺了。」宴飲時，項莊拔劍起舞；項伯立即跟着拔劍起舞，用身體去掩護，以致項莊沒能下得了手。

公元前205年夏，項羽在彭城（今江蘇徐州）大敗漢軍，劉邦退到滎陽，楚軍乘勝追擊，在滎陽一帶互相對峙。

公元前204年，楚軍包圍了滎陽，漢軍形勢危急，劉邦只得求和。范增說：「現在劉邦容易對付，一定要消滅漢軍。不趁着現在的大好機會消滅，以後一定為此後悔。」項羽聽了范增意見，拒絕了劉邦的請求。

劉邦得到消息，整日愁眉不展，項羽倒好對付，只是身邊的范增為他的智囊，要是項羽聽從了范增的謀劃，怎能取勝？謀士陳平知道劉邦的心思，給劉邦定下一條離間計，設法讓項羽趕走范增。劉邦聽了陳平的計謀，連聲稱妙，決定伺機實施。

有一天，楚軍的使者到了漢軍大營，劉邦連忙熱情款待，擺下豐盛的宴席。正好劉邦有事外出，陳平走了進來，故作驚訝地說：「我還以為使者是范增派來的，原來是楚王派來的使者！」隨即命人把豐盛的宴席撤掉，換上一些粗劣的食物給使者吃。

使者窩了一肚子火，回去之後把出使的情況說給項羽聽。項羽暗暗想道：是不是范增暗中跟漢軍有勾結，使者才會有這樣的遭遇？他越想越覺得不對勁，對范增起了疑心。

項羽對范增有了戒心，不再聽取范增的意見；漸漸收回范增的權利，使他不能再指揮軍隊。范增對此有所察覺，不禁勃然大怒，對項羽說：「天下的大勢已定，大王好自為之。我的年紀已經大了，大王請允許我回故鄉養老。」項羽同意了他的要求。

項羽中了陳平的詭計，使范增蒙受不白之冤，逼迫范增離開自己。范增沒能回到彭城老家，途中因病去世。從此以後，項羽失去了謀士，再也沒有人忠心為他謀劃，漸漸走上了滅亡的道路。

楚漢逐鹿中原，項羽最後失敗，其中的原因很多，不能正確地使用范增也是原因之一。

范增為楚軍出謀劃策，屢立奇功。可惜項羽對他有偏見，多次錯失制勝良機。「鴻門宴」上殺了劉邦，豈不是斬草除根？滎陽之戰勝利就在眼前，卻中了陳平的離間計，趕走了范增。從此以後，項羽就像一頭到處撲殺的老虎，人家設下了陷阱他也往裏面跳。

「用間」的威力巨大，不亞於千軍萬馬。所以孫子說它「是謂神紀，人君之寶也」。如何運用這個寶，可謂「運用之妙，存乎一心」。

皇太極施計除勁敵

公元1616年，女真人努爾哈赤在赫圖阿拉建國，定國為「大金」，史稱「後金」。從此以後，他攻城略地，不斷增強後金的實力。

明朝為了抵禦女真人的步步緊逼，任孫承宗為兵部尚書、東閣大學士，領兵前往遼西，嚴陣以待。那時候，孫承宗的防衛固若金湯。當時，主張堅決抵抗的還有袁崇煥。他曾經在兵部任職，後來主動要求前往遼東。他在寧遠築起了堅固的城牆，率軍保衛遼東一帶。

時隔不久，明朝朝廷再起黨爭，孫承宗遭到魏忠賢的排擠，他苦心經營的寧（寧遠）錦（錦州）防線遭到破壞。孫承宗的繼任者高第將大部分兵力撤至關內，遭到袁崇煥的堅決反對。袁崇煥堅持留駐原地，說：「我到寧遠來戍邊，死也要死在這裏，我就在這裏堅守，決不撤退！」

公元 1626 年，努爾哈赤見有機可乘，率軍攻打寧遠。明軍的火炮發揮了作用，跟隨父親上陣打仗的皇太極親眼目睹士卒血肉橫飛，他咬緊了牙關，決心要報這深仇大恨。

明熹宗得到戰報大喜，將袁崇煥升任為遼東巡撫。熹宗去世後思宗（崇禎）繼位，崇禎皇帝對「九千歲」的罪惡早已有所了解，東林黨人也紛紛上書彈劾魏忠賢，魏忠賢自知難逃一死，最終畏罪自殺。魏忠賢一死，人們又想起了袁崇煥，大臣們上書給崇禎皇帝，要求將袁崇煥召回朝廷。公元 1628 年七月，崇禎召見了袁崇煥，任命他為兵部尚書，賜予他尚方寶劍，讓他再赴抵禦後金軍的前線。

袁崇煥回到遼遠，着力整頓軍隊，經過一段時間，部隊的面貌煥然一新。袁崇煥發現，東江總兵毛文龍對上桀驁不馴，對下刻薄寡恩，用尚方寶劍將他斬首。

皇太極與袁崇煥交手多次，每每被袁崇煥擊潰。聞報袁崇煥又回來了，不禁眉頭緊皺。不除去袁崇煥，明朝的江山難以搶到手。皇太極經過深思熟慮，想出了一條借刀殺人的詭計。

公元 1629 年十月，皇太極率領幾十萬後金軍，從龍井關、大安口（今河北遵化北）繞道河北，直撲明朝京師北京。這一招完全出於袁崇煥的預料，想要阻截清兵已經來不及。後金軍長驅直入，直抵北京郊外。

袁崇煥率領大軍馬不停蹄地往回趕，兩天兩夜後也到了北京。他顧不上鞍馬勞頓，立即指揮部隊進行戰鬥。各路勤王的明軍紛紛趕到，經過一番激烈戰鬥，後金軍略略後退。

這時候，皇太極抓獲一個太監，將他關在一間屋子裏。夜半時分，他聽見兩個人在悄悄說話。一個說：「今天袁崇煥派人前來，跟皇太極交談了很長時間，皇太極和袁崇煥有祕密協定……」下面的話太監就聽不清了。過了一天，後金軍將這個太監釋放。

這個太監回到皇宮，就把聽到的話一五一十說給皇上聽。崇禎皇帝頓時起了疑心：是呀，後金軍在關外，怎麼就一下子長驅直入到了北京城外？太監所言大約不虛，只怕是袁崇煥通敵！

崇禎皇帝傳袁崇煥進宮，袁崇煥應召而來。崇禎將許多問題直向袁崇煥潑去：「為甚麼後金軍先到兩天，你才遲遲到來？」「你是如何與皇太極勾結，出賣北京城？」這些問題問得袁崇煥百口莫辯，崇禎皇帝把他打入死牢，於第二年將袁崇煥凌遲處死。

點評

在戰場上難以對付的宿敵，用一條詭計就能借刀殺人，就可讓對方將他除掉，由此可見「用間」的威力巨大。故而孫子稱用間為「神紀」，「人君之寶也」。

崇禎皇帝殺袁崇煥，此後，皇太極認為「莫予毒也」，於公元1636年在盛京（今遼寧瀋陽）稱帝，定國號為「清」，改元「崇德」。為日後順治皇帝一步一步走過消滅明王朝、統治中原的征程打下了堅實的基礎。

原文

必索①敵人之間來間②我者，因而利③之，導④而舍⑤之，故反間可得而用也。因是而知之，故鄉間、內間可得而使⑥也；因是而知之，故死間為誑事可使告敵；因是而知之，故生間可使如期⑦。五間之事，主必知之，知之必在於反間，故反間不可不厚⑧也。

注釋

①索：搜索。②間：刺探，偵察。③利：使……獲利。④導：誘導。⑤舍：住下來，安置。⑥使：支使。⑦如期：按照約定的時日。⑧厚：厚待，看重。

翻譯

必須把敵人派來偵察我軍敵情的間諜都搜索出來，利用他們，讓他們獲取重利，誘導他們，安置他們，因此反間可以被我們所利用。由此了解情況，所以鄉間、內間就可以被我們支使利用；由此了解情況，所以能使死間把假情報通過敵人的間諜告訴敵人；由此了解情況，所以可以使生間能夠按時把情報送回來。使用間諜的五種情況，國君都必須了解。了解這些一定要注重反間，所以對於反間不能不看重。

耶律德光入大梁

「兒皇帝」石敬瑭去世以後，耶律德光一直鬱鬱寡歡。石重貴這小子一點也不像他叔叔石敬瑭，不肯臣服；屢次派兵前去征討，遭到後晉軍民的頑強抵抗，雖然也取得小勝，最後還是無功而返，如此一來，使得他的控制中原的企圖化為泡影。耶律德光於心不甘，於公元 946 年再次發兵大舉進犯中原。

耶律德光領兵長驅直入，連連攻克一些城池以後直逼恆州（今河北正定）。奉命抵禦契丹軍的後晉軍統帥杜威到達武強後聽到這個消息，嚇得心驚膽戰，打算領兵南逃。彰德節度使張彥澤領兵和杜威會合以後，力勸杜威前往恆州，杜威推辭不得，只得硬着頭皮領兵前往。

杜威領兵來到中度橋。契丹軍已經搶先一步，將中度橋佔領。杜威心裏暗想：你張彥澤不是要來打仗麼，我就讓你打頭陣。他隨即下令，要張彥澤領兵奪橋。契丹軍為了避開後晉軍的鋒芒，把橋燒毀後退。後晉軍過不了滹沱河，便在沿河一帶駐紮下來，與契丹軍隔河相對。

耶律德光不禁擔心起來；後晉大軍已到眼前，假如他們強渡水不深的滹沱河，與恆州駐軍前後夾擊，這卻如何是好？他將眾將召來商量退兵之事。忽然探子來報：後晉軍築起營壘，作長期對峙的準備，耶律德光這才安下心來，做繼續進攻的打算。

後晉將領見杜威按兵不動，心中焦急。部將李穀獻計道：「滹沱河面不寬，河水不深，可讓士卒趕製三腳木架，繫上裝滿石塊的竹籃投入河中，再在上面鋪木板，大軍馬上能渡過滹沱河。我們再與恆州守軍約定，以燃火為號，屆時裏外合兵，定能將賊兵擊潰！」眾將聽了無不點頭稱是，只有貪生怕死的杜威連連搖頭。他怕李穀再提，便打發他去督運軍糧。他悄悄派人跟耶律德光聯繫，說上不少甜言蜜語，並向契丹透露了些軍情，為戰敗之時投降契丹人留下退路。

耶律德光見了杜威派來的人，心一下子寬了起來，隨即派部將蕭翰率領一百名騎兵和一些步卒，悄悄繞到他們的後面攻打欒城，切斷後晉軍的糧道和退路。欒城的守軍只有一千人，他們只知道前面有大軍抵禦，未作防守的準備，忽見契丹兵來到，嚇得驚慌失措，沒有抵抗就全部投降。

杜威聞報欒城失守，立即慌了神，一面再派人去跟耶律德光聯繫，一面上表給石重貴請求增兵。後晉的各路人馬都已派出，京城只有一千名禁軍，五百名保衛宮禁，五百名防守城池。石重貴一咬牙，將五百名保衛宮禁的禁軍派了出去。過了兩天，杜威又派張祚回京告急，張祚在返回時被契丹軍抓獲，從此大軍與朝廷之間斷絕了聯繫。

王清見形勢一日緊似一日，按不住心頭的激憤，大步跨入帥帳，朗聲說道：「現在糧道已斷，與朝廷的聯繫已失，大營成了孤營，一旦糧食吃盡，勢必不戰自潰。恆州離這裏只有五里，為甚麼不衝破敵人堵截進入恆州？末將願意率領步卒兩千為先鋒，大帥率領各軍緊隨於後，只要進入恆州，進可攻，退可守。」杜威見王清請戰，說得振振有辭，不好駁回他，只得答應。

王清以勇猛著稱，領兵銳不可當。他趁敵人無備，領兵涉水渡河，佔領了灘頭陣地。契丹軍連忙前來堵截，王清吶喊一聲帶頭衝了上去，契丹軍抵擋不住，步步後退。

這時大軍只要衝過去，必能殺開一條血路進入恆州城，諸將見了，無不歡欣鼓舞，要求立即渡河作戰。豈知杜威為了向未來的主子獻媚，不許諸將渡河，無論諸將如何請求，他都置之不理。

王清在對岸奮戰，擊退了敵人一次又一次反撲。敵人越來越多，王清的部下遭受巨大傷亡，他一再向杜威求援，杜威竟不發一兵一卒。直到晚上，戰鬥仍未停息。契丹不斷派兵，王清和部下全部戰死。

十二月初八，契丹軍渡過滹沱河包圍了後晉軍的大營。軍中與外界的聯繫全部斷絕，糧食也將吃盡。

王清的話沒錯，杜威確實準備馬上投降。以前杜威已經跟耶律德光聯絡多次，只是投降的細節尚未確定。這時的杜威已經急不可待，急忙將副帥李守貞、心腹宋彥筠召來，一起商量投降事宜。他又派人去見耶律德光，厚顏無恥地邀功求取重賞。

契丹主趁機欺騙他說：「只要杜威馬上投降，就讓他做中原皇帝。」這個天大的許諾讓杜威如何不喜，他立即制定了帶領全軍投降的計劃，並且把投降的時間報告給耶律德光。

初十這天一早，杜威在帥帳周圍埋伏下全副武裝的心腹士卒，然後派人把眾將喊來，說是集議大事。眾將到齊以後，他把降書拿給大家看，眾將看了一個個目瞪口呆。帥帳的四周，隱隱地現出銳利武器的寒光，杜威緊繃着臉指着降書，要大家在上面署名。眾將又驚又怕，誰也不敢說甚麼，只得拿起筆來在降書上寫上自己的名字。杜威拿起降書，立即派人送往契丹軍的大營。

杜威下令，全體官兵在營外列陣，官兵們以為要與契丹軍決戰，一個個摩拳擦掌。杜威走到陣前，說：「現在糧食即將吃盡，我們已經無路可走，現在我和你們一起投降，保全你們的性命。現在大家聽着，全都放下手中的武器！」官兵們聽呆了，站在那裏一動不動，突然有人哭了起來，官兵們肝腸寸斷，忍不住抱頭痛哭。

耶律德光為了收買人心，派趙延壽身穿紅袍到後晉軍大營安撫將士。杜威聞報趙延壽來到，急忙帶着眾將出去跪迎。趙延壽賞給杜威一件紅袍要他穿上，杜威心裏好不得意。官兵們見了，無不對他切齒痛罵。

後晉軍向契丹軍投降以後，杜威引着耶律德光來到恆州城下。他對城頭上的順國節度使王周說，自己已經投降。王周知道死守無望，只得打開城門投降。

耶律德光領兵來到易州（今河北易縣）城下，恨恨地說：「過去每次領兵南下，都被郭璘所阻，事到如今，看他降也不降。」他派通事耿崇美進城，誘勸郭璘的部下投降，郭璘出來阻止，給耿崇美所殺。耶律德光視為金城湯池的易州城，現在居然不費一兵一卒就這麼拿下了。

有杜威領路，沿途城池的守將紛紛投降。耶律德光讓張彥澤率領兩千騎兵前去攻打大梁，派通事傅住兒為都監。張彥澤是位有奶就是娘的猛將，領命後日夜兼程向大梁飛奔疾馳。

十二月十六日，後晉帝石重貴才知道杜威率領全軍投降了契丹。當天晚上，聞報張彥澤領兵攻來，已經渡過白馬津，急忙將李崧、李彥韜召進宮商量對策。商量來商量去，決定下詔讓劉知遠領兵前來援救都城。

遠水哪裏救得了近火，張彥澤攻破城門衝入城中。李彥韜率領僅有的五百名禁軍抵抗，被張彥澤殺得大敗而逃。石重貴見末日已到，自己在宮中放起火，要跳入火中自焚，給禁軍將領薛超死死抱住。

不一會兒，張彥澤派人送來契丹主寫來的安撫信，石重貴心裏稍安，下令滅火。他將翰林學士范質召來寫下降表，自稱「孫男臣重貴」，表示準備率領反綁了雙手的全族老小到郊外等候降罪。

剛進城時張彥澤還有些慚愧，不好意思去見石重貴。隨後他的膽子大了起來，讓士兵打着題有「赤心為主」的旗幟到處顯威，城中的百姓見了，無不為他感到羞愧。幾天以後，張彥澤越發肆無忌憚，他見石重貴的妃子丁氏貌美，把她抱上車子搶了就走。

石重貴聽說耶律德光將要渡過黃河，想和太后前去迎接，耶律德光聞報後堅決不許；他又想讓人抬着棺材到郊外投降，耶律德光勃然大怒，說：「大梁是我派奇兵攻下的，要他投降幹甚麼！」

第二年正月初一，後晉文武百官穿戴着白衣白帽，在凜冽的寒風中趴在路邊跪迎耶律德光。耶律德光在眾將的簇擁下，騎着高頭駿馬，威風凜凜地進入大梁。石重貴和太后在宮門跪迎，耶律德光推辭不見。耶律德光一直對石重貴不肯稱臣之事耿耿於懷，於是封這個混小子為「負義侯」，把他流放到黃龍府（今吉林長春）。

二月初一，耶律德光稱帝，國號為大遼，改元大同。耶律德光領兵北還途中得了重病，於四月二十一日病死。契丹人怕他的屍體腐爛，便剖開他的肚子，除去腸胃，裝進幾斗鹽。中原人知道了這件事，稱耶律德光的屍體為「帝羓（乾臘肉）」。

反間，孫子定義為「反間者，因其敵間而用之」，也就是說，利用敵方的間諜為我所用叫「反間」。這是狹義的「反間」，後來一般將

施計使敵人不團結或施計利用敵方的人為自己所用稱為「反間」，這是廣義的「反間」。後世說的「反間」，廣義的、狹義的都有，不管廣義的還是狹義的，都是以利用敵方人員為己所用為特點。

杜威身為石敬瑭的妹婿，大權在握，可謂在一人之下，萬人之上，可是他畏敵怯戰，心甘情願地為敵人提供情報，最後率領全軍投降，在當時稱得上是最大的賣國賊。契丹人有了這樣的人為他做間諜，何愁不能消滅後晉？

戰例

司馬懿奪權

東漢末年，各地豪強趁亂而起，建立、擴大自己的地盤，形成了一個個割據勢力。曹操靠鎮壓黃巾軍起義起家，逐漸掌握了政權，挾天子以令諸侯。為了統一全國，奪取天下，曹操千方百計網羅人才為己所用。有人對他說，司馬懿博學多聞，有雄才大略，他就派人徵召司馬懿出來做官。

司馬懿出身於豪門士族，看不起曹操之流草莽英雄，聞報曹操派人徵召他去做官，他豈肯居於曹操門下？於是裝作得了風癱病，不能出來做官。

曹操唯恐有詐，派了刺客夜探司馬氏莊園，囑照刺客：要是司馬懿真的病了，就饒了他；否則，就立刻要了他的性命。司馬懿畢竟定力不凡，刺客把刀亮到他面前他都裝作風癱沒有動一動，才算蒙混過關保住了一條性命。曹操聽了刺客的報告，這才相信司馬懿真的得了病，暫時放過了他。

這樣裝病總不是事，司馬懿和兒子商量了一番，讓人向外面放風，說司馬懿的病情逐漸好轉。過了不久曹操又來徵召，司馬懿爽快地答應下來。到了許都以後，司馬懿盡心盡力為曹操出謀劃策，深得曹操信任。

曹操去世以後，他的兒子曹丕廢了漢獻帝自立為帝，建立了魏國。司馬懿幫助曹丕處理政務，領兵東征西伐，建立了赫赫功勛。曹丕臨終時，囑咐曹真、陳羣、司馬懿等共同輔佐太子曹叡。由於司馬懿執政已久，培植了一大批親信，大權在握。

曹叡去世以後，司馬懿、曹爽奉遺命輔佐曹叡之子曹芳。曹爽是曹操的族孫，自以為了不起，一心要抓權。司馬懿便裝作糊塗，任憑曹爽行事。不久他又裝作生病，不再上朝。曹爽輕而易舉地奪過權柄，滿心歡喜，但對司馬懿有些不放心，想方設法要探聽他的病情。

河南尹李勝調任為荊州刺史，臨行前奉曹爽之命前往司馬懿的府中，以向司馬懿辭別為藉口，打探司馬懿的病情。

司馬懿的兒子司馬師、司馬昭將李勝迎了進去，彼此寒暄了一番，分賓主落座。李勝說明來意：一則問候太傅，再則向太傅辭別。司馬師、司馬昭連忙致謝，將李勝帶到司馬懿的養病處。

推開房門，三人走了進去，只見司馬懿躺在牀上，兩個婢女在旁邊服侍。司馬師向婢女使了使眼色，婢女在兩旁用力將司馬懿扶起，讓司馬懿靠着被子半躺着。

經過一番折騰，司馬懿累得直喘粗氣。婢女拿來衣裳，準備給他披上，他顫抖着，伸出手來把衣服接過來，由於手抖得太厲害，手指也並不攏，衣裳從手中滑下，婢女趕忙撿起來給他披上。他喘了一會兒氣，慢慢地抬起手，指着自己的嘴，輕輕地說：「喝粥。」一個婢女轉身走出去，另一個婢女坐在牀沿上，給他輕輕地揉胸。

李勝趕上一步，向他問候，他口齒不清地問：「來人是誰呀？」司馬師對他耳朵大聲說：「是河南尹李勝李大人。」司馬懿點了點頭。

這時候，婢女端着粥走了進來。他伸出手，想接粥碗，可是手不聽使喚，抖來抖去沒接住，他沮喪地將手放下，歎了口氣，把頭湊過去。婢女小心地把碗放在他的嘴邊讓他喝，粥順着他的下巴往外流，弄得脖子上、衣襟上全是。才喝了幾口，又咳起來，弄得婢女身上、牀上到處都是粥跡。婢女趕快拿來手巾，把他嘴上、脖子上、衣襟上的粥跡擦乾淨。他閉上眼休息了一會兒，才又睜開無神的眼睛。

李勝走上一步，湊近司馬懿，說：「太傅人心所歸，大家都盼望您早日康復，請太傅多保重。」司馬懿朝他笑了笑說：「我不行了，死在旦夕。我放不下心的，是兩個兒子，現在，我就把他們託付給你了。」說完，眼圈都紅了。李勝連忙說：「太傅很快就會痊癒，不必多慮。」又說了幾句話，向司馬懿告辭。

李勝回去以後，立即向曹爽報告司馬懿的情況，最後說：「司馬懿只比死人多口氣，您就不必擔心了。」從此，曹爽不再把司馬懿放在心上。他獨斷獨行，與曹芳也產生了很多矛盾。

公元 249 年，魏少帝曹芳率領羣臣到高平陵去祭祀祖先，曹爽也帶着親信前往。沒料想他們剛出城，年屆七旬詐病已久的司馬懿抖擻精神披盔戴甲，帶着司馬師、司馬昭率領精兵鋭卒佔領了城門和各要地，並假傳皇太后的詔令，廢曹爽為平民。

曹爽在城外得到消息，嚇得不知所措。有人向他獻計：挾持少帝到許都，移檄天下，討伐司馬懿。曹爽連連搖頭，不肯孤注一擲冒險行事。他派人去見司馬懿，司馬懿讓人帶去口信，免去曹爽的官職，其餘不予追究。

庸庸碌碌的曹爽信以為真，滿以為雖然不再做官，仍然不失富貴。他不聽謀士的勸告，率領部下乖乖地向司馬懿投降。沒過幾天，司馬懿的親信告發曹爽謀反，司馬懿立即把曹爽和他的親信抓起來，隨後以反叛的罪名將他們全部斬首。

自此，曹魏的大權都落入司馬懿的手中，魏少帝曹芳成了司馬氏的傀儡，為日後司馬昭篡奪帝位、建立晉朝打下了堅實的基礎。

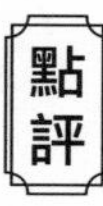

曹爽為了打探司馬懿的病情，讓李勝以辭別為藉口，前往司馬府。司馬懿再次裝病，似乎已經病入膏肓，讓李勝把這個假情報帶給

曹爽。曹爽信以為真，對司馬懿失去了警惕，最後落得個身首異處的結果。司馬氏自此把朝廷大權全部抓在手中，鞏固了在朝廷中的獨霸地位。

李勝為打探真實消息而來，結果被司馬懿利用，反而成了司馬懿的傳播假情報的工具，這就是孫武說的「反間」。再如「白登之圍」，劉邦以派遣使者為名，派人前往代谷偵察匈奴人的情況。冒頓將精兵銳卒、肥壯牛羊全都藏匿起來，讓使者看到的全是老弱殘兵和瘦弱的牲畜。冒頓利用劉邦的間諜，把假情報帶給劉邦，這也是典型的狹義的「反間」。

對於廣義、狹義的「反間」的概念我們可以不必深究，主要要明了使用間諜的目的，派遣、使用間諜的重大作用，如何辨別情報的真偽等精髓，使孫子的軍事思想為我所用。

責任編輯 謝燿壕
封面設計 鄧佩儀
版式設計 龐雅美
排版 時潔
印務 劉漢舉

中國經典系列叢書

徐尚衡／編著

出版 ／ 中華教育
香港北角英皇道499號北角工業大廈1樓B室
電話：（852）2137 2338　　傳真：（852）2713 8202
電子郵件：info@chunghwabook.com.hk
網址：https://www.chunghwabook.com.hk

發行 ／ 香港聯合書刊物流有限公司
香港新界荃灣德士古道220-248號荃灣工業中心16樓
電話：（852）2150 2100　　傳真：（852）2407 3062
電子郵件：info@suplogistics.com.hk

印刷 ／ 美雅印刷製本有限公司
香港觀塘榮業街6號海濱工業大廈4樓A室

版次 ／ 2022年10月第1版第1次印刷
2024年2月第2次印刷

規格 ／16開（240mm x 170mm）
ISBN ／ 978-988-8808-70-0